Sy moet fokus. Maer word. Jack Greeff-storie loskry. Luan vaskry. Ander werk kry. Rigting kry. 'n Grip kry. 'n Man kry. Kinders kry. Andi gaan sit met haar kop in haar hande. Hoekom is dit so moeilik? Sy wil ook 'n maer meisie in 'n pienk gym-broek wees wat joga doen en Bulgaarse graan afweeg. En scoops kry. Sy wil ook met 'n string bikini in 'n hangmat lê en knaag aan vars aspersies.

Kopiereg © 2009 deur Marida Fitzpatrick
Omslagontwerp deur Johan van Wyk en Hanneke du Toit
Outeursfoto deur Alet Pretorius
Tipografie deur Susan Bloemhof
Eerste uitgawe in 2009 deur Tafelberg, 'n druknaam van NB-Uitgewers,
Heerengracht 40, Kaapstad
Geset in 11 op 14 pt Jaeger Daily News
Gedruk en gebind deur Paarl Print,
Oosterlandstraat, Paarl, Suid-Afrika

Eerste uitgawe, eerste druk 2009

ISBN: 978-0-624-04765-0

Marida Fitzpatrick

Iemand vir 'n Scoop?

Tafelberg

Vir my ouers

1

Sy jaag amper in die lamppaal vas. Andi Niemand pluk die stuur-
wiel terug om haar Golfie weer op koers te kry. Sy kan nie glo
wat sy so pas gesien het nie. Blou op wit op 'n *Beeld*-plakkaat.

Dan sien sy dit weer. Op 'n ander lamppaal: *Jack Greeff ver-
loof.* En weer en weer. Lamppaal ná lamppaal spel die letters
haar mislukking uit: *Jack Greeff verloof, Jack Greeff verloof.*

Skok klop in haar ore. Angs loop haar borskas vol. Nie weer
nie. Asseblief, asseblief nie weer nie. Nog 'n groot storie in een
week. Andi Niemand weer blind gescoop.

Dalk móét sy in een van die lamppale vasjaag. Haarself en 'n
Beeld-plakkaat uithaal. Twee minder bewysstukke van haar ho-
pelose bestaan. *Hier lê Niemand,* sal haar grafsteen lees; moeder
van niemand, eggenote van niemand, geliefde van niemand.

Die hele pad werk toe, van Empireweg, oor die Nelson Man-
dela-brug, deur die oggend-geroesemoes van die middestad,
hoor of sien Andi niks nie. Nie die taxi's wat toet of die gemaal
van voetgangers of die smouse wat hangers en swartsakke teen
haar motorvenster druk nie. Net wit en blou, wit en blou, die
kleur van katastrofe.

Teen die tyd dat sy in die kelder van hul vervalle kantoor-
gebou in Pritchardstraat stilhou, het sy seker ses honderd van
daardie plakkate gesien.

"Magtag Andi, jy's ons vermaakverslaggewer!" bulder Paul
toe sy tien minute later in sy kantoor staan. Paul Meintjies is

haar nuusredakteur hier by *Pers,* 'n Afrikaanse poniekoerant wat hoofsaaklik fokus op die drie grootste Afrikanervraagstukke: misdaad, kerkeenheid en celebs.

"Ek's jammer," sê sy beteuterd en kyk af, sodat hy nie die naakte vrees in haar oë sien nie. Paul is oud en vreesaanjaend. As hy sê spring, channel sy Hestrie Cloete.

Hy kyk haar met afgryse aan. "Is dit al wat jy te sê het, Andi? *Beeld* het ons van ons voete af gescoop. Twee keer in een week! Eers die Jurie Els-storie en nou dít. Weet jy soos watter idioot het ek voor die hoofredaksie gelyk?"

Met "hoofredaksie" bedoel Paul die hoofredakteur en dié se PA. Arme Paul leef nog in die illusie van sy glorieryke dae as politieke redakteur by *Beeld,* waar hulle actually 'n hoofredaksie het. Hy kon nog nie aanvaar dat hy nou by *Pers* is nie, byna die enigste Afrikaanse koerant wat nié aan die magtige Naspers behoort nie en 'n sukkelbestaan in die klein Pressco-stal voer.

"Ek is jammer, Paul, ek . . . ek het nie geweet . . ."

"Weet jy ooit wie Jack Greeff is?"

"Ja." Natuurlik weet sy wie's Jack Greeff. Hy's die grootste Afrikaanse celeb in menseheugenis. Maar dis nie nou die tyd om haar vir Paul te vererg of hom daaraan te herinner dat dit algemene kennis is nie. Andi luister maar net gedwee toe hy geïrriteerd vir haar 'n lesing oor die man gee, asof sy 'n Marsman is wat pas in die Afrikanerdom geland het.

"Jack Greeff is vir Afrikaanse musiek wat Bill Gates vir rekenaars is. Hy het die meeste plate in die geskiedenis van Suid-Afrikaanse musiek verkoop en besit vandag feitlik al die platemaatskappye." Paul sis. Elke woord 'n beskuldiging.

"En nou's hy verloof," voeg sy by, in 'n mislukte poging om nie soos 'n totale analfabeet te klink nie.

"Aan 'n jong *7de Laan*-ster," sê Paul, "twintig jaar ná sy vrou se dood." Hy trek-trek aan sy grys baard en stap heen en weer agter sy lessenaar, asof hy die Amerikaanse president is net nadat

8

hy uitgevind het van 9/11. "Hemel Andi, jy moet mos hierdie goed weet."

"Don't cha wish your girlfriend was hot like me, don't cha wish your girlfriend was . . ." O hel, dis haar selfoon wat begin lui het, besef Andi eers hier teen die tweede reël van die ring-tone. Flip, sy moet dit verander. Dis haar vriendin Wendy wat die ding op haar foon gelaai het.

"'Skies, Paul," sê sy, "ek moet gou antwoord, netnou is dit Jack Greeff se agent."

"Andi, hallo," antwoord sy en draai om.

"Andriette," sê die stem aan die ander kant in 'n saaklike toon.

"Hallo, Ma." Sy sê dit so sag moontlik, maar sy weet Paul moes dit gehoor het. Ugh! Wanneer haar ma bel, wys dit altyd net as *unknown* op die skermpie. "Andriette, is jy daar?" sê haar ma kwaai.

"Ja, Ma," sê sy gedemp, "maar ek's by die werk, ek kan nie nou praat nie". Sy stap uit Paul se kantoor.

"Jy moet die naweek kom kuier. Jacques gaan sy meisie aan ons kom voorstel."

"Um . . ." Sy probeer vervaard 'n verskoning uitdink. "Dit gaan 'n bietjie moeilik . . ."

"Andriette, jy weet hoe moeilik is dit vir Jacques. Hy spoed al die hele week. Hy's nie soos jy wat elke naweek afhet nie."

Haar ma hou daarvan om dokterslingo soos "spoed" te gebruik wanneer sy oor haar broer praat. Andi vermoed dit laat haar self soos 'n dokter voel. En Elsabé Niemand gebruik elke moontlike geleentheid wat sy kan om Andi daaraan te herinner dat Jacques 'n dokter is. Dit was haar ma se lewensdroom dat een van haar kinders, verkieslik al twee, dokters word. Haar broer het, sy het nie, en sy sal dit die res van haar lewe moet aanhoor.

"Ma . . ."

"Dan sien ons jou Saterdag!" roep Elsabé vrolik uit. "Kom

so 11:00. En bring 'n avokadovorm saam." Nog voor Andi kan protesteer of tot siens sê, sit Elsabé neer.

"Ek is jammer, Paul," sê sy toe sy terug is in sy kantoor. Hy het intussen weer gaan sit en begin werk terwyl sy hul familiereünie vir die naweek beplan het.

"Dis nou die derde keer dat jy jammer sê en dit help nie, so hou asseblief op," sê hy. "Werklik Andi, ek weet jy's nog redelik nuut in die ding, maar na ses maande moes jy al jou voete gevind het."

"Ek sal dadelik uitvind van Jack Greeff se verlowing."

"Jy beter vir ons 'n storie en 'n foto van hom en die girl kry voor die naweek. Vandag is Donderdag. Dit beteken jy het net môre. Die Sondagkoerante gaan hierdie ding hard slaan."

"Goed, Paul." Sy seil soos 'n slak by sy kantoor uit. Sy kan nie gló sy het hierdie storie gemis nie. Die grootste Afrikaanse celeb raak verloof en sy, celeb-joernalis vir *Pers*, weet dit nie. Sy het tog kontakte in die vermaakbedryf. Hoekom het niemand haar laat weet nie?

Op pad terug na haar lessenaar is sy so blind van die mislukking en vernedering dat sy Luan Verster nie om die hoek sien aankom nie. Hulle tref mekaar met 'n allerverskriklike slag. Nie die skramse of liggiese soort vasloop waar mens net skaam kan lag, ekskuus sê en aanloop nie; die kop-aan-kop-botsing soort waar jy ná die tyd moet kyk of iemand beseer of dood is. Andi steier verdwaas terug. Haar arms en maag brand. Dis koffie, besef sy toe sy die bruin vlekke op haar bloes en druppels op haar arms sien. Luan het 'n koppie kantienkoffie in sy hand gehad toe hulle mekaar getref het. Koffie wat nou oor haar en hom en Pressco se mat uitgegooi is. Die papierbekertjie lê ver eenkant, asof hy homself van die voorval wil distansieer.

"Jy oukei?" vra Luan toe hulle tot verhaal kom. Hy tel die bekertjie op.

"Um, ja," mompel sy.

Hy vat aan haar arm. "Brand dit? Moet ek vir jou ys kry?"

"Nee dankie," sê sy en vou haar arms, "nee dankie, ek's fine."

Luan gee vir haar sy sakdoek en glimlag. "Ek hoop nie jou top is geruïneer nie."

Sy vee 'n paar keer oor haar bloes en arms en gee dan die sakdoek vir hom terug. "Nee, dis net koffie, dit sal uitwas."

"Ek's jammer, Andi. Ek moet kyk waar ek loop."

"Dit was ek," sê sy, "ek het so vinnig op jou afgepyl . . ."

Hy lag. "Lyk my ons sal al twee ongevalleversekering moet uitneem."

Sy glimlag onbeholpe en kies koers na die badkamer om die koffie te gaan afwas.

Met Luan in die omtrek kan sy nooit 'n intelligente sin uitkry nie. Hy maak alles in Andi se lyf lam. Hy is slim, aantreklik en sjarmant. En altyd so witty. Laat almal altyd lag. Hy's die soort man wat Andi bewonder, beny, begeer. Maar sy kry dit nooit reg om 'n gesprek met hom te hê nie. Van dag een af versteen sy in sy teenwoordigheid; verdwyn haar vermoë om te flirt of te lag of hoegenaamd samehangend te gesels.

Luan werk nie vir *Pers* nie. Hy is 'n senior ondersoekende verslaggewer vir *Die Landstem*, Pressco se ander Afrikaanse koerant, wat uit dieselfde kantoor as *Pers* werk. So ligsinnig en oppervlakkig as wat *Pers* is, so ernstig en professioneel is *Die Landstem*. Waar *Pers* oor celebs en skandes skryf, berig *Die Landstem* oor politieke onthullings en hoë-profiel onderduimshede. Maar Pressco gaan deur soveel geldelike moeilikheid dat *Pers* en *Die Landstem* 'n kantoorspasie moet deel.

Luan het 'n maand of wat terug hier in Johannesburg by *Die Landstem* begin werk. Van dag een af het Andi 'n crush op hom. Sy slimheid en selfvertroue, sy valkoë en skewe smile maak haar heeltemal duiselig. Hy's so presies soos 'n man moet wees.

Sy gaan verby sy kantoor stap op pad terug na haar lessenaar, besef sy. Hy sit links agter haar. Net baie senior en belangrike joernaliste soos Luan kry hul eie kantore – glaskaste waarin hul briljantheid uitgestal word.

Dalk moet sy by sy kantoor inloer en vra of hy oukei is ná hul ongeluk, dink sy op pad terug. Dalk moet sy net in die verbygaan mooi vir hom glimlag. Dalk moet sy . . .

"Luan!" roep Kara vrolik uit, swiep voor Andi verby, en hop by sy kantoor in. Andi vergeet van al haar planne en stap kop onderstebo by die kantoor verby. Uit die hoek van haar oog sien sy deur die glas hoe Kara in haar skinny jeans op Luan se lessenaar gaan sit, asof dit die normaalste ding is om in 'n kantooromgewing te doen.

Die jaloesie brand erger as die koffie. Andi wens sy was meer soos Kara. So mooi en spontaan en selfversekerd. Nooit stil of skaam nie. Nooit verskimmeld nie. Blonde, blouoog Kara Bekker is 'n Cameron Diaz-kloon en sy flirt met almal op kantoor, selfs met die vroue. Haar hare is 'n dik glansgordyn. Andi sweer 'n mens kan dit hóór blink wanneer jy verby haar stap. En dit swiep-swiep so oor haar smal rug as Kara heupswaaiend deur die kantoorgange beweeg.

Andi kan maar van Luan vergeet, dink sy toe sy verby sy kantoor is en sy hoor hoe Kara vir een van sy grappies lag. Met iemand soos Kara in die omgewing staan niemand anders 'n kans met 'n ou soos Luan nie. Veral nie 'n skaam brunet wat nie in nommer-tien skinny jeans pas nie . . .

Terug by haar lessenaar begin sy haar soektog na 'n nommer vir Jack Greeff of sy agent. Sy beter hierdie storie kry. En vinnig. Paul se geduld met haar is op.

Eers maak sy haar telefoonlys oop en druk die . . .

"Pieng" onderbreek haar rekenaar haar met die hoë, genotvolle geluidjie van 'n e-pos wat aankom. Andi is elke keer op totaal irrasionele wyse verheug as sy daardie geluidjie hoor, al weet sy die kans is goed dat dit bloot 'n boodskap oor 'n kragonderbreking is. Maak nie saak waarmee sy besig is nie, sy sal

12

dit summier los wanneer daar 'n klein geel koevertjie regsonder op haar rekenaarskerm verskyn. Sy kliek gretig op haar inboks. Dis van Luan! In vet, swart letters staan sy naam bo in haar inboks. Niks in die onderwerpveld nie. *No subject.* Sy dubbelkliek op die boodskap. Dit vou soos 'n geskenk voor haar oop.

So jammer oor die koffie. Hoe kan ek daarvoor opmaak?

Vir 'n paar sekondes hou al haar liggaamsfunksies op met werk. Luan Verster, Luan Seksgod Verster wil opmaak vir die koffie. Wat kan sy vir hom terugskryf? Dat sy onder koffie sal stort net om een van sy Hugh Grant-smiles te sien? Dat sy vir die res van haar lewe met koffiebevlekte klere sal rondloop net om nog een keer aan hom te raak?

Seker jy sal aan iets dink, skryf sy terug.

Nee, dit klink te erg. *Delete.* Sy moet dit eerder eenvoudig hou. Geen dubbelsinnighede nie. Geen innuendo's nie.

Als reg :-)Was my skuld.

Ja, short and sweet. Sy druk *Send.*

Dadelik weer 'n geel koevertjie:

Dan moet jy opmaak daarvoor . . .

Andi kan dit nie glo nie. Luan Verster flirt met haar. Sy draai in haar stoel om en probeer ongemerk kyk of dit regtig hy is wat in sy kantoor sit. Dalk is dit verveelde IT-outjies wat by sy rekenaar ingehack het en met haar gekskeer.

Maar daar sit hy, sien sy, net so aantreklik soos altyd. Kara en haar skinny jeans is deur die genade terug by haar lessenaar. Niks verraai dat Luan eintlik besig is om met ander redaksielede te flankeer pleks van om oplossings vir een of ander Afrika-oorlog te bedink nie. Hy lyk doodernstig – 'n effense frons tussen sy groen valkoë.

Andi draai terug na haar lessenaar. Wat kan sy vir hom terugskryf? Dat sy elke dag vir hom tien koppies koffie sal koop? Dat sy die ma van sy kinders sal wees?

Maar sy stuur net :-) terug. 'n Smiletjie.

Nou moet sy van Luan vergeet en vir Jack Greeff bel. Op haar telefoonlys kry sy 'n ou nommer van 'n voormalige agent en sleutel dit op die telefoon in. "The number you have dialed is not available at present," antwoord die rekenaarstem. Ag tog.

Dalk moet sy eers 'n roomys gaan koop en dan weer probeer as sy terugkom. Die kafeteria het nou die dag 'n soft servemasjien gekry. Andi het nie geweet of sy moet lag of huil nie; of sy die heelal moet bedank of vervloek nie. Roomys is haar groot swakheid. Alle soorte. Soft serve, scoops in suikerhorinkies, bakkies, selfs die geyste koeldranksoort. In enige roomys lê 'n stuk troos opgesluit wat alle moeilikhede makliker maak en alle oorwinnings heugliker.

Toe sy opstaan om kafeteria toe te stap, sien sy Luan is nie meer in sy kantoor nie. Net toe sy by die drukkers verbygaan, kom hy om die hoek gedrafstap. Hy sê niks nie, maar glimlag vir haar op 'n duiwelse manier. Haar hart dawer. Waar sy gister net verlief was, is sy nou heeltemal versot.

"Andi!" Dis Paul wat haar uit sy kantoor roep.

Sy stop in haar spore en gaan dadelik na hom toe. "Waantoe is jy op pad?"

"Ek gaan net gou . . ."

"Nee, ek wil liewer nie weet nie. As jy nie op pad is om 'n eksklusiewe onderhoud met Jack Greeff te kry nie, wil ek eerder nie weet nie."

Sy bly stil.

"Ek hoop nie jy't hom gebel nie," sê Paul.

"Wel, hy't nie . . ." probeer sy.

"Het ek jou niks geleer nie? Met so 'n groot storie bel jy nie. Jy ry eenvoudig na die man toe." Paul Meintjies is van daardie ou-skool-verslaggewers wat telefoonjoernalistiek háát.

"Jy's reg, Paul, ek sal soontoe gaan."

Hy sug. "Waantoe, Andi? Waantoe? Weet jy ooit waar die man woon?"

14

"Nee, maar ek sal uitvind. Ek het darem 'n goeie paar kontakte en . . ."

"Andi, regtig," sê Paul, wenkbroue omhoog, "jy beter jou sokkies optrek. Jy weet die koerant gaan deur diep waters. Die direksie maak geluide oor personeelvermindering."

2

"Ek gaan trooooouuuuuu!" gil Rentia toe sy haar woonsteldeur oopmaak en druk haar verloofring in Andi se gesig. Vandat Rentia drie maande terug verloof geraak het, is dit al waaroor sy kan praat. Andi lag maar net en noem dit bruidswaansin. Vandat sy kan onthou, wou Rentia Blaauw trou. Toe Derek haar uiteindelik die jawoord gevra het, was almal verheug.

"Ja, ja, skone bruid. Kan jy asseblief net jou verblindende diamant uit my gesig haal? Ek gaan katarakte kry."

Andi gooi die pakkie pienk, wit en bruin kolwyntjies van Woolworths op Rentia se kombuistoonbank van kunsmarmer.

"Jy is die satan self," sê Rentia. "Ek trou Desember en kyk hoe dik is ek."

"Jy's g'n dik nie," sê Andi. "En ses maande is baie tyd om maer te word. Onthou, ek moet ook in my strooimeisierok pas."

"Ons moet nog materiaal gaan soek."

"O ja, ek kan nie wag nie!" Naas Luan en roomys is materiaal Andi se groot liefde. Hoewel sy glad nie naaldwerk kan doen nie, vind sy materiaalwinkels onweerstaanbaar. Sy kan ure lank daarin rondstap en die reuke en teksture van die verskillende soorte lap indrink.

"Het jy nou al besluit waarvan my trourok gemaak moet word?" vra Rentia.

"Jip. Rou sy," sê Andi. "Met antieke kant en brokaat."

"Klink vir my baie duur."

"Nie as ons na die regte plek toe gaan nie. Ek sal bietjie my navorsing doen en dan gaan kyk ons."

'n Oomblik later sit hulle elkeen met 'n beker koffie en 'n kolwyntjie in die hand onder 'n kombers op Rentia se voos bank in haar klein sitkamertjie. Dis die middel van Junie en dis vriesend in die aande.

"So wat's nuus?" vra Rentia met 'n mond vol pienk versiersuiker.

"Jy sal dit nie glo nie."

"Wat?"

"Luan Verster het vandag met my geflirt."

"Nee."

"Ek sweer."

"Daai mooi man by jou werk?"

"Einste."

"Baie goeie werk. Hoe het jy dit bewerkstellig?" Rentia haal 'n sjokolade-kolwyntjie uit die pakkie.

Andi vertel haar van die e-posse. "Gelukkig was dit in 'n e-pos. In lewende lywe sou ek seker soos 'n idioot gereageer het."

Rentia lag. "Oe, ek sien 'n kantoorromanse kom."

"Ag, ek wens. Maar ek dink nie so nie. Ek's nie in sy liga nie. Hy't seker net vrygewig gevoel vandag en besluit hy maak 'n muurblommetjie se dag."

"Moenie vir jou simpel hou nie," sê Rentia. "Jy's als behalwe 'n muurblommetjie. Jy's die funkyste mens wat ek ken. Jy dra die coolste klere en jou hare lyk elke dag anders."

"Maar ek is so stil en verskimmeld dat hy dit nooit sal raaksien nie."

"Jy's nie verskimmeld nie. Jy's 'n geheimsinnige skoonheid. En mans flirt nooit uit barmhartigheid nie."

Andi sug. "Ek hoop tog so. Sal maar sien."

Rentia vlieg op. "Kom gou saam my. Ek wil vir jou my maer-maak-panty wys."

"Jou wat?"

"My Instaslim-panty. Ek het dit deur Verimark gekoop. Dit laat jou instantly nege en 'n half sentimeter verloor. Vir net R200!"

In haar kamer haal sy die lang, maer vleeskleurige spandex-gedrog uit haar kas. Andi val op die bed neer soos wat sy lag. Dis een van daardie lang rekgoed wat haar ma gedra en 'n step-in genoem het. "Waarvoor op dees aarde?" Andi vat die rek-affêre by Rentia. Dit is piepklein. "Wil jy vir my sê jy moet hierin klim? Dit lyk soos 'n babygrow waarvan die bokant en tone afgesny is."

"Ja lag maar. Jy sal nou sien hoe dit my in 'n kwessie van se-kondes in Jessica Alba omskep."

"Jessica Alba, sê jy." Andi sit dik van die lag op die kant van die bed en kyk hoe Rentia haar klere afstroop en met groot moeite in die rek begin klim. "Dalk moet ek ook een kry," giggel Andi. "Dalk sal Luan dan met nuwe oë na my kyk."

"Klink vir my hy kyk klaar met daai oë na jou."

"Ja, vir nou. Maar een van die dae is ek oud en afgetakel."

"Jy's net vier jaar ouer as ek. Watse oud en afgetakel is dit nou met jou?"

"Ag, ek weet. Maar jy's nog in jou twintigs! Jy's nog vir vier jaar amptelik jonk. En oor ses maande groet ek my twintigs vir altyd. Dan's ek amptelik 'n oujongnooi! Besef jy dit?"

"Dertig is die nuwe twintig, man." Rentia spring nou op haar regterbeen terwyl sy die linkerpyp oor haar linkerdy probeer trek. "En al trou jy nooit, sal jy nooit 'n oujongnooi wees nie." Die panty sny nou omtrent gelyk oor haar dye. Sy kom met 'n sug regop en skep eers asem met haar hande in haar sye voor-dat sy weer aan die rek begin trek.

"Ag ja, ek weet, ek's net simpel," sê Andi en val met haar arms agter haar kop op die bed neer. "Dis net dat ek eintlik heimlik, diep binne-in my op 'n manier ook altyd gedink het ek sal voor dertig getroud wees met een en 'n halwe kind. Nie single met twee en 'n halwe dye nie!" Rentia kom weer op. Die panty is nou in die pylvak. Die wenstreep is in sig. "Jy's regtig gelukkig, Rentia," sê Andi. "Jy en Derek is gemaak vir mekaar."

"Man, daar is nie iets soos gemaak vir mekaar nie."

"O ja, ek het vergeet, die voornemende bruid glo mos nie in ware liefde nie."

"Omdat dit nie bestaan nie."

Andi lag. "Jy's die snaaksste. So sinies oor die liefde en so opgewonde om te trou."

"Selle as jy," sê Rentia en trek haar skouers op. "So verlief op materiaal, maar kan nie 'n steek naaldwerk doen nie."

"Die twee staan onafhanklik van mekaar," sê Andi. "Mens hoef nie rokke te kan maak om 'n mooi stuk kant te kan waardeer nie."

"Nou ja, dieselfde met liefde en trou."

"Ag, moenie so sê nie! Ek wil glo in ware liefde. In onvernietigbare, verterende liefde."

"Jy praat van dierlike aantrekkingskrag. Van obsessie en lyflike lus. Daarin glo ek ook, maar dis nie liefde nie."

"Wat is liefde dan?"

"Ek sê mos, dit bestaan nie."

"Nou hoekom trou mens?"

"Want jy hou genoeg van iemand en kliek genoeg met iemand om 'n lewenspad met daai mens te stap. Om met hom 'n huis te deel, by hom kinders te hê, aan hom lojaal te wees."

"Nou ja, ek noem dit liefde."

"Want jy's 'n idealis en 'n romantikus. Ek's 'n realis," sê sy terwyl sy spring en wriemel om die laaste stuk rek oor haar heupe en maag te kry.

"Jy moet daai werk van jou los. Dit pers elke bietjie romanse uit jou uit."

Rentia is 'n geoktrooieerde rekenmeester by 'n baie vooraan-staande ouditfirma. Sy is slim, ontledend en beredeneer alles logies. Rentia lag. "Nee An, ek was nog altyd so. Die werk is eerder die gevolg van my gebrek aan romanse, nie die oorsaak nie."

"Weet Derek jy's nie lief vir hom nie en jy gebruik hom net om 'n huis te hê en kinders te kry?" terg Andi.

"Man, volgens almal wat wel in liefde glo se definisie van liefde, ís ek lief vir Derek."

"Ek weet," sê Andi en glimlag, "anders sal ek mos nooit toe-laat dat jy met hom trou nie. Al hoekom jy so blasé is oor ware liefde, is omdat jy dit het. Dis ons armsaliges wat dit nié het nie, wat dit so ophemel."

En net daar skuif die panty finaal bo-oor Rentia se maag en siedaar: Jessica Alba word gebore.

Andi vlieg op, gryp Rentia se Dove roll-on wat op haar spieël-kas staan, en praat met 'n diep stem daarin asof dit 'n mikrofoon is. "Verstommend, Dames en Here. Van 'n gewone vrou tot Jes-sica Alba in net veertien minute en ses en dertig sekondes!"

Rentia lag. Dan beskou sy haarself van die kant af voor die spieël. "Is dit nie fantasties nie? Ek gaan dit beslis onder my trourok dra."

"Arme Derek," sê Andi. Sy hou weer die "mikrofoon" voor haar. "Ons bevind ons nou in die kamer van Rentia Blaauw; die vrou wat deur 'n vleeskleurige rek opgevreet en ingesluk is. Rentia," sê sy en hou die Dove na haar toe uit. "Hoe voel dit om in die greep van Instaslim te leef?"

"'n Seën en 'n vloek terselfdertyd."

Hulle lag en Andi plons weer op die bed neer om die uit-trekslag te aanskou. Dié gaan aansienlik makliker, soos afdraand na opdraand.

"So wat van jou en Luan?" terg Rentia. "Is dít ware liefde?"

Andi lag. "Ja, dit is. Hy moet dit nog net besef."

"En wat van die Pressco-beleid?" vra Rentia.

"Oor wat?"

"Oor kantoorromanses. Dit word mos glad nie toegelaat nie."

"Wel, op die oomblik word ék skaars toegelaat. Luan Verster is nou die minste van my probleme. Paul het my vandag met afdanking gedreig."

"Wat? Hoekom?"

"Omdat ek Jack Greeff se verlowing gemis het. Rentia, jy beter hoop ek kry hom môre in die hande, anders is ek gefire."

"Human," antwoord die stem aan die anderkant. Dis vreemd, dink Andi. Dis veronderstel om 'n vrou te wees.

"Kan ek met Charlotte praat, asseblief?" vra sy.

"Ek dink jy't die verkeerde nommer."

"Ek is op soek na Charlotte Bruwer."

"My naam is Arend Human. Ek ken nie 'n Charlotte Bruwer nie."

"Jammer, seker die verkeerde nommer."

Nadat sy die foon teruggesit het op die mikkie, kyk Andi weer na die nommer op haar rekenaarskerm. Sy's seker sy het dit reg neergeskryf. Dis seker al die twintigste oproep wat sy vandag maak om Jack Greeff se woonadres in die hande te probeer kry. Sy het elke kontak van haar in die sangbedryf gebel, wat haar weer verwys het na dié of daai een wat dalk dié of daai agent of skakelbeampte se nommer het. Die laaste nommer wat sy gekry het, die een wat sy pas gebel het, is veronderstel om Charlotte Bruwer s'n te wees: Jack Greeff se agent se PA. Ja, Jack Greeff is só belangrik dat 'n mens deesdae selfs nie sy agent direk kan bel nie.

Andi bel Simoné weer, die sekretaresse by die agentskap Purple Peach by wie sy Charlotte se nommer gekry het. Dis een van daardie snaakse dinge in die kreatiewe korporatiewe

20

wêreld: elke liewe klein onderneminkie, van grafiese ontwerp tot skakelwerk, se naam is een of ander kossoort in 'n absurde kleur. Andi het al met al die variasies te doen gekry: Blue Banana, Orange Berry, Pink Tomato . . .

Simoné herhaal die nommer twee keer en verseker haar dit is beslis Charlotte Bruwer se nommer. Sy hét dit die eerste keer reggekry, sien Andi. Dalk het die lyne net gekruis. Sy bel die nommer weer.

"Human," antwoord die manstem weer, dié keer effens geïrriteerd.

"Dis weer ek," sê Andi.

"Dan het jy weer die verkeerde nommer gebel," sê hy.

"Maar die persoon by wie ek dit gekry het, hou vol dis Charlotte Bruwer se nommer."

"Wie is Charlotte Bruwer?"

"Jack Greeff se agent se PA."

"Jack Greeff?"

"Ja," antwoord Andi, "die bekende sanger."

"Ek is sy regsverteenwoordiger, advokaat Arend Human."

"O." Andi besef dadelik wat gebeur het. Simoné het seker 'n paar nommers van Jack Greeff se onderdane en het sy prokureur en sy agent s'n omgeruil.

"Van waar skakel jy?" vra die advokaat. Hy klink agterdogtig.

"Van *Pers.*"

"Wat het jy gesê is jou naam?"

"Andi Niemand."

"En hoekom is jy op soek na my kliënt, juffrou Niemand?"

"Ek wil graag 'n onderhoud met hom doen oor sy verlowing."
Toe sy dit sê, besef sy dadelik dit was 'n fout. Paul het uitdruklik vir haar gesê sy moenie bel om 'n onderhoud te reël nie, maar net soontoe ry. Nou gaan advokaat Human vir Jack Greeff van haar planne vertel en dan kan sy die onderhoud koebaai soen.

"Ja, jy sal maar met sy agent moet praat."

21

"Het jy dalk haar nommer vir my?" vra sy.

"Nee, jammer."

Sy besef dis haar laaste kans om haar bas te red. Hy weet nou klaar sy beplan 'n onderhoud; sy kan hom netsowel vra om een te reël. Wie weet hoe lank sy nog gaan sukkel om Jack Greeff se adres in die hande te kry. En sy het net vandag. As sy nie daai storie vanmiddag skryf nie, is sy gefire.

"Advokaat, sal jy asseblief met jou kliënt praat en hom vra of ek hom vandag kan sien? Net vinnig."

"Dis moeilik. Hy's 'n baie besige man."

"Ek verstaan dit, maar ons kan nie langer wag nie. Die storie was klaar gister in *Beeld*."

"Ek sal uitvind," antwoord hy formeel, "maar ek belowe niks nie."

Andi sug toe sy die foon neersit. As Paul uitvind sy het gebel en nie die adres in die hande gekry nie, fire hy haar on the spot. Haar enigste hoop is nou op advokaat Human. Sy hoop tog hy is 'n genadige man.

Andi draai in haar kantoorstoel om. Die kantoor is neerdrukkend verby. Alles is oud en muwwerig. Sy wens so sy het eerder by *Beeld* gewerk – in daardie glaspaleis in Aucklandpark wat hulle Mediapark noem. Elke oggend, wanneer sy daar verbyry op pad werk toe, beny sy so die mense wat met hul toegangskaarte by daardie groot glasgebou instap. Eendag, dink sy elke keer, eendag is dit sy.

Intussen is sy vasgekeer in hierdie ou Pressco-gebou in die middestad. Dit lyk erger as die staatsdiens hierbinne. Grys mure, grys afskortings, uitgetrapte matte, uitgewaste mense. En daardie eendag lyk al hoe verder. *Beeld* en Mediapark lyk al hoe meer buite haar bereik. As mens twee en twintig is, kan jy nog vir jouself sê dis net 'n trappie na groter dinge. Dan kan jy die grysheid verduur terwyl jy grootoog oor groter dinge droom. Maar sy is op die vooraand van dertig en hier sit sy in 'n loop-

baan-doodloopstraat. Waar sy oor onsinnighede soos celebs s\
verlowings moet skryf. In dié stadium van haar lewe moes sy a\
by *Beeld* of *Sarie* of *Fairlady* gewerk het – waar sy regte artikels
kan skryf oor dinge wat saak maak of mooi, inspirerende dinge.
Waar sy beskou sal word as 'n regte joernalis, nie 'n sukkelende
dertigjarige groentjie wat nie eens celeb-storietjies vir 'n ponie-
koerant kan skryf nie.

Sy draai terug in haar stoel en tel die gehoorstuk weer op. Al
hoe sy uit *Pers* gaan ontsnap, is deur vir haar 'n naam te maak.
En haar eerste stap is hierdie Jack Greeff-storie. Sy gaan nie veel
van 'n naam hê as Paul haar fire nie. Sy sleutel weer advokaat
Human se nommer in.

Wonderlik. Hulle het verdwaal.

Sy moet Greeff en Emma 12:00 by Greeff se mansion in
Sunninghill kry, maar nou gaan sy dit nooit betyds maak nie.
Advokaat Human het toe sowaar vir haar 'n onderhoud gereël
gekry. Andi het hom so geteister en gesmeek dat hy nie anders
kon nie.

Nou is sy laat. En om alles te kroon ry sy met een van *Pers*
se heel grillerigste, leliskste karre: 'n Tazz met 372 000 kilos op
in 'n kleur wat eens op 'n tyd wit was, maar nou so 'n cappu-
cino-skynsel het. Pressco-joernaliste ry nie met hul eie motors
nie. Die maatskappy het 'n poel motors waarvan hulle een uit-
teken as hulle uitgaan op 'n storie. Die meeste van die motors is
opgeryde wrakke. Hierdie een is een van die ergstes. Daar is 'n
kraak regoor die voorruit, die regterspieëltjie is af en haar deur
het nie meer 'n handvatsel nie, wat beteken sy moet aan die
passasierskant in- en uitklim.

Vandag is daar 'n bygevoegde vreugde: die hele stuurwiel is
blink van 'n vorige bestuurder se Kentucky-vingers. Hoe weet
sy dit was Kentucky? 'n Servet met die kolonel se gesig en 'n
hoenderbeen onder die handrem was 'n leidraad.

Andi probeer al heelpad so min moontlik asemhaal en met so min moontlik vingers aan die Kentucky-stuurwiel vat.

Die fotograaf sit in 'n grys, gekreukelde hoop langs haar. Die beneukste skakering van grys. Fotograwe haat dit as verslaggewers verdwaal. Om een of ander rede beskou hulle dit nooit as hulle taak om uit te vind hoe om by 'n storie uit te kom nie.

Die rede hoekom sy verdwaal het, is die bouery aan die Gautrein. Elke dag word 'n ander pad toegemaak en die hele Johannesburg is 'n doolhof van oranje padkegels en geel detourborde. Sy het nou al elke denkbare detour-bord gevolg, maar geeneen van hulle lei na Sunninghill nie.

Haat fotograwe. Haat die Gautrein. Haat oranje kegels en detour-borde.

Hoekom kon sy nie eerder vir *Sarie* of *Cosmo* gewerk het en nou in 'n lugverkoelde Yaris met 'n skoon stuurwiel op pad gewees het na die bekendstelling van 'n nuwe parfuum nie?

"Wie stel in elk geval in ou Jack Greeff se liefdeslewe belang?" vra die fotograaf.

"Net 90% van ons lesers," antwoord Andi verontwaardig. Sy haat dit as mense maak of haar beat by die koerant en haar stories nie saak maak nie. Net sy mag dit doen.

"Hy is so 'n has been. Wie de hel gee nog om?" sê die fotograaf.

"Mense soos jou ma en my ma wat almal sy CD's het en elke dag die koerant koop."

"Wat sien daai *7de Laan*-chick in hom? Hy kon haar oupa gewees het," sê die fotograaf.

"Ja," sê Andi, "dit is bietjie grillerig."

"Seker maar die ching," sê hy.

"Daarvan is daar baie," sug sy en kry uiteindelik kans om verby 'n taxi te kom wat voor haar stilgehou het.

"Hoe het hy so ryk geword? Dit kon tog nie van sy simpel sangloopbaan alleen gewees het nie?" vra die fotograaf.

"Nee, dis die klubs," antwoord Andi terwyl sy nou soos 'n taxi in Jan Smuts afjaag om by William Nicol uit te kom.

"Daardie Afrikaanse klubs?"

"Ja, die volk is mos mal daaroor. Bakgat in Benoni is nou die gewildste klub in Gauteng."

"Was jy al by een? Speel hulle regtig net Afrikaanse musiek?"

"Dis die klubs se sukses. En dit is wat Jack Greeff 'n multi-miljoenêr gemaak het. Hy het dit begin. Hy besit seker nog iets soos twintig regoor die land."

"Ek kan nie glo mense gaan actually soontoe nie."

"Wel, hulle gaan. Hordes van hulle. Naweke moet jy sien hoe staan die rye by daai klubs se deure uit."

Uiteindelik toring Jack Greeff se paleis voor hulle uit. Dis nou sewe minute oor drie, sewe minute laat.

Toe Andi deur die swaar ysterhekke vol sierlike krulle en draaie ry, onthou sy hoe *Pers* se Tazz lyk. Sy kry 'n pyn in haar bors soos wat sy haar skaam. Sy is voor die tyd aangesê presies waar sy op die Greeff-landgoed moet parkeer. Buiten 'n swart Mercedes-Benz SLK-sportmotor is daar geen ander motors in die parkeerarea nie. Andi wonder wie die ryk mens is wat ook by Greeff kom besoek aflê het.

Sy hoop daar is niemand in die Mercedes om getuie te wees van Aspoestertjie se aankoms in die pampoen nie. Maar die noodlot is teen haar. Daar sit inderdaad 'n mens agter die stuur. Waarom, waarom moet haar lewe altyd in die vorm van embar-rassing sprokies afspeel?

Toe sy langs die swart Mercedes stilhou, rol die bestuurder die elektriese venster aan sy passasierskant af en sê: "Klim gerus in. Ek sal julle na die ingangsportaal neem." Greeff se landgoed is blykbaar so reusagtig dat hy een van sy chauffeurs moes kry om hulle na die voordeur toe te karwei. Nou moet sy ten aan-skoue van die man by die passasierskant uitsukkel. Om sake te vererger het sy vandag haar ballonromp aan wat sy die naweek gekoop het. Saam met visnet-sykouse wat haar tannie vir haar van Frankryk af gebring het. Sy laat blyk egter niks van haar paniek nie en glimlag net vir die man. Dan begin sy boude in die lug, ballonromp in haar gesig oor die rathefboom en handrem klouter asof dit die normaalste manier is om by 'n motor uit te klim.

Toe sy en die fotograaf uiteindelik agterin die Mercedes neerval, laat die reuk van weelde haar skoon van haar verleentheid vergeet. Dit is hoe die binnekant van 'n motor moet ruik. Sy wens sy het eerder vir Greeff as vir *Pers* gewerk. Sy is hiervoor gemaak: vir mooi dinge en weelde, nie vir KFC-stuurwiele en beneukte fotograwe nie.

Binne in die mansion is dit nog luukser. Daar is meer glas en hout en leer as wat *Pasella* en *Top Billing* gesamentlik in 'n jaar kan verfilm. Dis darem nie alles net Greeff se huis nie. Vandat sy kinders uit die huis is, het hy 'n groot deel van die huis in 'n boetiek-hotel laat omskep – dié dat daar nou chauffeurs en dinge is wat 'n mens uit die parkeerarea kom haal.

'n Man wat lyk soos een van sy lyfwagte, met 'n akneevel van te veel steroïedes, lei hulle na die vertrek waar die onderhoud gaan plaasvind.

Andi was onder die indruk sy kry 'n eksklusiewe onderhoud met net Greeff en Emma, maar toe sy by die sitkamer instap, sit daar 'n hele gehoor haar en aanstaar.

Sy wens sy kan warm lug onder haar ballonromp inpomp en op die wolke wegvaar. Wat soek al hierdie mense hier en hoekom staar hulle na haar?

Haar oë hardloop paniekerig deur die spul en dan herken sy die twee gesigte waarvoor sy gekom het: Greeff se groot, pienkerige gesig. Ai, hy's regtig nie 'n mooi man nie. En langs hom die skone Emma.

Hy steun regop, trek aan sy das en steek sy pofferige hand uit. "Andi. Welkom." Sy skud sy hand en wonder of haar hand soos 'n hoenderboudjie uit 'n Streetwise Two voel. "Ek hoop nie jy gee om nie. Ek het my span gevra om in te sit op die onderhoud," sê hy. "'n Mens wil nie hê daar moet . . ." hy maak eers keelskoon, "misverstande insluip nie." Greeff is tog so im-merkorrek.

"Natuurlik," antwoord sy en gaan sit op een van die leer-stoele. Sy voel die koue van die leer deur die gaatjies in haar vis-netkouse. Hierdie spul maak haar erg op haar senuwees. Daar is sewe mans in pakke en dasse en twee baie maer vroue in snyerspakkies. Hulle kyk haar in haar ballonromp aan asof sy 'n valskermspringer is wat so pas in 'n eksklusiewe buitelugklub-ontmoeting neergetuimel het.

Greeff laat die klomp hulself op 'n ry voorstel.

"Advokaat Human, meneer Greeff se regsverteenwoordiger," sê die eerste man en vryf oor sy silwergrys das. Andi besef dis met hom wat sy oor die foon gepraat het. 'n Man wat hom met sy titel aan jou voorstel, sê Wendy altyd, kan jy maar weet, is 'n loser. Al is die titel dokter of professor, of in dié geval, advokaat. Advokaat Human is die jongste van die lot. Hy het donker-blonde hare en 'n lenige lyf. As hy nie so priss was nie, sou hy aantreklik kon wees.

Twee van die ander mans is lyfwagte, een van die vroue is Greeff se skakelbeampte, die ander een sy prokureur en die res het sy nou vergeet. Seker sy uroloog en sy ouderling.

Ná die voorstellery haak Greeff liefies by Emma in. Andi verstaan regtig nie wat sy in die man sien nie.

"So wat wil jy weet, Andi?" vra Greeff en glimlag soos 'n pe-dofiel wat 'n suigstokkie vir 'n slagoffer aanbied.

Andi besef sy moet nou ophou gril en haar soos 'n professio-nele, objektiewe verslaggewer begin gedra. Greeff kan nie help hy lyk soos hy lyk nie. Sy's eintlik nou net pleinweg nasty. En haar byline was eeue laas in die koerant en as sy hierdie storie opmors, verskyn haar byline dalk nooit weer in drukvorm nie, wat nog te sê die koerant.

"Hoe het julle ontmoet?" vra sy en begin vervaard notas neem terwyl Emma vertel.

Ná die ontmoetstorie, wat prentjies in haar kop geplant het wat sy net met hipnose sal kan uitkry, besluit sy om die ouderdomsverskil aan te raak.

"Emma," begin sy half ongemaklik, "hoe voel jy oor die groot ouderdomsverskil?"

'n Glimlag breek oor Emma se gesig en sy maak haar mond oop om te antwoord, maar advokaat Human onderbreek haar. "Ek glo nie dis relevant nie, juffrou Niemand."

Juffrou. Wie gebruik nog die aanspreekvorm "Juffrou" behalwe Afrikaanse laerskoolkinders? As sy 'n goue sterretjie gehad het, het sy dit op sy voorkop gaan plak en vir hom 'n omsendbrief gegee wat hy huis toe moet vat. Maar Andi weet nou al advokate en prokureurs praat so. Sy het met genoeg van hulle te doen gekry in haar dae as hofverslaggewer by die *Benoni Advertiser*.

"Ek's jammer as die vraag jou ontstel," sê sy vir die man, "maar dit is relevant vir ons lesers en my berig."

"As mnr. Greeff se regsadviseur, kan ek nie anders as om . . ."

"Dis oukei, Arend," val Jack hom in die rede met sy hand in die lug. Hy beantwoord die vraag: "Ek besef ek is heelwat ouer as Emma, maar ons het reeds die ouderdomsverskil bespreek en uitgepraat en ons gaan nie dat dit in die pad van ons geluk staan nie." Emma vou al twee haar hande om Greeff s'n.

Meneer die advokaat kyk af en vroetel met sy das se punt. Andi sien daar's baie van daai donkerblonde hare. Hmm, soos Wendy altyd sê, nothing like a full head of hair . . .

Maar sy verban die gedagte en keer terug na haar professionele self. "En gaan julle binne of buite gemeenskap van goedere trou?" vra sy.

"Nee werklik, juffrou Niemand," teken die advokaat beswaar aan asof hy in 'n hof is. "Hierdie vraag is totaal onnodig. Julle is net agter sensasie aan."

Sensasie. Die woord wat advokate en prokureurs gebruik as laaste linie van verdediging wanneer hulle nie meer ander raad met joernaliste het nie.

Eers het advokate dit reggekry om haar te intimideer en haar soos die enigste standaardgraad Wiskunde-kind in die hoër-graad-klas te laat voel, maar nou skrik sy nie meer so erg vir hulle nie. En sy hét Wiskunde op hoërgraad gehad.

"Advokaat Human," antwoord sy, "ek besef jy beskerm die belange van jou kliënt, maar dis my werk om sulke vrae te vra." Haar hart dawer in haar ore. Haar dae as misdaad- en hofverslaggewer het haar taaier gemaak as wat sy was, maar sy het nog nooit gehou van konfrontasies nie, veral nie met kwaai advokate nie.

Die advokaat staar haar oorbluf aan en draai na Jack: "Ek sal jou aanraai om nie die vraag te beantwoord nie."

Maar Emma blaker dit uit: "Nee, ek wil hê almal moet weet hoekom ek met Jack trou. Skryf dit daar: ons teken 'n voor-huwelikse kontrak. Ek is nie 'n fortuinsoeker nie. Ek trou met hom vir die man wat hy is, nie vir sy rykdom nie."

Die volgende paar vrae hou Andi maar kalm: Wanneer be-plan hulle om te trou? Wil hulle dadelik met 'n gesin begin, aangesien Greeff se vrugbare dae duidelik getel is? Die laaste deel van hierdie vraag sê sy nie hardop nie.

Advokaat Human gluur haar heeltyd aan. Die dreigement is duidelik op sy gesig: vra nog net één verkeerde vraag . . .

Die res van die onderhoud is maar styf. Greeff se span volg die advokaat se voorbeeld na en iemand het iets te sê oor elke tweede vraag. Dit plaas 'n demper op als en later antwoord Greeff net die nodigste.

Toe Andi en die fotograaf met die chauffeur terugry, is sy

sommer keelvol. "Dat ek myself so moet verneder om inligting uit B-lys-celebs te kry, wat niemand in elk geval wil weet nie. En daai advokaat!" Die fotograaf reageer nie. Hy staar net beneuk voor hom uit.

Die chauffeur laai hulle by die *Pers*-motor af en ry weg. Andi stap voor om om weer deur die onwaardige ritueel te gaan van by die passasierskant inklim. Toe sy voor die motor kom, sien sy 'n papiertjie onder die ruitveër. Seker 'n pamflet, sug sy en ruk dit uit. Maar dis nie 'n advertensie nie. Dis 'n briefie op gewone lyntjiespapier. In 'n vrouehandskrif: *Jack Greeff is nie wie julle dink hy is nie. As jy meer wil weet, ontmoet my Maandag 12:00 by die standbeeld in Nelson Mandela Square.*

Andi druk die papiertjie in haar sak. Sy wil nie hê die fotograaf moet dit sien nie. Dit kan dalk niks wees nie, maar sy het 'n gevoel dis iets . . . iets wat vir haar die storie van haar lewe gaan gee.

3

Die aand, nadat sy haar Jack Greeff-verlowingstorie geskryf en gestuur het, kuier sy by Vera en Hano in hul Toskaanse villa in Houghton. Dis Vrydag en sy hoef nie môre te werk nie. Andi en Vera kom al van graad een af saam. Vera was altyd die slimmer een op skool. Om die waarheid te sê, sy was dié slimste. Dux-leerling van Benoni Hoër, nege onderskeidings in matriek, aktuarieel gaan swot.

Andi weet nou nog nie mooi wat aktuarieel beteken nie, al het Vera haar dit al hoeveel keer verduidelik. Dit het haar lank genoeg gevat net om te leer hoe om dit reg uit te spreek. Nou weet sy dit het iets te doen met iemand wat vir versekeringsmaatskappye uitwerk wat jou kans is om dood te gaan of 'n horribale siekte te kry sodat hulle kan weet hoeveel jy per maand vir lewensversekering moet betaal, en hulle nog steeds meer as jy score.

Vera het een keer vir haar gesê 'n vrou se kans om in 'n terroriste-aanval te sterf, is statisties groter as haar kans om ná die ouderdom van dertig 'n man te kry. Andi wonder of sy dalk in die Midde-Ooste moet gaan bly om albei daardie kanse te verhoog.

Rentia en Vera het saam by daardie grênd ouditfirma gewerk. Dis hoe Andi en Rentia vriende geword het. Maar nou is Vera voltyds ma. Sy mis die syfers, sê sy. Op universiteit was haar hele koshuiskamer met wiskundige formules beplak. Toe sy die syfergetikte rekenmeester, Hano Terblanche, die eerste keer na haar kamer nooi, was die transaksie so te sê beklink.

Vera het nog altyd met haar kop besluit en Andi vermoed dit was ook die geval met Hano. Hy hou daarvan om Playstation te speel en liedjies uit die Gesange en Psalms-boekie te fluit.

Selfs al het Vera nou 'n man en kinders, het Andi altyd 'n ope uitnodiging om daar te gaan kuier. Ná die nagmerrieonderhoud met Jack Greeff het sy moederlike troos nodig. En dis nou een ding wat Vera kan gee.

Dit is 'n missie en 'n half om by hulle huis uit te kom. Hulle woon in 'n estate binne-in 'n estate in 'n afgesperde woonbuurt, wat eintlik net 'n ander woord is vir 'n estate. Dis net wagte en waterfonteine en broodbome waar jy kyk. Baie posh.

Eers het dit Andi glad nie gepla dat Vera getroud is en kinders het en sy wat Andi is, nie eens 'n kêrel kan kry nie. Maar deesdae begin dit aan haar krap. Seker omdat Rentia nou ook gaan trou. En Wendy het konstant 'n trop mans agter haar aan. Wanneer die troulus haar beetpak, kan sy net haar vingers klap en vyf van hulle sal met 'n ring in die hand op een knie neersak. Andi kan nie help om te voel of sy op die rak agterbly nie. Een van die dae is sy dertig en steeds single. En sy't nie eens 'n loopbaan om van te praat nie.

Met haar aankoms is daar chaos in Villa Terblanche.

Riekert, amper een, skreeu op Vera se heup. Hy lyk soos 'n foto vir een van daardie plakkate of TV-advertensies oor kindermishandeling: Net trane en slym en kromgetrekte handjies met twee ogies wat sê: Kan iemand asseblief tog net lief wees vir my?

Vera se oë sê: Kan iemand asseblief vir my binneaarse valium toedien?

Maar al wat sy sê, is: "Andi, kom net in. Kry vir jou iewers 'n sitplek. Soos jy kan sien, moet ek gou 'n paar goed uitsorteer."

"Dis reg so, Veer. Gaan jy aan."

Toe sy instap, hoor sy vir Jantjie hoog en aanhoudend blaf. Jantjie is hulle worshond wat 'n obsessie het met skaduwees. Wanneer hy so blaf, weet Andi al, is dit vir 'n skaduwee. Dit raak erger as hulle te min met hom gaan stap.

"Beeno!" skreeu Vera terwyl sy met die gillende Riekert by die trappe opklim. "Beeno, Jantjie, Beeno! Ounooi gee Beeno!" Die hondesielkundige het gesê die enigste manier om Jantjie se aandag van skaduwees af te lei, is met 'n lekkerny. "You're very lucky that he's food motivated, you know," was die sielkundige se kommentaar. Toe Vera haar dit vertel, het Andi gewonder of sy dit vir Paul moet sê: "You're very lucky that I'm food motivated, you know. Gee vir my 'n roomys en ek skryf vir jou 'n voorbladberig."

Maar vanaand werk Beeno nie op Jantjie nie. Sy blaffies raak net meer en hoër. En nou het Knersus, hul ander worshondjie, vir Jantjie se wangedrag begin blaf. Knersus beskou dit as sy plig om Jantjie te dissiplineer, aangesien hul eienaars dit nie regkry nie. Die twee blaf nou in kanon.

Andi stap maar sitkamer toe. Die huis ruik na brand. Vera is 'n briljante aktuaris en goeie ma, maar nie die wêreld se beste kok nie. In die sitkamer tref Andi vir Hano op die mat aan, omtrent dertig sentimeter voor die enorme platskerm-TV. Hy speel

Playstation. Dit lyk of daar enige oomblik kwyl by sy mond gaan uitdrup.

"Hallo, Hano," sê sy, maar sy kry net 'n knik terug, sonder dat hy sy oë van die skerm wegskeur. Hy is seker in die kritieke fase van stage vyf punt iets van een of ander geveg.

Andi gaan sit op die leerbank. Bo hoor sy nog Riekert se gille, wat nou nie meer hartseer is nie, maar woedend.

Die geluide van die speletjie doof dit effens uit. Elke keer wanneer Hano met koorsagtige duimklieke 'n man op die skerm doodskiet, sak hy met die vreeslikste sterfgeluide inmekaar. Wanneer daar nog mans in weermagklere voor die geweerloop op die skerm verskyn, versnel die aantal duimklieke en lyk dit of Hano se regtervlerkie in 'n spasma ingaan. 'n Man van sewe en dertig.

Dan hoor Andi klieke van 'n ander aard. Sy kyk om en sien Nina, drie, poedelkaal by die trappe aftrippel in haar Barbie-hoëhakskoene. Bolle skuim kleef oral aan haar lyfie.

"Nina, kom terug!" gil Vera van bo af.

Nina het uit die bad ontsnap en is baie in haar skik daaroor. Arme Vera, dink Andi. Sy kyk vir Hano. Hy sien Nina nie eens nie. Hy maak nou klein geluidjies en sy kop ruk. Sy sal moet ingryp, besluit Andi, al is sy hoe bang vir kinders. Nina hardloop weg toe Andi op haar afpyl. In die kombuis gly haar skuimvoetjies op die teëls en sy val. Juig al wat leef. Nou is daar nog 'n geluid om by Riekert se gille, Jantjie se geblaf en die Playstation-doodskreune te voeg. Dit begin bedrieglik sag. Net so 'n hoë geteem, maar dan crescendo dit tot 'n allemintige martelaarskreet. Andi gryp haar aan die hand en sleep haar al skreeuend by die trappe op. Klein stoutgat.

"Dankie, An," sê Vera waar sy op haar knieë voor die bad staan. Vera is so mooi, sien Andi weer. Klein met 'n fyn gesiggie en kort, donker pixie-hare wat veertjies maak oor haar voorkop en langs haar slape. Riekert speel nou op engelagtige wyse

33

pienk en vrolik in die skuim op 'n manier wat 'n mens laat dink jy het nou-nou gehallusineer toe jy die duiwel self in sy oë kon sien.

Hy kyk sy suster verbysterd aan, asof sy waansinnig is om so te skree oor 'n heerlike skuimbad. "Jy gaan naughty chair toe," waarsku Vera haar. Die naughty chair is hulle plaasvervanger vir lyfstraf. Die dreigement het geen uitwerking nie. Op die ou end kry sy Nina tevrede deur toe te laat dat sy met die Barbie-skoene en al in die bad klim.

"Hoe gaan dit by die werk?" vra Vera toe dit uiteindelik so stil en salig is dat hulle die skuimborreltjies kan hoor bars. Siestog, sy's altyd so beleefd. Maak nie saak watter katastrofes in haar huis afspeel nie, sy sal altyd die ordentlike ding doen en in ander mense se lewe belangstel.

"Eintlik heel opwindend," sê Andi. Sy's nou ook op haar knieë voor die bad en maak klowe in die skuim met 'n Bratz-pop.

"Opwindend, sê jy?"

"Ek dink ek is op die rand van 'n onthulling oor Jack Greeff."

Vera lag. "Jack Greeff!" sê sy. "Is jy seker daar is iets om te onthul buiten grys borshare?"

"Nee, hierdie is rêrig êrig," sê Andi. Sy vertel Vera van die briefie onder die ruitveër en die vrou wat haar in die geheim wil sien om duistere dinge oor die ou man te vertel. "Dis alles baie Deep Throat en cloak and dagger," giggel Andi.

"Jy beter net pasop. Jy weet nie wat hierdie vrou se motiewe is nie."

"Nee, ek weet, ek weet. Ek sal dit mooi uitluister. En ons ontmoet darem in 'n openbare plek."

"Moet net nie saam met haar iewers heen gaan nie, wat jy ook al doen."

"Hm, ja, dalk is dit 'n lokval," sê Andi.

Vera lag weer terwyl sy Riekert begin afdroog. " 'n Lokval, sê jy? Deur wie nogal?"

"Ek weet nie." Andi trek haar skouers op. "Dalk die Boeremag. Dalk wil hulle my hê vir hulle teelprogram. Hulle het my vrugbare heupe gesien en besluit hierdie een gaan eiehandig vir ons 'n wit meerderheid baar."

Voordat Vera vir die grappie kan lag, gaan die badkamerdeur oop. Dis Hano. "Is jy oukei, Mamma?"

Hano en Vera noem mekaar al vir jare nie meer op hul voorname nie. Afhangend van die onderwerp onder bespreking, spreek hulle mekaar óf as "Mamma" en "Pappa" aan óf as "Ounooi" en "Oubaas". As dit oor die kinders gaan, is dit Mamma en Pappa; as dit oor die honde gaan, is dit Ounooi en Oubaas: "Pappa, sit asseblief die pram in die Prado." "Ounooi, kyk hoe mooi lê Jantjie in sy mandjie." Andi wonder hoe 'n mens seks kan hê met iemand wat jy "Pappa" en "Oubaas" noem.

"Ja dankie, Pappa, Andi help my," glimlag Vera vir Hano. Hy probeer nie eers sy verligting wegsteek nie en fluit "Prys die Heer met blye galme" toe hy die deur toetrek en in die gang afstap.

Vera het die wêreld se geduld. Met die kinders én met Hano. Hy help feitlik met niks nie en sy is altyd vriendelik met hom. "Hy het baie stres by die werk," het sy al voorheen vir Andi gesê. "Hy kan nie nog by die huis met hierdie goed sukkel nie. Ek's mos nou 'n huisvrou."

Maar op 'n manier beny sy Vera. Sy is so uitgesorteer. Sy het die hele setup: ryk man, kinders, mooi huis met simmetriese, gesnoeide boompies voor die garage, beleggings in eiendom, waterfeature. Al die goed wat Andi se ma vir haar wil hê. En sy voel of sy dit nooit gaan kry nie. Een van die dae is sy dertig en sy't nie eens 'n boyfriend nie.

"Jy's so lucky, Veer," sê sy. Hulle droog nou vir Nina ook af. "Op jou dertigste verjaardag kan jy weet jy hét ten minste iets."

"Wat praat jy?" sê Vera. "Weet jy hoe wens ek soms ek was

nog lekker single soos jy? Net verantwoordelik vir jouself. Kan enige ou date."

"Ag," sug Andi, "dating is overrated."

Vera glimlag net. Andi sê: "Jy's nou veronderstel om te sê 'moederskap en Toskaanse villas ook'."

Vera lag. "Oukei, moederskap en Toskaanse villas ook," sê sy terwyl sy Nina in haar pienk Bratz-handdoek toedraai en vasdruk. Die twee lyk soos 'n voorblad vir *Baba en Kleuter*. Donker hare, pienk wange, blink oë.

"Ja, ek glo jou," sê Andi sarkasties en gooi 'n bad-eendjie in haar rigting.

"Alles is nie altyd soos dit lyk nie, An," sê Vera somber. Haar oë slaan vir 'n oomblik neer en sy byt op haar onderlip.

Andi is bekommerd. "Wat bedoel jy? Veer? Wat gaan aan?"

Maar toe Vera opkyk, is haar blosende *Baba en Kleuter*-gesig terug. "Ag, sommer niks nie." Sy swiep Riekert in die lug op dat hy kraai van plesier. "Kom ons gaan sit die twee monsters in die bed."

Goed. Hoe moeilik kan dit wees? Avokadovorm. Vandag is die dag dat sy vir haar ma gaan wys sy kán iets so eenvoudigs soos 'n avokadovorm maak. Sodat Elsabé Niemand nie weer, soos gewoonlik, onderlangs kan mompel: "Mens vra iets eenvoudig soos 'n avokadovorm . . ." Dis wat haar ma doen: wanneer sy onvergenoegd of te nagekom voel, verwys sy altyd na haarself in die derde persoon.

Daar is 'n vreemde vloek oor Andi. Sy kán kosmaak. Regtig. Kook, bak, koeke versier, crème brulée met daardie blaasvlammetjie maak. Almal weet dit. Tussen hulle vriendinne is sy bekend as die meestersjef. Maar feitlik elke liewe keer wanneer sy iets vir haar ma moet maak, flop dit. Pavlova kan sy maak, soufflé, rolkoek, sjokoladeblaartjies, rooiwynpere en bloukaasroom, maar laat haar ma haar vra vir 'n eenvoudige noedelslaai en dit

36

kom rampspoedig uit. Maar vandag gaan sy daai vloek breek. Vandag gaan sy haar ma beïndruk met die beste avokadovorm ooit.

Hoekom 'n mens 'n vrug of 'n groente wat heeltemal lekker en sappig of krakerig op sy eie is, wil verpulp en met jellie wil meng sodat dit skuimagtig word en dril en almal aan tafel daarvoor gril, verstaan sy nie. Maar ter wille van 'n goeie verhouding met haar moeder, gaan sy vanoggend 'n vormslaai maak, al is dit waarskynlik teen een of ander internasionale handves van menseregte.

Toe sy met al die bestanddele van Pick n Pay af terugkom, is dit 9:23. Dis bietjie laat en sy sal moet wikkel, maar alles is nog onder beheer.

Terwyl sy die avokado's skil, dink sy aan Vera. Andi het 'n vreemde gevoel alles is nie pluis daar nie. Sy kan nie vir seker sê nie, en sy kan nie haar vinger daarop lê nie, want Vera sal nooit kla of vertel nie, maar iets is daar nie reg nie. Andi wéét dit. Dit help nie sy vra haar nie. Net soos wat wiskundige formules deel van Vera se aard is, is dit in haar om die blink kant bo te hou. Vera se dowwe kant, haar seer kant, sien jy net as iets haar heeltemal omgooi en sy op haar blink kant val, sodat niks anders as die dowwe kant kan wys nie. En Andi het 'n gevoel dit is presies wat aan die gebeur is . . .

Toe sy al die bestanddele klaar gemeng het, gooi sy dit in die vorm. Dis nou wel 'n visvorm wat eintlik bedoel is vir 'n gestolde tunagereg, maar sy het nie 'n ander vorm nie. Sy gaan met 'n groen avokadovis by haar ma-hulle, haar dokterbroer en sy nuwe meisie aankom, besef sy. Maar oukei, ten minste is die vorm klaar.

Toe sy by haar ouerhuis in Northmead, Benoni inry, staan haar ma vir haar buite op die sypaadjie en wag. Soos altyd moes sy haar ma laat weet sy's amper hier, sodat sy vir haar die hek kon oopmaak.

"Andriette, jy's laat," sê haar ma toe sy uitklim, maar soen en druk haar darem.

"Jammer, Ma, die avokadovorm het bietjie lank gevat om te set."

Haar ma het ligpers Queenspark-jeans met 'n stywe wit toppie en 'n wit en pers geruite katoenbloesie bo-oor aan. Elsabé Niemand het 'n merkwaardig mooi figuur vir 'n drie en vyftigjarige vrou en haar hare is in 'n elegante, kort blonde kapsel. Mooiste in Benoni, sê haar pa altyd.

Nadat Elsabé haar dogter gegroet het, vat sy met die punte van haar vingers aan Andi se hare asof sy daarvoor gril. Met die avokadovorm het sy nie tyd gehad om haar hare mooi te blaas nie en dit het sommer so in die ry met die oop venster droog geword.

"Ek weet my hare lyk sleg, Ma," sê sy.

"Nee, dit lyk nie . . . slég nie," sê Elsabé, "net . . . die punte is bietjie droog. Jy moet weer na Robert toe kom sodat ons weer ligstrepies kan insit; jou weer mooimaak."

Elsabé praat altyd in die meervoud wanneer sy van haar en Andi se haarkapper, Robert, praat, asof hulle 'n span is wat verantwoordelik is vir Andi se voorkoms.

"Waar is die avokadovorm?" vra haar ma.

"In die kattebak in 'n koelhouer. Dit het nog nie heeltemal gestol toe ek moes ry nie."

Sy sluit die kattebak van haar Golfie oop en lig die deur op.

Niks kon haar voorberei op dít wat daarbinne wag nie: 'n Gruwelike, toksiese groen massa. Die koelhouer het omgeval, die visvorm ook en al die avokadomoes het uitgeloop. Andi hou op asemhaal. Sy maak haar oë toe. Dit kan nie wees nie, dis onmoontlik, sy hallusineer. Wanneer sy haar oë weer oopmaak, sal sy 'n vis in die kattebak sien. 'n Volmaakte, drillerige vis. Nie 'n groen slikdam wat ghloek-ghloek in die kattebak klots nie.

Maar toe sy haar oë weer oopmaak, lê die groen see steeds

daar, die bewys van haar algehele onbevoegdheid as dogter en vrou. Sy sien hoe haar ma nog steeds met skok en afgryse na die inhoud van die kattebak staar. Daar's niks wat Andi kan sê om dit beter te maak nie. Daar heers 'n paar oomblikke van geskokte stilte.

"Niemand hoef hiervan te weet nie," sê haar ma later toe hulle kombuis toe stap om skoonmaakgoed te gaan haal. Andi kan nie glo dit het weer gebeur nie. Dalk moet sy maar net ophou probeer en van nou af voorbereide Woolies-slaaie of -poedings koop as haar ma vir iets vra.

"En hoe gaan dit op die liefdesfront?" vra haar ma haar guns- telingvraag nadat Andi sowat honderd en dertien velle kom- buispapier en 'n driekwart bottel Vanish Carpet Stain Remover gebruik het om van al die groen gemors ontslae te raak. Hulle is weer op pad na die kombuis toe om die laaste goed voor ete reg te kry.

"Ma," kreun sy. Hemel, kan haar ma nie verstaan dat hierdie vraag elke keer vir hulle al twee embarrassing is en amper altyd dieselfde antwoord het nie?

"Ek vra maar net. Daar het hierdie nuwe dokter by die prak- tyk begin," sê sy met groot oë. Elsabé werk haar lewe lank al in 'n dokterspraktyk in Benoni (vandaar die obsessiewe begeerte dat 'n kind van haar 'n dokter moet word) en probeer sedert Andi se laat tienerjare vir haar 'n dokter vir 'n kêrel reël. As Andi dan nie self 'n dokter kan word nie, kan sy darem met een trou, is waarskynlik Elsabé se redenasie. Tot haar ma se verskriklike teleurstelling het nog nie een van bogenoemde plaasgevind nie. Andi weier volstrek om aan die mediese blind dates deel te neem wat haar ma elke nou en dan vir haar wil reël. Maar haar ma is onverbiddelik. Solank as wat Andi in haar vrugbare jare is, sal sy aanhou probeer om haar dogter se titel van Juffrou Niemand in Mevrou Dokter te omskep.

"Ma, eintlik is daar iemand . . . iets . . ." sê Andi terwyl sy met 'n vurk patroontjies op 'n komkommer skraap vir die groenslaai. Sy's dadelik spyt sy't dit gesê. Sy weet hierdie onthulling was 'n yslike fout, maar sy was desperaat. Sy moes iets kry om haar ma weg te stuur van die nuwe jong dokter by die praktyk.

"Iemand?" glimlag haar ma. Andi kan sien sy probeer haar blydskap onderdruk. "En wie is die iemand?" vra sy terwyl sy messe en vurke aftel.

"Ag, dis eintlik niks. Net iemand by die werk," sê Andi.

Elsabé se gesig val. Dit lyk of iemand haar blydskap met 'n vurk geskraap het. "Is hy ook 'n joernalis by *Pers*?" vra sy.

Andi verstaan dadelik die probleem. Haar ma haat dit dat sy by *Pers* werk. Dis oukei dat sy 'n joernalis is (met dié dat sy nou nie 'n dokter kon word nie), maar *Pers* "is darem baie poniepers, geelpers, skandpers," het haar ma gesê toe sy ses maande gelede daar begin werk het. As haar dogter 'n joernalis móét wees en nie 'n dokter kán wees nie, moet sy eerder by *Beeld* werk, 'n gerespekteerde koerant in die gerespekteerde Naspers-stal.

"Nee, hy werk vir *Die Landstem*," sê Andi. In haar ma se oë is dit nie veel beter as *Pers* nie. Al wat sy van *Die Landstem* weet, is dat dit ook 'n sukkelende koerant onder die sukkelende Press-co-vaandel is. Al joernalistieke beroep wat vir haar aanvaarbaar sal wees, is een binne Naspers.

"O," is al wat Elsabé sê.

Andi vererg haar sommer. "Hy's 'n baie goeie joernalis, Ma. 'n Ondersoekende een wat al pryse gewen het en als."

"Gaan julle uit?"

"Nee, ons slaap net saam." Sy kon nie die versoeking weerstaan nie. Eers na 'n rukkie kyk sy van die komkommer af in haar ma se geskokte gesig op. Gevries staan Elsabé daar, messe en vurke nog net so in haar hande. "Ek maak net 'n grappie, Ma!"

Elsabé begin verder aan borde en lepels tel. "Mens maak nie sulke grappies met jou ma nie."

Andi lag. "Dis net omdat Ma so 'n goeie sin vir humor het dat ek sulke grappies met Ma maak."

Haar ma het haar skoon stil geskrik. Andi voel sleg. "Nee, ag wat, daar's eintlik niks tussen ons nie," sê sy. "Dis maar net . . . dalk . . ."

"Dan kan jy mos een aand met dr. Schoeman uitgaan," sê sy, weer vrolik. "Met dié dat jy nog die kat uit die boom kyk."

Andi sug. "Ma gee ook nie op nie," sê sy en dra 'n stapel borde na die lapa uit, net om te ontsnap.

Onder hul grasdaklapa agter in hul erf sit haar pa en haar broer, dr. Jacques Niemand met dié se meisie, 'n jong, blonde klein dingetjie met platgestrykte hare.

"Ousus!" roep haar broer uit. Net wat sy nodig het om te hoor. Maar sy's regtig bly om hom te sien. Dierbare Jacqie, haar kleinboetie, wat nou die aantreklike dokter is. Sy gee hom 'n groot druk. "Dis Chamonix," sê hy toe sy van hom wegtrek en wys na die klein meisietjie. Chamonix (uitgespreek Sha-moe-nie) steek haar hand uit en giggel. "Ek's so bly ek kan Jacques se groot suster ontmoet!"

Sy stap om na waar haar pa besig is om vleis te braai en gee hom 'n soen en 'n druk. "Hallo, Pa!"

"Hallo, my kind." Haar pa is groot en stil en dierbaar.

"Hoe gaan dit met Pa? Het Ma nog steeds vir Pa op 'n dieet?" vra sy en slaan haar arms om haar pa se groot maag.

"Ja," sug hy en fluister, "maar ek eet my biltong skelm."

Haar ma kom in met die plekmatjies en die servette. "Willem," sê sy, "hoe ver is die vleis van gaar af? Kan ek maar die knoffelbrood bring?"

Almal noem haar pa Willie; hy was nog altyd Willie, net soos sy nog altyd Andi was, maar 'n paar jaar gelede het haar ma van grêndgeid besluit om hulle almal op hulle propperse doopname te begin noem: Willem, Andriette, en Jacques. Die Jacques spreek haar ma nou uit op die sagte, Franse manier, nie

41

die Boere dJaques, soos die res van hulle haar broer noem nie.

"So, Sus," sê hy toe hulle almal sit, "wat is die nuutste celeb-skandes?"

"O, die bekende dr. Jacques Niemand gaan glo sy eie boy-band begin," sê sy.

Hy en Chamonix lag. "Andi is 'n joernalis by *Pers*," sê hy vir haar. Darem een lid van die familie wat beïndruk is met haar werk. "Sy skryf oor al die celebs."

"Cool!" sê Chamonix. "Wie't jy al ontmoet?"

Andi gaan deur die gewone lysie. Chamonix is in die wolke, veral oor die *7de Laan*-sterre.

Haar ma kom terug met die knoffelbrood en soveel Carrol Boyes-eetgerei as wat sy kan dra. Andi spring op. "Wag, ek help Ma."

Terwyl sy die Carrol Boyes-slaailepels en -sout-en-peper-potte en -opskeplepels op die tafel uitpak, kry sy lag vir haar ma. Siestog, sy wil tog net nie kommin wees nie. Elsabé het daardie kollektiewe Afrikaner-vrees saam met familiale Afrikaner-cho-lesterol in oormaat geërf. Sy wil grênd wees. Pretoria-Oos-grênd. Michel Herbelin, Carrol Boyes, Jenna Clifford-grênd. En eintlik ís sy. Sy't dit reggekry, die hele grênd-ding. Michel Herbelin-hor-losie, French manicure-naels, Queenspark-jeans, als. Maar nou pas haar gesin en haar omgewing nie heeltemal mooi by die prentjie in nie. Sy woon in Benoni, nie in Moreleta Park nie; sy's getroud met 'n myn-voorman, nie 'n -magnaat nie en haar dog-ter is nie 'n dokter of met een getroud nie. Om sake te vererger nader sy wat Andi is die oujongnooi-landskap gevaarlik vinnig. Dr. Jacques is die enigste een wat aan Elsabé se standaarde vol-doen. Die een Niemand wat 'n Iemand geword het.

Nadat almal klaar geskep en geskuif en geskarrel het, gaan sit hulle aan tafel. "Ogies," sê haar ma en almal vat hande. Chamo-nix se hand voel klein en sag in Andi se regterhand en haar pa s'n groot en grof in die linker.

"Seën ons Heer die voedsel aan ons liggame en maak ons opreg dankbaar daarvoor," bid hy. "Amen."

Vir 'n oomblik voel Andi skoon aangedaan. Haar gesinnetjie, wat haar so mal kan maak, is eintlik so . . .

"Will*eeeeeeem*!" gil haar ma die gedagte weg nog voor die "n" van die "Amen" hul ore mooi bereik het. "Die knoffel-brooooooood!"

Haar pa en Jacques spring gelyk op en haar ma en haar Queenspark-jean is lankal op. Ná skokmasjiene, hartmassering en mond-tot-mond-asemhaling kondig dr. Niemand die tyding om 13:48 aan: Die knoffelbrood is dood.

Elsabé is so ontsteld dat sy die hele ete deur feitlik niks praat nie en stil na die kaal, manlike en vroulike figure op die Carrol Boyes-servethouer staar. Dis 'n mengsel van skulderkenning- en beskuldigingstilte. Aan die een kant kry sy haarself jammer omdat sy verantwoordelik voel vir die dood van die knoffelbrood. Aan die ander kant blameer sy Willem.

Toe die stilte ongemaklik raak, sê Andi: "Ek is nou besig met 'n groot storie oor Jack Greeff."

"O, ek onthou vir hom," sê haar pa. Elsabé se stilte, wat to-taal strydig met haar aard is, het blykbaar die uitwerking dat dit Willie meer spraaksamig maak. "Wat was nou weer daai groot treffer van hom?"

"Min my meer," antwoord Andi.

"Ja, Min my meer!" Haar pa kry so 'n veraf glimlag. "Oe, het ons darem vir jou gedans op daai song, ek en jou ma."

"Dit was nie ék nie, Willem." Haar ma praat, maar sy staar nog steeds na die servethouer sonder om haar oë te knip.

"In elk geval," gryp Andi in om 'n bakleiery af te weer. Die arme Chamonix kan nie met haar eerste besoek so iets aanskou nie. "Jack Greeff besit mos nou al hierdie Afrikaanse klubs . . ."

"Ek love sy klubs," piep Chamonix. "Dis soos in totally awe-some."

"By watter was jy al?" vra Andi.

"Ons gaan gewoonlik na Vonkprop toe," sê sy, "in Pretoria."

Andi lag. "En Jacques gaan saam met jou?"

"Jip," sê sy en kyk na hom met sterre in die oë.

"Boeta, hoor ek reg? Gaan die Foto na Dans, Fokofpolisiekar, alternative rock-fan Vonkprop toe?"

"Wat kan ek sê?" sê hy met 'n glimlag en klap Chamonix speels op die been. "I'm a converted man."

"Het julle hom al ooit daar gesien?"

"Wie, Jack Greeff?" vra Jacques.

"Hm-hm," sê Chamonix en skud haar kop. Sy giggel. "Ek dink hy sal bietjie uit voel."

"So jy sê jy gaan baie soontoe, Chamonix?"

"My een vriend is 'n waiter daar en my ander een staan soms in as barman, so ek kry cool deals met die cover charge."

"Cool deals, sê jy?"

"Ja, partykeer laat hulle my sommer verniet in!"

"Chamonix," sê Andi, "ek dink dis tyd dat ek en jy op 'n girls night uitgaan."

"Dit sal soos so totally cool wees!" roep sy uit.

Pasop, Jack Greeff, ek hét jou – min of meer, dink Andi toe sy glimlag en sê: "Totally."

Geen geel koevertjie onder in die regterhoek van haar rekenaarskerm nie. Net leeg en blou, soos haar hart, dink Andi.

Dis Maandag en sy het vanoggend al tien keer haar woordeboek uit haar laai gehaal en weer teruggesit net om vir Luan te kyk. Iemand wat haar dophou, sal dink sy kan niks spel nie. Sy hare is so mooi, sien sy toe sy weer haar woordeboek uithaal. So dik en swart met sulke mooi grys haartjies teen die slape. En sy groen oë en as hy sy hand so op die muis sit, dan . . .

"Andi," sê Paul Meintjies kliphard langs haar. Sy wip soos sy skrik. "Vir wat staar jy so in die niet?"

44

"Nee, uh . . . ek dink net aan 'n intro vir my *Idols*-berig, Paul," sê sy.

"Ek dog daai berig is al lankal klaar."

"Amper. Finishing touches," glimlag sy. Andi wil nog nie vir Paul vertel van die anonieme briefie oor Jack Greeff nie. Sy's bang hy raak te opgewonde en dan lewer dit niks op nie en dan lyk sy weer net soos 'n loser. Al wat hy weet, is dat sy vanmiddag na 'n funksie in Sandton gaan om te network.

"Kyk net op Sapa ook," brom hy. "Jy beter jou feite regkry," en dan stap hy weg.

Andi sit die woordeboek terug en kan nie help om weer vir Luan te kyk nie. Daar sit hy voor sy rekenaar, heeltemal in staat om vir haar ietsie te stuur, om haar uit haar lyding te verlos, maar nee, niks nie. Wag hy dat sy vir hóm iets stuur? Nee, nee, nee. Wendy sê mens moet eenvoudig aanvaar mans wil die jagter wees.

Ja, Luan Verster moet weet dis moeilik om haar te kry. Sy is gesog. Haar lewe is vol. As hy in haar belangstel, sal hy moet werk vir haar aandag. Sy is 'n gesofistikeerde, selfversekerde vrou, wat baie dinge buiten mans het wat haar aandag vereis. Sy ervaar daagliks innerlike groei en . . .

Dalk moet sy aan 'n verskoning dink om na hom toe te gaan. Hm, ja. Sy kan dalk sy raad oor iets gaan vra. Maar oor wat? Die briefie, skiet die gedagte haar te binne. Sy kan sy raad vra oor die anonieme briefie onder haar ruitveër! Luan Verster is mos dié ondersoekende joernalis. Hy weet mos alles van cloak en dagger en on the record en off the record en joernalistieke etiek en al daai goed. Ja, ja, ja, briljant.

Sy sit gou eers lipglans aan, met haar rug na sy kantoor sodat hy dit nie kan sien nie. Dan soen sy die helfte op 'n tissue af. Hy moenie dink sy het spesiaal lipglans vir hom aangesit nie.

Goed. Gereed, generaal.

Selfvertroue, selfvertroue, selfvertroue, sê sy oor en oor vir haarself terwyl sy doelgerig na sy kantoor stap. Sy het nou die dag in *FHM* gelees selfvertroue is die een enkele ding wat vroue die heel aantreklikste vir mans maak.

Toe sy voor hom in sy kantoor staan, wens sy sy kan weghardloop. Sy sien sy lippe beweeg, maar haar hart klop so in haar ore dat sy nie kan hoor wat hy sê nie. Sy hoop hy het haar gegroet, want sy antwoord net met 'n "haai".

Hy glimlag sondig vir haar. Maar sy ignoreer dit en sê saaklik: "Jammer om te pla . . ."

"Jy kan maar enige tyd pla, Andi," sê hy. Hy swaai heen en weer in sy stoel met sy hande voor hom gevou. Die glimlag sit nog net so.

"Skeur my klere, maak my joune," wil sy sê en met haar arm alles van sy lessenaar afstroop. Maar deur die genade kom net die volgende woorde uit haar mond: "Ek het 'n anonieme wenk gekry vir 'n storie."

"Oor?" vra hy.

"Jack Greeff. Jy weet, die sanger?"

Hy bars uit van die lag. "'n Anonieme wenk? Oor wat? Is daar duiwelse boodskappe op sy plate wanneer 'n mens dit agteruit speel?"

"Nee," sê sy sonder om te lag. Sy's nou sommer ontsteld. Hier kom sy om sy raad te vra en hy lag vir haar. "Ek weet nog nie waaroor dit gaan nie. Die persoon wil my . . ." Sy kan sien hy onderdruk nog 'n laguitbarsting en sy vererg haar. "Toemaar," sê sy, "jy's reg, dis seker net nonsens."

"Ag, moenie so afgehaal lyk nie." Hy steek sy hand uit en vat aan haar arm. Hy gee dit 'n effense drukkie en hou sy hand vir langer daar as wat nodig is. "Het jy al aan 'n manier gedink om my te vergoed?" vra hy.

Sy hou haar dom, want haar kop raas so van opwinding en angs dat sy nie aan 'n ander plan kan dink nie. "Vergoed?"

"Vir die pyn en lyding van die brandwonde."

"Ek het nie geweet jy's ernstig beseer nie." Ag tog, kon sy nie aan 'n beter antwoord dink nie?

Hy glimlag. "Gaan jy my beter dokter?"

Sy glimlag onbeholpe en vlug uit sy kantoor. Sy kan nie glo wat besig is om te gebeur nie. Luan Verster flirt wragtig met haar. En vat aan haar!

Luan het aan my gevat, tik sy in 'n e-pos vir Rentia toe sy terug is by haar lessenaar. Nee wag, e-pos is nooit vertroulik nie, word hulle gereeld gewaarsku. Netnou besluit iemand hoog op by Pressco om om een of ander rede haar e-posse te trek. Dan word sy summier gefire. Sy sal hom iets anders moet noem, 'n skuilnaam moet uitdink. Die Onnoembare Mens. Amper soos "hy wat nie genoem mag word nie" in *Harry Potter*.

Onnoembare mens het aan my gevat, skryf sy vir Rentia.

Hiehiehie, skryf Rentia terug, *beïndruk met aantreklikheid, maar geskok in werketiek.*

Moet dringend vergader vir plan van aksie, skryf Andi.

Toe nog 'n geel koevertjie verskyn, dink sy dis Rentia se antwoord, maar nee, dis Luan. Hoera! Sy is duidelik 'n onweerstaanbare godin.

Die taalkomitee sit môremiddag om 17:00. Alle redaksielede is welkom om dit by te woon.

Ag nee, 'n vervelige boodskap vir die algemene verspreidingslys. Sy is teleurgesteld verby. Luan Verster is die voorsitter van Pressco se taalkomitee. Net nog 'n bewys van sy leierskap, ambisie en intelligensie. Vir die volgende twintig minute wag sy vir 'n e-possie van hom, maar niks nie. Dan verskyn daar 'n koevertjie.

Dankie, dankie tog. Sy maak gretig haar inboks oop. *Vakature: Verspreidingsklerk*, lees die onderwerpveld. Dis van Ilse van Staden, die kantoorbestuurder se PA. Andi sug. Duidelik gaan sy nie nog 'n e-pos van Luan kry nie.

Was duidelik te easy to get, dink Andi. Moet werk aan hard

to get. Gaan Onnoembare Mens vir res van dag en, indien moontlik, week ignoreer. Gaan minder kosbare maatskappytyd op ligsinnige persoonlike e-posse mors. Gaan werk aan Jack Greeff-storie.

Jack Greeff, tik sy by Google in. Sy wil voorbereid opdaag by haar geheime ontmoeting vanmiddag met haar anonieme bron. Die persoon moenie dink hy of sy kan haar 'n rat voor die oë draai nie.

Derduisende resultate kom op nadat sy die soek-knoppie gedruk het. Die eerste een is sy amptelike webtuiste. "Min my meer" begin kliphard speel toe sy dit oopmaak. Van die ander verslaggewers se koppe draai na haar toe en sy's seker sy hoor 'n paar van hulle proes. Vervaard soek sy die mute-knoppie om die geblêr stil te kry. Dan lees sy Jack Greeff se biografie. Hy't in die Vrystaat grootgeword, kon van kleins af sing, het altyd vir almal konsert gehou, ná skool roem en rykdom in die stad gaan soek, bedags as kelner gewerk, in die aande met sy kitaar in restaurante en kroeë opgetree. In sy middel-twintigs het 'n talentsoeker van 'n platemaatskappy hom een aand tydens 'n optrede in 'n klub raakgesien en die res is geskiedenis. Elke album wat hy gemaak het, het platinumstatus bereik.

Andi sien op van die ander skakels hy is baie betrokke by liefdadigheidswerk. Hy het selfs 'n kinderfonds gestig en al die opbrengste van sy kinder-CD's is ten bate daarvan. Hy is ook betrokke by Cotlands en die Reach for a Dream Foundation.

Sy voel nou skoon sleg. Hier dink sy die man is net 'n grilgans, maar eintlik het hy groot sukses met harde werk behaal en help hy baie mense. Sy moenie so gou oordeel nie, besluit sy. Maar sy moet ook nie val vir sy spindoctor-truuks nie, dink sy. Net omdat hy baie geld vir liefdadigheid gee, beteken nie hy het nie geraamtes in die kas nie . . .

Nadat sy die twaalfde skakel oopgemaak en gelees het van sy betrokkenheid by 'n dwelmrehabilitasiesentrum, sien sy dis al

48

11:00. Haar anonieme bron kry haar 12:00 in Sandton City. Sy beter wikkel. Sy kan nie wag om te hoor wat alles uitval as Jack Greeff se kas oopkraak nie . . .

4

Dit voel 'n bietjie obseen om hier tussen Nelson Mandela se bene te staan en wag. En daar kom heeltyd Japannese toergroepe om saam met die beroemde standbeeld in Nelson Mandelaplein afgeneem te word. Sy is nou reeds in minstens sewentien Japannese se fotoalbums verewig.

Andi besluit om 'n bietjie op die plein te gaan rondstap terwyl sy vir die anonieme bron wag. Sy is seker dis nie 'n Japannees wat vir haar die briefie gelos het nie en sy sal tog sien as 'n nie-Japannees daar by die standbeeld gaan staan.

Oral op die plein is kinders en duiwe en uitlanders. Sy kan nie besluit of sy simpel of vol van haarself moet voel omdat sy hier rondstaan en wag vir 'n Deep Throat wat vir haar duistere dinge oor Jack Greeff gaan vertel nie. As dit net nie oor Jack Greeff gegaan het nie, sou dit haar soos 'n regte joernalis laat voel het. Sê nou dit was byvoorbeeld oor Mbeki of Zuma . . . Maar sy moet seker iewers begin. Hoewel 'n mens nie op die vooraand van dertig tegnies aan die begin van jou loopbaan staan nie. Maar nog steeds. Mens is nooit te laat om te vorder nie. Die hoop beskaam nie. Dalk besef *Beeld* of *Sarie* nog sy is 'n ongeslypte diamant en raap haar op. Hopelik gebeur dit voordat *Pers* en Pressco heeltemal tot niet gaan. Of voordat sy tot niet gaan van 'n oordosis celeb-stories. Sy wil so graag iets skryf wat haar ma trots sal maak, wat Luan met ander oë na haar sal laat kyk.

Eers om sewentien minute oor twaalf, toe sy al begin wonder

het of sy maar moet loop, sien sy 'n vrou effe senuagtig by die Mandela-beeld rondstaan. Moet sy wees, dink Andi. Sy's nie Japannees nie en toon geen belangstelling in die beeld of die duiwe nie. Andi stap na die vrou toe. Wat moet sy vir haar sê? Sy was nog nooit in so 'n situasie nie. Sal sy langs haar gaan staan en "Alpha Charlie Echo 27" fluister en wag dat die vrou 'n aktetas neersit?

Maar dis die vrou wat eerste met haar praat. "Jy's van *Pers*," sê-vra sy.

Andi knik net. Sy weet nie wat die protokol is en wanneer sy mag praat nie.

Die vrou kyk senuweeagtig om haar rond asof sy wil seker maak niemand het haar agtervolg nie. "Kom ons gaan sit ie-wers," sê sy.

"Chiradelli's is lekker," sê Andi en wys na die restaurant aan die regterkant van die Mandela-beeld.

"Goed, net vinnig," sê die vrou.

Hulle gaan sit en bestel elkeen 'n cappuccino. Andi maak haar notaboekie oop en kry haar pen reg.

"Nee," sê die vrou, "nee, jy kan niks hiervan skryf nie."

Andi maak die boekie weer toe en sit die pen neer, maar sy haal een van haar besigheidskaartjies uit en gee dit vir die vrou. "Hou dit," sê Andi, "as jy ooit weer met my wil kontak maak of besluit jy wil op die rekord praat."

Die vrou bêre die kaartjie in haar handsak en leun dan voor-oor. "Wat ek jou nou gaan vertel," sê sy, "jy kan niks daarvan skryf nie. Ek praat anonymous. Jy sal self moet investigate." Sy lyk maar 'n bietjie gehawend. Myle op, soos Wendy sal sê. Iets in die veertig, mooierige lyf, maar te stywe jeans en luiperd-vel-top. Lang, pikswart, grasserige hare.

"Dis reg," sê Andi, "vertel eers. Ons kan later uitsorteer wat en hoe ek dit kan skryf." Sy steek haar hand uit. "Ek is Andi," sê sy. Die vrou druk haar hand sag. "Noem my maar Mandy. Ek kan nie my regte naam vir jou gee nie." Iets sê vir Andi dis nie die eerste keer dat Mandy hierdie skuilnaam gebruik nie . . .

Sy haal 'n sigaret uit 'n Rothmans-boksie en steek dit aan. Sy trek diep in en die kooltjie gloei lank voordat sy die rook uitblaas. "Ek is Jack se girlfriend," sê sy met rook wat by haar mond en neus uitborrel en voeg dan bitter by: "Obviously nie die enigste een nie."

Andi sê niks nie en laat Mandy verder praat. "Ek is 'n manager by Bokjol." Dis een van Greeff se gewilde Afrikaanse nagklubs in Germiston. "Ons is al jare lank aan en af saam – lank voordat hy en die pop 'n ding begin het." Met "pop" verwys sy na Emma.

Ag tog, dink Andi, haar wonderlike Watergate-skandaal is 'n smetstorie oor Jack Greeff se grillerige liefdeslewe. En haar bron is 'n middeljarige vrou wat lyk of sy te veel brandewyn en Coke en luiperdmotief-klere deel van haar bestaan maak. Maar Andi hou haar pose. Sy kan nie vir die vrou wys sy's teleurgesteld in haar storie nie.

"En ek's nie die enigste een nie, hoor," vertel die vrou verder. "Almal in die business weet Jack het 'n girlfriend by elkeen van sy klubs."

"En hoekom wil jy hê ek moet daaroor skryf?" vra Andi versigtig. Sy moet nou agterkom wat Mandy se motiewe is.

"Ek is moeg daarvoor om . . ." Terwyl sy woorde soek, daag hul cappuccino's op. Die vrou gooi twee teelepels witsuiker in. Andi wik en weeg tussen die bruinsuiker en die Canderel, maar vat dan maar die Canderel. Sy moet kilojoules spaar waar sy kan. Die hopie poeier gaan lê fyn en wit op die skuim.

"Jy is moeg daarvoor om?" herinner Andi haar aan wat sy nou-nou wou sê.

"Om . . . dat die wêreld dink hy's hierdie goody two shoes when meantime, back at the ranch . . ."

"Maar Mandy," vra Andi, "as jy nie jou naam of jou storie op

51

die rekord wil gee nie, gaan die wêreld dit nooit weet nie". Dis nou natuurlik as die wêreld hoegenaamd wil weet, dink Andi, maar sy sê dit nie.

Die reuk van koffie en rook laat haar dink aan Stefan, die fotograaf wat sy 'n paar jaar terug gedate het. Hulle het aande om gesit en gesels en hul drome saam met die stoom van koffie en rookkringetjies van sy sigarette die nag ingestuur. Teen die einde kon sy nie meer sy rokery vat nie; ook nie sy gebrek aan ambisie nie.

"Ek sê mos," sê Mandy geïrriteerd en bring Andi terug na die hier en nou, "jy moet net bietjie research doen, met van die ander mense by die klubs gaan praat".

"En wat gee jou die idee húlle gaan wil praat?"

"Jack het baie vyande."

"Baie mense het baie vyande."

Mandy gryp haar handsak en vlieg op. "Ek moes nie gekom het nie. Jammer ek het jou tyd . . ."

Andi spring ook op. "Nee, wag, wag, Mandy," sê sy. Die joernalis in haar neem nou oor. Netnou hét die vrou 'n storie. En die vet weet, Andi kort een.

Mandy gaan sit teësinnig.

"Ek's jammer," sê Andi, "kom ons begin oor. Vertel my weer van die verhouding tussen jou en Jack."

Mandy steek nog 'n sigaret aan en sit terug in haar stoel. Sy's nou bietjie beneuk, sien Andi, maar sy praat darem. "Ek werk my lewe lank al in nagklubs. Eers as waitress, later stripper, barlady . . ." Sy swaai haar sigaret rond om die drie van mekaar te onderskei. "Ek ken al vir Jack vandat hy die business gejoin het – al meer as tien jaar. Toe Bokjol oopgemaak het, het hy my 'n break gegee en my manager gemaak. Ek meen, ek ken die industry."

"En wanneer het julle verhouding begin?" vra Andi.

Mandy skud eers die as in die asbakkie af en gooi haar hare

52

terug voordat sy antwoord. "Who knows?" Sy glimlag bitter. "In hierdie business blur die lyne baie maklik, if you know what I mean."

"Maar julle het 'n regte verhouding gehad?" sê-vra Andi, en probeer hard om nie wantrouig of skepties te klink nie.

"I had no sexual relations with that man," sê sy in 'n Amerikaanse aksent om president Clinton in sy Monica Lewinsky-skandaal na te maak. Sy lag. "Ja, ons het 'n regte verhouding gehad, wat de hel dit ook al beteken. Hy't my die maan en die sterre belowe. Gesê hy gaan my uit die besigheid kry, my help om 'n dansskool te begin. Ek het amper my Teachers in Modern, hoor. Ja, en fool wat ek is, het ek hom geglo."

Sy val met haar elmboë vooroor op die tafel. "Kyk, ek het nooit gedink hy's my prins charming nie. Maar hy het geld gehad, hy't kanse in die lewe gehad, kanse wat hy vir my ook kon gee. En vir 'n meisie soos ek kom kanse nie baie verby nie."

"Maar jy sê hy het ander meisies ook gehad?"

"Ja, ek dit iewers along the line agtergekom. Mens weet mos, maar jy wil nie sien nie. Denial is a river in Egypt." Sy lag. "Maar toe ek hoor van die engagement, 'n dag nadat hy die vorige aand nog by my was. Toe's dit net too much. Toe besluit ek om die beans te spill."

"Hy't jou nie vertel nie?" vra Andi.

"Not a word. Ek moes dit deur die grapevine hoor."

"En julle het nog steeds 'n verhouding?"

"Nee, is jy mal? Ek het hom in sy moer in gestuur!" Mandy vat 'n slukkie cappuccino. Die skuim gaan sit in 'n fyn lyntjie bo haar donker lip-omlyner. "Dis nog fine wat hy met my gedoen het en met van die ander girls. Ons ken van. Ons kan die punch vat. Maar hierdie . . ."

"Emma," help Andi haar.

"Hierdie Emma," sê Mandy, "sy's 'n jong chickie. Onskuldig. Ons kan nie dat die dirty old man sy kloue in haar kry nie."

Andi besef Mandy se motiewe is waarskynlik eerder wraak as die beskerming van Emma, maar sy sê dit nie.

"Mandy, dit help Emma niks as jy nie op die rekord praat nie. Ek kan nie 'n berig skryf wat Jack Greeff belaster en sê die bron is naamloos en die besonderhede vaag nie."

"Dis hoekom ek vir jou sê: gaan check dit uit. Gaan kyk wat in daai clubs aangaan. Julle't nie 'n clue nie."

"Wat? Wat gaan nog daar aan? Is daar meer as net sy verhoudings?"

Mandy kyk af. Sy druk die sigaret dood, vlieg op en gryp haar handsak. "Ek sê nou niks meer nie. Gaan kyk. Dis al." Sy swaai om en haar hakke klik-klak oor die plaveisel soos wat sy haastig wegstap.

"Wag!" roep Andi en hardloop agterna. "Jou nommer!" roep sy terwyl sy haar notaboek oopmaak om te skryf. Mandy gryp haar notaboek vas en kyk haar indringend aan. "Dis die laaste keer dat jy met my praat. Investigate, en jy sal verstaan hoekom." Sy trippel weer weg. Andi kyk haar agterna. Dan stop sy en draai stadig om. "En Andi," sê sy met 'n vreemde mengsel van vrees en iets anders, wat Andi nie kan plaas nie, op haar gesig, "watch your back." Dan verdwyn sy in die massas.

Die middag na werk maak sy 'n draai by Saktyd. Dit is in Pressco se gebou en is 'n kroeg waar joernaliste na werk bietjie kan hare losmaak. Dis die een enkele voordeel wat hulle het wat *Beeld* se joernaliste nie het nie.

In Mediapark is kantienkoffie die sterkste drink wat mens kan kry.

Toe sy by Saktyd instap, sien sy dadelik vir Luan by 'n groep joernaliste sit. Hulle maak oogkontak, maar hy groet haar nie. Hy hou aan gesels met die ander joernaliste asof hy haar nie gesien het nie.

Nadat sy vir haar 'n Savanna Dry bestel het, roep een van die ander joernaliste in Luan se groepie Andi om by hulle te sit.

"Haai," groet Luan haar toe sy by hulle aansluit. Hy's kil. Niks van die vroeëre flirtasie nie.

"Haai," sê sy koud terug. Die aaklige man. Wanneer hulle alleen is, is hy vriendelik en verleidelik, maar voor ander, heeltemal saaklik. Veral voor hierdie groepie: dit is net mense van *Die Landstem* en ander ernstige Engelse joernaliste. Almal übercool en trendy met retro-baadjies en vierkantige brille, gereed om die wêreld te verander. Sy's die enigste een met make-up.

Luan en een van die mans is diep in gesprek oor die ANC-jeugliga en Julius Malema se invloed op die president, die kabinet en die regering.

"Wat ons nie uit die oog moet verloor nie . . ." hoor sy Luan sê. Sy wens sy kan hom uit die oog verloor. Ja, dis presies wat sy gaan doen, dink sy en vat 'n groot sluk Savanna. Vir mans wat so aan en af, warm en koud is, het sy nie tyd nie.

"Met watter stories is jy besig, Andi?" vra een van die joernaliste haar.

"Jack Greeff," antwoord sy.

Die een ou, so 'n groot ou buffel, bars uit van die lag. "Is jy for real?"

"Andi is *Pers* se vermaakverslaggewer," sê Luan.

Die buffel lag hom slap. "So jy kan vir ons Brangelina en TomKat se kinders in alfabetiese volgorde opnoem?" vra hy.

Almal lag, insluitend Luan. Andi glimlag net selfbewus. Dan kom Kara ingestap. Luan se lag sit om in 'n verheugde glimlag toe hy haar sien. "Kara," sê hy, "kom sit."

Sy gaan sit reg langs hom en flits vir hom haar perfekte ortodontis-glimlag.

"Jou rubriek oor Kenia was skitterend," sê hy.

Andi voel of die hele Kenia op haar geval het. Sy drink haar Savanna so gou moontlik op. Toe sy opstaan, wil die een joernalis weet: "Haai Andi, waai jy nou al?"

"Ja," sê sy, "dis sewe-uur *E! True Hollywood Story* oor Charlize. As *Pers* se vermaakverslaggewer kan ek dit nie mis nie." Hulle lag vir haar grappie, maar Luan kyk nie eens op nie. Hy's diep in gesprek met Kara.

"Baai," roep Andi in die uitstap, maar hy hoor haar nie. Al wat hy hoor, is Kenia en Kara en haar blink, glimmende hare. En al wat Andi hoor, is haar selfbeeld en hart wat soos 'n geprikte ballon bars.

Die aand lê sy voor die TV in haar klein eenslaapkamer-woonstel in Melville.

Dis nou nie juis wat mens die ideale woning vir 'n loopbaanvrou op die vooraand van dertig sou noem nie, maar dis darem iets en dis darem haar eie.

Daar's nie regtig 'n *E! True Hollywood Story* op TV vanaand nie. Sy kyk haar *Life is Beautiful*-DVD; die Italiaanse een met die Engelse onderskrifte. As sy voel soos sy vanaand voel, is dit al wat help. En vanaand kan selfs Roberto Benigni haar nie opcheer nie. Sy kan nie ophou dink aan Luan nie. Hoe kon hy so gemeen wees? Hoekom het hy hoegenaamd met haar begin flirt as hy van plan was om haar later net te ignoreer? En hy het nie eens vir haar opgekom toe daardie aaklige man met haar gespot het nie.

As hy net nie met haar begin flirt het nie, sou dit haar nie soveel gepla het nie. Dan sou sy nie verwag het dat hy haar moet raaksien nie. Om die waarheid te sê kan sy nou nog nie glo dat hy haar raaksien nie. Sy sou heel tevrede deur die lewe kon gaan met die wete dat hy haar nooit gaan raaksien nie. Van 'n afstand af sou sy hom eenvoudig kon bewonder. Maar toe moet hy met haar begin flirt en die behoefte by haar skep om verder mee geflirt en raakgesien te word.

Dis amper soos parfuumadvertensies. 'n Mens kan heeltemal gelukkig en goed genoeg deur die lewe kom sonder Calvin

Klein Euphoria of DKNY Delicious en jy sal heel lekker ruik en goed voel en 'n man en kinders kry en gelukkig aftree. Maar dan wys die parfuumbase vir jou advertensieborde en glansblaaie van jong vroue met wit vierkantige tande en ooprugrokke wat sensueel in 'n appel byt of saam met 'n mooi man op 'n motorfiets ry en sonder dat jy eens weet hoe die parfuum ruik, gaan die boodskappe in jou brein af: ek wil dit hê, ek moet dit hê, ek gaan dit kry.

En voor jy DKNY kan sê, staan jy in die winkel by 'n vrou met te veel grimering en 'n wit laboratoriumjas wat aan jou bevestig dat R787.00 werklik nie 'n duur prys is om te betaal vir soenbare sensualiteit en onweerstaanbare vroulikheid nie.

Dit is presies wat mans soos Luan doen. Jy sou nooit eens verwag het dat hulle na jou kyk nie. Vir jou sou hulle net nog 'n buitensporig duur, onbereikbare parfuumbotteltjie op die rak wees. Maar dan wys hulle die glansadvertensies vir jou: hulle flirt met jou, kyk vir jou, oortuig jou dat net hulle jou kan laat voel soos 'n ware vrou. 'n Ware vrou met 'n ooprugrok en wit tande en 'n appel. En as jy weer sien, glo jy jou hele vrouwees hang van hulle belangstelling in jou af. Dis dan dat jy jou siel sal verkoop vir nog 'n e-pos, 'n sms, 'n kyk, 'n knipogie.

Andi sug. Nou wil hy Kara hê. Kara met haar blink hare en blink idees oor Kameroen en Kenia en ander Afrika-lande wat Andi nie eens kan uitspreek nie. Ag tog, sy wens sy was ook so mooi en so 'n ernstige joernalis wat oor regte dinge skryf.

Nee, besluit sy. Dis sommer nonsens hierdie. Sy ís mooi en slim en sy sal nie dat Calvin Klein of Luan Verster haar enigiets anders vertel nie. En Luan se gat. Hy was vanaand 'n wrede monster met haar. Hy kon vir haar opgekom het. Hy kon ten minste vir haar gekýk het, met haar gepraat het. Hy verdien nie haar aandag nie, hy verdien beslis nie dat sy hier lê en obsess oor hom nie.

Ja, dink sy, dis eintlik net 'n goeie ding sy't so gou sy ware kleure gesien. Nou kan sy van hom vergeet. Hy kan maar sy glimlaggies en e-possies vir Kara hou. Sy het buitendien nie nou tyd of plek vir muisneste nie. Hierdie storie oor Jack Greeff gaan al haar aandag vereis. Aanvanklik was sy skepties, maar hoe meer sy daaroor dink, hoe meer wonder sy of Mandy, of wie sy ook al is, nie tog iets beet het nie.

Iets sê vir haar daar is baie meer aan Jack Greeff se donker kant as 'n paar ongeoorloofde verhoudings . . . En sy gaan uitvind wat dit is. En dan gaan Luan en daardie aaklige ander joernalis hul woorde sluk en in hul koffie stik. Sy sal vir hulle wys sy wat Andi is, kan 'n storie uitgrawe en 'n skande oopvlek en 'n onreg ontbloot net so goed soos enige ondersoekende joernalis van *Die Landstem*. En dan wys sy sommer vir Paul Meintjies ook sy's die beste ding wat nog ooit met *Pers* gebeur het.

Dalk moet sy en Wendy na een van Greeff se klubs toe gaan en kyk wat daar aangaan. Wendy kan enige man aan die praat kry. Sy is Andi se wilde vriendin en een van daardie vroue wat al Andi se vrese oor alles verkeerd bewys: Wendy is reeds dertig, mollig genoeg om by Donna-Claire klere te koop en is altyd in een of ander opwindende romanse gewikkel. En die interessante ding is dat sy, Donna-Claire of te not, altyd mans se koppe laat draai.

Andi en Wendy was saam op universiteit. Toe al was Andi altyd op een of ander dieet en Wendy altyd op een of ander date. Andi leef vir haar doelgewig, Wendy vir die oomblik. En vir wie het die ouens altyd gekyk as hulle na 'n nagklub gaan? Dis selfvertroue, sê Wendy.

Sy sal ook daardie ontwykende selfvertroue-ding kry as sy net haar doelgewig kan bereik, dink Andi. En in elf jaar se kompulsiewe diëtery was sy al vir presies drie en 'n half ure op haar doelgewig. Dit was met hul koshuis se jaareindfunksie op universiteit en Andi het vir twee maande lank basies net vis en groente geëet. Die dag van die formele funksie, waarvoor sy 'n

58

supersexy ooprugrok gedra het, het sy 300 g minder as haar doelgewig geweeg. Ná die malvapoeding was dit natuurlik nie meer die geval nie.

Wendy sê sy moet nooit weer so maer wees nie. Andi het nog steeds daai ooprugrok in haar kas met die hoop dat sy wel eendag weer daarin sal pas.

Ja, sy gaan vir Wendy bel. Tussen haar selfvertroue en Andi se joernalistieke vernuf sal hulle in een aand al Jack Greeff se geraamtes en ooprugrokke uit sy kas laat dawer. Sy sms Wendy: "Wen, jy lus vir 'n party?"

Dadelik 'n antwoord: "Sê net hoe en waar, ek's daar."

Onnoembare Mens is monster. Gaan nooit weer met hom praat nie, e-pos sy vir Rentia.

Andi loer in Luan se rigting. Og, hy lyk so mooi vandag. 'n Groen strepieshemp wat sy groen oë beklemtoon en die grys haartjies op sy slape . . .

Dis een van daardie onregverdighede tussen mans en vroue. Hoe is dit moontlik dat 'n sigbare teken van ouderdom en aftakeling soos grys hare 'n man méér aantreklik kan maak?

Wendy sê dis in ons oerbiologie ingeprogrammeer. Aangesien mans vrugbaar is tot min of meer die ouderdom van honderd en drie, soos Chris Barnard bewys het, is ouderdom eerder 'n teken van beter sekuriteit en meer standvastigheid by mans, daardie dinge wat die oer-Eva in elke vrou aantrek. By vroue, aan die ander kant, is elke teken van ouderdom 'n bewys van afname in vrugbaarheid. Iets soos grys hare by 'n vrou is dus die ekwivalent van 'n waarskuwing wat lui: my vrugbare selle is feitlik op. Daar's nog 'n paar oor, maar die kans op genetiese afwykings is groot.

En op die ou end, sad but true, is dit, ten spyte van wat almal sê oor intelligensie en 'n goeie sin vir humor, al wat mans en vroue in mekaar soek: vrugbaarheid.

Andi kyk weer vir Luan. Te oordeel aan haar behoefte om sy groen hemp van sy lyf af te ruk, moet hy vir die oer-Eva in haar besonder vrugbaar en standvastig lyk. Hmm, sy wonder hoe sal dit voel om . . .

Nee, nee, nee, gil sy innerlik vir haarself en draai terug na haar rekenaar. Sy gaan nie vir hom kyk nie, sy gaan nie aan hom dink nie. Dis totale loser-gedrag. Fokus, fokus, fokus. Op werk.

Sy moet besluit of sy met Paul oor haar Jack Greeff-storie gaan praat. Aan die een kant wil sy vir hom wys hoe sy inisiatief kan neem en 'n groot storie kan raaksien (waar daar hopelik een is). Aan die ander kant is sy bang hy lag haar af en dink sy mors kosbare maatskappytyd op nonsens. Sy dink sy moet maar die kans waag. In vanoggend se redaksievergadering sal sy sien in watter bui is hy.

Geel koevertjie van Rentia: *Hoekom? Wat het hy gedoen? Ons moet kuier dat jy my kan vertel.*

Nog 'n geel koevertjie. Weer Rentia:

2 Fizzers
'n Driekwart doughnut
2 toasted cheese (= 4 snye brood!!!!)
3 rooiworsies
4 Melrose-kasies
25 Endearmints
'n Halwe pak cream cheese & chives chips van Woolies
1 pienk cupcake
Dit is wat ek gisteraand geëet het. Ek gaan 'n obese bruid wees.

Andi lag. Sy het nie gedink dit is moontlik nie, maar Rentia het nog 'n groter obsessie met haar doelgewig as sy.

Wetenskaplik onmoontlik vir liggaam om soveel kilojoules op een aand te absorbeer. Dus tel net die Fizzers, die rooiworsies en 11 van die Endearmints, skryf sy terug.

Nog 'n geel koevertjie. Sy dink dis weer Rentia, maar toe sy haar inboks oopmaak, jubel haar hart. Luan Verster

Ek wag nog vir my vergoeding . . .

Andi is lus en vlieg op en gil kliphard vir die hele kantoor: Ek ís 'n onweerstaanbare godin! Ek ís! Kom kyk, hier's die bewys! Haar hart klop so dat sy dadelik doof word. Sy hoor nie meer telefone of joernaliste wat op polisiewoordvoerders skree of die rookkamer se deur wat oop en toe gaan nie.

Sy druk "reply" om 'n boodskappie terug te tik, maar dan maak sy die boodskap toe. Nee, sy moet hom eers laat wag. Eintlik, ná sy laakbare gedrag gisteraand, behoort sy glád nie te antwoord nie. Maar sy weet nou al sy gaan.

Vir sekere mans kan mens net nie nee sê nie. Daar het nog baie min sulke mans oor Andi se pad gekom. Daar was al 'n hele paar vir wie sy die koue skouer gegee het, soos die foto-redakteur by die *Benoni Advertiser*. Almal het geweet hy was agter haar aan. Die feit dat hy vyf en veertig was en nog by sy ouers gebly het en sy kantoor altyd na rook en ou kos geruik het, is nie hier ter sprake nie. Die punt is dat sy vir hom nee gesê het. En dan was daar goeie ou Rian wat vir haar 'n bos heliumballonne vir Valentynsdag gebring het. Teen die tyd dat sy uitgevind het hy't dit die vorige aand by die Oregon Spur gesteel, het sy gelukkig klaar vir hom nee gesê. Daar was ook die griffier van die hof, wat eintlik baie sweet en heel normaal was en als, behalwe nou vir die . . .

"Andi!" 'n Verslaggewer pluk haar aan die skouer. "Hemel, is jy doof?"

"Wat?" roep sy verskrik uit. O, hel, sy't regtig tydelik doof geword.

"Dis nuusvergadering. Paul wil weet waar jy is."

"O, flip." Sy gryp haar dagboek en 'n notaboek en pen en laat spaander. Op pad soontoe kyk sy op haar horlosie. Dis al twintig voor tien. Nuusvergadering begin half.

Paul gluur haar aan toe sy insluip, maar sê niks nie; draai net die punte van sy snor.

"'Skies," mompel sy toe sy gaan sit.

"Petro," brom Paul, "sal jy vir ons kyk na daai ongeluk op die N1? Daar was 'n fotograaf op die toneel. Kry jy net die amptelike kommentaar."

Andi raak paniekerig. Paul is besig om by die ry af te gaan om te hoor watter stories almal vir die dag op hul lys het en sy het niks nie! Sy wou nog voor die nuusvergadering 'n paar storievoorstelle naderskraap, maar die tyd het toe so vinnig verbygegaan en met Rentia en Luan . . . Flip. Sy beter nou vinnig iets uitdink. Paul trek nou al by Leandré hier langs haar. "Ek gaan weer hof toe. Daardie hangmoordsaak kom weer voor," sê Leandré.

"Ja," sê Paul, "jy moet daai een maar hard slaan. En vat 'n fotograaf saam. Ons moet regtig probeer om 'n foto van die man te kry."

Dis nou haar beurt, besef Andi in 'n warm gloed van paniek. Sy gee voor dat sy verdiep is in haar dagboek om 'n paar sekondes te koop.

"Wat het jy vir ons, Andi?" vra Paul en hy klink baie onvriendeliker as die woorde van die sin.

Dit gebeur soms dat 'n mens antwoord met "niks" en dan kry jy een of ander vervelige Departement van Maatskaplike Ontwikkeling-funksie of bekendstelling om by te woon, maar Andi weet sy skaats al 'n ruk lank op dun ys. Sy weet en Paul weet sy durf nie vandag met "niks" antwoord nie.

Daar is nie 'n ander uitweg nie. Sy sal moet vertel van die Jack Greeff-storie.

"Um . . . ek het hierdie storie waaraan ek werk," begin sy.

"Ja?" dreun Paul ongeduldig.

"Dis oor Jack Greeff."

"Maar ons het mos klaar ingehad dat hy gaan trou. Wat is dit nou?"

62

"Ek het 'n wenk gekry. Um. . . van . . ."

"Hemel Andi, sê dit net! Ons kan nie heeldag hier sit nie!"

"Dis ingewikkeld. Ek doen 'n hele ondersoek eintlik."

"'n Hele ondersoek?" vra Paul. "Oor Jack Greeff?"

"Ja." Sy sê eerder niks meer nie. Dis nou 'n geval van less is more.

"Goed," sug Paul met wat net beskryf kan word as bewonderenswaardige selfbeheersing.

Toe die nuusvergadering verby is en sy haar notaboek en dagboek bymekaarskraap om op te staan, sê Paul: "Andi, kom sien my gou, asseblief."

Sy gaan staan voor sy lessenaar terwyl hy lewensmoeg in sy stoel neerval.

"Hemel, Andi." Hy sug. "Kan jy nie eerder vir ons 'n *7de Laan*-storie uitkrap nie? Is Steve nie besig met 'n outobiografie nie? Dagvaar 'n minnares hom nie weer vir iets nie?"

"Ek weet hierdie klink so . . . ek wéét," smeeksê sy. "Maar ek het 'n gevoel oor hierdie storie, Paul, ek dink dit kan iets . . ."

Hy onderbreek haar met 'n mengsel van moedeloosheid en woede. "Jy's ons vermaakverslaggewer, Andi, nie 'n lid van *Die Landstem* se ondersoekspan nie."

"Ja, Paul," is al wat sy kan sê.

"En al was jy 'n lid van die ondersoekspan, sal ons nie ondersoektyd mors op iemand soos Jack Greeff nie."

"Goed, Paul."

"Doen nou jou werk en kry vir my skinder en skandes oor sepie-akteurs."

"Maar . . ."

Paul sis. "Asseblief, Andi. Die koerant is op sy laaste bene. En een van daai bene is celebs. Ek kan nie dat jy . . ."

Hy sê nie die dreigement hardop nie, maar Andi verstaan hard en duidelik: as sy nie vinnig genoeg celeb-verhale kan produseer nie, sal hulle haar vervang met iemand wat kan.

"Ek voel oud!" skree Andi vir Wendy bo die oorverdowende gedawer van "Rooi rok bokkie".

"Jy's gek!" skree Wendy terug terwyl sy Andi vasberade aan haar arm deur die klub sleep. "Hoeveel keer moet ek vir jou sê dertig is die nuwe twintig?"

"Wel, dit lyk my ons is die enigste nuwe twintigs hier. Die ander is almal die oorspronklike twintig."

Hulle is in Bakgat, een van Jack Greeff se gewilde klubs in Benoni. Andi was jare laas in 'n nagklub. Die gemiddelde ouderdom hier lyk omtrent sewentien.

Wendy het voor die tyd na haar woonstel gekom sodat hulle saam kon aantrek en mekaar kon help om so jonk en sexy moontlik te lyk. Die resultaat is Andi in skinny jeans (nie 'n nommer tien nie), 'n lang pienk top en 'n breë swart belt styf om haar middellyf (die eighties is terug). Wendy het ook vir haar 'n indrukwekkende middellyf geprakseer met 'n swart korset en romp. Die belt en die korset is die gevolg van 'n nuwe obsessie van Wendy: die waist hip ratio. Sy't dit iewers raakgelees. Daarvolgens moet 'n mens altyd, en in alle omstandighede, ongeag mode of figuur, die verhouding tussen jou middellyf en heupe beklemtoon. Andi is oortuig haar lyf het in haar laat twintigs meer peervormig geword. Volgens Wendy is dit 'n goeie ding.

Terwyl hulle aangetrek het, het Wendy haar vertel dat mans biologies meer aangetrokke is tot vroue wie se middellyf kleiner is in verhouding met hul heupe. Mens noem dit die waist hip ratio. "Dis sielkundig," het Wendy verduidelik. "Dit gaan terug na hul grotmandae. Vroue met middellywe wat klein is in verhouding tot hul heupe, was nog altyd van nature meer vrugbaar."

En hier stap sy nou met haar waist hip ratio só gedefinieer dat sy nie verbaas sal wees as elke liewe grotman uit sy grot kruip en bo-op haar kom spring nie. Eintlik, moet sy erken, het sy gedink sy lyk nogal hot. Totdat sy hier gekom het en gesien het hoe lyk hot. Hierdie sewentienjariges se middellywe is nie net beklemtoon nie, maar ontbloot. En plat. En dún.

Hulle gaan sit by 'n tafeltjie. Dis nou eers agtuur, so daar's nog nie so baie mense nie. Hierdie klubs kry eers teen tienuur lewe. Andi hoop dit gee hulle kans om met 'n paar mense te praat. Sy gee nie om wat Paul Meintjies sê nie. Hierdie is 'n groot storie, sy voel dit aan, en sy gáán hom loskry. As hy nie wil hê sy moet dit in werktyd doen nie, doen sy dit in haar vrye tyd.

Wendy gaan bestel vir hulle iets by die kroeg. Andi hou vir hulle plek by die tafeltjie. "Want jy's my rooi rok bokkie . . . ah-ah-ah" sing die Campbells voort. Op die "ah-ah-ah" maak almal op die dansvloer dieselfde suggestiewe pelvisbewegings. 'n Paringsdans, dink Andi. Soos die volstruise. Sy wonder wat die volstruise sou dink as hulle hierdie klomp kon aanskou. As hier nou 'n *National Geographic*-kameraspan was wat 'n dokumentêr gemaak het oor die voortplantingsrituele van Die Mens, sou die kamera op die meisies se polsende heupe gefokus het en die diep vertellerstem sou in 'n Amerikaanse aksent in 'n strelende stemtoon gesê het: "The female exposes and accentuates her hip waist ratio to show off her fertility in order to attract the male."

Wendy kom terug met hulle drankies. Twee pienk Cosmopolitans, hul gunsteling. Andi vat 'n groot sluk. Sy gaan haar bloedalkoholvlakke moet opstoot om deur hierdie nag te kom.

"Hoekom is ons sulke oerdiere, Wen?" vra Andi.

"Wat? Waarvan praat jy? Kyk hoe ver is ons ontwikkel. Kyk net na daardie fine specimen van 'n geëvoleerde mens . . ." en sy wys na 'n middeljarige man wat met 'n oopgeknoopte hemp onder 'n neonlig ronddans terwyl 'n goue getting tussen sy borshare rondbons.

Andi lag. "Asof ons enigsins beter is. Kyk hierdie hideous belt om my middellyf. Om my vrugbaarheid te beklemtoon."

Wendy lag. "Jy sal net dink dis hideous totdat Luan jou daarin sien en nie sy oë of hande van jou vrugbare lyf kan afhou nie."

Andi het vroeër, terwyl sy en Wendy by haar woonstel aangetrek het, vir Wendy van Luan vertel.

Wendy het gesê sy moet met elke moontlike geleentheid met Luan flirt, want "om te flirt is vroulik," het sy gesê. "Om te flirt help jou om in jou vroulike energie in te tap."

Maar wat daarvan dat hy nou die aand so lelik was en haar geïgnoreer het? wou sy by Wendy weet. Wendy het gesê dis heeltemal verstaanbaar, aangesien Pressco kantoorromanses verbied. "Hy wou julle bloot al twee uit die moeilikheid hou," was Wendy se verduideliking. "Jy behoort hom te bedank, nie te ignoreer nie!"

En toe hét sy hom vandag geïgnoreer. Nie omdat sy die nodige selfbeheersing toegepas het nie, maar omdat sy so besig geraak het met *7de Laan*-skandes uitkrap en stres oor vanaand dat sy nooit eens op sy e-pos gereageer het nie.

Maar daaroor hoef sy ook nie te stres nie, het Wendy gesê. Want die beste ding wat 'n mens met 'n man kán doen as jy van hom hou, is om hom te ignoreer. Dis gek, maar dit werk, sê Wendy. So vandag het sy dit per ongeluk reggekry.

"Ek sou verkies om te dink Luan hou van my vir my fassinerende intellek en warm persoonlikheid," sê Andi waar hulle by die tafeltjie in Bakgat sit.

Wendy lag. "An, dit help nie jy probeer van jou lyflikheid ontsnap nie."

Wendy gebruik woorde soos "lyflikheid". Sy stry haar hele volwasse lewe teen Calvinisme en het hier teen nege en twintig die stryd begin oorwin. Andi bewonder haar daarvoor, maar raak deesdae ook bekommerd oor Wendy se "lyflikheid". Sy't omtrent elke week 'n ander boyfriend. En ja, sy vat hulle bed toe. "En dan neem hulle my na allerhande wonderlike plekke toe," is Wendy se standaard-antwoord met 'n vonkel in die oog.

"So hoe gaan dit met jou lyflikheid?" vra Andi.

"Uitstekend," antwoord Wendy met twee duiwels wat dans in haar oë. Wendy het wilde, rooi krulhare en die mooiste groot, groen oë.

"Ek's te bang om te vra, maar sê maar," sê Andi en vat nog 'n sluk Cosmopolitan.

Wendy lyk sowaar vir 'n oomblik iets soos skaam en vryf 'n paar keer met haar vinger oor die rand van haar cocktailglas. "Hy's sewe en veertig, 'n chemiese ingenieur, lank, sterk, straight, baie straight . . ."

Andi kan aanvoel daar's 'n maar. Aangesien Wendy dit duidelik nie self gaan sê nie, sê sy dit. "Maar?"

Wendy haal haar vinger van die glas af, gooi die helfte van die inhoud in haar keel af met haar kop ver agteroor en sit die glas hard neer voordat sy Andi waterpas in die oë kyk en sê: "Hy's getroud."

Wat Andi banger maak, is nie wat Wendy so pas gesê het nie, maar hoe sy gelyk het toe sy dit gesê het. Weerloos. Wendy lyk nie sommer weerloos nie.

"Hoe lank?" vra Andi.

"Al 'n paar maande. Ek wou julle eers nie vertel nie – nie gedink dit gaan hou nie, maar nou . . ."

"Ai, Wen," sê Andi.

"Moenie vir my 'ai Wen' nie. Daar's niks om oor te 'ai' nie." Sy sluk nog van die Cosmopolitan weg voor sy voortgaan: "Ek het 'n wonderlike tyd saam met hom. Ek leer, ek ervaar. Dis meer as wat mens die afgelope paar jaar van jou kan sê."

Sy is reg. Op 'n manier beny Andi Wendy se sedelose bestaan. En Andi weet, al wat háár daarvan weerhou, is vrees, nie 'n onwrikbare morele kompas nie.

"Dis net," begin Andi versigtig, "getroude mans . . ."

Wendy maak die sin klaar: ". . . gebruik mens net?" Sy lag. "Andi, dit kan net gebeur wanneer vroue hulle láát gebruik. Ek gaan nie in slagoffer-mode in nie. Vir al wat jy weet, gebruik ek hom."

Andi lag. "Is dit so?"

"Hy sê self so," sê Wendy. "Hy sê ek gebruik hom net vir seks." Sy giggel. "Hy's nogal needy."

"Hoe kry jy dit reg?"

"Wat?"

"Om so blasé te wees oor mans. Dis hoekom hulle nie genoeg van jou kan kry nie!"

"Selfvertroue, An, selfvertroue. Jy moet hulle altyd herinner húlle is die gelukkige party en jy die gesogte een." Wendy kry 'n wilde kyk in die oë. "Watch and learn," sê sy. Andi is onmiddellik bang.

'n Ent verder sit 'n trop wilde mans by 'n tafeltjie. Andi sweer hulle is niks ouer as vyf en twintig nie. Sy gryp Wendy aan die arm en druk haar kop voor haar in om te keer dat sy hoegenaamd oogkontak met een van daardie mans maak. "Wendy, nee. Nee! Asseblief!"

Wendy ruk haar arm los. "An, dis nou te laat om my te probeer keer. Jy't hiervoor gevra. Jy was die een wat gesê het ek moet jou vanaand kom help."

"Ja, maar met regte kontakte. Nie 'n spul testosteroongedrewe melkbaarde nie!"

"Die beste soort, sê ek."

Andi probeer nog keer, maar dis klaar te laat. Wen het oogkontak gemaak. En nou is daar geen keer nie. Andi sien hoe die een ou vir hulle knipoog. Sy hoor die *National Geographic*-stem sê: "And the female's waist hip ratio has caught a male's attention."

Wendy neem 'n verleidelike sluk van die Cosmopolitan sonder om haar oë van die jongeling weg te skeur. Uit die hoek van haar oog kan Andi sien die een glimlag breed vir haar. "The male exposes his teeth to attract the attention of a female."

68

Andi wil weghardloop. Sy wil nie paar nie. Nie nou nie. Nie ooit nie. Nie met Luan nie. Nie met hierdie iemand nie. Met niemand nie.

Twee van die outjies het nou opgestaan en pyl op hulle af. Ag nee asseblief, liewe jirretjie tog, nee. Sy gryp haar handsak. "Ek gaan badkamer toe," skree sy vir Wendy in die weghardloop.

5

Kurt Darren se "Daar doer in die donker" doef-doef-doef deur die badkamer se mure. Andi kan sweer sy sien die vibrasies daarvan in die spieëls.

Sy's nou vasgekeer. Sy kan nie vir Wendy alleen hier los en uitvlug nie. Sy sal haar nooit vergewe nie. Al wat sy kan doen, is om terug te stap na hul tafel en te hoop die mannetjieleeus het weer die pad gevat.

Sy sit 'n bietjie lipstiffie aan. Nee, nie om meer vrugbaar te lyk nie. Net sodat dit darem lyk of sy iets hier in die badkamer kom doen het, buiten vlug. ". . . het jy my laat wonder . . . Is dit alles sonde . . ." dreun Kurt voort.

Die hemele help my, dink sy toe sy die badkamerdeur oop-stoot en Kurt sing: "Want ek wil jou druk druk druk druk."

'n Erger toneel kon haar nie begroet nie: Daar's niemand by haar en Wendy se tafel nie. Wendy is by húlle tafel – die jong bulle s'n. "Daar's baie," sing Kurt, "baie, baaaaie wat ek jou kan leer . . . Oeeee daar's baie, baie . . ."

Sy gaan vir Wendy vermoor, dink Andi terwyl sy so waardig en regop moontlik na die tafel toe stap en haar bes probeer om dit nie op Kurt se ritme te doen nie.

"Andi!" roep Wendy joviaal uit toe sy haar verskyning maak. "Kom sit, ek het vir jou plek gehou."

Andi glimlag 'n toemond-glimlag waarmee sy vriendelik dog onvrugbaar probeer lyk. "Die gawe jong mans het ons genooi vir 'n drankie," sê Wendy en wys na die groepie van drie. Twee het deur die genade verdwyn. Dis nou net so 'n mooi oopgesigseun wat lyk of hy hoofseun van Hoërskool Brandwag kan wees; 'n lang maer outjie met 'n slegte vel en 'n frischris wat die oudste van die drie lyk. "Julle, dit is Andi," sê Wendy en wys na haar asof sy 'n nuwe oefenapparaat is wat op TV geadverteer word.

Andi glimlag vreesbevange en gaan sit op die ronde stoeltjie langs Wendy. Sy's seker dis ontwerp om dertigjariges nog dikker te laat voel, want dit voel soos 'n fietssaal onder haar dye in haar skinny jeans.

Wendy gee vir haar nog 'n Cosmopolitan aan, met komplimente van die trop. Sy vat twee groot slukke. Nicholis Louw se "Rock daai lyfie" begin speel.

"So, Andi," sê die hoofseun, "ons hoor jy werk by *Pers*." Sy volgende vraag is seker of sy na sy skool toe sal gaan vir hul beroepsleidingdag.

"Ja," sê sy en vat nog 'n sluk Cosmopolitan. Wendy borduur voort: "Andi doen die celeb-beat. Sy ken al die bekendes."

"Sê my. Voel jy. Hoe dit brand," sing Nicholis. Ja, Nicholis, ek voel, ek voel presies hoe dit brand, baie dankie, alles brand! wil sy skree. Maar sy bly net toemond-glimlag.

"Wie het jy al ontmoet?" vra die maeretjie en voeg dan ingenome by: "My broer het al vir Dezi van *7de Laan* in die East Rand Mall gesien."

Stilswye gaan haar duidelik nie red nie. Sy kan net sowel begin praat, besluit Andi. "Charlize Theron, Ashley Judd . . ." begin sy opnoem.

Die drie is uiters beïndruk en hul reaksies wissel van "cool" tot "awesome" tot "radical". Vader van genade, hulle is regtig hoërskoolkinders.

Maar soos wat die gesprek vorder, is Andi aangenaam verras

70

om uit te vind hulle is al drie mondig, uit die skool en werkend, hoewel sy die definisie van werkend hier baie breed aanwend. Die een werk byvoorbeeld deeltyds by sy broer se karwasbesigheid in Benoni en die ander een is in die aande 'n kroegman by een of ander hool in Springs. En haar vermoede is inderdaad bevestig dat hulle almal onder vyf en twintig is, maar sy sal daardie klein besonderheid liewer vergeet.

In 'n stadium kry hulle haar en Wendy se selfoonnommers "sodat ons julle op Mxit kan invite", sê die hoofseun. Toe hulle met leë uitdrukkings na hulle terugstaar, wys die drie hulle hoe om Mxit op hulle fone te laai. En nou gaan hulle hulle invite sodat hulle kan chat. Wendy lyk wragtig opgewonde oor die vooruitsig.

Terwyl die drie vir Wendy nog Mxit-tricks wys, maak Andi haar oë toe. Die musiek dawer dwarsdeur haar. Die Cosmopolitans laat haar kop draai. "Vat my, dra my in jou tas. Druk my, hou my teen jou vas," sing Nicholis. Sy wil vir Luan in haar tas hê, teen haar vas hê, dink Andi met haar oë nog toe en haar kop agteroor. Luan gaan dood as hy moet weet sy verbind Nicholis Louw-lirieke met hom. Maar dis net 'n oomblik van waansin, dink sy, aangebring deur te veel disco-ligte en Cosmopolitans.

Toe die spul klaar is met hul selfone, gesels hulle verder.

Dis eintlik lekker om met die drie seuns te praat, besluit Andi in die middel van haar derde Cosmopolitan. Hulle is so beïndruk met als. Teen die tyd dat sy hulle vertel van haar ontmoeting met Charlize Theron, hang hulle aan haar lippe.

In 'n stadium verander die Cosmopolitans in shooters en hier tussen die vierde Springbokkie en die tweede Blowjob het sy genoeg moed bymekaar om die onderwerp van Jack Greeff aan te roer.

"En raai met wie het ek hierdie week 'n onderhoud gedoen?" gooi sy die aas uit.

"Wie?" vra hulle in een stem.

"Jack Greeff," antwoord sy met groot oë.

"Daai ou toppie?" sê die hoofseun. "Hy besit mos hierdie plek."

"Ja, en al die ander plekke," sê die maeretjie. "Stinkryk."

Die onderwerp van Jack Greeff het blykbaar 'n kompetisie tussen die drie laat ontstaan. Elkeen probeer vir haar wys dat hy die meeste van Jack Greeff weet.

"Ek het hom al baie hier gesien," sê die frischris. "Toe ek nog barman hier was, het hy baie hier rondgehang."

Andi sien die gap en sy vat hom. "Is dit? En hoe was hy?"

"Heel nice," sê die outjie. "Maar jy moenie met hom kak soek nie. Hy sal vir jou uitsort."

Sy moet nou versigtig uitvra, sodat dit nie lyk of sy uitvra nie. Sy lag. "Hoekom? Het jy in die moeilikheid beland?" vra sy.

"Nee, nie ek nie. Ek het below the radar gefly, as jy weet wat ek bedoel. Maar van my bouncer-pêlle se pêlle . . ."

Hy lyk nou ongemaklik. Sy sal hom versigtig verder moet aanpor. "Ja?"

"Daar was 'n paar voorvalle, soos hulle sê. Die bouncers weet . . ."

Voordat hy kan klaar praat, val frischris hom in die rede: "Dis alles hoorsê. Eintlik weet ons niks. In sulke plekke is daar maar altyd rumours."

Andi haal 'n paar van haar besigheidskaartjies uit haar handsak. "Hier," sê sy en deel vir hul elkeen sommer 'n paar uit. "As julle iets uitvind of iets hoor, bel my. Of kry van julle bouncer-vriende om my te bel. Asseblief."

"Jy moet pasop," sê die hoofseun en steek haar kaartjie in sy hempsak. "Jy't hier met groot ouens te doen."

Vandat sy Luan daardie dag per ongeluk geïgnoreer het, het sy gesien dit werk en kon dit toe regkry om dit vir 'n paar dae lank vol te hou.

Wendy was reg. Skielik kan hy nie genoeg van haar kry nie. Sy kry nog elke dag 'n e-possie van hom, sommige dae selfs twee. Van hulle is net grappies of interessante brokkies of aan-halings, maar nogtans. Hy't nog nooit vantevore vir haar sulke e-posse gestuur nie.

En gister het hy vir haar geskryf: *Hou op om by my kantoor verby te stap. Jy lei my aandag af.*

Sy wou só graag terugskryf, maar Rentia en Wendy het gesê onder geen omstandighede nie. Hy moet nog 'n paar dae lank ly.

En wanneer sy verby sy kantoor stap en hulle per ongeluk oogkontak maak of wanneer hulle toevallig in die kombuisie ontmoet en niemand anders is by nie, knipoog hy of glimlag stout vir haar.

Dit maak natuurlik alles in Andi lam, maar sy hou haarself kil. Yskoningin. Operasie Ys, noem Wendy dit.

Operasie Ys vorder uitstekend. Onnoembare Mens smelt, skryf sy vir Rentia.

Goeie werk! skryf Rentia terug. *Moet verslag skryf. Niks lus nie. Wil heeldag net servetringe met krale maak.*

Andi lag. Rentia het wragtig niks anders as trou op die brein nie. Nog 'n e-pos van haar: *Wat gaan mooier lyk? Pienk krale op oranje servette of oranje krale op pienk servette?*

Andi skryf terug: *Jy maak my bang, bruid.*

Ai, sy wens wens wens sy was Rentia. Om een of ander on-verklaarbare rede, want sy het immers in die moderne era groot-geword, was sy nog altyd bang om dertig te word en single te wees. Daar's geen goeie rede daarvoor nie; sy kan nie haar ma of pa of die invloed van die media blameer nie, maar dertig was nog altyd 'n soort vervaldatum in haar kop. Dis dalk biologies, wie weet? Dalk is daar inderdaad iets soos agt en twintig van haar eierselle wat op dertig nie meer mooi gaan werk nie en haar liggaam weet dit en waarsku haar al die afgelope vyftien jaar.

Hier van twee en twintig af het sy die wysheid begin kry om dit nie hardop uit te spreek nie, maar sy het dit nog steeds gevrees. En nou word dit oor 'n paar maande waar.

Haar ma sê 'n vrou bereik 'n stadium wat sy nie meer haar kieliebakke ten toon kan stel nie. En sy wil so graag 'n skouerlose rok op haar troudag dra. Sê-nou haar kieliebakke raak onuitstalbaar voordat sy trou? Dan gaan sy een van daardie oumens-trourokke moet dra; so 'n mother of the bride appelkoospakkie met Queenspark-blommetjies en sequens op die skouers geborduur.

En Luan het vandag nog nie vir haar gekyk of ge-epos of geglimlag of geknipoog nie. En sy's al weer vetter as vet nadat sy die afgelope week uit pure stres oor die Jack Greeff-storie elke aand roomys geëet het.

Onnoembare Mens ignoreer my. Afstootlik vir alle mans, e-pos sy vir Rentia.

Vera het die volmaakte gesin, Rentia staan op die volmaakte troue en selfs Wendy het nou 'n boyfriend, al is dit 'n getroude een. Buitendien kan sy net haar vingers klap en dan het sy 'n ongetroude een. Anders as Andi, kiés Wendy die lewe van 'n singleton. Wanneer sy eendag besluit sy wil nie meer nie, sal sy binne maande getroud wees. Almal gaan geholpe raak, dink Andi, en dan gaan net sy en haar kieliebakke agterbly. Sy draai in haar stoel om en probeer ongemerk kyk of Luan in sy kantoor is. Die woordeboek-truuk het sy laat vaar. Dit het na die derde dag deursigtig geword. Sy sug. Nee, hy's nie daar nie. Hy't seker haar kieliebakke gesien en laat spaander.

Geel koevertjie van Rentia. Die hele e-pos is in Italiaans. Dis 'n speletjie wat sy en Rentia elke nou en dan speel. Hulle skryf vir mekaar boodskappies in vreemde tale wat hulle vertaal op Google Translate, 'n webtuiste waarop 'n mens feitlik enigiets in enige taal kan vertaal.

Sy copy en paste die Italiaanse boodskappie in Google Translate in en dit vertaal as volg:

You crazy woman. You gorgeous and terrible popular for male sex. Don't feel like work. Want to bake cake and make wedding things. Want to search for magnificent wedding dress.

Andi lag hardop. Rentia weet ook net hoe om haar op te cheer. Die snaaksste van Google Translate is dat dit soms die boodskappe so bietjie krom en skeef vertaal.

Sy skryf in Bulgaars terug. Dit vertaal as:

You bad bad lazy bride. Stop being obsess about dress and work for change.

Maar sy moet nou ophou ydele e-pos-praatjies maak en werk. Sy moet nog 'n storie skryf oor 'n *Egoli*-akteur wat Hollywood toe gaan en dit betyds klaarkry voor Lianie May se CD-launch vanaand.

En tussendeur probeer sy nog in die geheim aan die Jack Greeff-storie werk. Ná die aand in Bakgat saam met Wendy is sy vasberade om hierdie storie los te kry. Dit klink vir haar groot, baie groot.

Die probleem is net om iemand te kry om op die rekord te praat of 'n bewys of iets konkreets waarmee sy 'n berig kan skryf. Tot dusver het sy net los praatjies en bewerings en gerugte. Paul sal nooit daarvoor val nie.

Sy begin die intro van haar *Egoli*-berig skryf toe 'n e-pos opdaag. Dis van 'n vreemde adres: anoniemewenk@gmail.co.za.

Andi is dadelik opgewonde. Haar hart klop wild toe sy dit oopmaak. Dis alles in klein lettertjies en aanmekaar geskryf. Sy neem 'n rukkie om dit te ontsyfer.

wiljymeerweetoorjackgreeffontmoetmyoorvyftienminuteinjulparkeergarage.

Sy kan nie haar oë glo nie. Wie kan dit wees en wat wil hulle haar vertel? Eintlik is sy nou 'n bietjie bang. Netnou het Jack Greeff uitgevind sy's op sy spoor en van sy trawante gestuur om haar te kom ontvoer.

Maar dis 'n kans wat sy moet waag, besluit sy.

6

Dis presies vyftien minute ná die e-pos toe Andi die deur na Pressco se parkeerarea oopstoot. Sy loer rond. Dis stil en verlate. Net al die werknemers se motors staan daar.

Sy wonder waar sy moet wag. Die e-pos het nie gesê nie.

Die anonieme bron weet seker hoe sy lyk. Dalk moet sy net rondstap totdat hulle haar sien. Oe, hierdie voel nou regtig net soos Watergate. Woodward het mos vir Deep Throat so in 'n donker parkeerarea ontmoet en hy mag nooit sy gesig gesien het nie en . . .

Andi fantaseer nog so oor Watergate toe 'n motor langs haar stilhou. Nog voordat sy kan kyk wie binne is, gaan die deur oop. Dis 'n Matrix-oomblik. 'n Rooi of blou pilletjie-oomblik. Sy kan óf inklim óf weghardloop. Laasgenoemde voel skielik vir haar na 'n baie goeie opsie, maar haar nuuskierigheid is te groot. En haar begeerte om hierdie storie te kry. Die storie wat sal sorg dat almal, insluitend Luan, haar uiteindelik ernstig sal opneem.

Al hierdie denkprosesse vind in 'n millisekonde plaas en die volgende oomblik sit sy in die passasiersitplek. Die motor ry. Vrees verlam haar. Sy staar voor haar uit; te bang om te sien wie haar ontvoer. Dan draai sy haar kop na regs.

Dis nie Jack Greeff of 'n lid van die Boeremag of iemand met 'n sykous oor die kop nie. Dis Luan Verster.

"Luan!" roep sy uit. "Ma' jy's nie, jy's nie . . ."

"Jack Greeff nie?" vra hy met 'n reuse-glimlag.

"Wel . . . uh . . . ja!"

Hy glimlag en ry by die parkeerarea uit. "Wat maak jy?" vra Andi. Sy't van die skok herstel en is nou sommer ontsteld. "Jy kan nie met my wegry nie, Luan. Ek het 'n belangrike afspraak!" Sy kyk op haar horlosie. "Ek moet, ek moes . . ."

"'n Anonieme bron oor Jack Greeff in die parkeergarage ontmoet?" vra hy en glimlag nog breër.

"Ja," sê sy verward. "Hoe weet jy? Die e-pos . . ."

Hy vryf met sy hand oor haar been. "Dit was ek, Andi," sê hy en begin lag. "Ek het vir jou die e-pos gestuur."

"Maar . . ."

"Jy ignoreer my nou al vir dae lank. Dit was al manier."

"Maar die e-posadres . . ."

"Ek het dit vinnig op gmail geskep. Dit vat net twee sekondes. Anonieme wenk. Dit was nogal obvious. Ek het gewonder of jy daarvoor sou val."

"Wel, obviously het ek," sê sy en vou haar arms. 'n Deel van haar wil lag en dink dit was 'n oulike idee, maar die groter deel van haar, wat haar dye insluit, is kwaad.

"Moenie vir my sê jy's kwaad nie," sê hy.

"Natuurlik is ek kwaad! Vir jou is alles wat ek doen, een groot joke."

"Ag Andi, moet dit nie so sien nie."

"Nou hoe moet ek dit sien? Elke keer as ek van my Jack Greeff-ondersoek praat, moet jy 'n lag onderdruk."

Hy lag so waar as wragtig weer. "Maar Andi, jy moet erken, luister self hoe klink dit! 'My Jack Greeff-ondersoek'. Dis soos om te sê 'my Toys R Us-exposé'. Dit klink net snaaks."

"Wel, dit is nie."

"Goed, Mejuffrou Die Ernstige Joernalis. Ek belowe om nooit weer vir een van jou ernstige ondersoeke te lag nie," sê hy in 'n gemaak vername stem.

Andi wil nog kwaad bly, maar sy voel hoe sy van binne af, van haar hart af, verkrummel. "En alles wat ek sê en skryf met grote erns te bejeën," voeg sy by.

Hy herhaal dit, asof hy 'n eed aflê: "En alles wat jy sê en skryf met grote erns te bejeën."

Hulle lag. Luan is net die volmaakte pakket. Aantreklik, witty en nog vindingryk ook. Watter ander man sal met so iets vorendag kom?

"Is ek nou vergewe?" vra hy.

"Nie heeltemal nie," sê sy neus in die lug.

"En as ek jou omkoop?"

"Dan doen ek 'n Luan Verster-ondersoek en exposé."

"Dis maar 'n kans wat ek moet vat."

Sy glimlag.

"Roomys," sê hy. "Betroubare bronne sê vir my dis jou groot swakheid."

"So maklik is ek nie."

"Goed. Roomys met 'n flake."

"Hmm . . ." sê sy en maak of sy dit oorweeg, "nee."

"Oukei . . ." Hy dink 'n bietjie. "'n Dubbel scoop sugarcone met cookies and cream bo en choc mint onder."

Sy gaap hom geskok aan. Net haar naaste familie en vriende weet dis haar heel grootste gunsteling. "Hoe't jy geweet?" vra sy verdwaas.

"'n Goeie joernalis onthul nooit sy bronne nie." Hy kyk vir haar. "So is dit 'n deal?"

Sy lag. "Deal," sê sy.

Dan vat hy met sy linkerhand aan haar been en gee vir haar 'n glimlag wat enige roomys of yskoningin sal laat smelt.

'n Rukkie later stap hulle in die Johannesburgse Botaniese Tuine rond – elkeen met 'n suikerhorinkie en 'n dubbele scoop roomys. Hy het haar eers na 'n Italiaanse roomysplek daar naby geneem om die roomys te kry en toe voorgestel dat hulle dit hier kom eet. Helder oordag in werkstyd.

Dit is lieflik hier. Middel van Junie, middel van die Gautengse winter: wolklose blou lug, skerp son. Andi maak haar oë vir 'n oomblik toe en asem die reuke in: boombas, hout, vuur en grond. Winter is haar gunstelingseisoen; die kontraste, die varsheid van die koue, die vertroosting van 'n kaggel of 'n kombuis se warmte. 'n Seisoen waarin jy kan toedraai, inkruip, wegkruip.

Andi loop op 'n wolk van euforie. Sy kan nie glo wat besig is om tussen haar en Luan te gebeur nie. Maar sy is ook benoud.

"Moet ons nie maar teruggaan werk toe nie?" vra sy en lek aan die roomys-koekiemengsel.

"Niemand sal ons mis nie. Ons sal skaars 'n halfuur weg wees."

"Sê nou . . ." probeer sy protesteer, maar hy maak haar stil deur 'n lekseltjie roomys van haar onderlip af te vee.

"Live a little, liewe Andi."

Sy kyk verleë af en byt op haar onderlip. Haar hart hamer. "Sê nou iemand sien ons," sê sy en kyk om hulle rond. Afgesien van 'n paar tuiniers en 'n ou man wat doer ver op 'n bankie sit, is die park verlate.

Luan lag en sit sy arm om haar skouers. "Wie gaan ons sien? Die FBI?"

"Iemand van Pressco. Eintlik kan ons nie sulke kanse vat nie."

Luan bars uit van die lag. "Sulke kanse. Soos jy aangaan, sou mens sweer ons is besig om 'n staatsgreep te beplan."

"Jy weet van Pressco se beleid," sê sy en vat nog 'n happie roomys.

"Ja," sê hy gemaak formeel, "ek het my deeglik van Die Beleid verwittig."

"Luan, ek's ernstig." Sy draai na hom. Hy gaan staan stil.

"Dit weet ek, Andi" sê hy en vat aan haar gesig. "Die ernstige Andi Niemand. Stil en geheimsinnig."

Geheimsinnig. Hy dink sy's geheimsinnig, juig dit in haar.

"Maar jy moet verstaan," sê hy met groot oë, "dis moeilik om jou ernstig op te neem met roomys op jou lip." Met sy wysvinger vee hy die lekseltjie roomys van haar bolip af en laat haar dan die punt van sy vinger aflek.

Van verbouereerdheid begin sy weer aanstap.

"Oukei, oukei," sê hy, "jy't 'n punt beet." Hy lek aan sy roomys.

Sy probeer om nie vir sy tong te kyk nie. "Dit is so. Ons mag nie. As iemand iets agterkom . . ."

"Dan pos hulle een van ons Kaap toe," maak Andi sy sin vir hom klaar.

"Ek weet, ek weet," sê Luan.

Hulle gaan sit op 'n houtbankie in die son. Luan lyk skielik so jonk en sag. Die koue het sy lippe en wange pienk geknyp. Ook net hulle wat so laf is om roomys in die middel van die winter in 'n park te kom eet.

"Of dwing een van ons om te bedank," voeg sy by. "Ek hoop jy weet dit sal jy moet wees," giggel sy. "Ek is heeltemal te ver gevorderd in my loopbaan."

Hy lag met sy kop agteroor. "Nee, dit weet ek. Elke keer as ek vir jou kyk, is jy baie hard en ernstig aan die werk."

"So jy kyk vir my?" terg sy.

Hy vryf met sy hand oor haar hare en kyk indringend na haar. "Ek kan nie my oë van jou afhou nie."

Sy kyk af, weet nie wat om te sê of te doen nie. "Proe," sê sy dan en hou haar roomys na hom toe uit.

Hy proe. "Mmm," sê hy en smak sy lippe.

"Erken dit," sê sy, "dis die lekkerste ding wat jy nog geproe het."

"Nee." Hy trek haar nader en soen haar met sy koue, warm, soet mond voordat hy van haar wegtrek en fluister: "Dít is."

Die hoenderboudjie is taai. Andi sit die halfgeëete ding terug in haar bordjie en probeer eerder die samoosa. Ten minste hou die eetgoed haar hande en mond besig, sodat sy nie met celebs of vreemde mense hoef te praat nie. Hierdie funksies is vir haar die ergste deel van haar werk. Om op 'n Vrydagaand tussen 'n klomp fake smiles rond te staan en aan diepgebraaide kilojoule-digte versnaperings te knaag.

Dis die Lianie May CD-launch en sy moet kom om te net-

80

work en te kyk of sy enige skandes of skades kan optel. Ná haar en Luan se roomys-uitstappie vanmiddag is sy steeds in 'n dwaal. Sy sweer hy't haar getoor. Normaalweg is sy erg op haar senuwees en selfbewus tussen al die celebs, maar vanaand is sy so gelukkig dat sy nie kan omgee of sy meer of minder soos 'n idioot lyk wanneer sy met Nadine of Kurt Darren praat nie.

Vir lank staan sy nog so teen die pilaar en wonder hoekom B-lys-celebstatus gewone Afrikaners rede gee om mekaar soos Franse dubbeld op die wang te soen, toe sy hom sien. Sy verstik amper in 'n karamelhorinkie. Jack Greeff. Lewensgroot met 'n stuk gebraaide halloumi in die hand. Hy staan en praat met 'n ander verslaggewer. Die meisietjie lyk heel taken met die man. Lekker naïef. Andi besef sy sal moet ingryp, voordat die joernalissie snuf in die neus kry en haar scoop voor haar wegraap. Hoe gaan sy Greeff subtiel afrokkel en self 'n gesprek met hom aanknoop? Ugh, dis regtig nie asof sy met die aaklige man wil praat nie, maar dis haar kans om nog inligting uit hom te kry. Dalk het hy klaar 'n paar wyne in en laat glip hy iets.

Sy sit haar bordjie op een van die witgedekte tafels neer en staan nader aan Greeff en die meisie. Net toe sy twee treë van hulle weg is, keer Sheleen haar voor. Dis nou die C-lys sangeres Sheleen met die oranje hare, wat oorspronklik Shaleen was, maar Sheleen geword het nadat publikasies haar met die B-lys-bruinhaar-Shaleen verwar het. Baie ingewikkeld.

Sheleen begin met Andi gesels oor háár nuwe CD. Andi kry haar weens ordentlikheidsredes nie betyds weggeskeur nie en sy kyk hulpeloos toe hoe Jack Greeff die joernalissie groet en in die skare verdwyn.

Nee, sy kan nie die kans laat verbygaan nie. "Jammer, Sheleen," sê sy, "ek wil graag alles van Oostenryk hoor, maar daar's iemand met wie ek net gou móét praat."

Sheleen se mond hang nog oop in die middel van 'n Oostenryk-vertelling toe Andi die pad vat. Waar gaan sy Greeff nou kry? Sy staan op haar tone om iets te probeer sien tussen die mense en bordjies wat in 'n swart en wit massa saamdrom. Ag nee, dis 'n naald in 'n hooimied! Wag . . . a-ha, sy sien sy bles! Die pienk kol in die middel van die grys hare. Die kol beweeg, sien sy. Vinnig. Hy's op pad uit. Greeff het genoeg hoenderboudjies en karamelhorinkies gehad en hy's op pad uit. Sy beter spring, besef Andi. Sy beter hom keer. Dis dalk haar laaste kans om hom van aangesig tot aangesig te kry.

Al haar skaamheid verlaat haar. Soos 'n mens wat op die punt is om 'n vlug te verpas, gebruik sy haar skouers en elmboë as earth moving equipment en beur deur die hordes. Van elke tweede mens kry sy 'n vuil kyk, maar sy steur haar nie daaraan nie. Sy hou haar oog op die prys: op die pienk kol in die middel van die grys. Dit werk, want die grys kol kom nader. En toe sy weer sien, is sy by hom.

Voordat sy dink wat sy doen, gryp sy hom aan die arm. Toe hy omdraai en met oë vol vraagtekens na haar kyk, weet sy skielik nie wat om te doen nie. Sy't so doelgerig op hom afgepyl en was so vasberade om hom nie te verloor nie, maar noudat sy hom het, weet sy nie wat om met hom te doen nie. Soos 'n atleet wat die honderd meter gewen het en skielik begin die wenstreep met hom praat en verwag hy moet terugpraat.

"Jy is mos . . ." sê Greeff en frons terwyl hy haar naam probeer onthou.

"Andi Niemand," sê sy, "van *Pers*."

"Ja, jy was nou die dag by my oor die verlowing."

"Dis reg," sê sy en probeer glimlag.

"Jou storie was toe baie oulik, Andi." Hy glimlag vriendelik. "Ek het dit geniet."

Nou's die wind skoon uit haar seile. Hoekom is hy so gaaf? Hy's veronderstel om 'n monster te wees. Dit sal net soveel makliker wees as hy 'n monster is. "Um, dankie, mnr. Greeff," sê sy verleë.

Hy lag. "Jy kan my regtig maar Jack noem."

"Um, dankie, Jack"

"Was daar iets wat jy my wou vra?"

Haar gedagtes hardloop aflos in haar kop. Sy't op die man afgepyl, hom aan die arm gegryp en nou beter sy vinnig 'n goeie rede kry hoekom.

"Ja, um . . ." begin sy gorrel, "ek wou net hoor hoe . . . hoe . . . dit met u . . . um . . . jou klubs gaan."

"Heel goed. Sover ek weet." Hy frons en glimlag verdwaas. "Hoekom? Weet jy iets wat ek moet weet?"

A-ha! dink Andi. Hy's agterdogtig. As die skoen jou pas, Greeff, as die skoen jou pas. "Nee, ek wonder maar net. Ek hoor die klubs doen so goed."

"Ja, ek's tevrede," sê hy en trek sy skouers op. "Eintlik is dit in dié stadium lekker. Eers was ek self baie betrokke, maar dees-dae bestuur die klubs hulself."

Ja raait, dink sy, maar sy hou haar pose. Fyntrap nou. "Maar jy moet seker baie bekwame bestuurders hê," sê sy en dink aan Mandy.

"O ja," sê Greeff, "dis baie belangrik."

"Jy ken hulle seker goed," pols sy verder. "Jy moet seker 'n persoonlike verhouding met elkeen hê as jy hulle met jou klubs vertrou."

Hy lag ongemaklik.

Het jou, katvis, dink sy.

"Ek sal nou nie sê 'n persoonlike verhouding nie," sê hy.

Ja, natuurlik sal jy nie so sê nie, jou skarminkel, dink sy.

"Maar ja, ek kyk mense behoorlik deur voordat ek hulle as bestuurders aanstel."

"Het jy al probleme met enige van jou bestuurders gehad?" vra sy.

Hy frons agterdogtig. Sy kan sien sy boor nou 'n rou senuwee raak. "Ag, mens het maar altyd jou gewone personeeldinge," probeer hy cover, "en dan moet 'n mens maar stappe neem, maar verder . . ." Hy trek sy skouers op.

"Jy's baie gelukkig dat die klubs so suksesvol is," sê Andi. "Ek het gehoor die meeste nagklubs vou in 'n kwessie van 'n jaar."

"Dit is so," sê hy, "maar ek het gelukkig 'n hele paar, sodat 'n sukkelende klub se verliese deur 'n suksesvolle een se winste geabsorbeer kan word."

"En maak julle jul wins deur die toegangsgeld alleen?" pols sy. Ná als wat Mandy en die outjies in Bakgat gesê het, het sy begin wonder hoe Greeff regtig sy geld maak.

"Dit maak eintlik 'n klein deeltjie daarvan uit. Soos met enige nagklub kom die meeste wins maar uit die drankverkope."

"Waarvoor julle natuurlik lisensies het," sê sy.

Hy frons weer ongemaklik. "Andi, hoekom kry ek die gevoel jy ondervra my?"

Want jy het 'n skuldige gewete, wil sy vir hom skree, en ek het jou uitgevang! Maar sy giggel net en trek haar skouers op. "Nooit gesien nie, um . . . Jack. Ek's maar net nuuskierig."

Hy lag gemoedelik en sit sy hand op haar skouer. "Dalk moet jy eendag saam met my na een van die klubs toe kom, dan wys ek jou hoe als werk."

Daar's dit weer. Daardie opregtheid, daardie vriendelikheid. Andi hou nie daarvan nie. Dit pas nie in die prentjie wat sy besig is om van Jack Greeff te vorm nie.

Maar hy flous haar nie daarmee nie. Sy sien dwarsdeur hom. Ook toe hy kastig beleef om verskoning vra en groet: "Dit was lekker om met jou te gesels, Andi, maar jy sal my moet verskoon, ek's eintlik op pad. Ek wil nog 'n draai by Emma gaan maak."

Of by Mandy, dink Andi, toe sy ewe vriendelik sy hand skud. Of by enige van jou ander shady girlfriends by jou klubs.

Dêmmit, dink sy toe Greeff se pankop by die deur uit verdwyn, dit was so amper. So amper-amper het sy nader aan die waarheid gekom. Nou weet hy sy het snuf in die neus gekry.

Hy's nie dom nie. Hy kon sien sy het hom uitgevra en nou vlug hy. So 'n kans sal sy nooit weer kry nie.

"Andi," sê Rentia met haar neus opgetrek, "hierdie is die materiaal-ekwivalent van 'n sjebeen."

"Sjj," betig Andi haar terwyl hulle by die rolle materiaal afstap.

"Man, niemand hier verstaan Afrikaans nie," sê Rentia.

Dis 'n week later – Vrydag ná werk – en hulle is in 'n materiaalwinkel in die Johannesburgse middestad. Dis inderdaad nie die kosherste plek ooit nie en die area is baie dodgy, maar hulle materiale is verruklik.

Andi het een keer hier stilgehou op pad terug van 'n storie waarvoor sy deur die middestad moes ry. Toe sy die kant en brokaat en Afrika-bedrukte katoen in die venster sien, kon sy eenvoudig nie verbyry nie.

Daardie dag het sy hier uitgestap met meters en meters lap en kant en lint. Dit lê nog net so in die kas saam met al die ander lae en lae materiaal wat sy nie kan weerstaan wanneer sy in interessante materiaalwinkels beland nie. Sy het altyd planne om vir haar rokke of baadjies of tafeldoeke daarvan te laat maak, maar sy kom nooit so ver nie. Die gevolg is 'n hele kas in haar woonstel vol van die lieflikste lap wat sy nie gebruik nie.

Haar ma sê sy's skoon simpel. Volgens Elsabé is dit Andi se onderdrukte kunsstreep wat haar sulke dinge laat doen. Op skool het Andi klavier- en kunsklasse geneem en oukei gevaar in al twee, maar haar ma was oortuig sy is 'n klein protégé en het haar só gedruk om te skilder en te speel dat sy ná skool eenvoudig verseg het om ooit weer haar hand aan 'n kwas of 'n klavier te sit. Nou kom haar "kunstalent" in haar liefde vir "vreemde" klere en eksotiese materiale uit, sê haar ma. "Jy moet ophou om jou talente onder 'n maatemmer weg te steek, Andriette," sê Elsabé altyd wanneer sy die berge materiaal sien of bekommerd na haar kreatiewe uitrustings staar. "Wanneer 'n mens kunstalente onderdruk, kom dit op snaakse maniere uit." Andi lag net altyd. Sy weet sy sal eendag al daardie mooi lap tot hul reg laat kom.

Sy streel met haar hand oor die rolle materiaal: die grofheid van die katoen, die verdwyndun chiffon, die riffels van die koordferweel en die koudheid van die satyn. Met toe oë asem sy als in: die reuk van gare, linte, kant; die reuk van potensiaal. Iets wat nog nie is nie, maar kan wees, gaan wees. Sy asem uit en maak haar oë weer oop. Haar hand is op 'n rol brokaat. Die luuksheid druk teen haar vingers. Rentia kyk haar aan of sy mal is. "An, soms verstaan ek jou net glad nie."

"Kan jy dan nie sien en ruik hoe mooi dit is nie?"

"Al wat ek ruik, is motbolle."

"Ag nee, Rentia, jy't nog nie die sy gesien nie; die rou sy, die dupion sy. Kom kyk hier . . ."

Rentia loop teësinnig agter haar aan.

"Voel net hier," sê Andi en vee met haar vingers oor die roomkleurige rou sy. "Voel jy die ryk tekstuur? Die knopies wat saam met die fynste drade ingeweef is. Voel jy die luuksheid daarvan, die . . .?"

"Dit voel vir my maar stowwerig."

Andi gooi haar hande in die lug. "Ag jy's 'n hopeless case!"

"Ek dink die ontwerper moet eerder self die materiaal kry," sê Rentia.

"Maar wat gaan dit kos? Het jy hierdie pryse gesien? Dis spotgoedkoop."

"En ek's seker daar's 'n rede voor."

"Ja, dis nie al deur tienduisend middelmanne nie."

"Of dit het van 'n trok afgeval."

"Ag komaan, Ren, dis nie asof . . ."

"Whatever An, daar's nie 'n manier dat ek my trourokmateriaal hier gaan koop nie."

"Fine," sê Andi. "Maar laat my net toe om vir myself . . ."

"Nee," sê Rentia, "jy't al 'n hele kas vol ongebruikte lap. Ek moet jou teen jouself beskerm."

"Maar daardie brokaat," kerm Andi, "en die gekreukelde organdie en die geborduurde net. Dis die eerste keer dat ek daardie net met . . ."

"Kom," sê Rentia, en sleep Andi aan die arm uit. "Ek en jy moet nog vanaand honderde kraletjies ryg."

"Jy's wreed," sê Andi toe hulle terugry.

"Dis regtig tyd dat jy iets aan jou materiaalfetisj begin doen," sê Rentia. "Dis pynlik om jou in so 'n plek te sien."

"Ek doen mos iets daaraan. Elke nou en dan bederf ek my met 'n . . ."

". . . paar meters materiaal wat jy nooit gebruik nie," maak Rentia die sin klaar. "Dis nie iets daaraan doen nie, Andi. Dis daaragter wegkruip."

"Nou wat moet ek doen?"

"Maak iets daarmee. Maak 'n rok, stik gordyne, stop 'n kous, wat ook al. Kry dit net uit jou uit!"

"Ek kan nie 'n naat stik om my lewe te red nie. My ma het mos geweier dat ek Huishoudkunde op skool neem. Gesê dis 'n standaardgraadvak."

"En sy? Kon sy jou nie leer nie?"

"Sy haat naaldwerk. Sien daarop neer. Het nog altyd. Eintlik kon ek nooit verstaan hoekom nie. My ma is ook lief vir mooi klere en materiale en sy's baie handig, maar as dit by klere maak kom, moet iemand anders dit doen. Sy weier."

"Maar An, dis obviously iets wat jy graag wil doen."

"Is nie. Dis nie te sê ek wil naaldwerk doen net omdat ek van mooi materiaal hou nie."

"Waar kom dit dan vandaan? Hierdie obsessie van jou met materiale."

"Seker my ouma. Sy kon die mooiste klere maak. Ek onthou

hoe ek altyd by haar gesit het in haar naaldwerkkamer toe ek klein was. Sy't altyd vir my 'n boks vol oorskietlappies gegee om mee te speel terwyl sy op die masjien gestik het. Dan het ek ure lank net daarna gekyk en daaraan gevat en geruik."

"Al van kleins af nie lekker nie," lag Rentia.

"Sê die een wat ure lank na pienk en oranje krale kan staar," sê Andi.

"Jy moenie so spot nie. Vanaand is dit jou lot."

'n Uur later is hulle in Rentia se woonstel besig om oranje en pienk kraletjies aan lang, dun draadjies te ryg. Dit is Rentia se servetringe vir die troue. Sy moet iets soos 'n honderd maak en Andi help haar wanneer sy by haar kuier.

"En toe sit julle skaamteloos in die park en vry?" vra Rentia. Andi het haar van haar en Luan se roomys-uitstappie verlede Vrydag vertel.

"Skaamteloos," sê Andi. Sy val agteroor op Rentia se bed. "Aaa, Rentia, niemand het my nog ooit so gesoen nie."

"Nie eens Stefan nie?"

"Nie eens Stefan nie."

Andi speel met die draadjie en kraletjies in die lug waar sy op haar rug op die bed lê.

"Jy klink vir my verlief, juffrou Niemand."

"Ag, ek hoop tog nie so nie," sê Andi en skuif 'n paar van die oranje kraletjies na die pienk kant toe.

"Hoekom nie?"

"Dis moeilikheid soek. Ek wéét dit."

"Ag please, wat is so erg aan 'n office fling?"

Andi sit weer regop. "Nee regtig, dit kan dinge by die werk vir ons lelik opneuk. Vir ons al twee."

"Maar dit gaan nie," sê Rentia en buk om nog 'n handvol krale uit 'n bakkie te haal. "Want julle is mos al twee groot en versigtig en verstandig."

"Ek is, ja," sê Andi en druk nog 'n oranje kraletjie oor die draadjie. "Maar hy is heeltemal roekeloos en dis aansteeklik."

"En nou's jy verlief en verlore."

"Ek dink ek is." Andi kyk benoud na Rentia. "Ek wou daai dag in die park sy klere van sy lyf afskeur."

"Mens noem dit hormone, An. En dis gesond."

Andi kyk vir Rentia. Sy's so mooi en blond met sulke groot onskuldige blou oë. Niemand wat vir haar kyk, sal kan raai sy's so dodelik prakties en logies nie. "Hoe het jy met Derek geweet dis the real thing en nie net hormone nie?" vra Andi.

"Ek het gewag totdat ek nie meer sy klere van sy lyf af wou skeur nie en gekyk of ek nog steeds by hom wou wees."

"So dis die definisie van liefde?" vra sy. "As mens nou in liefde sou glo," voeg sy by.

Rentia haal 'n nuwe draadjie uit en begin een vir een kraletjies met haar fyn handjies deurryg. "Seker maar. As 'n mens in liefde glo."

Dan sit sy die draad en krale op haar skoot neer en kyk vir Andi. "Maar dis 'n illusie, An. Wat is hierdie verskriklike liefde, hè? In die begin is dit net hormone, fisieke aantrekkingskrag. Die natuur se manier om jou te kry om te paar en kinders te baar."

"Maar julle is tog lankal daarby verby," sê Andi. "Jy sê dan self jy wil nie meer Derek se klere van sy lyf afskeur nie."

"Ja, so?"

"So? Wat is dan in die plek daarvan? Wat julle steeds bymekaar hou. Dis tog liefde!"

Rentia begin weer kraletjies ryg en sê dit doodkalm, asof dit haar nie in die minste ontstel nie: "Of blote gewoonte, gemak, vriendskap, lojaliteit."

"Rentia, jy beter nou vir my sê as jy en Derek probleme het. Ek sit en ryg nie derduisende pienk en oranje krale hier vir my gesondheid nie!"

"Nee man, ons is fine. Ek het net nie enige illusies nie."

"Maar dis so . . ."

"Onromanties? Ja, ware liefde is. Of dít wat die wêreld as ware liefde beskou. Dit is nie vuurwerke en klein hondjies en warm fuzzy feelings nie."

"Dan dink ek ek hou meer van hormone as ware liefde," sê Andi.

"Almal hou meer daarvan," sê Rentia met haar koue logika, "maar dit brand uit."

"En dan maak jy pienk en oranje servetringe om jou weer opgewonde te kry?"

Rentia lag. "Ja," sê sy, "hoekom dink jy is die troubedryf so reusagtig? Mense wat klere van mekaar afskeur of dit met passievlamme afbrand, stel nie juis belang in keuses tussen St. Joseph-lelies en krisante of fairy lights en drapeersels nie."

"Maar ek wil dit álles hê! Die passievlamme én die lelies én die fairy lights."

"Met Luan?"

"Ja," sê Andi en lag skaam. "Met Luan."

Rentia los die draadjie en gryp haar selfoon van haar bedtafeltjie af. "Wag," sê sy, "laat ek hom net gou sms: 'Andi wil met jou trou en jou kinders hê en sy sal St. Joseph-lelies en fairy lights as dekor verkies'."

"Waag dit net," sê Andi, "en ek haal al jou servetringe uitmekaar en steek jou pienk kraletjies weg."

Rentia lag en sit haar selfoon terug. "Toemaar An, jou geheim is veilig by my."

Andi sug. "Ag Rentia, gaan ek ooit ware liefde kry? Gaan ek ooit trou?"

"Ja, jy gaan. En ek gaan vyf maande swanger wees met my eerste kind op jou troue."

"Maar jy gaan nog steeds my strooimeisie wees."

"Natuurlik! Ons kan vir my 'n mooi maternity rokkie in appelkooskleur uitsoek." Hulle giggel.

"Wil jy graag kinders hê?" vra Andi.

"Ja, ek wil. Eendag. Ek dink ons almal wil."

"Ag, ek weet nie," sê Andi. "Soms voel dit dis al wat ek in die lewe wil doen. Trou en by die huis bly en die mure stensil en die kaste decoupage en kinders met opvoedkundige speelgoed grootmaak. Maar ander dae lyk dit vir my ondenkbaar. Freak dit my heeltemal uit."

"Ons kan nie daarvan ontsnap nie, An. Dis in ons biologie ingeprogrammeer. Hoekom dink jy wil jy Luan se klere van sy lyf afskeur? Om van jou 'n meer volledige individu te maak? Nee, om die behoud van die spesie te verseker."

"Moenie my bubble bars nie. Moenie my roomys laat smelt nie."

"Wel, jammer, maar dis hoe dit is."

Andi skud haar kop en klik haar tong. "Hoe het 'n mooi, jong meisie soos jy so hard en sinies geword?"

"Harde werk en toewyding," sê Rentia en glimlag, "die hoekstene van die huwelik."

"Jy beter nie dat Derek jou hoor nie."

"Ag, hy weet ek is eintlik lief vir hom. En ek weet dit ook. Volgens die wêreld se definisie van liefde ís ons lief vir mekaar. Ek speel maar net duiwelsadvokaat; is maar net realisties."

"Waaroor jy nié realisties is nie, is die hoeveelheid krale wat jy moet ryg om vir honderd en twintig mense servetringe te maak!"

"So wat gaan jy doen?"

"Wat bedoel jy wat gaan ek doen? Dis jou troue. Ek help maar net hier en daar om . . ."

"Nee man, ek bedoel, wat gaan jy oor Luan doen?"

Andi sit die draadjie waarmee sy besig is neer en gaan sit met haar kop in haar hande. "Ag, ek weet nie. Ek weet nie waarvoor ek my inlaat nie."

"Ek sê, geniet dit," sê Rentia. "Geniet die vlam terwyl hy hou."

"Dis te sê as daar nog 'n vlam is," sê Andi. "Die roomys was al 'n week gelede. Niks het intussen gebeur nie."

"Dalk wil hy eers seker maak jy kla hom nie van seksuele teistering by die werk aan nie!"

Andi lag. "Al wou ek sou ek nie tyd gehad het nie. Ek moet al my gewone werk doen en dan nog skelm aan die Jack Greeff-storie werk. My baas wil mos niks daarvan weet nie."

"En jy's seker daar is 'n storie?"

"Ja, en dit lyk vir my al hoe groter."

"Ek het nog altyd gedink Jack Greeff is 'n heel decent ou" sê Rentia. "Oud en grillerig, maar decent."

"Dis wat meeste mense dink," sê Andi, "maar ek begin vermoed meeste mense is verkeerd."

"So wat is jou volgende stap, Nancy Drew?"

"Om soveel moontlik oor die man uit te vind. Knowledge is power. Ek gaan elke denkbare launch en party in die bedryf bywoon. As iemand iets oor Greeff weet, gaan ek dit uitvind."

Enige anonieme wenke? tik sy in 'n nuwe e-pos-boodskap. Met haar hand op die muis laat huiwer sy die pyltjie op die *Send*-knoppie. Moet sy of moet sy nie? Sy het dit nog nooit gedoen nie. Agter 'n man aangeloop. Maar dis nou al twee weke sedert die roomys-avontuur en niks het nog weer gebeur nie.

Sy haal diep asem en haal eers haar hand van die muis af. "You must be hard to get," weerklink die woorde van Wendy in haar gedagtes.

Ja, besluit sy en maak die e-pos toe sonder om hom te bêre. Hard to get, hard to get, hard to get. Yskoningin.

Sy loer in Luan se rigting. Daar sit hy voor sy rekenaar. Sy verbeel haar dalk, maar hy lyk ernstiger as normaalweg. Eintlik lyk hy 'n bietjie beneuk. Dalk het hy baie werkstres. Dalk is hy besig met 'n régte omvattende ondersoek na iets groots. Dalk het sy geyser gebars.

Dalk sit en wag hy vir haar om die volgende move te maak. Hy hét immers die laaste tien of so moves gemaak. En hy het vandag vir haar geknipoog toe hy haar gehelp het om 'n tabel te trek met die nuwe stelsel. Dit sal seker net goeie maniere wees om vir hom dankie te sê. Eintlik sal dit baie slegte maniere wees om nié vir hom dankie te sê nie.

Dankie vir al die hulp, tik sy.

Ag dit klink so bluhhh. Sy moet aan iets beters dink – iets wat meer grens aan flirt. Nee, nee, sy moet dit eerder eenvoudig hou. Beleefd, maar nog steeds hard to get. En 'n baie duidelike uitnodiging vir hóm om met háár te flirt. *Dankie vir al die hulp vanoggend,* tik sy weer.

Goed. Laat sy dit net stuur voordat sy kop uittrek. Sy kliek op *Send*.

Wag.

Geen dadelike antwoord nie. Hy's dalk besig.

1 minuut later: hy's dalk baie besig.

6 min, 43 sek later: Dalk het hy sy inboks toegemaak om op werk te konsentreer.

9 min, 31 sek later: Dalk is die server af.

E-pos gou vir Rentia om server te toets: *Toets. Sê as jy kry.* Dadelik 'n antwoord: *Gekry.*

11 min, 03 sek later: Dalk het IT sy e-posse getrek, vir hom 'n skriftelike waarskuwing gegee en hom verbied om voortaan die e-pos-stelsel te misbruik vir die doeleindes van goedkoop flirtasies.

48 min 56 sek later: Is onaantreklike, verwerplike oujongnooi.

Andi wil huil. Sy kan nie gló Luan ignoreer haar e-pos nie. Het sy sleg gesoen? Het sy te veel gepraat? Het sy te min gepraat? Het sy die verkeerde kleur oogskadu aangehad?

Haar selfoon lui en onderbreek haar obsessiewe gedagtes.

"Is dit Andi Niemand?" vra 'n onbekende manstem nadat sy geantwoord het.

"Ja, dis sy."

"Ek hoor jy soek inligting oor Jack Greeff."

Andi gryp haar notaboek en pen nader. "Ja," sê sy, "Um . . . wat kan jy my vertel?" Haar aand saam met Wendy in Bakgat het gewerk, dink sy verheug. Een van daardie outjies het haar besigheidskaartjie vir iemand gegee wat haar nou met vertroulike inligting bel.

"Wat wil jy weet?" vra die stem.

"Wel, ek weet nog nie veel nie. Wat kan jy my vertel?"

"Weet jy van die aanrandings?"

"Nee, watse aanrandings?"

"Dat Jack Greeff bouncers laat bliksem."

"Hoekom?" vra sy.

"Drugs," sê die stem. "Dit gaan alles oor drugs."

"Dwelms? Maar hoe pas dit in die prentjie?"

"Hierdie clubs. Dis alles net smokescreens vir die eintlike besigheid: Coke, cat, heroin, name it." Sy onthou hoe Jack gesê het hul eintlike geld maak hulle uit die drankverkope. Hy't seker bedoel die dwelmverkope . . .

"En mens koop dit by die klubs?" vra Andi.

"As jy die regte contacts het. 'n Pêl van my, 'n bouncer, is al gefire en gedreig omdat hy geweier het om in drugs te deal."

"So die uitsmyters is eintlik dwelmhandelaars?"

"Bingo. Hoekom dink jy is daar so baie van hulle by Greeff se klubs? Dis hulle werk om die ander dealers uit te hou, sodat Jack sy monopoly kan maintain."

Andi skryf alles in haar notaboek neer. Haar hart klop. Sy's besig om die jackpot hier te kry.

"Hulle noem dit die Oos-Rand-mafia," vertel die man verder. "Behalwe dis in die Wes-Rand ook. Én Pretoria."

"So is Jack eintlik soos 'n druglord?" vra Andi. Sy wil net seker maak sy kry die feite reg. Sy kan nie enige misverstande bekostig nie.

94

"Big time," antwoord hy. "Almal wat vir hom werk, weet dit. Maar almal hou hulle bekke."

"Hoekom word hy nie gevang nie?" vra sy.

"Totally above the law," sê die stem. "Bribe en dreig almal wat op sy spoor kom: cops, judges, die hele spul."

"Maar daar moet tog mense wees wat hom aanklae," sê sy.

"Ás iemand so ver kom om 'n saak te maak of hom hof toe te vat, kry hy dit altyd somehow reg dat die dossier verdwyn of die witness of die bewyse. Geld," sê hy en bly 'n rukkie lank stil, "dit pave jou pad oop."

Hierdie inligting is goud werd. Maar dit sal soveel meer beteken as sy 'n naam daaraan kan koppel. Dis nou die tyd om te vra. "Met wie praat ek?"

"Nee sorry," antwoord hy, "ek gee nie my naam nie."

"Ek verstaan dis moeilik," sê Andi, "maar sonder 'n . . ."

Beeeeep, lui die foon se doodtoon terwyl Andi nog praat. Sy sit die gehoorstuk neer. Hierdie is groot. Huge.

Eers ure later kry sy 'n antwoord van Luan. Dankie tog. Sy maak die boodskap oop:

Geen probleem.

Geen probleem? Is dít sy antwoord op haar tere en opregte dankbetuiging?

As sy nie geweet het Luan kan haar sien nie, het sy nou hier reg voor haar rekenaar op haar arms inmekaar gesak. Geen probleem.

Al wat haar nou gaan help, is 'n roomys. Sy lig eers haar hart en dan haar voete van die grond af op en draai swaar om om kantien toe te stap.

Dan sien sy dit. Sy steier amper terug van die skok. Daar, lewensgroot, rietskraal, mooier, haatliker as ooit, staan sy in Luan se kantoor, verleidelik teen die kosyn aangevly en aan die skaterlag: Kara Bekker. Maar dis nie hoe Kara lyk wat haar die meeste ontstel nie. Dis hoe Luan lyk. Hoe hy vir haar kyk . . .

Die skok neem haar roomyslus heeltemal weg. Sy gaan terug na haar lessenaar. Sy moet haar regruk, besluit sy. Om so obsessief te wees oor 'n kollega wat jou net een keer gesoen het en bietjie met jou flirt, is loser-gedrag. Sy gaan vir Luan wys dit kan haar nie skeel of hy aan haar aandag gee of nie. Buitendien moet sy op haar Jack Greeff-ondersoek fokus. Sy gaan 'n paar van haar aanklaer- en polisievriende uit haar misdaad- en hofdae by die *Benoni Advertiser* bel en hulle oor Jack Greeff pols. Dalk kry sy 'n hot lead.

Sy bel superintendent Blackie Swart by Benoni se eenheid teen georganiseerde misdaad. Hy was nog altyd baie gaaf.

"Hallo Sup," sê sy.

"My wêreld! Andi, is dit jy?"

"In die lewe."

"Waarheen het jy verdwyn?"

"Nee Sup, werk nou by *Pers*."

Om met 'n Afrikaanse polisieman te praat, is soos om met jou ma of jou vriendin se ma te praat. Jy "Ma" en "Tannie" en "Sup" soveel dat dit embarrassing is, maar daar is geen pad daarom nie, so jy gaan maar daardeur.

"Ag nee, man," sê Sup, "jy moet terugkom hiernatoe. Hierdie jongetjies by die *Advertiser* weet nie wat hulle doen nie."

"Ja, maar hulle kan my nie meer bekostig nie."

Hy lag.

"Luister Sup, ek wil iets by jou hoor. Wat weet julle van uitsmyters en dwelms aan die Oos-Rand?" Stilte aan die ander kant. "Sup, is jy nog daar?" As professionele volwassene kan 'n mens soms, wanneer jy met 'n ouer gesaghebbende mens in 'n werksverhouding staan, "jy" en "jou" gebruik. Soms.

"Andi, as jy oor sulke dinge wil praat, moet jy my kom sien, jong," sê hy.

"Dis reg so, sê net wanneer."

"Maak dit volgende week Donderdag."

Andi se hart klop nog steeds toe sy die foon neersit. Sy't al van haar *Benoni Advertiser*-dae geleer, wanneer superintendent Blackie Swart so stil raak, is dit 'n gróót storie. Huge.

7

Die polisiestasie is net so neerdrukkend soos sy dit onthou uit haar *Benoni Advertiser*-dae, dink Andi toe sy die staatsdienstrappe na superintendent Blackie Swart se kantoor uitklim. Alles is donker en ruik muwwerig. Teen die mure is plakkate met Crime Stop-nommers en aksies teen kinder- en vrouegeweld. Andi kry gruwel-terugflitse van stories soos die Benoni-reeksverkragter en die ma wat haar twee seuntjies vermoor het. Sy moes altyd die polisiemanne hier kom teister om meer inligting uit hulle te kry.

Superintendent Swart is op die derde vloer, kantoor 312. Hy lyk nog net soos sy hom onthou: groot man met 'n dik bos grys hare, wat soos reguit penne op sy kop staan. Welige grys snor. Sagte blou oë, wat nie lyk of hulle al die hoeveelheid misdaadtonele gesien het wat die arme man al moes aanskou nie.

Nadat hulle die nodige geselsies gemaak het en sy uitgevra het na al die speurders en aanklaers saam met wie sy in haar *Advertiser*-dae gewerk het, roer sy die Jack Greeff-kwessie aan.

"Andi, Andi . . ." Hy kyk af en skud sy kop; sy dik hande is oor sy lessenaarblad gevou. "Hoe kry jy jouself in hierdie goed?"

"Ek't nie myself daarin gekry nie, Sup, ek probeer nog daarin kom," sê sy.

"Hoekom?" Sy blou oë kyk op na haar. Hy lyk bekommerd.

Sy kan maar sê wat sy wil sê en vra wat sy wil vra oor Jack Greeff. Sy weet sy kan superintendent Swart vertrou. Maar die sin kom nog steeds sukkel-sukkel uit. "Ek hoor Jack Greeff, Sup weet, die sanger? Ek hoor hy's deurmekaar met 'n soort bouncer mafia."

Hy frons. "Jack Greeff?"

"Jip," sê Andi. "Hy besit mos al hierdie klubs soos . . ."

". . .Vonkprop en Bokjol, ek weet," sê superintendent Swart.

"Iemand het vir my gesê die klubs is net rookskerms vir reuse dwelmnetwerke en dat dit is hoe hy eintlik sy geld maak."

Die superintendent frons nog dieper. Sy grys wenkbroue trek na mekaar toe. Hy vou sy groot regterhand oor sy mond. "Jack Greeff . . ." mymer hy weer.

Andi bly net stil. As joernalis het sy al geleer dat stilte jou soms verder kan bring as vrae.

Sy hand skuif van sy mond na sy oor terwyl hy nog fronsend dink. "Kyk," sê hy, en kyk weer vir haar, "die polisie is terdeë bewus van die uitsmyter-probleem. Daar bestaan inderdaad 'n dwelmnetwerk wat 'n mens seker iets soos 'n mafia kan noem. Maar Jack Greeff . . ."

"Het Sup nog nooit iets gehoor dat hy of sy klubs moontlik betrokke kan wees nie?" vra Andi.

"Sy klubs dalk. Geen klub kry dit regtig reg om dwelmhandel vry te spring nie. Maar of die klub-eienaars daarby betrokke is, dit kan 'n mens nie maklik bewys nie."

"So daar ís dwelms in Greeff se klubs?"

"Daar was al dwelmklopjagte daar, ja. Maar die gewone goed: dagga, Mandrax, Ecstacy . . ."

"Wat van kokaïen en heroïen?" vra Andi gretig.

"Ja, dalk . . . ek verbeel my ek onthou so iets."

"En daar ís 'n moontlikheid dat Greeff betrokke kan wees?" vra sy opgewonde. Sy begin klaar twee en twee bymekaar sit.

"Moontlik is 'n baie breë begrip, Andi. Pasop daarvoor."

"Maar Sup het self gesê . . . die eienaars kan . . ."

"Ek het gesê dis moeilik om die eienaars met die dwelms

98

in die klubs te verbind. Dit beteken nie 'n mens kan aanneem hulle is skuldig nie."

"Maar dink jy Greeff is . . ."

"Ek is 'n polisieman, Andi," val hy haar in die rede. "Ek gis en bespiegel nie. Ek gaan op bewyse. En jy trek nou lyntjies tussen baie dowwe kolletjies wat baie ver uit mekaar sit."

"Ek's 'n joernalis, Sup," sê sy. "As daar 'n storie is, moet ek hom uitkrap. En ek weet hier's 'n storie. 'n Grote."

"In 'n baie morsige, lelike onderwêreld," sê superintendent Swart. "Vol van . . ." Hy bly stil en kyk af na sy duime wat oor mekaar vryf.

"Van wat? Sê my"

"Van . . ."

"Van bedrog? Korrupsie? Omkopery? Deur Jack Greeff?"

"Dis nié wat ek sê nie, Andi," sê hy streng.

"Sup, jy moet my help, asseblief. Ek kan sien jy weet iets. Almal weet iets, vermoed iets, bespiegel oor iets, maar niemand wil praat nie, niemand wil iets dóén nie."

Hy kyk weer af. Polisiemanne, veral die ouer geslag uit die dae van Moord en Roof, het 'n sin vir die dramatiese. Superintendent. Swart het ook. Hy weet wanneer om swanger stiltes in die lug te laat hang.

"Ek weet daar is al dwelms in Jack Greeff se klubs gekry en dit is dit, Andi. Verder weet ek niks."

"Kan jy nie net vir my op die rekenaar kyk nie? Net sy naam intik en kyk of daar sake teen hom is?"

Superintendent Swart sug. "Jy weet ek mag nie."

"Asseblief. Dis al wat ek vra. Dan sal ek loop."

Hy sug weer en draai na sy rekenaar toe; skuif die muis hardhandig rond. Dan tik hy Jack Greeff se naam met sy twee wysvingers op die sleutelbord in. Hard, asof hy op 'n ou tikmasjien tik. Hy frons en leun nader aan die skerm. "Hier is iets . . ." sê hy.

Andi se hart gaan aan die klop. Sy't dit gewéét. "Wat is dit?"

"Poging tot moord . . . 2006. Die klaer was 'n uitsmyter."

Liewe hemel. Sy kan dit nie glo nie. Dis die jackpot. Jack Greeff aangekla van poging tot moord en niemand, maar niemand het dit geweet nie. Dit alleen is 'n reuse-scoop. "En?" vra sy gretig. "Wat het gebeur? Is hy toe skuldig bevind?"

"Nee, die saak is teruggetrek," sê hy terwyl hy die inligting van die skerm aflees. "Die klaer wou nie getuig nie."

"Natuurlik omgekoop," sê Andi.

Superintendent Swart draai terug na haar en waarsku haar met 'n wysvinger. "Jy moet pasop. Jy maak wilde bewerings."

"Bewerings wat julle kan ondersoek," sê sy.

Andi skrik toe hy met sy groot hand hard op 'n stapel geel dossiere langs hom klap. "Sien jy hierdie dossiere?"

Sy knik net.

"Dit is alles régte sake met régte baddies wat ons régtig moet ondersoek. Moord, verkragting, gewapende roof. En ons kom nie eens by almal van húlle uit nie. Nou wil jy hê ek moet ondersoek instel na 'n sakeman, wat een saak drie jaar terug teen hom gehad het en as 'n onskuldige man by die hof uitgestap het?"

Andi kyk hom bedremmeld aan. "'n Skynbaar onskuldige man," mompel sy. "Waarskynlik omdat hy iemand omgekoop of gedreig het."

Superintendent Swart kruis sy hande in mekaar en leun verder vooroor. "Andi, my kind," sê hy, "dalk is jy reg, wie weet?" Hy trek sy skouers op. "Dis moontlik, soos jy sê. Daar's baie baddies in hierdie wêreld – in alle vorme en kleure en geure. En dis waar dat die ryk baddies se geld hulle baie maal vir lank uit die tronk hou. Maar in die polisie leer jy ook dat die lyn tussen die goodies en die baddies nie altyd so duidelik is nie. Daais wat soos die baddies lyk, hulle is soms die goodies."

"En dié wat soos die goodies lyk . . ." sê Andi, maar sy maak nie die sin klaar nie.

"Jip," sê hy.

"Soos Jack Greeff," sê Andi.

"Jy trek al weer lyntjies."

"Ek gaan dit kry, Sup," sê sy, "en dan gaan ek daai lyntjie in pen trek. In dik swart koki. Ek gaan self ondersoek instel en Jack Greeff en sy hele uitsmyter-mafia ontbloot."

"Dis 'n aaklige wêreld hierdie, Andi. En gevaarlik. Baie gevaarlik. Dink mooi voor jy jouself daarin begewe."

"Wat is die klaer se naam?"

"Dit staan nie hier nie."

"Waar kan ek dit kry?"

"Dit sal in die klagstaat wees."

"Het Sup vir my die saaknommer?" pleit sy. Sy weet sy vra nou baie.

Hy kyk haar streng aan. "Ek kan my werk hiervoor verloor, Andi."

"Asseblief. Net die saaknommer." Sy weet sy kan met die saaknommer die klagstaat kry.

"Jy gaan in elk geval niks in die klagstaat kry nie. Ek sê jou dan die saak is teruggetrek."

"Ek wil net probeer."

Hy kyk af. "Laat ek daaroor dink. Ek sal jou bel."

"Maar . . ."

"Maar niks, Andi. Jy soek vir moeilikheid en jy wil my saamsleep."

'n Geklingel buite Andi se voordeur kondig Wendy se aankoms aan. Andi moes dit geweet het. Saam met Rentia eet sy altyd te veel en saam met Wendy drink sy te veel. Dis die volgende aand, Vrydag, en sy het Wendy genooi om te kom kuier. Sy wil uitvind wat tussen Wendy en daardie getroude man aangaan. Dit klink vir haar soos bad news.

Toe sy die deur oopmaak, staan Wendy daar met 'n bottel pienk sjampanje en twee sjampanjeglase in haar hande.

"En dit?" vra Andi terwyl sy die veiligheidsdeur vir die pienk inval oopmaak. "Wat vier ons?"

Wendy se oë is nog helderder as gewoonlik. "Die lewe," antwoord sy.

Andi lag. "Ja, Wen, jy sal ook enige verskoning uitdink om iets met sjampanje te vier."

Sy kom in, skiet die kurk uit en skink vir hul elkeen 'n glas pienk sjampanje.

"Nee, kom nou," sê Andi toe hulle glas in die hand op die bank gaan sit, "daar moet 'n rede wees hoekom jy hierdie gekry het."

Wendy skud haar rooi krullebos met haar vry hand agtertoe. "Ag, oukei. Jy moet ook al die misterie uit my dwing. Ons het dit by die werk gekry. Dit was deel van 'n promosie."

Andi is skoon verlig. Sy was bang vir iets soos Wendy het getrou met die getroude man en hulle gaan nou die eerste wettige harem in Suid-Afrika begin.

"Vertel nou eers van die getroude bastard," sê Andi.

"Hei, as jy hom so gaan veroordeel, gaan ek jou niks vertel nie," sê Wendy kwaai.

"Oukei, jammer, jammer," sê Andi, "vertel my van jou getroude prins."

Wendy hou haar neus in die lug. "Dis beter." Sy steek 'n vinger na Andi toe uit. "Maar ek soek nie 'n preek nie."

Andi lig haar vry hand op in 'n vredesgebaar. "Oukei, oukei, ek belowe ek sal nie preek nie. Jy's dertig, jy weet seker self wat's goed vir jou."

'n Glimlag verskyn op Wendy se gesig wat haar dertien eerder as dertig laat lyk. "Sy naam is Simson." Sy giggel. "Soos in die Bybel. Is dit nie mooi nie?"

"Baie mooi." Andi skud net haar kop. "Maar ek vermoed hy gedra hom nie Bybels nie."

Wendy giggel weer.

"Ai Wen," sê Andi bekommerd, "dis net 'n verliefde vrou wat so lag. Jy moet net . . ."

"Ek het gesê, nie preek nie."

"Jammer, jammer. Goed, ek sal my inhou. Vertel verder. Hoe het jy Simson ontmoet, Delila?"

"Ek het 'n huis vir hom gewys." Wendy is 'n eiendomsagent. Met haar sjarme en lewensvreugde laat sy 'n huis so skyn dat mense nie anders kan as om te koop nie, net om later te ontdek die huis is bra vaal sonder Wendy daarin.

"En sy vrou?" vra Andi. "Was sy by?"

"Nee. Sy's nog steeds in Australië."

"Hoekom bly sy vrou in Australië?"

"Hulle het lank terug geëmigreer, maar nou besluit om terug te kom."

"Hoekom is sy nog daar?"

"Hulle het kinders daar." Wendy vat 'n sluk van die sjampanje. "Hy wou eers kom huis koop en insettle en skole uitsort en als. Sy bly daar met die kinders tot die einde van die skooljaar. Hy het al hier begin werk."

"So hy't kinders?" vra Andi. Sy't dit nie so bedoel nie, maar sy hoor self hoe dit klink.

Wendy sê niks nie, maar hou net haar wysvinger in die lug. Die waarskuwing is duidelik: net nie 'n preek nie. Dan kyk sy af en mompel: "Ja, twee. 'n Seuntjie van drie en 'n dogtertjie van agt."

"Ja, so jy't vir hom die huis gewys en toe?"

Wendy kyk weer op met die blinkste oë. Die bedremmeldheid oor die kinders is nou heeltemal weg. "Oe An, daar was die ongelooflikste chemistry tussen ons!"

"En hoe het die chemie toe in 'n wetenskaplike reaksie omgesit?" vra Andi.

"Ons moes iewers ontmoet sodat hy al die dokumente en als kon teken. Hy stel toe 'n restaurant voor . . ."

"En jy sê toe ja? Wendy!"

103

"Niks fout met dokumente teken in 'n restaurant nie. Al baie gedoen."

"Ek's seker."

"Hy vat my toe na Vilamoura toe."

"Hy vat jou toe? Ek dog dit was 'n professionele afspraak."

Wendy slaan Andi met 'n plekkussing oor die kop. "Man! Afspraak, vat, wat ook al. Ons het toe Vilamoura toe gegaan, daardie nice Portugese restaurant in Sandton."

"En toe haal julle nooit die restaurant nie . . ."

"Nee, nee, ek was die ordentlike professionele eiendoms-agent totdat . . ." Sy glimlag onhebbelik en vryf met haar vinger oor haar onderlip, wat, as mens nie vir Wendy ken nie, dalk as 'n skaam gebaar geïnterpreteer kan word.

"Totdat wat?"

"Totdat hy al die dokumente geteken het. Toe skuif hy dit opsy, kyk lank en diep vir my, met sy gorgeous twee blou oë, en sê: 'Wendy, ek moet jou weer sien'."

Andi lag. Wendy het 'n talent vir die dramatiese. Sy voer die verhaal soos 'n konsert op. "En toe sê jy: 'Nee, Simson, ons kan nie. Jy's getroud met twee kinders en my naam is nie Delila nie'."

"Nee," sê Wendy, en vat 'n sluk sjampanje, "ek kan jou verse-ker dit is nié hoe dit gebeur het nie."

"Ja-nee, dit kon ek al aflei. Wat sê jy toe?"

"Niks nie. Ek het net vir hom gekyk en my Mona Lisa-smile gesmile."

"Wendy, dís waar die storie veronderstel is om te eindig."

Wendy sluk die laaste sluk sjampanje weg en sit haar glas hard op die koffietafel neer. "Maar dit hét nie. En jy's my vrien-din, en jy moet luister na wat verder gebeur het, of jy wil of nie en jy mág my nie oordeel nie!"

"Ja, ja, ja, vertel net, Delila. Het jy toe sy hare gesny en toe stort al jou pilare ineen?"

Wendy giggel. "So iets." Sy maak haar glas weer vol en vat 'n klein slukkie voordat sy verder vertel. "Buiten sy indecent proposal is ons daai aand heel ordentlik en professioneel uitmekaar. Maar hy't natuurlik my besigheidskaartjie gehad . . ."

"Wat jy sonder enige bymotiewe vir hom gegee het."

"Natuurlik!" Met haar kop agteroor gooi sy die laaste van die sjampanje in haar keel af en vertel dan verder. "Toe begin hy my bel, e-pos, selfs faks! Die man was relentless! En jy weet hoe hou ek daarvan om gejag te word . . ."

Andi lag maar, aangesien sy nie mag oordeel nie. "En wanneer is die bokkie toe gekwes?"

"Dinsdag, 5 Mei, om presies vyf minute oor vyf. Is dit nie fantasties nie? Al die vywe. It was written in the stars, ek sê vir jou."

"Ek's te bang om te vra. Wat het Dinsdag, 5 Mei om presies vyf minute oor vyf gebeur?"

"Ag nee, jy's nou weer net one-track-minded. Dis nie wat jy dink nie," sê sy gemaak verontwaardig. 'n Rukkie stilte en dan: "Oukei, dis wat jy dink!" Wendy trek haar bene op en slaan haar arms om haar knieë. En dan bloos sy waaragtig. Andi het nie gedink dis meer moontlik nie.

"Wendy!" Sy kon dit nie keer nie.

"Ag Andi, jy verstaan nie! Dit was so perfek. Alles was so perfek. Ek wéét ek moenie, ek weet, ek weet, ek weet. Maar sy vrou is nog in Australië en dit vóél nie of hy getroud is nie. En ons is net so . . ."

"Dis oor jou wat ek bekommerd is. Kyk hoe lyk jy!"

"En hoe is dit?"

"Soos Delila the morning after."

"Ek dink nie Delila was so sleg soos die Bybel haar uitmaak nie. Ek dink sy was actually baie verlief op Simson."

"Is jý verlief op Simson?"

Sy vat eers 'n sluk sjampanje en kyk ver. "Ja. Ek is." Dan kyk sy vir Andi en glimlag so mooi dat Andi kan verstaan waarom Simson daardie aand vir haar gesê het hy moet haar eenvoudig weer sien. "Maar ek is 'n groot meisie, An. Ek weet dis my nie beskore nie. Hy's my nie beskore nie."

"5 Mei is al meer as twee maande terug. Wat het intussen gebeur?"

"Ons gaan uit. Ek kook vir hom. Ons gaan swem skelm in leë skouhuise se swembaddens." Sy giggel. "Ek dink dis vir ons al twee net 'n wonderlike fantasie. 'n Wegbreek. Uit die lewe. Uit die werklikheid. Uit die dodelike gewoonheid en eentonigheid van als."

Andi sug. "Ek wens iemand kan my wegvoer na 'n opwindende fantasie. Dit voel of ek al jare vasgevang is in gewoonheid en eentonigheid."

"Maar wat van Luan?" vra Wendy. "Wat is meer opwindend as 'n kantoorromanse?"

Andi sluk in twee groot slukke haar sjampanjeglas leeg. "Blykbaar is ek nie vir hom opwindend genoeg nie."

"Wat praat jy? Hy's gek oor jou, ek kan dit hoor."

"Hy ignoreer my, Wen. Ná al die e-posse en glimlaggies en geselsies en daardie wonderlike roomyssoen . . ." Sy kyk af na waar sy die sjampanjeglas tussen haar vingers ronddraai. ". . . ignoreer hy my."

"Het julle mekaar weer gesien? Buiten op kantoor?"

"Nee."

"So is dit op kantoor wat hy jou ignoreer?"

"Ja."

"Maar An, dis net omdat hy bang is julle word uitgevang!"

"Is nie. Hy kan my mos e-pos of sms. En . . ."

"En wat?"

Sy kan dit nie sê nie, dis te vernederend.

"En wat, Andi?" vra Wendy weer.

"En ek het vir hom 'n e-pos gestuur om dankie te sê vir 'n

werksding en toe antwoord hy terug met 'geen probleem'. Net dit. 'Geen probleem'."

Wendy val met 'n sug teen die rugleuning. "Dis dit," sê sy en gooi haar hand in die lug. "Daar lê jou probleem. Daar's die groot fout."

"Wat? Ek het gedink dis net goeie maniere om vir hom dankie te sê."

"Het ek jou niks geleer nie, An? Die man wil die jagwerk doen. Dis outyds en ons het dit gehaat as ons ma's dit sê, maar dis waar."

"Jinne Wen, dis darem nie asof ek hom gejág het nie."

"Nee, jy het nie, maar jy't ook nie gehardloop nie. 'n Man soek die thrill of the chase."

Andi druk 'n plekkussing op haar skoot en vou haar arms. "Wel, Luan Verster kry niks meer thrills hier nie. Ek's klaar met hom."

"Nou sal jy sien hoe vinnig hol hy agter jou aan."

"Nee," sug Andi, "hy't sy teiken op 'n ander bokkie gerig."

"Dan sorg jy net dat jy vinniger as daai ander bokkie vir hom weghardloop."

"Op die oomblik wil ek net agter Jack Greeff aanhardloop."

Wendy lig al twee haar hande in 'n stop-gebaar op. "Goed, wat jy nou gesê het, is net op soveel vlakke verkeerd."

Andi lag en slaan haar met die plekkussing. "O, jy kan vir jou laf hou. Jy weet wat ek bedoel."

"Ja-ja. Hoe gaan dit nou daar? Rig jy iets uit?"

"Ek's op die rand van 'n deurbraak, maar ek sukkel nog," sê Andi en vertel haar van die poging tot moord-saak.

"Nou wag jy net vir die saaknommer?"

"Jip. Ek het iets solids nodig voor ek Paul kan vertel."

"As ek jy was," sê Wendy, "het ek 'n lae, lae toppie aangetrek en hof toe gegaan. Ek's seker daar's een of ander gewillige jong man wat jou sonder 'n saaknommer sal help."

Andi glimlag. "Ek sal jou goeie raad in gedagte hou, me. Delila. Maar eers gaan ek probeer om daai saaknommer met my joernalistieke vernuf te bekom. En dit is om superintendent Swart te oorreed."

"Met 'n lae toppie?" skerts Wendy.

"Met sy gewete," sê Andi.

O hemel, dis 9:36, sien sy op haar rekenaar. Sy's laat vir die nuusvergadering.

Toe Andi by die raadsaal ingehyg kom en in haar stoel neersak, kyk Paul geïrriteerd op na haar en draai die punte van sy snor tussen sy duim en wysvingers, maar hy sê gelukkig niks.

"En dan het ek gedink," sê Laetitia, 'n grootoog juniorverslaggewer, "ons kan 'n grafika maak van die toneel en wys van waar die hond die baba gesleep het. En dan kan ek 'n kassie daarby maak oor soortgelyke voorvalle en nog een oor wat 'n kenner sê." Laetitia hou daarvan om kassies te maak.

"Ja, dit klink goed, Laetitia," sê Paul. "Ons moet hierdie storie hard slaan. Gaan praat sommer dadelik met die grafiese kunstenaars."

Die "Grafiese Kunstenaars" na wie Paul met soveel ontsag verwys, is soos "Die Hoofredaksie": nog 'n illusie waarmee hy sedert sy glorieryke dae by *Beeld* rondloop. Daar is nie "grafiese kunstenaars" soos by *Beeld* nie. Daar is wel 'n student slash bode wat skaars homself kan aantrek, maar vir homself 'n paar tricks op Photoshop geleer het en soms, uit nood, gevra word om 'n kaart van 'n ongelukstoneel vir *Pers* te teken. Dit moet dan altyd voor publikasie geïnspekteer word om seker te maak dit bevat nie een of ander subliminale pornografiese inhoud nie.

Paul beweeg aan na Nardus. Hy skryf hoofsaaklik oor kerkeenheid en -onenigheid en is omtrent so oud soos die NG Kerk self. Nardus is die neerdrukkendste mens wat Andi nog ooit teëgekom het. Dit lyk regtig of dit van hom intense innerlike krag verg om net sy kop regop te hou. Dis seker wat te veel sinodesittings aan mens doen.

"Daar's 'n vergadering," sê Nardus stadig en diep in 'n self-moordstemtoon, "van die vereniging vir die vestiging van kerk-eenheid. Ek sal gaan hoor of daar iets uitkom."

Dis te sê as hy daar uitkom, dink Andi. O liewe vader, sý moet hier uitkom. *Pers* is 'n sinkende skip. Kyk na hierdie men-se. Hulle is óf kinders vars uit die universiteit wat nog besig is om aan 'n portefeulje te werk óf fossiele; joernalistieke dooie-hout wat na 'n seereis van mislukte loopbane op die godver-late strand genaamd *Pers* uitgespoel het. Sy beter wegkom, van hierdie strand wegswem, van hierdie skip afspring. *Beeld* toe. *Huisgenoot* toe. *Sarie* toe. In dié stadium na enige ander skip toe – solank dit deel is van die Naspers Moederskip. Maar eers moet sy 'n naam maak, 'n storie kry wat haar sal maak. Dis die Jack Greeff-storie, sy wéét dit.

"Andi, wat doen jy vandag?" vra Paul.

Dalk is Wendy reg. Dalk moet sy van superintendent Swart vergeet en net 'n hofklerk charm om haar te help om daardie klagstaat sonder 'n saaknommer te kry.

"Ek wil eintlik hof toe gaan vir die Jack Greeff-storie," sê sy.

Paul lyk bly. Sy kan dit nie glo nie. "Hof toe?" vra hy. "Is Jack Greeff betrokke by 'n hofsaak?"

"Nee," sê Andi, "dis die storie waarvan ek jou al vertel het. Die ding met die vroue en die dwelms."

"Die ding met die vroue en die dwelms," herhaal Paul geïr-riteerd. Hy draai weer die punte van sy snor. Dis nooit 'n goeie teken nie. "Weet jy Andi, die ironie is dat die woorde 'vroue' en 'dwelms' en 'Jack Greeff' in een sin my opgewonde maak." Andi weet hier kom nou 'n maar . . .

"Maar," sê Paul en los sy snor om sy hande op die tafel te laat val, "wat my nié opgewonde maak nie, is dat jy nou al hoeveel weke oor 'vroue' en 'dwelms' en 'Jack Greeff' praat, maar niks kom daarvan nie!"

"Maar Paul, dis 'n ondersoek," sê Andi.

"Ek het vir jou gesê, as jy ondersoekende joernalistiek wil doen, gaan werk vir *Die Landstem*. Maar voordat dit gebeur, bly jy ons vermaakverslaggewer en soek ek vermaakstories van jou. Vermaak my, Andi, ek smeek jou."

Sy's lus en skree vir hom: "Weet jy, Paul, die woorde 'hoofredaksie' en 'grafiese kunstenaars' en 'n 'regte koerant' in een sin maak my opgewonde. Maar as jy dit wil hê, gaan werk by *Beeld*."

Maar soos 'n wyse volwassene bly sy net stil en kyk af, sodat hy na sy volgende slagoffer kan aanbeweeg: Olga, wat met naakte vrees in haar oë vir 'n opdrag wag. "Olga, ek sien in die *Times* die polisie sit nou polisievroue op 'n dieet wat meer as 100kg weeg. Sal jy dit opvolg, asseblief?" Die feit dat Olga self ver oor die 100kg weeg, skeel hom blykbaar min. Flippen Paul. Kon hy nie hierdie spesifieke storie maar vir iemand anders gegee het nie? Dis so goed iemand gee vir hom 'n opdrag om 'n artikel te doen oor mans wat voortydig aan erektiele disfunksie begin ly en as kompensasie vir hulle lang falliese snorre laat groei.

Terug by haar lessenaar sit sy skaars toe *Luan Verster* in haar inboks verskyn. Andi hou op asemhaal. Weke, wéke van droogte en hier val sy e-pos soos 'n somerreën.

Kyk vir my, lees die boodskap.

Dit het gewerk, dit het gewerk! Wendy was reg. Dit het wel eeue gevat, maar dit het gewerk.

Nou wonder sy of sy vir hom moet kyk. Was dit 'n strikvraag? Flip, is hy besig om vir haar te kyk? Sy probeer subtiel 'n bietjie regopper sit. Dan draai sy stadig in haar stoel om en maak of sy op die groot redaksiehorlosie kyk hoe laat dit is. In die terugdraai kyk sy tog maar vir hom.

Hy staar na haar met die mooiste glimlag wat sy nog ooit op 'n man gesien het. Sy manlike lyf lê gemaklik terug in sy stoel. In 'n goddelike groen hemp. Sy probeer net terloops glimlag, asof sy bloot per ongeluk met hom oogkontak gemaak het en draai dan terug in haar stoel. Haar hart klop asof sy pas twee bottels Bioplus gedown het. Dan kry sy nog 'n e-pos van hom. Vir 'n paar sekondes geniet sy net die oomblik, drink sy die vreugde in voordat sy die e-pos oopmaak. Dan dubbelkliek sy op sy naam.

Dankie, staan daar, *jy't so pas my dag gemaak.*

Die vreugde, die blye, blye gedagte. Sy skryf niks terug nie. Haar les het sy geleer.

Goed, nou gaan sy superintendent Swart weer teister. Hy móét eenvoudig daardie saaknommer vir haar gee. Andi gee nie om wat Paul sê nie. Daar's geen manier dat sy hierdie storie gaan los en net gaan voortploeter met sepieskandes nie. Sy het hierdie storie uitgekrap en sy gaan hom loskry.

"Ai, Andi," sug superintendent Swart nadat sy hom gebel en vir die soveelste keer vir die saaknommer gevra het. "Ek het weer daaroor gedink en ek dink regtig dis die beste vir jou en vir my as jy hier uitbly."

"Sup, kom ek wees eerlik met jou," sê sy. "Daar's geen manier dat ek hierdie storie gaan los nie. Ek gaan in elk geval daai klagstaat kry, met of sonder die saaknommer. Met die saaknommer gaan ek net 'n hele paar ure of eintlik dae minder in hofhel hoef deur te bring."

Die superintendent lag. "Hofhel sê jy?"

"Sup weet hoe gaan dit in die howe. Dis erg genoeg mét 'n saaknommer. Daarsonder . . ."

"En jy sien nog steeds daarvoor kans?"

"Wel, ek gaan dit nie net los omdat 'n hardkoppige polisieman my nie wil help nie," terg sy.

Hy lag weer. "Jy weet ek wíl jou help, Andi. Maar ek wil jou ook beskerm."

"Ek weet Sup, en ek luister na jou, maar hierdie is iets wat ek moet doen."

'n Lang stilte. Dis 'n goeie stilte. Andi ken daai stilte. Nog voor die superintendent antwoord, smaak sy die oorwinning, wil sy opspring en juig.

"Oukei," sê hy, "jy't my oorreed met daai gladde bek van jou."

"Dankie, Sup, dankie, dankie, dankie!" roep sy uit. "Ek is innig, innig dankbaar."

"Maar voor ek dit vir jou gee, moet jy na my luister, Andi."

"Ek luister."

"Die rede hoekom ek instem en vir jou die nommer gee, is nie regtig omdat jy my 'n gat in die kop gepraat het nie. Dis omdat ek wil hê jy moet agter die kap van die byl kom, sodat jy kan ophou om wilde en gevaarlike aannames te maak."

"Dis reg, Sup. Dis ook al wat ek wil hê: die ware feite. Die volledige storie."

"Oukei. Skryf neer. S 200605031689BK. Benoni-landdroshof." Haar hart raak aan die jaag. Dis dit. Dit gaan vir haar die storie gee waarvoor sy wag.

"Ek weet nie hoe om dankie te sê nie."

"Deur versigtig te wees, Andi. Jouself op te pas. Jou kop te gebruik. Ek hoop jy weet wat jy doen."

8

Benoni-landdroskantoor, verkondig die wit letters op die siersteengebou. Nadat superintendent Swart gister vir haar die saaknommer gegee het, het Andi met Paul gaan praat en hom oorreed dat sy die klagstaat vandag in die Benoni-landdroshof moet gaan soek. Sy het vir Paul gesê dis waarskynlik die superintendent se manier om tussen die lyne vir haar te sê sy's op die regte pad en sy moet aanhou grawe. Paul het teësinnig ingestem en hier staan sy nou.

Dis middel Julie en nog vriesend, veral in die oggend. Koffie sou nou lekker wees. Sy hoor veraf die dowwe geluide van kinders wat iewers baljaar. Seker eerste pouse by 'n Benoni-laerskool. 'n Wêreld van vetkryt en bordkryt en peanut butter-broodjies, waar niemand weet van aaklige plekke soos howe of tronke of dwelmhole nie. Sulke plesiergeluide hoor 'n mens nie sommer naby 'n hof nie. Hier is die straat op 'n weeksog-gend stil en gestroop van enige voorstedelike geluk. Net die harde werklikheid. Daai wrede onderkant van die lewe waar-aan hoofsaaklik net polisiemanne, joernaliste, regsmense en misdadigers blootgestel word.

Andi stap by die grillerige draaideur in wat so vetterig is van handmerke dat dit lyk of iemand die hele ding met Lip-Ice be-smeer het. Howe is die grillerigste plekke denkbaar. Toe sy nog by die *Benoni Advertiser* gewerk het, was hofverslaggewing die deel van haar werk wat sy die meeste gehaat het.

Dit gaan 'n verskriklike ellende wees om daardie klagstaat te probeer opspoor. Sy kon uit die saaknommer aflei dat die saak ouer as drie jaar is en, aangesien dit later teruggetrek is, is die kans klein dat sy nog die klagstaat sal opspoor. Maar sy moet probeer.

Sy stap na die beheeraanklaer se kantoor toe. In howe, het sy al geleer, moet jy maar bo begin, met jou mooiste glimlag, en jou pad afwerk ondertoe. Asseblief, asseblief tog dat dit dieselfde beheeraanklaer wees met wie sy in haar *Advertiser*-dae gewerk het. Maar die geluk is nie aan haar kant nie. *Lakhela Mokoena* staan die naam van die beheeraanklaer op die deur. Oukei, sy sal net baie mooi met Lakhela moet werk. Sy stap in.

'n Geel en wit bergreeks van klagstate en dossiere verdwerg Lakhela. As 'n mens verby dit kyk, sien jy die klein vroutjie tus-

113

senin verwoed aan die tik en werskaf. Sy's so besig dat sy Andi nie sien inkom nie.

Andi klop aan die deur. "Ekskuus tog, Lakhela?" Sy neem die berekende risiko om Lakhela op haar voornaam te noem en so 'n kunsmatige familiariteit tussen hulle te skep met die hoop dat Lakhela gawer en meer behulpsaam sal wees.

"Ja?" frons sy sonder om van haar werk op te kyk. Dit lyk nie of die voornaamding gaan werk nie.

Andi sluip by haar kantoor in. "Jammer om te pla, Lakhela . . ." Sy gee die voornaam nog 'n kans.

Lakhela sug, pluk haar bril af en kyk op. "Wat is dit?"

O tog, as sy nie nou beheer kry nie, gaan die beheeraanklaer haar uitgooi.

"Ek is Andi Niemand . . ." sê sy en steek haar hand uit. Lakhela skud haar hand asof dit iets vuils is wat sy van haar wil afskud.

". . .'n joernalis van *Pers* en . . ."

"Ons hanteer nie die media nie. Gaan na die klerk van die hof." Bril terug op haar neus, vingers terug op die sleutelbord. Afgehandel. Afgeskud.

Andi probeer weer. "Maar ek het 'n saaknommer en ek wil net hoor of . . ."

"Juffrou Niemand, ek kan jou nie help nie. Gaan na die klerk van die hof."

Andi stap verslaan uit.

Goed, bo het nie gewerk nie, nou sal sy maar onder moet probeer. Die "klerk van die hof" is een van daardie misleidende hofterme wat jou onder die wanindruk bring dat daar 'n spesifieke mens is wat jou gaan help. 'n Persoon na wie jy kan gaan en sê: "Ekskuus tog, Meneer of Mevrou Klerk van die Hof, mev. Mokoena, die beheeraanklaer, het my na u gestuur en gesê u sal my kan help om hierdie klagstaat op te spoor."

Maar dit is een van die wrede ontnugterings van die harde

114

wêreld van die hof. Die "klerk van die hof" is 'n groot kantoor met dik koeëlvaste vensters en tralies wat die mense in die kantoor van die barbaarse publiek skei. Almal wat na die "klerk van die hof" verwys word, moet vir onmenslik lang tye in onmenslik lang rye wag vir 'n spreekbeurt deur 'n klein gaatjie in die koeëlvaste, klankdigte versperring met een van baie gewoonlik onhulpvaardige klerke. As jy gelukkig is en een van die klerke aan die ander kant van die klankdigte glas hoor jou én besluit hulle wil jou help, word jy dalk gehelp. Dalk.

Die hele affêre is baie onwaardig. Dis asof die ontwerpers van die stelsel besluit het die mense wat hof toe kom, om watter rede ook al, kom almal uit 'n sekere laag in die samelewing en kan nie vertrou word om van aangesig tot aangesig met enige staatsdiensamptenaar te praat nie. Maar Andi staan maar, saaknommer op papiertjie in die hand.

Dit ruik soos selfmoord hierbinne. Soos 'n algehele gebrek aan uitkoms. As desperaatheid 'n reuk gehad het, het dit so geruik. So stowwerig, muwwerig, staatsdiensrig.

Twintig minute gaan verby en sy staan nog steeds. Waardeur sy nie sal gaan ter wille van die edele beroep van joernalistiek nie. Nog sewe minute later is sy net drie mense weg van die koeëlvaste venster. Oor 'n rukkie kan sy haar eie vetkol teen die venster aanbring met haar voorkop, neus of hande.

Toe sy ná 'n volle drie en veertig minute uiteindelik voor die vetgevatte venster staan, is sy op die rand van staatsdiensgeïnduseerde waansin. Sy's lus en werp haar hele lyf teen die venster en blaas haar lippe daarteen sodat sy van hulle kant af soos 'n gapende karp lyk. Maar sy raak nie aan die venster nie, glimlag op haar mooiste vir die man aan die anderkant en hoop hy kan deur al die vetkolle en tralies sien dat sy glimlag.

Sy buig af na die praatgaatjie onderaan en sê so min moontlik met soveel moontlik betekenis: "Klagstaat asseblief," voordat sy die papiertjie met die saaknommer vir die man deur die gaatjie

115

aangee. Dalk moes sy 'n tjoklit of een of ander omkoopgeskenk saam met die papiertjie deur die gaatjie gestoot het. Dalk 'n toegedraaide sleutel versteek in 'n bakkie pap.

Die man staar fronsend na die papiertjie. Andi ken daardie frons. Dit is 'n staatsdiensfrons. Sy't dit al baie gesien. In lisensiekantore, by die Departement van Binnelandse Sake, polisiekantore, howe. Dis 'n frons wat sê: jy't die verkeerde vorm ingevul en vir veertig minute in die verkeerde ry gestaan; gaan vul die pienk vorm in en gaan staan vir nog vyf en vyftig minute in die ander ry. Dis 'n frons wat sê nee, die paspoortboekies is op. Dis 'n frons wat sê jammer, jou lisensie waarvoor jy al vyf weke wag, het verdwyn en jy gaan van voor af moet aansoek doen.

Andi wil huil. Sy weet wat die man gaan sê nog voordat hy dit sê, maar sy luister in elk geval.

"Hierdie saak is ouer as drie jaar." Die woorde druis dik en dof deur die venster, soos deur modderige water. "Dit word in die argief gestoor. Gaan praat met die beheeraanklaer."

Terug na scary Lakhela. Die onderdanigheid het nie juis gewerk nie. Hierdie keer gaan sy professionele fermheid en selfgeldendheid probeer.

"Lakhela," sê sy, sonder om eers te klop of "ekskuus" te sê, "die klerk van die hof sê hierdie saak is ouer as drie jaar en ek moet met jou kom praat."

Lakhela se bors dein soos wat sy diep asemhaal van irritasie. "Gee dit hier," blaf sy en strek haar gemanikuurde hand uit. Lakhela is mooi en goed versorgd, maar sy sal moet werk aan haar warmte en vriendelikheid.

Andi handig die papiertjie oor. Lakhela se vingers flits oor die sleutelbord. Elke nou en dan kyk sy na die papiertjie, sleutel weer iets in en kyk na die skerm.

"Don'cha wish your girlfriend was hot like me", begin Andi se selfoon sing. Dalk is dit Paul wat haar soek. Andi kyk. *Unknown*

116

number. Ja, sy beter antwoord, dit wys altyd *unknown number* wanneer die werk haar bel.

"Andriette . . ."

"Hallo, Ma."

Lakhela gluur haar oor haar dunraambril aan. Sy verstaan nie Afrikaans nie, maar dis seker maklik genoeg om af te lei dat sy met haar má praat. Hier, in haar professionele hoedanigheid, in die hof, op die staatsdiens se kosbare tyd.

"Ma," fluister sy, "ek kan nie nou praat nie, ek's in die hof."

"Ek het nou net met Jacques gepraat. Hy en Chamonix en van sy vriende, jy weet dokters, almal dokters, gaan later hierdie week uit. Toe stel ek voor dat jy saamgaan."

"Ma," sis Andi deur haar tande . . .

"Jacques het gesê hulle sal glad nie omgee nie. Sy vriende van Johannesburg sal jou gaan optel."

"Ek kan nie nou met . . ."

"Andi, jy weet, Jacques is 'n dokter, hy't nie baie tyd vir uitgaan nie. En sy vriende ook nie. Sulke kanse moet jy aangryp. En dis buitendien tyd dat jy uitkom."

"Ek kom uit, Ma!"

"Goed, ek wou jou net laat weet het. Eintlik kan ek nie nou praat nie. Ons is baie besig hier by die praktyk. Onthou om genoeg water te drink." Pieng, lui sy af.

Andi kners op haar tande en draai stadig om sodat sy weer na Lakhela kyk.

Dié sit terug in haar stoel en gluur haar met gevoude arms oor haar bril aan. "Is jy klaar met jou familiegesprekke in my kantoor?"

"Jammer," sê Andi en probeer ligtelik glimlag. "Ma's! Jy weet hoe hulle kan wees." Haar poging tot 'n grappie en woman bonding met Lakhela misluk klaaglik. Sy lag nie, sy glimlag nie; sy staar net na Andi met 'n mengsel van walging en verbystering. Duidelik het Lakhela nie 'n ma nie. Dalk het sy geen familie nie. Dalk het die staatsdiens in die geheim hul eie teelprogram begin waarmee hulle gevoellose staatsdiensamptenare in reusebroeikaste van koeëlvaste glas kweek.

"Ek het jou saak gekry," sê Lakhela.

"Rêrig?"

Lakhela kyk op haar rekenaarskerm: "Poging tot moord. Jack Greeff."

Andi se hart doen 'n primitiewe vreugdesdans in haar borskas. Dankie, Lakhela, dankie, staatsdiens, dankie, teelprogram. Maar sy hou haar in toe sy net saaklik sê: "Ja, dis die een wat ek soek." Te veel blydskap in 'n staatdiensgebou sal altyd agterdog wek.

Lakhela druk die besonderhede van die saak op 'n papier uit en gee dit vir Andi. "Hier. Jy sal die klagstaat in ons argiewestoor moet gaan soek."

Andi het nie gedink dit is moontlik nie, maar die argiewestoor is nog meer neerdrukkend as die hof self. Sy begin dadelik van die stof nies toe sy by die deur instap. Oneindige rye staalkabinette blink onheilspellend in die flou lig. Hoe gaan sy daai klagstaat tussen al hierdie rye staal en karton en papier kry?

Eers moet sy die liasseerstelsel ontrafel. Dit sou natuurlik baie gehelp het as een van die amptenare haar kon wys hoe dit werk, maar Andi weet dit is hopeloos. Sy sal dit eenvoudig self moet kry.

Nadat sy vir omtrent twintig minute lank beurtelings die papier in haar hand en die etikette op die staalkabinette bestudeer het, het sy 'n idee van hoe die goed volgens datum en volgorde geliasseer is.

Dit lyk vir haar sy sal in ry F moet gaan kyk . . .

Toe sy uiteindelik die sake van 2006 opgespoor het, raak dit moeilik. Sy het darem die maand: Mei. Maar toe sy die groot kabinet van Mei 2006 kry, kan sy nie verder uitmaak volgens watter volgorde hulle die sake geliasseer het nie. Dit beteken sy moet deur ál die klagstate gaan om Jack Greeff s'n te soek.

Andi val kruisbeen op die vloer neer. Dis so koud soos die staatsdiens. Sy sal maar by die onderste laai begin. Haar vingers draf deur die geel omslae van die klagstate.

Later voel dit of haar oë skeel kyk van al die misdade en beskuldigdes wat sy moet aanskou. Hier teen die derde laai begin haar vingers kramp en haar oë kolletjies sien. 'n Uur en 'n half later is sy deur almal – die hele Mei en al sy vervrekselse misdadigers, maar geen Jack Greeff nie. Het sy verkeerd gekyk? Het sy hom misgekyk? Het haar vingers van moegheid per ongeluk twee klagstate op een slag laat verbygaan? Sy kan nie weer deur al hierdie goed gaan nie, sy kán nie. En selfs al skraap sy die fisieke krag bymekaar, sal sy dit nooit regkry voordat die hof toemaak nie.

Wag, daar moet method behind hierdie madness wees. Hulle kon tog sekerlik nie al hierdie sake net op 'n hoop gegooi het nie. Dis nie alfabeties gerangskik nie, ook nie volgens datum nie, maar wag, wat is hierdie nommer? wonder Andi terwyl sy vir die soveelste keer na die papier in haar hand staar: 39286. Sy kyk weer na die klagstate in die laai. Wag, daar in die hoeke is soortgelyke nommers. Dis reeksnommers, besef sy. Ag hemel, kon sy dit nie voor hierdie kartonhel ontrafel het nie? Goed, nou moet sy net na die numeriese volgorde kyk en so sal sy Jack Greeff in 'n kits kry. Hier's die 39's. Goed. Twee vyf, twee ses, prewel Andi terwyl sy haar vingers gretig deur die lêers laat hardloop. Twee sewe, twee agt . . . Aha, 28. Nou soek sy net 6. Een, twee . . . Andi se hart klop vinniger met elke telling wat sy nader kom. 283, 284, 285 . . .

Dit het aangebreek. Haar oomblik van waarheid. Haar oomblik van glorie. Die ontdekking wat al hierdie uitmergelende soektogte die moeite werd sal maak . . .

287.

"Wat?" skreeu sy kliphard. Haar stem weergalm in die godverlate stoor.

"287?!"

Sy sit haar vingers in trurat. Hulle tel versigtig terug tot by 280. Sy tel weer, hardop hierdie keer, sodat haar ore haar getuie kan wees. Sodat sy kan weet sy't nie heeltemal mal geword nie. "Twee agt een, twee agt twee," tel sy, "twee agt drie, twee agt vier, twee agt vyf . . . en ja, twee agt sewe."

Verslae val sy teen 'n ander staalkabinet terug. Haar kop dawer teen die staal. Jack Greeff se klagstaat is uit die argiewe verwyder. Haar harde bewysstuk is weg. Gesteel.

"Paul, ek het dit!" roep Andi uit toe sy die volgende oggend by sy kantoor inwarrel.

"Wat het jy?" Paul frons. Hy lyk nie ingenome nie.

"My Jack Greeff-storie!" sê sy. "Ek het uiteindelik genoeg om iets te skryf. 'n Eerste berig."

"Kom sit," sê Paul.

Andi gaan sit in die stoel oorkant sy lessenaar. Sy's skoon uitasem van opgewondenheid. "Dis nog nie baie nie," sê sy, "maar dis iets, genoeg vir 'n berig, 'n eerste berig en die res sal volg."

"Wag nou," sê Paul. "Moenie die wa voor die osse span nie. Vergeet vir eers van 'die res' en kom ons praat oor nou."

"Jy weet toe ek gister na die Benoni-landdroshof toe is? Ek het bevestiging gekry, bewyse dat hy in 2006 van poging tot moord aangekla is."

"Het jy die klagstaat gesien?"

"Nee, dis juis die ding," sê sy laag. "Die klagstaat is weg. Spoorloos verdwyn."

"Maar watter bewys het jy?"

"Die hof het elektroniese rekords daarvan. Die beheeraanklaer het vir my 'n uitdruk gegee. Dis nie baie nie, dis basies net 'n bevestiging van die saak, die beskuldigde, die klag en die rede hoekom die saak teruggetrek is."

"Is die saak teruggetrek?"

"Jip, dis wat die hof sê."

"Hoekom?"

"Dit weet ek nog nie, omdat die klagstaat weg is. Maar ek gaan uitvind."

"Jy moet versigtig wees." Paul lig sy wenkbroue. "As die saak teruggetrek is, kan dit beteken Greeff was heeltemal onskuldig."

"Of hy't die klaer omgekoop," sê Andi.

"Dit kan jy nog glad nie sê nie. Nie eens beweer nie. Nie eens naastenby nie."

"Ek weet, ek weet, maar alles dui daarop. Hoekom anders is die klagstaat gesteel? Wie anders as hy self sou daarvan ontslae wou raak? Seker wou maak dit word permanent uit die openbare oog verwyder?"

"Baie dinge kan vir baie redes in howe verloor word of verdwyn, Andi."

"Ek weet Paul, maar my instink sê vir my hierdie is net die oortjies van die seekoei."

Hy frons. "Wel, die oortjies is nie genoeg nie. As jy die seekoei se neusgate begin sien, kan ons weer praat."

"Maar Paul, ek . . ."

"Jy het nie genoeg nie, Andi. Dit is te vaag. Jy't 'n paar los drade, maar niks daarvan kom regtig bymekaar nie."

Sy gooi die foon op die mikkie neer. 'n Paar mense kyk om. Hulle is nie gewoond dat die stille Andi scenes maak nie. Maar sy's moedeloos verby. Met haar elmboë op haar lessenaar gaan sit sy met haar hande in haar hare. Dit was die soveelste oproep wat in 'n doodloopstraat geëindig het. Sy weet nie meer watter kant toe nie. Dis al meer as 'n week sedert sy ontdek het die klagstaat is gesteel en sy kon nog nie genoeg inligting bymekaarskraap om Paul tevrede te stel nie. En die storie spook meer as ooit by haar. Nou wonder sy nie meer nie, sy wéét daar is iets verdags aan die gang. Maar sy sukkel haar malle verstand af om iets meer daaroor uit te vind.

Sy tel weer die gehoorstuk op, haal diep asem en maak haar oë toe. Sy kán nie nou tou opgooi nie. Jack Greeff kan nie net so wegkom nie.

"Maar daar móét 'n manier wees om uit te vind wie die klaer in die saak was," sê sy vyf minute later terwyl sy met Barend van Jaarsveld, staatsaanklaer, praat.

Barend het in haar *Advertiser*-dae by die Benoni-landdroshof gewerk. Hoewel hy deesdae in die Kaap bly en niks met die saak te doen gehad het of het nie, bel sy hom uit desperaatheid.

"Andi, jy weet hoe gaan dit in die howe. Jy's gelukkig as jy rekords kry vir sake wat actually verhoor is. Vir 'n saak wat drie jaar terug teruggetrek is, waarvan die klagstaat verdwyn het . . ."

"As ek net kan uitvind wie die klaer was, het ek nie die klagstaat nodig nie," sê sy desperaat.

"Maar sonder die klagstaat gaan jy dit nie kan uitvind nie," sê hy. "Glad nie."

Die foon dawer weer toe sy die gehoorstuk die tweede keer neergooi.

Flippen Jack Greeff. Hy moenie dink sy onderduimshede kry haar onder nie. Dit maak haar net meer vasberade. Sy sál hom kry. Met of sonder 'n blerrie klagstaat.

Geel koevertjie. Vir 'n oomblik vergeet sy haar woede en frustrasie, want Luan Verster se naam verskyn in haar inboks. Sy glimlag. Die ignoreer het al weer gewerk. Hierdie keer was dit nie doelbewus nie; sy was net so besig die afgelope ruk. Veral met haar vergeefse pogings om meer oor daardie klagstaat uit te vind.

En dit het weer wondere verrig. Sy kliek op die e-pos:

Ons moet gaan roomys eet. Ly aan onttrekkingsimptome.

Dalk moet sy vir hom 'n been gooi. Hy't seker nou genoeg gely.

Oortuig my, skryf sy.

Hy stuur niks terug nie. Tipies. Sy was weer te maklik.

Sy kyk af na haar maag. Sy kan wragtig nie nog roomys bekostig nie. Die vet het die laaste tyd onaanvaarbare afmetings begin aanneem. Van hier bo af lyk sy regtig swanger. Vir 'n sekonde wens sy sy wás swanger en by die huis, in een of ander estate binne-in 'n estate binne-in 'n afgesperde woonbuurt, besig om stensils uit die tydskrif *Idees* in die nuwe babakamer te verf.

Om haar sit die subredakteurs (die mense wat in die nag die koppe vir berigte skryf en die foute in stories moet regmaak). Die gebou is deur die dag eintlik stil omdat die meeste joernaliste uit is op stories, maar kry teen laatmiddag 'n sussende dreunsang wanneer die nagkantoor inkom.

Eintlik is dit vir Andi 'n raaisel waar die geluide vandaan kom, want sy sweer niemand in die nagkantoor praat nie. Hulle is kreature van die donker wat net verskyn en in die middel van die nag weer verdwyn. Amper soos paddastoele. Mens sién hulle nooit regtig opkom of weggaan nie. As jy weer kyk, is hulle net daar: sulke stil, wit figure oral op hul plekke.

Die enigste mense in die nagkantoor wat wel praat, is die nagnuusredakteur en die nagredakteur. En dan is dit sulke bisarre heen-en-weer-uitroepe soos: "Is die skoolslagter al daar?" waarop die nagnuusredakteur sal antwoord: "Ja, hy's in pienk." (Moenie vra nie.)

Sy moet regtig nou probeer maer word. Rentia se troue kom al hoe nader en sy kán nie so in 'n strooimeisierok verskyn nie. Sy het gisteraand, toe sy haar belastingvorm gesoek het, op 'n Weigh-Less Restart-boekie afgekom wat haar ma vir haar gegee het. Om haar te motiveer om minder roomys by die kantien te eet, het sy dit saamgebring werk toe. Sy haal dit uit haar laai. Die boekie is vol nabyskote van lekker kos en mooi mense teen agtergronde van pastelkleure. Dalk moet sy weer Weigh-Less probeer. *Begin again – for life*! skree die een opskrif in ligblou.

Verbeel sy haar of maak hierdie pastelkleure haar actually lus vir melkskommel? Lemmetjie of bubblegum. Hm, ja, dalk moet sy gou McDonalds toe ry . . .

Nee. NEE! Sy moet fokus. Maer word. Jack Greeff-storie los-kry. Luan vaskry. Ander werk kry. Rigting kry. 'n Grip kry. 'n Man kry. Kinders kry.

Andi gaan sit met haar kop in haar hande. Hoekom is dit so moeilik? Sy wil ook 'n maer meisie in 'n pienk gym-broek wees wat joga doen en Bulgaarse graan afweeg. En scoops kry. Sy wil ook met 'n string bikini in 'n hangmat lê en knaag aan vars aspersies.

"Andi," sê 'n engelstem langs haar.

Sy wip soos sy skrik. Dis Luan. En nou't hy gesien hoe sy 'n Weigh-Less-boekie lees. Nie lees nie, aanbid, besef Andi.

Vir 'n paar oomblikke bly sy net so sit om eers haar gesig van paniekbevange na ontspanne te verander. Sy kyk op en probeer vrugbaar lyk toe sy glimlag en sê: "Ja?"

Hy is ernstig. Niks duiweltjies in sy oë nie. Geen glimlag op sy lippe nie. "Kan jy my kom help, asseblief?" vra hy onnodig hard, asof hy wil seker maak almal besef hulle praat oor werk en hy vra haar nie op 'n date nie.

"Um . . . met wat?" vra Andi. Kan daar hoegenaamd werks-gewys iets wees waarmee sy hóm kan help?

"Ek hoor jy weet waar die *heat*-argief in die biblioteek is," sê hy. "Hulle het 'n ruk terug 'n spotprent van Zuma ingehad waarvoor hy hulle wil dagvaar. Ons wil dit graag sien."

"Die *heat*-argief? Plaas vra jy net vir my. Ek het 'n hele . . ." Sy buk om haar laai oop te maak om vir hom al haar ou *heats* te wys, maar hy keer haar.

"Nee, Andi, ek dink nie jy't die een wat ons nodig het nie. Dit was in 'n spesiale bylaag. Sal jy my asseblief die argief gaan wys?"

"Oukei," sê sy verward en staan op. Sy wil nie te veel rede-kawel nie, veral nie met die stil nagkantoor hier nie.

Sy en Luan stap saam deur die gebou. Die gewone geluide van 'n koerant in wording maal om hulle: telefone, faksma-sjiene, joernaliste wat met polisiewoordvoerders redekawel, die nimmereindigende gelag en gesels in die rookkamer.

Andi en Luan stap na die kelder van die gebou, waar Pressco se biblioteek en argief is. Toe hulle by die trappe afklim en nie-mand kan hulle sien nie, raak sy vingers rakelings aan hare.

Die raaisel begin homself in Andi se kop oplos. Sy begin be-sef hoekom Luan so dringend 'n argief-uitgawe van *heat* nodig het. Eintlik het hy 'n nuwe uitgawe van háár nodig: hot off the press, dink Andi ingenome toe hy sylangs vir haar glimlag en knipoog.

In die argief groet hulle die biblioteektannie by die ingang en stap in 'n smal gangetjie langs rye en rye argief-uitgawes van *Pers* en *Die Landstem* af wat aan reuse-gly-kabinette hang. Die gangetjie tussen die kabinette is so nou dat sy en Luan nie langs mekaar kan loop nie. Sy loop voor, aangesien sy vir hom moet gaan wys waar die argief-uitgawes van *heat* is.

Toe hulle daar kom, is hulle stoksielalleen. Met die argief-stukke wat die afgelope vyftien jaar elektronies beskikbaar is, kom bitter min mense hier.

"Hierso, mnr. Verster," sê sy. "Hier is die *heat*-argiewe. Watter presiese een soek jy?"

Sy kan sien hy staan die datum sommer hier en uitdink. "Die week van 4 Junie . . . 2008, asseblief."

"Daardie uitgawe bestaan nie," sê sy.

"En hoe weet jy?"

"Soos enige goeie vermaakverslaggewer, ken ek elke datum

125

van elke *heat* uit my kop. *Heat* verskyn op Vrydae en 4 Junie was nie 'n Vrydag nie."

Luan skuif voor haar in die gangetjie in − die gangetjie wat eintlik net breed genoeg is vir een mens. Hulle is nou so na aan mekaar dat dit inspanning verg om nié aan mekaar te raak nie.

Hy glimlag en al die duiwels is terug in sy oë en sy lippe. "Goed, jy't my uitgevang," sê hy.

"Waarmee?" skerts sy en byt op haar onderlip.

Hy stut hom met sy hande teen die oorkantste kabinet, sodat sy arms hier weerskante van haar gesig verbykom. Sy gesig is so naby aan haar dat hulle voorkoppe amper raak.

"Dat ek nie regtig die *heat* soek nie," sê hy.

"Wat soek jy dan?" terg sy.

Hy kyk af na haar mond. "Jou mond. Jou lyf."

Sy lag. "Jy sê die mooiste goed."

Hy laat sak sy kop totdat sy gesig teenaan hare is, maar hy soen haar nie. "Jirre, Andi," fluister hy met sy lippe teen hare, "jy maak my mal."

Dan soen hy haar soos wat sy haar lewe lank gesoen wou word.

Wendy sou nou gesê het sy't sekswange, dink Andi en giggel toe sy haarself in die badkamerspieël sien. Sy't eers gou haar klere en hare kom regtrek voordat sy na haar lessenaar terugkeer ná haar wilde vrysessie met Luan. Dit was hot hot hot. Die man weet hoe om 'n vrou vas te vat. Later moes sy hom eintlik keer. Hemel, iemand kon op hulle afkom.

Op pad terug, toe hulle ewe vroom verby die biblioteektannie loop, het hy sowaar nog aan haar boud gevat. Sy hoop tog nie die biblioteektannie het iets gesien nie.

Andi lag vir haarself terwyl sy haar hare kam en lipstiffie aansit. Haar wangedrag het nuwe afmetings aangeneem. By die werk! Wat sal haar ma sê? Wat sal Paul Meintjies sê?

Terug by haar lessenaar sien sy weer die Weigh-Less-boekie. Hulle kan maar hul 30g Hi-Fibre Bran en Bulgaarse graan hou. Sy voel nou soos die begeerlikste vrou op aarde, dye en al. Sy gooi die boekie triomfantelik in haar laai. Ha! Wie het diëte nodig?

Sy loer na Luan se kantoor. Hy's klaar terug op sy pos, staar fronsend na sy rekenaarskerm, kyk nie links of regs nie. As die nagkantoor maar moet weet wat so pas gebeur het . . . Dis so vreemd, dink Andi, hierdie verskil tussen die amptelike en die nieamptelike wêreld. Sekerlik is sy en Luan nie die enigste mense wat met iets onder die dekmantel besig is nie, iets in die donker. Hoe sing Kurt? "Daar doer in die donker, het jy my laat wonder, is dit alles sonde . . ."

Dis asof sy met nuwe oë na almal kyk. Aan wie dink Ruben, een van die subs, in die nag nadat hy al die spelfoute uitgesoek het? Wat is sy diepste wens, sy ongeoorloofste begeerte? Waaraan dink elkeen van hierdie mense, wat so stil en ordentlik hier voor hulle rekenaars sit, voordat hulle aan die slaap raak? Nie aan spelreëls en sinonieme en werkwoorde aan die einde van sinne nie. Hulle dink aan eks-boyfriends, toekomstige girlfriends, potensiële lovers, ontoelaatbare minnaars. Dis asof daar 'n hele nieamptelike weergawe van die amptelike weergawe is. Asof die wêreld se amptelike weergawe soos 'n herehuis langs 'n groot meer staan. En die nieamptelike weergawe weerkaats donker en verwronge en onheilspellend daarin. Ook maar goed mens kan nie daardie meer sien nie, dink Andi en giggel. Dink net hoe lyk Paul Meintjies s'n . . .

Haar eie nieamptelike weergawe, het sy so pas ontdek, is so lekker dat sy in die meer wil spring; dat sy daar wil induik en nooit weer wil opkom na die amptelike oppervlakte nie.

'n Geel koevertjie. Dalk is dit Luan. 'n E-pos om te sê hoe fantasties dit was, hoe sexy sy is, hoe hy nie kan ophou om aan haar te dink nie. Sy maak dit gretig oop.

Sal oranje vere mooi confetti maak?
Rentia.

Sy wag en wag en wag vir iets van Luan, enigiets, maar niks nie. Dít tussen hulle bly in die meer, dink sy. Donker. Verwronge. Onder die amptelike oppervlak.

Ná werk besluit sy om 'n draai by Saktyd te maak. Sy verdien 'n ou drankie. Iets moet haar aan die ontspan kry. Ná die ontmoeting in die argief wil haar hart nie ophou klop nie. Maar sy hoef nie te wag vir 'n drankie nie. Dit gebeur toe sy by Saktyd instap: haar hart hou op met klop. En val tot in haar maag.

In die hoek op 'n bank, elkeen met 'n glas in die hand, sit Luan en Kara Bekker. Andi weet Luan het haar gesien inkom, maar hy kyk nie eens op nie.

Háár boobs is die enigste normales hier. En tog voel Andi heeltemal abnormaal. Sy's by die bekendstelling van die eerste Aston Martin-handelaar in Suid-Afrika en al die rykstes van die rykes is hier.

Dit lyk regtig of elke vrou in die vertrek 'n boob job gehad het. Andi is die enigste mens hier wat 'n bra dra; wat hoegenaamd nodig het om 'n bra te dra. Die res se tieties is so spanspekrond en punt in die wind soos Victoria Beckham s'n.

En almal het platinumblonde, platgestrykte hare. Álmal. Om sake te vererger, is Andi die enigste mens hier wat nie 'n cocktail-rok aanhet nie. Sy het nie geweet sy moet vanaand na so 'n grênd funksie toe kom nie en het haar roomkleurige katoen- en kantrokkie aangetrek. Baie oulik vir die dag, baie embarrassing vir die nag. Veral 'n nag dat die handelaar van een van die duurste, smartste, superste motors in die wêreld bekendgestel word. Aston Martin is die James Bond-sportmotor. Een so 'n outjie kos sommer miljoene, het *Pers* se motorjoernalis vanoggend gesê toe hy haar van vanaand se bekendstelling vertel het. Andi het dadelik besluit om te kom, ten spyte van die roomkleurige nommertjie. Die bekendstelling van die handelaar van een van die duurste motors in die wêreld, het net een ding beteken: Suid-Afrika se rykstes sou daar wees. Ouens soos Jack Greeff.

Dis haar kans om hom weer te sien. In lewende lywe. Van aangesig tot aangesig. Dié keer sal sy nie weer so simpel wees soos by die CD-launch nie. Nou weet sy meer. Vanaand sal sy hom vinnig in 'n hoek inkry en vasvra. Dis van lewensbelang dat sy hom vanaand kry. Dis dalk net wat sy nodig het om haar storie in die koerant te kry. Dalk laat glip hy iets. Sy moet hom net strategies pols.

Haar oë soek Greeff se groot maag en bles tussen die rykes. Dis nie maklik nie. Hier is baie ryk ou omies. Ryk ou omies wat hulself oortuig hulle is 007 as hulle met 'n Aston Martin ry en 'n platinum blonde vry.

Dan sien sy hom. Nie Jack Greeff nie; Arend Human, sy advokaat. Wat maak hy hier? Verdien advokate soveel dat hulle Aston Martins kan koop? Andi sien hoe hy met grote ontsag om een van die vuurwaens loop en versigtig deur die vensters na binne kyk, sonder om aan die glas te raak. Die man is duidelik verlief.

Sy staan subtiel nader. Eintlik wil sy nie hê hy moet haar sien nie, want sy's nie lus om met hom te praat nie, en sy voel baie selfbewus met haar bruin hare, roomrokkie en silikoonlose boobs. Maar advokaat Human is waarskynlik saam met Greeff hier. As sy naby aan hom bly, is dit net 'n kwessie van tyd voordat sy Greeff kry. En sy móét Greeff vanaand kry. Moet moet moet.

Op pad na advokaat Human, stop sy by die Japannese sjef wat vir die gaste handgerolde sushi maak. Sy vat 'n paar reënboogrolletjies en stap sushi-bordjie en Japannese eetstokkies in die hand in die rigting van Arend. Hy streel nou met sy hand oor die enjinkap asof dit 'n vrou is. Eintlik is dit 'n mooi toneeltjie; nogal sweet. Om 'n man te sien wat met soveel passie en begeerte na iets kyk, daaraan raak . . . al is dit nou 'n kar.

Om te dink Luan het verlede week so aan haar geraak, so vir haar gekyk. En nou is sy weer niks vir hom nie. Dis al byna 'n week ná die voorval in die argief en niks het weer gebeur nie. Nie eens 'n e-pos of 'n kyk nie.

Sy gaan staan teen 'n muur langs 'n klomp ander mense van waar sy advokaat Human mooi kan beskou. Sy moet hom nie onder haar oë laat uitgaan nie. Vanaand is hy haar sleutel tot Jack Greeff. 'n Baie waardevolle sleutel. Hy moet haar asseblief tog net nie raaksien nie. Sy het nie vanaand krag vir sy legalese en gejuffrou voor en agter nie.

Maar tussen hierdie spul is dit nie moontlik om haar te kamoefleer nie. Sy staan uit soos 'n seeroog. Al mense wat min of meer so arm lyk soos sy, is die kelners wat met silwerborde vol eendlewer en prawns rondloop. Om die waarheid te sê lyk die kelners baie beter as sy. Ten minste het hulle swart aan.

Oomblikke nadat sy 'n hele reënboogrolletjie in haar mond gedruk het, word haar vrees waar. Sy en Arend maak oogkontak. Die stokkies is nog in haar mond. Haar kieste staan so bol soos die platinumvroue se bates. Ag liewe hemel, kan sy nie maar verstik aan 'n dodelike dosis wasabi nie? Advokaat Human lyk ook ongemaklik, sien Andi aan die manier waarop hy nie dadelik vir haar glimlag nie. Maar hy trek sy een mondhoek tog skeef in 'n poging tot 'n glimlag en kom nadergestap.

Van paniek het sy net so met die sushi-stokkies in haar mond bly staan. Hoe vinnig kan sy hierdie reusestuk reënboogsushi kou en insluk? Sy wens haar kake was aan 'n Aston Martin-enjin gekoppel. Sy pluk die stokkies uit haar mond en kou koorsagtig. Skaars drie koue later is die advokaat by haar. Hy het blykbaar nie net James Bond se liefde vir mooi motors nie, maar ook sy atletiese vermoë.

Andi probeer die oorblywende stuk (wat die grootste stuk

is) heel insluk, sodat sy nie soos 'n idioot staan en kou nie. Die resultaat is voorspelbaar en dramaties. Sy verstik. Erg. Die hand wat hy uitgesteek het om haar te groet, gebruik hy nou om haar op die rug te slaan. 'n Hele reeks gruwelike teringhoese en twee en 'n half glase water later, kom sy met betraande oë en 'n rooi gesig tot bedaring. Avokaat Human lyk of hy wil hande klap.

"Sjoe," sê hy, "ek het amper noodhulp begin toepas."

"Dit was amper nodig," sê sy, haar stem nog krakerig.

"Lyk my sushi is gevaarlik."

Sy glimlag net verleë.

"Jy was mos nou die dag by Jack . . . um . . . mnr. Greeff se huis daar in Sunninghill?" vra hy.

Sy knik. "Ja, dit was ek."

"Ek het nie geweet jy doen motorjoernalistiek ook nie?"

Sy lag. "Nee, nee, glad nie. Ek ken nie eens die verskil tussen 'n Mini en 'n Volla nie."

Hy lag. "So jy't net gekom vir die gratis sushi?"

"Ja," lag sy verleë, "vir die thrill van 'n near death experience."

Hy lag kop agteroor. Vanaand is hy soveel meer ontspanne en nicer as nou die dag by Greeff. "Ten minste sou jou laaste oomblikke in goeie geselskap gewees het."

Eers dink sy hy praat van homself en wil-wil haar vir sy arrogansie vererg, maar hy wys na die blink motors op die vloer. "As ek 'n plek moet kies om dood te gaan, sal hierdie 'n top-kandidaat wees."

"Is jy lief vir motors?"

"Baie. Nog altyd. My pa en ek het altyd saam motorsport gaan kyk. Sommer die klubresies. Soms ook die groot goed. Hy't my geleer om motors te waardeer, veral meesterstukke soos hierdie."

Andi glimlag. "Jy moes hom saamgebring het vanaand."

Hy kyk af. "Hy's oorlede."

"Ek's jammer."

"Nee," sê hy en skud sy op, "nee, dis lankal." Vir 'n paar oomblikke bly hy stil en vroetel met die punt van sy das, maar hy glimlag die ongemaklikheid weg toe hy opkyk. "En jy? Het jy iemand saamgebring?"

"Nee, ek's hier vir werk."

"Werk? Is jy in jou vrye tyd 'n motorjoernalis?"

"Nee, ek sê dan . . . Nee, ek wou net kom kyk of hier nie bekendes opdaag nie."

"Jack . . . um . . . mnr. Greeff het gesê ek moet kom. Hy weet hoe lief ek vir sportmotors is. Toe hy die uitnodiging kry . . ."

"Dis gaaf," glimlag Andi. Sy moet nou die gap vat. Dis nou haar kans. Haar kans om persoonlik by Greeff uit te kom. Om haar storie te kry. Uiteindelik. "So waar's hy? Het julle saamgery?"

"Nee," sê hy en hy kan netsowel 'n handvol wasabi in haar oë indruk, "hy't sy uitnodiging vir my gegee. Hy's nie hier nie."

9

Die borduursel voel grof onder haar hande. Andi sit op haar bed met al haar gunstelingmateriaal om haar uitgesprei. Sy voel aan die brokaat wat sy by daardie winkel in die middestad ge-koop het. Daardie dag saam met Rentia het sy dit gesien, en dit het so by haar gespook dat sy dit 'n paar dae later gaan koop het. Vyf meter. Fortuin gekos. Alles die moeite werd, dink sy en vryf weer met haar hande oor die patrone. Dis iets wat Marie Antoinette sou dra. Weelderig en rojaal. Heerlik oordadig.

Wanneer sy voel soos sy vanaand voel, is haar valleie lap al waaruit sy troos kry. Vandag het Luan heeldag met Kara praat-jies gemaak en Andi skaars gegroet. Sy dink dis finaal verby. Sy was net 'n bietjie opwinding; hy't sy afleiding gekry. En die Jack Greeff-storie wil net nie uitwerk nie, maak nie saak watter kant toe sy beur nie. Dit voel vir haar die Aston Martin-launch eergister was haar laaste kans om iets uit Greeff te kry. Nou's dit ook verby.

Haar vingers beweeg van die brokaat na die moiré, na die charmeuse en die organza. Sy onthou presies waar, wanneer en hoekom sy elke stuk gekoop het. Die moiré was op die dag dat sy vir Stefan gesê het dit gaan nie werk nie. Die charmeuse was haar troos die dag ná Jacques se gradeplegtigheid. So baie dinge het op daardie dag gebeur wat haar op die ou end soos die grootste mislukking denkbaar laat voel het.

Sy tel 'n paar meter roomkleurige rou sy op en druk dit teen haar gesig. Dit was haar ouma s'n. Sy't dit vir haar gegee 'n week voordat sy dood is. Andi kan altyd haar ouma in die lap ruik: poeier en Turkish Delight. Rou sy was haar ouma se gunsteling-materiaal. "Dis vir prinsesse, soos jy," het sy altyd vir Andi as kind gesê wanneer sy haar toegelaat het om aan haar kosbaarste lap te vat. Met die sy nog teen haar gesig, begin Andi huil. Sy verlang so na haar ouma. Soms voel dit vir haar of Ouma Bets die enigste mens was wat haar verstaan het; wat haar gesien het en haar regtig liefgehad het. Maak nie saak hoe hard sy probeer nie, sy sal nooit goed genoeg in haar ma se oë wees nie. Nooit suksesvol of maer of mooi genoeg nie. Ook nie vir Luan nie.

Sy kan nie van hom vergeet nie, al probeer sy hoe hard. Hy's die man van haar lyf, van haar hart. Die sterk sterk man oor wie sy haar lewe lank droom. En sy wéét hy is haar nie beskore nie. Elke keer dat hy haar soen, dat hy haar naam fluisternoem, gaan lê 'n diep hartseer saam met die blydskap in haar. Want sy weet dis net vir daardie oomblik. Elke vesel in haar weet dis nie for keeps nie. En tog vul sy naam elke stil oomblik in haar elke dag. Drome oor hom martel haar in die nag. Sy wonder of die seer mettertyd sal verdamp en net die lekker sal oorlos. Of die vernedering en die verwerping sal verdwyn en net die sagtheid en die hartstog soos ingedampte melk sal bly.

133

Here asseblief, laat dit weggaan, dink sy en snik in die sy. Laat dit soos suurreën verdamp. Laat dit nie die laaste wees nie. Laat die suikerwater weer daaroor loop. Maak dit weer soet tussen ons.

Toe sy klaar gehuil het, vou sy die sy weer netjies op en haar hande soek verder deur die lae en lae lap totdat hulle die kant kry. Die regte egte Franse kant wat Wendy vir haar van Parys gebring het. Andi streel oor die ragfyn patroontjies en gaatjies. Dis bestem vir haar trourok eendag. Wendy sê dis sommer nonsens, sy moenie wag tot dan nie. Dra dit nóú, sê Wendy altyd. Laat maak vir jou 'n stukkie sexy lingerie en verlei 'n gelukkige man daarmee. Maar Andi bêre dit. Eendag, eendag, gaan sy vir haar 'n trourok hiervan laat maak. Van Wendy se Franse kant en haar ouma se rou sy.

Sy vat die blink oranje organza raak en lag. Dit het sy op universiteit gekoop met die idee om dit in 'n rok vir die jaareindfunksie te laat omskep. Dankie tog dit het nooit gerealiseer nie. Dalk kan sy dit vir Rentia se troue gebruik. Rentia het ook al vir haar lap present gegee. Die blou en wit linne, wat sy met 'n Kaapse vakansie gekoop het. Andi wou nog vir haar 'n mooi broek en top daarvan laat maak het – so 'n ligte, stylvolle seiljag-mondering.

Sy wonder hoekom sy nooit so ver kom om enige van hierdie materiale in iets te laat omskep nie. Seker omdat sy die teleurstelling vrees vir die eindproduk. Niks wat mens laat maak, kom ooit uit soos jy gedink het dit gaan lyk nie.

Dalk is Rentia reg. Dalk is dit tyd dat sy leer hoe om naaldwerk te doen. Haar ouma het haar 'n bietjie geleer, toe sy klein was. Later jare was haar ouma se hande so kromgetrek van die rumatiek dat hulle nie meer soos altyd haar Bernina kon hanteer nie. Nie meer die gare kon ryg of die voetjie kon ruil of some kon insit nie.

Andi onthou hoe sy altyd verwonderd gekyk het hoe ouma

134

Bets 'n rok uit 'n plat, vormlose stuk materiaal kon skep. Tarrarr-arratatat, het die voetjie geloop terwyl ouma Bets die lap sekuur deur die Bernina gevoer het. Niemand kon 'n naat so reguit stik soos sy nie. Nooit was daar knoeiwerk aan haar skeppings nie. Elke pylnaat, elke plooi perfek – die eerste keer.

Eintlik wou Andi graag naaldwerk doen, van kleins af. Maar sy't ouma Bets te min gesien om dit behoorlik te leer en haar ma wou en kon haar nie leer nie. Op hoërskool het sy die gedagte heeltemal laat vaar toe haar ma daarop aangedring het dat sy eerder Bedryfsekonomie vat, omdat dit 'n hoërgraadvak is en nie 'n standaardgraadvak soos Huishoudkunde nie.

Maar dalk is Rentia reg. Dalk het sy die naaldwerkgeen by ouma Bets gekry en is dit die rede hoekom sy nie verby 'n materiaalwinkel kan loop nie. Sy vat aan die ragfyn pienk tulle. Was ook bestem vir 'n deel van 'n aandrok. Het ook nooit gerealiseer nie.

Andi vee die trane van haar wange af en kyk na die deinings kleure en teksture om haar. 'n Versameling herinneringe. 'n Versameling onvervulde begeertes, 'n aanklag oor onvervulde potensiaal.

Rentia is reg. Dis tyd dat sy iets daarmee doen. Net môre gaan sy bietjie naaldwerklesse Google. En later kan sy dalk selfs klereontwerp oorweeg. Van Luan moet sy heeltemal vergeet, dink sy toe sy die meters materiaal sorgvuldig begin opvou en weer in die kas wegpak. Vir hom sal sy ook 'n stukkie lap gaan koop wat haar altyd aan hom sal herinner. Iets wat sterk is en van ver af onweerstaanbaar lyk, maar hard en grof onder jou vingers voel wanneer mens daaraan raak. Hy maak haar net seer. Wanneer sy somerson nodig het, bring hy vir haar net onweer. Sy moet 'n stuk lap gaan koop waarmee sy hom kan toedraai en hom vir altyd in die kas kan wegbêre, waar sy van hom kan vergeet.

"Daar's 'n saak waarvan jy moet weet," sê die stem. Andi sit regop; spits haar ore. Dis dieselfde stem wat haar 'n hele ruk terug oor die Jack Greeff-storie gebel het – om haar te vertel van die dwelms en die aanrandings.

Dankie, dankie tog. Net toe sy begin dink het hierdie storie sterf 'n natuurlike dood.

"Vertel," sê sy versigtig.

"Poging tot moord. Jack Greeff is in 2006 van poging tot moord aangekla."

"Ek weet," sê Andi. "Ek was klaar in die hof om die klagstaat te soek."

"En jy't dit nie gekry nie."

"Nee," sê sy verdwaas. "Hoe't jy geweet?"

"Daai klagstaat is lankal gesteel."

"Hoekom is die saak teruggetrek?" vra sy die vraag wat haar al so lank pla.

"Bel die volgende nommer," sê die stem en lees vir haar 'n foonnommer. "Dis 'n polisieman. Jy kan hom vertrou." Hy sit die telefoon neer.

Andi bel dadelik die nommer. Uiteindelik werk iets uit!

"Hallo," antwoord 'n jong stem; amper te jonk om 'n polisieman te wees. Die lyn klink soos 'n tiekieboks.

"Iemand het vir my hierdie nommer gegee; gesê jy kan vir my inligting oor die Jack Greeff-saak gee."

"Wat wil jy weet?" vra die seunstem kortaf.

"Hoekom is die saak teruggetrek?

"Gebrekkige getuienis. Jack Greeff het die getuie omgekoop."

Andi skryf die inligting soos 'n besetene neer.

"Hoe weet jy dit?" vra sy. Sy kan darem nie als wat die man sê vir soetkoek opeet nie.

"Ek was destyds deel van die ondersoekspan."

"Wat het daar gebeur? Hoekom is hy van poging tot moord aangekla?"

"Greeff het op 'n bouncer in een van die klubs geskiet. Later het hy die ou omgekoop om sy bek te hou en die saak is terug-getrek."

"Hoe weet jy dit?"

"Sê jou mos. Ek het die saak ondersoek. Het self die bouncer se aanvanklike statement gevat. Waar hy vertel het hoe Greeff op hom geskiet het."

"Maar hoe weet jy hy's omgekoop?"

"Textbook case. Al hoe so 'n witness stil raak en nie meer wil getuig nie, is wanneer hy gethreaten of gebribe word, of albei. Ons ken dit. Kan dit van 'n myl af sien."

"Hoe weet ek jy was regtig by die saak betrokke? Dat jy regtig 'n polisieman was?"

Hy bly 'n ruk lank stil. Dan gee hy vir haar die saaknommer. Die saaknommer wat sy by superintendent Swart alleen kon kry. Elke letter en syfer 100% reg.

"Paul, ek het dit. Ek hét dit!" sê Andi toe sy by sy kantoor in-storm.

"Het jy iemand wat op die rekord praat?"

"Nee."

Paul lig sy wenkbroue.

"Maar ek het genoeg." Sy vertel hom van die polisieman en dat Greeff die klaer omgekoop het om die saak stil-stil te laat verdwyn.

"Jy't nog steeds nie iemand op die rekord nie, Andi."

"Maar ek het die hofrekord én verskillende bronne wat dieselfde goed sê. En een van hulle is 'n polisieman. Dis genoeg vir 'n eerste berig, Paul."

Paul glimlag. "Oukei, oukei. Ek dink jy's reg."

Andi is verheug. "Regtig?" roep sy bly uit.

"Onthou net om kommentaar van Greeff te kry. Ons kan nie bekostig dat hy ons vir laster dagvaar nie."

"Klaar gedoen. Het met sy advokaat gepraat. Hy het my natuurlik probeer oorreed om nie die berig te plaas nie."

"Sorg net dat jy hul volledige kommentaar skryf."

"Dis net een sin. Hulle sê die saak is teruggetrek, Greeff is onskuldig en hulle beskou dit as afgehandel, in die verlede."

"Nou toe," sê hy, "moenie hier sit en smile nie. Gaan skryf die blerrie storie!"

Terug by haar lessenaar is Andi in die sewende hemel. Uiteindelik, ná weke se werk en gesukkel en gesoebat by verskillende mense, het sy iets om te skryf.

Sy wil dit so graag vir Luan vertel. Sy wil so graag hoor wat hy daarvan dink, eintlik vir hom 'n bietjie raad vra. Dit ís immers 'n regte ondersoekende berig. Maar sy sal nie haar voete in sy kantoor sit nie.

Hy het nog steeds nie een enkele woord van hom laat hoor nie. En sy ignoreer hom terug. Die bastard. Die blerrie bastard, wat haar jag en plattrek en verlei en haar daarna ignoreer, asof sy net iets is wat hy van hom kan afskud.

Maar sy gaan nie nou aan hom sit en dink nie. Sy't nou haar storie om te skryf, haar deurbraak.

Die musiekmagnaat Jack Greeff, begin sy haar storie tik, *is drie jaar gelede van poging tot moord aangekla.*

Die saak het stil-stil verdwyn en het nooit onder die publiek se aandag gekom nie, maar Greeff word vandag nog steeds na bewering betrek by 'n onderwêreldse web van dwelms, intimidasie en buiteegtelike verhoudings.

En haar gunstelingdeel: Pers *kan vandag onthul dat Greeff in Mei 2006 daarvan aangekla is dat hy op 'n uitsmyter in een van sy klubs geskiet het.*

Sy skryf die res: die onderhoude met Mandy, superintendent Swart, die geheimsinnige stem en die polisieman – almal "onafhanklike bronne" by wie *Pers* "betroubaar verneem" het van Greeff se bedrywighede in die onderwêreld.

Sy stuur dit net betyds voor die koerant se saktyk. Die polisieman het haar eers laat vanmiddag gebel. Maar die nagnuusredakteur wou nie die storie oorhou nie. Hy't gesê hulle het iets lekkers vir die voorblad (die voorblad!) nodig en gevra sy moet die storie vinnig klaarskryf.

"Hy's daar," gaan sê sy vir die nagnuusredakteur. Sy voel lig; asof haar hart soos 'n heliumballon teen die plafon dryf.

Dis al ná agtuur en sy en die girls kry mekaar vir drinks vanaand. Hulle is seker al daar.

Andi loop moeg maar tevrede by die kantoor uit. Haar eerste storie. Haar eerste storie op pad na joernalistieke glorie.

Rentia, Wendy en Vera is klaar aan die fuif toe Andi by Lapa Fo opdaag. Dit is 'n restaurant in Emmarentia wat eksotiese pizzas maak, maar hulle gebruik dit eintlik net as 'n verskoning om baie wyn te drink.

Die drie is reeds op bottel nommer twee.

"Julle," sê Andi toe sy gaan sit, "ek het dit uiteindelik reggekry. My Jack Greeff-onthulling. Dis môre in die koerant."

"Ons moet dit vier!" sê Wendy, wat klaar lekker vrolik is. "Die joernalis wat haar lewe waag vir die waarheid!"

Sy skink vir Andi 'n glas rooiwyn en lig haar glas: "Op die waarheid!" sê sy.

Rentia en Vera lig ook hul glase. "Op die waarheid," sê hulle.

"Ek hoop dis die waarheid," sê Andi, "anders betaal ek die res van my lewe af aan 'n lastereis."

Hulle bestel vier pizzas – een vir hulle elkeen. Toe hulle Lapa Fo aanvanklik ontdek het, het hulle die beskaafde ding probeer doen en twee groot pizzas bestel om tussen mekaar te deel. Teen hul derde besoek was hulle in 'n behoorlike debat gewikkel oor of die peer en gorgonzola werklik lekkerder is as die vy en spek en of hulle nie maar een met ansjovis moet kry nie,

139

want Rentia soek iets souts en daar moet minstens een wees met feta. Wendy het haar spyskaart hard neergegooi en gesê: "Screw it. Ons bestel vier. Elkeen eet wat hy wil hê."

Andi bestel die pizza met donkersjokolade en spek. Oe, dis uit die hemel. Sy moet sulke dekadente dinge maar doen terwyl sy nog lewe. Môre haal Jack Greeff haar dalk uit in 'n sluipmoordaanval. Of dalk force feed hy en sy trawante haar met donkersjokolade en spek om dit te laat lyk of sy haar doodgeëet het by Lapa Fo.

En noudat sy finaal weet sy's afstootlik vir alle mans, kan sy haar netsowel aan kos oorgee.

"Vera," vra Rentia, "hoe het jy dit reggekry om vanaand af te kry?"

"Ek het vir Hano 'n blerrie babysitter gehuur," sê Vera. Blerrie babysitter. Vera vloek nooit nie. Sy gebruik nie eens 'n woord soos verneuk nie. Sy sê verkul. En nou is dit sommer "blerrie babysitter". Iets vreemds is met Vera aan die gang.

Maar niemand sê iets nie. Hulle lag net. "'n Babysitter?" vra Rentia. "En Hano is by die huis?"

"Ja," sê Vera, "alleen by die huis met die twee kinders. Onaanvaarbaar. Dit kan mos nie." Sy vat 'n groot sluk wyn en lyk roekeloos toe sy sê: "Toe besluit ek ek weier om elke aand by die donnerse huis te sit en kry vir hom 'n babysitter." Donnerse huis. Vera is op die rand, Andi kan dit sien. Of dalk is dit net die wyn ... Sy moet sê sy't baie lanklaas vir Vera onder die invloed van enige vorm van alkohol buiten kinderhoesstroop gesien.

"Mans!" roep Wendy uit, "useless blerrie goed!"

"Darem nie almal nie," skerm Rentia vir haar Derek.

"Almal," sê Wendy, "joune se ware kleure sal nog uitkom as julle eers getroud is."

"Of jóú ware kleure," voeg Vera by. "Soms wonder ek wat my ware kleure is."

"Jou ware kleure, skat," sê Wendy, en sy vat-vat aan Vera se

140

hare en haar arm, "is winter met 'n lente-ondertoon. Beiges met 'n splash van pastelle, sou ek sê."

Hulle lag. "Goed," sê Wendy, "ek oordryf. Hulle is darem nie almal heeltemal useless nie." En met 'n stoute smile: "Hulle het een baie belangrike doel."

"En te oordeel aan die gloed op jou wange, kwyt jou nuutste hom baie goed van sy taak," sê Andi. Die ander twee weet nie van Simson nie. Hulle weet net Wendy het weer 'n nuwe liefde, maar nie dat hy getroud is nie.

"Laat ons maar net sê," sê Wendy en tuur in die verte, "hy herinner my daagliks hoekom hul spesie op aarde is."

"Ag, in daardie afdeling raak hulle ook later oorbodig," sê Vera.

"Dis hoekom ek nie in trou glo nie," sê Wendy. "Die mens is nie 'n monogame spesie nie. Dis onmenslik om van ons te verwag om vyf en vyftig jaar by dieselfde mens te slaap."

"Vyf en vyftig jaar!" roep Rentia uit. "Moet my nie bangmaak nie. Ek trou een van die dae."

"Wel, ons generasie word donners oud," sê Wendy, "jy beter jou gereed maak vir one long stretch of boring sex."

"Eerder boring seks as geen seks, of hoe, An?" terg Rentia.

"Ja, Wen, almal is nie soos jy wat elke week 'n ander kêrel kry nie."

"Hulle kry my," sê Wendy en swaai haar glas deur die lug, "want ek gee vir hulle warmth and laughter."

"Wat dink julle oor die lae van die troukoek?" vra Rentia. "Vrugtekoek bo, sjokolade in die middel en vanilla onder of andersom?"

"Jirder, Rentia," sê Wendy. "Wat het jy op die brein? Ons praat oor seks en jy sit en wonder oor troukoek? Ken die arme Derek die mens met wie hy gaan trou?"

"Ek dink die tjoklitkoek moet onder kom," sê Andi, "dis die grootste laag."

141

"Dink jy?" vra Rentia.

"Ja," sê Andi, "dan weet ek ten minste daar's genoeg vir my."

Wendy gaap hulle aan. "Daar wys julle nou julle ware kleure," sê sy, "en ek kan amper nie daarna kyk nie. Stel meer belang in kos as in seks."

"Dalk is dit omdat ons nie laasgenoemde kry nie," sê Andi. "Jy weet tjoklit is die naasbeste."

"Nou wat van Luan?" vra Wendy. Sy giggel. "Het jy nou al sý ware kleure geëien?"

"Nee," sê Andi met 'n mond vol pizza. "Want ek sien hom net altyd in die donker."

"Goeie plek vir 'n man om te wees," sê Vera.

"Nee, regtig," sê Andi, "hy vry my net in die donker en ignoreer my terug in die beskawing."

"Nee, man," sê Rentia, "dis net omdat Pressco kantoorromanses verbied. Hy's mal oor jou, An. Hy's maar net versigtig."

"Nou hoekom vra hy my nie op 'n ordentlike date nie? Daar is mos nie Pressco-verteenwoordigers in elke restaurant en fliek nie."

"Weet jy, Andi," sê Vera, "moenie so wens vir 'n ernstige verhouding nie. Geniet die vryery in die donker. Glo my, jy gaan eendag daarna smag."

"Maar hy laat my so gebruik voel," sê Andi.

"Luister na jou," sê Wendy. "Uit watter eeu kom jy, Tannie?" En in 'n patetiese stemmetjie: "Hy gebruik my. Hy't al sy respekte vir my verloor. Boo-hooooooo."

Andi gee haar 'n hou teen die skouer. "Almal is nie so seksueel bevry soos jy nie, Delila."

"Wel, daar's geen verskoning nie. Ons is onafhanklike vroue wat kan kies en keur uit 'n see van mans. Hoekom sal ons verleë sit en wag vir hulle krummels en wonder of ons dit verdien?"

"Ek sê maar net: ek is net goed genoeg wanneer hy 'n bietjie

142

opwinding soek. Ek's net die lappie waarmee hy sy ego blink-vryf."

"Man," sê Wendy, "jy kyk net verkeerd daarna. Jý kan hóm mos gebruik. Laat hý die lappie wees! Vroue soek mos ook op-winding en 'n ego-boost."

"Ja, maar in daardie geval moet ék in beheer wees. En ek is nie. Hy's heeltemal in beheer. Hy besluit waar en wanneer en ek stem maar net in. Want ek is . . ."

". . . jags," sê Wendy.

". . . op soek na ware liefde," terg Rentia.

"Al bogenoemde," giggel Andi, "maar veral ware liefde. Die opwinding en ego-boost is als lekker ja, maar dis soos spook-asem. Dis net vir 'n oomblik lekker en daarna verdwyn dit. En as hy my na die tyd so ignoreer, proe daai spookasem soos medisyne." Sy sak met haar kop in haar hande. "Ag, ek weet nie, julle, ek wil hê hy moet smag na my, nie genoeg kan kry van my nie. Ek wil hê hy moet iets vóél vir my."

"Ag, daai vreeslike voel is overrated," sê Vera. "Geniet eerder die opwinding terwyl dit hou. Wanneer jy getroud is, het jy die res van jou lewe om te vóél."

"Maklik vir jou om te praat, Mevrou Lady of Leisure, wie se man haar aanbid en vir haar 'n Toskaanse villa gekoop het," sê Wendy.

"En wat meer aan die Playstation 3-joystick voel as aan my."

Hulle lag. "Dalk moet jy vir jou jou eie joystick kry," sê Wen-dy.

Vera klap haar op die arm. Andi is verlig om te sien daar's nog iets van Vera se preutsheid oor. Maar haar verligting ver-dwyn toe Vera sê: "Dalk het ek."

"Nooit!" gil Wendy. "Vera, ek is so trots. Watter soort? Daai Roger Rabbit of die . . ."

"Nie 'n battery-aangedrewe een nie, Wendy. The real thing. Lewende lywe."

143

"Veer!" roep Rentia uit. "Het jy 'n affair?"

Vera lag. "Nee, man. Ek trek net julle been. Waar sal ek nou tyd kry vir 'n affair? Ek moet 'n blerrie babysitter kry as ek vir een aand wil uitgaan."

"Jy kan altyd meer belê in die babysitter," sê Wendy. "'n Affair kan wondere vir jou huwelik doen, jy weet dit?"

Vera sug. "Ja, ja, Wen, en waar moet ek my minnaar kry? By die kleuterskool?"

"Ek kan altyd vir jou een organise. Spreek net die woord."

Vera glimlag. "Sal dit onthou."

"Maar An," sê Wendy, "as jy nie gelukkig is met hoe Luan jou behandel nie, moet jy ophou om dit toe te laat. Dit is waarop dit neerkom. Reg of verkeerd, jy moet besluit wat jý wil hê en as hy dit nie vir jou gee nie, moenie vir hom gee wat hý wil hê nie."

"Ja," sê Rentia, "mans is op hul beste en niceste in die begin van 'n verhouding. As hy hom in hierdie stadium al sleg gedra, is daar nie hoop vir die toekoms nie."

Andi vat 'n groot hap pizza. "Maar ek is mal oor hom," mompel sy tussen die donkersjokolade en spek deur. Sy't nou ook al 'n goeie drie glase wyn in. "Ek mik te hoog. Ek is nie in sy liga nie. Kara Bekker is in sy liga. My hare is nie blink genoeg nie. Ek's nie maer genoeg nie. Ek lees nie die *Mail & Guardian* nie."

"Bullshit," sê Wendy. "Jy's jonk en fabulous. Hy kan maar net te bly wees om jou te kry."

"Ja," sê Vera, "vergeet van hom. Geniet jou single lewe."

"Ons sal vir jou 'n lover kry wat weet hoe om 'n vrou te hanteer," sê Wendy.

"Julle is reg," sê Andi en mors rooiwyn op die tafeldoek toe sy haar glas in die lug steek en onder groot gejuig verklaar: "I'll be the best thing he never had."

Die res van die aand is 'n waas van nog wyn en pizza en chocolate brownies en rant en rave oor mans en aaklige base en Jack Greeff.

144

Toe Andi in die vroeë oggendure by die huis kom, is sy oortuig sy't niks meer in die wêreld nodig as vriendinne en wyn en pizza nie. Veral noudat sy ondersoekende joernalis van formaat is. Suksesvolle scoopjagter. Mans se moere! soos Wendy later in haar dronkenskap uitgeroep het. Wie het hulle nodig? Sy skop haar skoene uit, gooi haar handsak op die grond en val klere en al met 'n dooie gewig op die bed. Wie het seks nodig? Wie het Luan Verster nodig? Wie het . . .

Biep-biep, kondig haar selfoon 'n sms aan. Sonder om van die bed af te beweeg, grawe sy die selfoon uit haar handsak.

Sy draai op haar rug om die boodskap te lees. Dis van Luan. Haar lyf word lam.

Kan nie ophou dink aan jou mond nie.

Wat? Wie? Wat? Andi probeer haar oë oopmaak. Sy probeer wakker word. "Don'cha wish your girlfriend was . . ."

Haar selfoon. Flippet, hoe laat is dit? Dit voel soos die middel van die nag. Sy tas in die donker op die bed rond na haar selfoon. Sy kry dit waar dit onder haar ander kussing lê en vibreer.

O hel, iemand is dood.

"Andi, hallo?" sê sy krakerig en berei haar geestelik voor vir die tyding. Gelukkig lê sy, wat beteken sy kan nie flou val nie.

"Advokaat Arend Human, Jack Greeff se regsverteenwoordiger." Dis erger as die dood. Advokaat Human klink heeltemal anders as nou die dag by die Aston Martin-launch. Toe was hy so sag en gaaf. Nou is hy so hard en onmenslik.

"O, hallo," sê sy en probeer regop in haar bed sit. Sy kyk na haar klokradio: dis presies 6:00.

"Ons het so pas jou berig gelees. Jy moet jou maar gereed maak vir regstappe."

Andi is nou wakker. "Regstappe . . . O." Hierdie idiotiese antwoord kan sy net op die ongoddelike uur blameer.

145

"Waar jy aan hierdie snert kom . . ."

"Dit is nie snert nie. Ek het verskillende, onafhanklike bronne."

"Ek het vir jou gesê jy verstaan nie wat daar gebeur het nie en jy moet die storie eerder los."

"Ek kon dit nie los nie. Dis in die openbare belang."

"My kliënt sê jou storie is besaai met halwe waarhede en foute."

"Hy sal dit sê, Advokaat."

"Ek sien nie een van jou kastige betroubare bronne het name nie."

"Hulle voel bedreig."

"Pasop wat jy sê, juffrou Niemand. Jy wil nie verdere laster pleeg nie."

"Dis nie wat ek sê nie. Ek gee maar net die rede. Advokaat, ek het regtig my navorsing deeglik gedoen en die feite bevestig." Hoekom verduidelik sy haarself so aan hom? Pleks sê sy net sy skrik nie vir sy dreigemente nie.

"Dit sal ons nog sien," sê hy.

Sy bly net stil.

"Ek gaan nou hierdie oproep beëindig," sê hy.

"Oukei," sê sy en wag verdwaas dat hy moet neersit, maar hy sit nie neer nie.

Ná 'n rukkie se stilte, wat hulle al twee net so met die fone sit, sê hy: "Totsiens."

Toe hy aflui, klop Andi se hart wild. Sy was vol bravade, maar eintlik het sy haar gat afgeskrik. O liewe vader, Jack Greeff en advokaat Arend Human gaan haar dagvaar. Hulle gaan haar woonstel leegdra en alles opveil om net 'n deposito van die lastereis te betaal. Sy gaan in die hof met haar notaboekie moet staan en verduidelik hoe Mandy die eks-stripper en die spraypainter in Bakgat haar "betroubare bronne" is.

Nee, betig sy haarself, sy moet nou sterk staan. Sy het gewéét

146

dis hoe hulle gaan reageer en sy weet al die feite in haar storie is waar. As sy nou gaan begin bang word, speel sy reg in hul hande. Dis presies wat Arend Human nou probeer het: om haar te intimideer. En as hy dink sy skrik vir hom en daardie . . .

"Doncha wish your . . ."

Sy antwoord nog voor die ringtone by "girlfriend" kom.

"Juffrou Niemand." Dis weer Arend Human. "Ek wil hoor of ons kan ontmoet sodat ons die saak behoorlik kan bespreek."

"Sal jou kliënt se hele span weer teenwoordig wees?" vra sy. Want daarvoor sien sy nie weer kans nie.

"Dit sal net ek en jy wees," sê hy. "Ek wil bloot met jou gesels."

"Dalk is dit beter dat jy met *Pers* se prokureursfirma praat," sê sy.

"Nee, jy verstaan my verkeerd. Ek gaan nie 'n dagvaarding op jou bedien nie, wel nie nou al nie. Ek wil bloot 'n paar dinge vir jou vra."

Ag oukei, dink sy, dalk moet sy die ou stywelip ontmoet. Dalk kry sy nog inligting in die hande oor Jack Greeff, vir haar groot opvolg.

"Goed, ons kan ontmoet."

Hulle spreek af om mekaar 11:00 te ontmoet by Fego's, 'n koffiewinkel by die advokatekamers in Sandton.

Andi kyk op haar horlosie. Dis nou eers kwart oor ses. Advokaat Arend Human het geen maniere nie. Maar eintlik is sy bly. Dit beteken sy kan nog 'n uurtjie of wat slaap . . .

Hmm, wat 'n mooi dag, dink Andi toe sy vanself wakker word. Die son skyn al so helder en haar wekker het nog nie eens afgegaan nie. "Hmm," strek sy haar uit.

Sy het nou die lekkerste droom van Luan gehad. Sy was by haar lessenaar en hy het na haar toe gekom en sy hande om haar gesig gesit en toe . . . Sy tel haar selfoon van die grond af op om te sien hoe lank sy nog kan slaap.

Waaat?! Dis al sewe minute oor tien! Vanoggend het sy van deur die slaapgeid seker haar wekker verkeerd gestel. In 'n kwessie van een sekonde is sy uit die bed, besig om haar hare te kam, haar pajamas uit te trek en haar tande te borsel. Sy't die nuuskonferensie gemis. Paul dink seker Jack Greeff het haar reeds uitgehaal en nou gaan sy laat wees vir haar afspraak met Arend.

Toe sy kaar als geborsel en gekam het wat borsels en kamme nodig het, gaan staan sy voor haar kas. Wat moet sy aantrek? Wat trek 'n mens aan vir 'n aantreklike advokaat wat jou wil dagvaar? Waarop moet sy fokus? Die aantreklike advokaatdeel of die dagvaar-deel? As sy vir die aantreklike advokaat wil aantrek, is haar swart en wit Jo Borkett-rokkie en haar pers slooprokkie kandidate. As sy egter vir die man wil aantrek wat haar wil dagvaar, moet sy dalk eerder haar swart broek en wit executive bloes aantrek. 'n Kragpakkie.

Sy moet natuurlik ook in ag neem dat sy daarna kantoor toe gaan waar sy Luan gaan sien. Ná sy sms gisteraand moet sy nie lyk of sy te hard probeer nie, maar sy wil ook nie heeltemal onsexy lyk nie. In daardie geval moet sy dalk met die swart broek gaan, maar eerder haar pienk executive bloes pleks van die witte. 'n Ander faktor wat nie buite rekening gelaat kan word nie, is dat sy ná gisteraand se brassery vandag 'n erge vet-dag beleef. Dit skakel eintlik alle broek-moontlikhede uit. En daai swart broek sit selfs op 'n maer-dag nogal styf om die heupe. Op die ou end besluit sy op haar swart romp en pienk bloes. Sy trek eers sykouse aan, want haar beenhare is nie geskeer nie (hoë-risiko-gedrag in ag genome situasie met Luan).

Om 11:11 stap Andi by Fego's in. Die advokaat sit by 'n tafeltjie en hy lyk bebliksemd.

"Jammer ek is laat," sê sy toe sy gaan sit.

"Ja, ek's ook jammer," sê Arend. "Nou sal ek vir jou 'n faktuur saam met die dagvaarding moet stuur." Wat 'n aangename verrassing. Onse advokaat Arend Human het 'n sin vir humor.

Andi glimlag net.

Maar blykbaar het hy nou besluit, alle grappies op 'n stokkie, want hy haal 'n kopie van *Pers* uit en gooi dit op die wit marmerblad van die tafel neer. Haar storie is op die voorblad.

Hulle het dit so mooi gebruik, sien sy en tel die koerant op. Haar eerste voorbladberig by *Pers*, dink sy ingenome. Maar sy sê niks nie. Sonder om te dink vou sy die koerant in die helfte en bêre dit in haar handsak.

"Ek dink dit behoort aan my," sê advokaat Human en steek sy hand uit.

Andi kan nie gló wat sy so pas gedoen het nie. Sy lag verleë en gee die koerant vir hom terug. "'Skies."

"Jy laat my geen ander keuse as om 'n saak van diefstal by die lastereis te voeg nie," glimlag hy. Daar's dit weer. 'n Grappie. Sy hou al hoe meer en meer van hierdie advokaat. En hy lyk werklik aantreklik in sy swart pak.

Die kelner neem hul bestelling: twee cappuccino's.

"Wat wil jy bespreek?" vra sy.

Hy vou sy hande plegtig op die tafelblad. Daar's niks meer grappies in sy donker oë nie. Dis nou ernstige sake. "Jou berig, juffrou Niemand."

Hulle praat nog steeds so formeel met mekaar. Nou die aand by Aston Martin het hulle nie veel verder gesels om die ys te breek en mekaar op hul voorname te noem nie. Maar dis nou tyd, besluit Andi.

"Jy kan my maar Andi noem," sê sy.

Hy glimlag. Sy lippe maak 'n skewe strepie bo sy skoonge-skeerde ken. "Oukei, Andi. In daardie geval kan jy my seker Arend noem."

Sy knik en wag dat hy begin met sy griewelys.

"Die saak in die Benoni-landdroshof . . ."

"Ja?"

"Waar kom jy daaraan?"

"Een van my bronne het vir my die saaknommer gegee en toe gaan soek ek dit in die hof."

"Maar jy skryf die klagstaat is weg?"

"Ja, vermoedelik gesteel."

Hy frons. "Moenie dat jou verbeelding met jou weghardloop nie, juffrou . . . um, Andi. 'n Verbeelding kan 'n gevaarlike ding wees vir 'n sensasiesoekende joernalis," sê hy.

Sy vererg haar, maar sy wys dit nie. "Ek probeer net my werk doen," sê sy.

Hy kyk 'n hele rukkie lank peinsend na haar, asof hy haar probeer peil.

Hul cappuccino's daag op. Andi gooi 'n sakkie Canderel in, Arend twee teelepels bruinsuiker. Hy roer dit lank. "En toe kry jy bevestiging van die saak op die hof se elektroniese rekords?" vra hy. Die lepel klingel toe hy dit in die piering neersit.

"Ja, soos enige sensasiesoekende joernalis sou," antwoord sy en vat 'n slukkie cappuccino.

"Jy besef die klerke by die hof is nie altyd betroubaar nie. As een van hulle vir jou gesê het die klagstaat is weg . . ."

"Ek het dit self gaan soek. Deur elke liewe saak van Mei 2006 gegaan. Jou kliënt se saak was die enigste een waarvan die klagstaat weg was."

Hy sluk hard. Dis die enigste teken dat die inligting hom ontstel. Sy gesig is doodkalm.

"Daardie saak het gespruit uit 'n vete tussen my kliënt en een van sy voormalige werknemers," sê Arend. "Die man het by een van Jack Greeff se klubs gewerk. Hy het deurmekaar geraak met dwelms, dit het sy werk beïnvloed en hy is afgedank. Toe is hy wraaksugtig en versin allerhande bewerings." Advokaat Human praat asof hy in 'n hof is.

Andi trek haar skouers op. "Dis nie wat my bronne vir my gesê het nie," sê sy.

"Hoekom is die saak teruggetrek?" vra hy en vat sy eerste

slukkie cappuccino. Die skuim maak 'n wit streep bo sy mond en hy lek dit af.

"Dit weet ek nie, juis omdat die klagstaat weg is," sê sy.

"Hierdie bronne van jou . . ." vra hy, "hoe seker is jy van hul motiewe? Dis 'n klomp junkies, bouncers . . ."

"Ek weet ek werk by *Pers*, ek weet ek is 'n vermaakverslaggewer, maar ek is al lank 'n joernalis en ek het al baie misdaad en hof gedoen."

"In daardie geval weet jy seker hoe min werd inligting van 'n 'betroubare, anonieme bron' is?"

"Dis nie waar nie. In van die heel grootste stories is die bronne anoniem en betroubaar. Vat Watergate."

Hy lag. "Watergate. Asseblief. Die blote feit dat jy hierdie met Watergate vergelyk, wys vir my jy's 'n oorambisieuse jong joernalissie met 'n ryke verbeelding," sê hy.

"Ek wéét wanneer ek inligting van 'n bron met 'n knippie sout moet vat. En ek weet hoe om inligting van verskillende bronne te vergelyk om feite te bevestig."

Hy frons. "Jy klink baie seker van jou saak."

Sy's nie seker of dit 'n vraag of 'n stelling is nie. "Ja, ek is. Anders sou ek nooit hierdie berig geskryf het nie."

Hy kyk af en volg met sy vinger die patroontjies van die swart krulle en draaie in die wit marmer na. Verbeel sy haar of lyk dit of hy self agterdogtig is oor Jack Greeff? Iets sê vir haar Greeff het hom nie alles vertel nie en hy was geskok toe hy die berig lees. Nou het hy haar persoonlik kom spreek om seker te maak sy't dit nie uit haar duim gesuig nie.

Hy vou sy arms. "Kyk, Andi, ek weet jy doen net jou werk. En ek kan hoor jy't geen kwaadwillige bedoelings nie, maar jy sal ekstra versigtig moet wees. Soos jy self gesê het, my kliënt is 'n invloedryke man."

"Soos jy sê, ek doen net my werk. Mense se invloedrykheid maak hulle eenvoudig meer nuuswaardig," sê sy.

"So gaan jy aanhou met hierdie soort stories?" vra hy.

"As 'n storie nuuswaardig is, moet ek dit skryf," antwoord sy.

"Dink mooi voor jy weer 'n berig skryf, Andi. Dink baie, baie mooi."

10

Sewing lessons, tik sy die aand by Google se soekkassie op haar skootrekenaar in. Andi sug. Dit klink regtig baie oujongnooierig. Vir iemand van haar ouderdom is naaldwerk net so 'n uncool ding om te doen soos jukskei. Sy sal maar 'n closet seamstress wees. Dit in die geheim doen. 'n Dubbele lewe lei.

Die laaste mens wat hiervan moet uitvind, is haar ma. Andi kan eenvoudig nie bekostig dat haar ma nóg 'n rede kry om met afkeur na haar te kyk nie. In haar ma se oë sal naaldwerk die prentjie van haar enigste dogter se ellendige oujongnooibestaan vervolmaak. Al wat sy nog kort, is 'n kat.

Pleks was sy 'n huisvrou in die 1950's. Toe sou haar liefde vir bak en materiaal en haar begeerte om klere te maak, heeltemal sosiaal aanvaarbaar gewees het. Nou voel sy soos 'n weird outcast omdat sy miniatuur suurlemoenmeringues bak en "sewing lessons" Google.

Sy wonder net of sy dit gaan regkry; of sy hoegenaamd naaldwerk sal kan doen. Dis baie lank sedert ouma Bets vir haar 'n paar dinge op die Bernina gewys het en sy kan nie onthou dat sy toe juis buitengewone talent getoon het nie.

Italian Dress Design School is een van die resultate wat die soektog oplewer. Dress Design klink darem klaar baie beter as naaldwerk. Dalk kan sy vorder na klereontwerp of selfs modeontwerp. Daarmee sal Elsabé Niemand dalk kan saamleef: dat haar dogter 'n modeontwerper is. En die Italianers is die een

152

nasie wat weet van kleremaak. Van Andi se gunstelingmode-ontwerpers is Italiaans.

Opgewonde kliek sy op die skakel. Dit klink klaar nie meer oujongnooierig nie. Die Italian Dress Design School . . . Jammer Luan, ek kan nie vanaand saam met jou uitgaan nie, ek het 'n afspraak by die Italian Dress Design School.

Sy sien hulle bied verskeie kursusse en handleidings aan. Die een wat Andi se oog vang, is die kursus oor patroon- en rok-ontwerp. Ja, dis wat sy eintlik wil doen: haar eie klere ontwerp. Die kursus kos R300 per maand vir een twee-uur-lange les per week. *Contact Gabrielle for more information*, staan daar. Sy kliek op Gabrielle se naam om haar telefoonnommer te kry en stoor die nommer op haar selfoon.

Vir 'n ruk lank sit sy net so, selfoon nog in die hand. Sy kyk na die kas met al haar geliefde materiale. Een van die dae, dink sy. Een van die dae kom die closet seamstress en al haar meters lap uit die kas . . .

Kom eet vanaand saam met my.

Andi lees die e-pos oor en oor. Sy kan nie haar oë glo nie. Luan het haar op 'n date gevra. Op 'n regte egte date. Hy wil haar nie net in donker plekke vry nie, maar wil in helder lig saam met haar eet. Voor getuies.

Al haar woede vir hom verdamp. Dalk was hy ongemaklik ná hul wangedrag in die argief. Dalk het hy nie bedoel om haar so lelik te ignoreer nie.

Maar vanaand al. Eintlik kan sy nie vanaand nie. Sy gaan saam met Jacques en Chamonix Vonkprop toe. Nie omdat haar ma wil hê sy moet gaan om van "jou broer se doktersvriende" te ontmoet nie, maar om Chamonix se vriende te ontmoet. Sy het gesê van haar vriende wat vir Jack Greeff werk of gewerk het, gaan daar wees.

Ná die koffiedrinkery met Arend Human nou die dag is sy

153

net nog meer vasberade om vir Jack Greeff vas te skryf. Sy sal al daardie bombastiese mans wys wat gebeur as hulle haar probeer intimideer. En sommer vir Paul Meintjies ook wys sy kan baie meer doen as om oor verrassende wendings in *7de Laan* se storielyn te skryf. Hy was nie eens danig beïndruk met haar voorbladberig nou die dag nie. Niemand was nie, om die waarheid te sê. Dit voel soms of sy water uit 'n lekkende boot skep. Maak nie saak hoe hard sy werk nie, niemand sien dit raak nie en haar kollegas gaan haar nooit regtig respekteer nie. Maar hierdie Jack Greeff-ondersoek sál almal met ander oë na haar laat kyk: nie as 'n poppie wat net oor celebs skryf nie, maar as 'n ernstige joernalis. Sy moet dit net eenvoudig loskry. Die hele ding. Die hele exposé.

En vanaand is eintlik haar volgende groot kans. Om nuwe kontakte te kry. Nuwe onthullings. Dis al middel Augustus en sy wil graag 'n groot storie voor die einde van die maand kry – verkieslik dié storie. Maar sy wil só graag op 'n date met Luan gaan. Dalk vra hy haar nooit weer nie. Sy gaan vir Wendy bel. Sy sal vir haar die regte raad kan gee.

Om te keer dat die hele kantoor hoor, stap sy uit en gaan staan onder een van Pressco se koeltebome en praat. "Wen," fluister sy, "hy't my uitgevra."

"Op 'n date?" vra Wendy.

"Ja."

"Dis baie goed."

"Maar ek het 'n probleem."

"Wat?"

"Dis vanaand en ek moet eintlik iets anders vir werk gaan doen. Iets belangriks vir die Jack Greeff-storie. Eintlik kan ek dit glad nie mis nie, maar ek's bang hy vra my nooit weer nie."

"Wanneer het hy jou gevra?"

"Vanoggend."

"Om vanaand saam met hom uit te gaan?"

"Ja."

"Jy sê in elk geval nee, of jy iets anders aanhet of nie."

"Hoekom?"

"Dis 'n toets, An. Hy besef dit dalk self nie eens nie, maar onbewustelik wil hy kyk hoe vinnig jy spring as hy sy vingers klap."

"Maar . . ."

"Onthou, jy moet vir hom wys jou lewe is vol. Het jy al ge-antwoord?"

"Nee, ek het jou eers kom bel."

"Dis goed so. Sê net heel vriendelik jy't ongelukkig klaar planne."

"Maar sê nou hy vra my nooit weer nie."

"Hy sal."

"Moet ek sê 'nee, ek het ander planne, maar 'n ander aand sal lekker wees'?"

"Nee, dit gaan heeltemal te gretig klink. Hy wil jag, An, ont-hou dit."

"Oukei, oukei. Dankie, Wen."

"Selfvertroue. Hy wil jou hê en hy moet weet hy gaan jou nie sommer so maklik kry nie. Jy is 'n geheimsinnige, onbereikbare godin."

Terug by haar lessenaar kliek sy op reply.

Het ongelukkig klaar planne.

Dit klink vreeslik koud. Sy las 'n stukkie aan die begin by:

Dit sou lekker gewees het, maar ek het ongelukkig klaar planne.

Die muis se pyltjie huiwer op die *Send*-knoppie. Dis so moei-lik. Hoe moet sy nee sê vir hom? Dis haar droom wat waar word en nou moet sy nee sê. Maar dis vir 'n belangriker doel-wit: haar loopbaan. Haar super duper scoop. Sy druk met haar wysvinger die knoppie en die boodskap gaan deur.

Ag tog, hy stuur niks terug nie. Sy het so gehoop hy sou 'n ander aand voorstel, maar niks nie. Wel, dis nou maar tot

155

daarnatoe. Die Jack Greeff-storie is in elk geval belangriker. En Wendy is reg. Sy kan nie in sy skoot val elke keer wanneer die gier hom beetpak nie.

Geel koevertjie: *Kom gou na my kantoor toe,* skryf hy.

Sy's terselfdertyd bly en verontwaardig. Hoe kan hy haar net so ontbied?

Kan nie. Te besig, skryf sy terug.

Dadelik weer 'n koevertjie: *Jy martel my.*

Andi lag. Wendy is reg. Niks kom by hard to get nie. As sy so aanhou, vra hy haar oormôre om te trou. Die probleem is, hoe lank gaan sy dit kan volhou? Sy is gek oor die man. Dis onmenslik om van haar te verwag om vir hom nee te sê.

Goed, nou moet sy werk. Muisneste uit, werk in. Fokus.

Die sanger Kurt Darren . . . begin sy haar berig skryf.

Geel koevertjie. *Jy lyk soos 'n stoute skooljuffrou vandag.*

Andi lag en maak haar inboks toe. Sy móét nou hierdie Kurt Darren-storie skryf. Daar's nog drie ander berigte wat sy vandag moet doen en sy wil nog inligting oor Jack Greeff kry. En sy weet sy kan nie 'n geel koevertjie weerstaan nie, veral nie van Luan nie.

Toe sy die berig klaar geskryf het, laat druk sy dit uit en staan op om dit by die drukkers te gaan haal. Op pad soontoe kan sy nie haarself keer om vir Luan te kyk nie. Hy glimlag en knipoog vir haar deur die glas.

'n Rukkie lank staan sy by die drukkers en lees gou deur haar berig. Die volgende oomblik kom Luan om die draai. Sy maak of sy hom nie sien nie en lees verder.

Terwyl hy die dokument gaan haal wat hy laat uitdruk het, kram sy die twee velle van haar berig aan mekaar vas. Dit wil nie werk nie en sy druk die krambinder 'n paar keer.

"Wag, laat ek kyk," sê hy met 'n gruwelike glimlag en vat onnodig lank aan haar hand toe hy die krambinder by haar vat. Hy maak dit oop.

156

"Die krammetjies is op," sê sy.

"Jy sal gou nuwe krammetjies in die stoor moet gaan haal," sê hy.

"Is dit 'n opdrag?" skerts sy.

Hy kyk gou om hom rond of iemand hom hoor, maar hulle is alleen. Met een wenkbrou omhoog sê hy: "Beskou dit eerder as 'n voorstel."

Sy lag, gryp die krambinder by hom en stap na Pressco se skryfbehoeftestoor. Dit is 'n donker, obskure kantoortjie langs die kombuisie. Sy gebruik haar toegangskaart om in te gaan.

Terwyl sy 'n pakkie krammetjies uit die kas haal, gaan die deur oop. Dis Luan.

Die volgende oomblik is dit donker. Hy't die lig afgeskakel. Sy kan absoluut niks sien nie. Dan druk hy haar teen die kas vas en vry haar so wild dat iets, moontlik 'n stapel Pritt, in die kas inmekaar tuimel. En daarmee saam kletter haar wilskrag, haar werketiek, die hard-to-get yskoningin alles op die vloer neer.

Die aand is sy besig om reg te maak vir haar kuier in Vonkprop saam met Jacques en Chamonix toe haar ma bel.

"Andriette," sê sy, "ek het nou-net met Jacques gepraat. Hy werk laat vanaand. Noodgeval by die hospitaal. Hulle gaan nie meer uit nie; hy't vergeet om jou te laat weet."

"Nou hoekom kan hy vir Ma sê, maar hy kan my nie sê nie?" vra Andi.

"Jy weet, hy's 'n dokter," sê haar ma, "hy't nie tyd nie. Ek het hóm gebel en hom toe gevra hoekom hy by die werk is as julle vanaand uitgaan."

Andi val kwaad op haar bed neer. Sy het klaar haar kort pers rokkie en nuwe Aldo-skoene aan vir die aand. "Ma, regtig," sê sy, "ek sou nou verniet al die pad Pretoria toe gery het! Kan hy nie dink aan . . ."

157

"Ag, jy weet hoe's jou broer," sê haar ma. "Is van slimgeid. Begaafde mense is mos maar verstrooid."

Andi rol haar oë. Begaafde mense. Asseblief. Die versoeking is reusagtig om vir haar ma te sê sy kon vanaand 'n date gehad het as haar broer haar nie so rondgeneuk het nie. Maar sy hou haar in. Netnou voel haar ma so sleg daaroor dat sy as kompensasie vir haar 'n date met een van die praktykdokters reël. En sy sal.

"Oukei, Ma," sê sy, "die onbegaafde dogter gaan nou haar sosiale lewe red terwyl die begaafde dokter lewens red."

"Moenie vir jou laf hou nie, Andriette. Jy's nie onbegaafd nie, net . . . o genade kyk na die tyd! Ek moet gaan, het 'n afspraak by Robert. Totsiens, Andriette. En onthou om jou Caltrate Plus te drink. Jy weet, osteoporose is in ons familie."

Pieng, sit haar ma die foon neer.

Andi val agteroor op die bed. Hoekom kan haar ma nie net een normale gesprek met haar hê nie?

Ag tog, sy het so gehoop vanaand sal vir haar volgende deurbraak sorg. Ná haar eerste berig het sy nuwe leidrade en bronne nodig. Sy weet sy's nog nie naastenby by die groot storie nie, die eintlike storie. En sy sal nie rus voor sy dit het nie. Dit klink vir haar of Chamonix se vriende well connected is in die bedryf. Sy was doodseker hulle sou haar kon help om verder op Jack Greeff se onderwêreldse spoor te kom. Wanneer gaan sy eendag weer die kans kry? Soos haar ma uitgelig het, kry dokter Jacques nie baie kans om uit te gaan nie.

En hier lê sy nou, all dressed up and nowhere to go. Gegrimeer, hare gekrul, beenhare geskeer. Luan hét haar vir vanaand op 'n date gevra. Sal dit so verkeerd wees om ja te sê? Dit is nog vroeg. Nog nie eens sewe-uur nie. En ná hy haar so in die skryfbehoeftestoor gegryp het, kan sy hom seker maar sms. Hy het haar immers al die hele dag lank gejag. Sy kan mos ook 'n treetjie vorentoe gee. En sy's nou glad nie lus om heelaand hier alleen in haar woonstel te sit nie.

158

Ja, besluit sy en staan op om haar selfoon te kry. Sy kyk eers in die spieël voordat sy die sms begin tik. Sy lyk fantabulous, al moet sy dit self sê. Die Aldo-skoene maak die hele outfit. Dit is fyn sandale met hoë, dun hakies, maar die eintlike ding is die kleur: elke strappie is 'n ander kleur met 'n enkele pers bandjie dwarsoor die brug van haar voet. Beautiful. Sy moes lank spaar om dit te kon bekostig. Sy kan dit nie mors nie. Luan moet haar so sien.

Planne gekanselleer. Jy nog lus vir uitgaan? sms sy.

Haar hart klop so dat sy nooit die biep van die sms gaan hoor nie. Sy kan nie glo sy gaan vanaand saam met Luan uit nie. Dit is so opwindend. Sy raak al hoe maller oor hom. Eintlik dink sy nie sy was al ooit so verlief nie. Haar lyf raak sommer lam net by die aanhoor van sy stem. En vandag het hy haar finaal oor die rand gestoot. Hy is presies hoe sy 'n man wil hê. Slim en ambisieus, maar ook kreatief en passievol. En so mooi. Sy kan ure en ure lank na sy redaksiefoto staar.

Sy haal haar Calvin Klein Euphoria-parfuum uit. Dit hou sy altyd net vir spesiale geleenthede. En as daar al ooit een was, is dit vanaand. Hul eerste date. Hul eerste aand saam uit. Die begin van waarskynlik haar beste verhouding ooit.

Sy spuit 'n bietjie in haar kuiltjie en maak haar oë toe toe sy onthou hoe Luan haar vanmiddag so hartstogtelik in haar nek gesoen het. Die blote gedagte laat sak 'n lamheid deur haar lyf. Hy is 'n man met 'n hoofletter M. Sy spuit nog 'n bietjie teen haar polse en een spitz tussen haar boobs. Mens weet nooit . . .

O hemel, Wendy maak haar dood as sy moet weet sy het Luan ge-sms. Maar Wendy verstaan nie. Dít tussen haar en Luan is nie die gewone outjie-jag-meisie situasie nie. Dis anders. Die magnetiese aantrekkingskrag tussen hulle, die chemie, dit is verhewe bo die gewone *Men are from Mars, Women are from Venus-* speletjies. Dit is groter as hard to get, sterker as . . .

Biep-biep, kondig haar selfoon die sms aan. Andi gryp dit soos 'n honger dier.

Moeg na werk. Ander aand.

Sy sak stadig af op die bed, eers met haar een hand en daarna met haar lyf. Met die selfoon nog in haar hand staar sy weer na die boodskap.

Vir 'n lang ruk sit sy net so met die selfoon, asof die boodskap haar gevries het. Asof dit haar gedoem het om, soos Lot se vrou, vir altyd in hierdie posisie te bly: vir ewig in 'n staat van vernedering en verwerping.

Toe sy weer haar hart voel, haar asem hoor, gooi sy die foon op haar bed neer.

Haar maskara-trane drup op haar gladgeskeerde bene toe sy buk om die pers bandjies van die Aldo's los te maak.

11

"Nina, klim af. Klim af! Mamma praat nie weer nie! Nina!" Nina probeer oor die heining na die krokodille klim. Gelukkig is nie net jou oordeelsvermoë nie, maar ook jou atletiese vermoë beperk op die ouderdom van drie. Vera storm vorentoe en gryp haar, moontlik met meer geweld as wat 'n krokodil sou, om die lyf en dra haar terug na die stootkar. Dis 'n kontrepsie wat hulle gehuur het. 'n Hele kleurvolle kargedoentetjie waarin twee kinders kan pas.

Vera druk Nina langs Riekert in, wat grootoog met 'n dummie in sy mond sit, en knip haar vas in die kar. Sy skree bloumoord.

Vera kom op vir asem. Vir 'n oomblik staan sy net so, met haar kop agteroor en haar oë toe. Sy vee oor haar kort, blinkswart hare. Toe sy haar hande laat sak en haar oë oopmaak, is sy weer Vera in beheer. Asof Nina glad nie aan die gil is dat driekwart van die dieretuinbesoekers én -diere hulle aanstaar nie, glimlag Vera en sê: "Kom, Andi. Kom ons gaan soek die seekoeie."

Andi is saam met Gesin Terblanche op 'n Sondag-uitstappie by die Johannesburg-dieretuin. Hano het vir hulle almal gaan roomys koop terwyl die krokodil-petalje afgespeel het.

Andi en Vera begin stadig met die stootkarretjie aanstap terwyl hulle vir Hano wag. Nina skreeu nog steeds.

"Hoekom dink jy doen hy dit?" vra Vera bo die gille.

Andi het haar vertel van haar Luan-dilemma. Sedert die date-fiasko meer as 'n week gelede, ignoreer hulle mekaar. Sy praat nie met hom nie, kyk nie vir hom nie, e-pos hom nie en hy doen dieselfde.

"Ek weet nie," sê Andi, "dis asof hy hierdie wrede catch-and-release game met my speel."

"So hy het die oggend vir jou 'n e-pos gestuur en jou uitgevra op 'n date. Toe sê jy nee . . ." probeer Vera sin maak uit die hele deurmekaarspul.

"En toe hou hy aan en aan totdat ek geswig het."

"So hy was nie kwaad omdat jy nee gesê het vir die date nie?"

"Nee, als behalwe. Eintlik was dit asof dit hom aangemoedig het. Hy't eenvoudig nie opgehou nie . . ."

"Totdat julle gesoen het in die skryfbehoeftestoor," sê Vera. "Het hy weer enigiets daarna vir jou gestuur of vir jou gesê?"

"Nee," sê Andi, "absoluut niks nie."

"En toe jy die aand vir hom laat weet jou planne is af, toe stuur hy vir jou die kortaf sms."

"Inderdaad."

Andi wil lag. Sy het nou al Vera se vrae beantwoord en nou gaan Vera seker volgens een of ander aktuariële formule uitwerk wat die statistiese kans is dat Luan nog van haar hou of, soos sy vermoed, haar absoluut afstootlik vind.

"Andi, dis 'n klassieke geval van hy wat jou net wil hê solank hy jou nie kan kry nie," sê Vera. Haar sakrekenaar het die sommetjie gemaak en Andi hou nie van die antwoord nie.

"Ek weet," sug sy, "ek sê mos hy speel catch-and-release met my. En wie wil nou 'n vis vang wat klaar op die wal lê en spartel? Mans is wrede goed. Met visse en met vroue."

Asof die heelal haar verkeerd wil bewys, kom Hano op daardie presiese oomblik met 'n toring roomyse aan wat hy tussen sy hande en voorarms balanseer. Van die roomys het oral op hom begin drup.

Hy gee vir Andi en Vera elkeen een en buk af om vir Nina hare te gee. Haar krokodilgille het intussen in klein teemgeluidjies omgesit wat nou hopelik heeltemal sal verdwyn.

Met haar tong sirkel Andi die buitekant van haar roomys om die gesmelte dele op te lek voordat dit begin drup. "Het ek jou gesê hy't my vir roomys gevat?" vra sy vir Vera toe hulle weer begin aanstap.

Hano het die stootkar gevat en met die energie van 'n luiperd laat spaander. Hulle twee drentel rustig agterna.

Vera lag. "Nog net drie keer," sê sy.

"Dis net," sê Andi, "hy kan só oulik en sweet wees."

"Die meeste van hulle is," sê Vera.

"Die meeste van wie?"

"Charmers, An. Womanizers."

Hulle stap verby die gorillas. Andi voel te aardig om vir hulle te kyk. Hulle lyk soos mense. Hulle kyk terug.

"Dis juis die ding," sê sy. "Hy ís nie. Hy ís nie die rokjagter-tipe nie. Hy's net sterk en selfversekerd en vriendelik met almal. Ek ken mos 'n Casanova. Ek ruik hulle van 'n myl uit en dan hol ek. Nie my tipe nie. Maar Luan . . ."

". . . is die gevaarlikste soort Casanova," sê Vera. "Die soort wat jy nié van 'n myl af kan uitken nie. Die soort wat so naby moet kom dat hy eers jou hart moet breek voordat jy hom sien vir wat hy is."

"Ag, ek weet nie. Ek weet ek moet na jou luister, maar ek wens daar was 'n ander verklaring."

162

"An, jy moet kyk na die patroon."

"Watse patroon?"

"Uit wat jy my vertel het, klink dit of hy klaar 'n patroon het: jag jou totdat jy swig en los jou daarna uit totdat jy weer vir hom na 'n uitdaging begin lyk."

"Maar hy sê die mooiste goed vir my. En as hy my soen . . . Dit voel so . . . Dit voel net méér as dit. Jy weet, méér as net hierdie fisieke ding."

"Vir vroue voel dit altyd meer. Vir ons voel fisiek selde net fisiek."

Hano kom met die karretjie aangehardloop. Dit lyk of 'n gorilla ontsnap en twee kinders ontvoer het. Nina en Riekert kraai van die lag. Met brmmbrmm-geluide draai hy om en hardloop weer weg. Dieretuingangers koes. Die gorillas vergaap hulle. Andi en Vera lag.

"Jy's so gelukkig, Veer," sê Andi. "Om 'n man te hê wat jy wéét lief is vir jou, maak nie saak wat nie. Dit moet so 'n lekker gevoel wees. Om te weet jou hart gaan nooit weer gebreek word nie."

Hulle gaan staan stil voor een van die hokke. " 'n Vrou se hart is nooit veilig nie," sê Vera en sy kyk vir die een gorilla sonder om hom te sien. "Al is jy getroud."

"Ag Veer, Hano aanbid die grond waarop jy loop. Hy sal nooit ooit . . ."

"Ek praat nie van Hano nie, An."

Andi se mond gaan oop en toe sonder om iets te sê, soos die vis wat op die wal lê. Maar sy kry nie betyds iets uit nie. En dan's dit te laat. Die venster gaan toe.

"Wat bedoel jy, Veer?" vra sy, maar Vera het klaar weer begin aanstap.

"Op die ou end moet elke mens besluit wat hy wil hê, An," sê sy. Jip. Die venster is toe. Dit help nie sy vra haar verder uit nie.

163

"Ek wil hóm hê, Veer!" weeklaag Andi. "Meer as wat ek enige man of enigiets nog ooit wou hê!"

"Maar behandel hy jou soos jy behandel wil word?"

"Nee."

"Laat hy jou goed voel oor jouself?"

"Vir kort rukkies, ja, maar oor die algemeen, nee."

"Jy moet jouself afvra hoekom jy hom wil hê. Dis asof jy jou vrese vir verwerping op 'n masochistiese wyse voed met hierdie disfunksionele verhouding met Luan. Jy besef hy gebruik jou net, maar jy kom nie uit die verhouding nie, omdat jy dink jy verdien nie beter nie."

Andi sug. Dis nie wat sy wil hoor nie. "Jy's seker reg."

"Jy het die antwoord, An. Moenie vir sy sjarme val nie. Moenie aan sy speletjies deelneem nie."

"Toemaar, daai speletjies is obviously verby. Hy stel glad nie meer belang nie. Dié keer het hy nie eens die vis teruggegooi nie, net staan en toekyk hoe hy spartelend op die wal lê en vrek."

"Dít is juis die truuk van hierdie soort Casanova. Hy laat jou elke keer glo dis die laaste. En dis hoekom jy elke keer so bly is as hy weer aan jou aandag gee, dat jy keer op keer vir dieselfde ou storie val."

"Dink jy rêrig so? Dink jy rêrig hy gaan weer probeer?" vra Andi bly.

"Wil jy rêrig weer so voel soos jy daardie aand gevoel het?"

"Nee. Nee, jy's reg, ek wil nie."

"Jy moet sterk staan."

"Ek sal," sê Andi. Hulle is nou by die luiperd. Hy is in 'n soort kampie. Andi vat aan die tralies. "Eintlik wens ek hy kom weer met sy e-possies of sy storietjies sodat ek hom ordentlik in sy verstand in kan stuur. Die vis sal spartel tot hy terugval in die water en wragtig nie weer die aas hap nie."

Vera lag. "Al het die aas 'n groen hemp aan?"

"Al het die aas 'n groen hemp aan," sê Andi. "Maar ons het nou genoeg oor my gepraat." Sy probeer die venster weer oopstoot. "Hoe gaan dit met jou, Veer?"

Vera vou haar hande om die tralies en haar blink-kant glimlag breek oor haar mooi gesig. Dis so geoefen dat haar oë saamlag. "Altyd goed, An," sê sy. "Jy weet mos."

"Jy soen my nie meer nie, soen my nie meer nie en ek mis hoe dit was . . ." dreun Lianie May se stem oor die luidsprekers. Andi is saam met Jacques en Chamonix in Vonkprop in Pretoria. Uiteindelik. Die begaafde dr. Jacques Niemand kon toe sowaar een aand gaan dans in plaas van lewens red.

As sy kon time travel en sy het op hierdie presiese oomblik op hierdie presiese stoel geland, sou sy gedink het sy is op 'n skoolsokkie. Die gemiddelde ouderdom hier lyk sowaar nog jonger as by Bakgat in Benoni. Van die meisies en outjies lyk of hulle nog vir puberteit wag om toe te slaan. Andi voel soos die sokkiejuffrou wat moet toesig hou.

Die liedjie laat haar aan Luan dink, wat haar nie meer soen nie. Dis nou al weke dat hulle mekaar ignoreer. As Vera reg was, moes hy nou al weer die aas uitgegooi het sodat sy triomfantelik haar neus daarvoor kon optrek en wegswem, maar die visserman vang nie meer vis nie, die jagter toon geen belangstelling in die bokkie nie.

Maar dis nie nou tyd om oor Luan te obsesseer nie, dink sy terwyl sy kyk na waar Jacques en Chamonix dans. Sy's hier om te werk. Om nog kontakte te kry vir haar Jack Greeff-exposé. Chamonix het gesê haar vriende sal binnekort hier wees.

Wat sy nou nodig het, is iemand om op die rekord met haar te praat. Veral ná haar gesprek met Arend Human wil sy nie in die volgende berig weer net "anonieme betroubare bronne" aanhaal nie. Sy wil vir hom wys sy kán iemand kry om die bewerings op die rekord te bevestig.

Maar dis moeiliker as wat sy gedink het. Blykbaar het Jack Greeff al so 'n reputasie in die bedryf, dat mense oor die algemeen sommer heeltemal tjoepstil raak as sy naam genoem word, wat nog te sê van op die rekord met 'n joernalis praat.

Sy hoop maar die joernalistieke gode glimlag vanaand vir haar.

Toe Jacques en Chamonix bietjie later terugkom na hul tafel, is daar 'n jong man saam met hulle.

"Andi, dis Jonathan," sê Chamonix.

Hy lyk heel skaflik en ordentlik. Selfs in Arend Human se oë sal hy kwalifiseer as 'n betroubare bron.

"Andi doen 'n storie oor Jack Greeff," piep Chamonix opgewonde vir Jonathan.

By die aanhoor van die naam is dit asof 'n sluier oor sy gesig trek. "Hoekom sê jy dit vir my?" vra hy beneuk.

Chamonix lyk verbysterd. "Want jy't mos vir hom gewerk. En ek het gedink jy het ..."

"Jy't verkeerd gedink, Chamonix," sê Jonathan.

"Vat net my besigheidskaartjie," sê Andi. "As jy dalk van plan verander of van iemand weet wat ..."

Hy vat dit teësinnig, staan op en stap weg.

"Ek's jammer," sê Chamonix, "ek weet nie wat is sy probleem nie."

"Toemaar, Chamonix," sê Andi en glimlag, "ek verstaan."

"Maar moenie worry nie, van my ander vriende kom ook vanaand. Ek is seker een van hulle sal met jou praat."

Andi wonder hoekom Chamonix so hard probeer om haar te help met die Jack Greeff-storie. Siestog, seker om vir Jacques te beïndruk. Mens kan sien die meisietjie is malverlief op die fantastiese dokter. En die dokter geniet natuurlik die huisbesoeke ...

Later stel Chamonix haar aan nog een van haar vriende voor. Hierdie een se naam is Albert. Sy skud Albert se hand. Hy lyk darem minder skepties en agterdogtig as Jonathan. En ook hy lyk heel ordentlik; nie soos 'n junkie of 'n dealer of 'n figuur van die donkerwêreld nie. Geen tronk- of bendetatoes wat sy kan sien nie. Hulle gaan sit op 'n plek wat die naaste aan stil kom in Vonkprop, maar hulle moet nog steeds feitlik skree om mekaar te hoor. Dis glo die ideale plek om sulke vertroulike inligting te bespreek, want niemand kan hulle opneem of afluister nie, het Chamonix vroeër grootoog vir haar gesê.

Sy en Jacques bly agter om te dans.

"Chamonix sê vir my jy het vir Jack Greeff gewerk?" skreeu Andi bo die gedoefdoef.

"Ja, ek was 'n DJ in een van sy klubs," skreeu Albert terug.

"Is dit waar van die dwelms?" vra sy.

"Wat van die dwelms?"

"Dat die klubs net rookskerms vir groot dwelmnetwerke is."

"Ek weet darem nie daarvan nie. Daar ís dwelms. Natuurlik. Dis nagklubs. Daar's altyd dwelms. Maar 'n hele netwerk . . . dit klink vir my bietjie wild."

"Wat weet jy van Jack Greeff?"

"Net dat hy die grootbaas is. En hy vat nie nonsens nie. Baie professioneel. 'n Ding moet net so gedoen word."

"Wat bedoel jy met hy vat nie nonsens nie?"

"Net wat ek sê. Jy sukkel nie met hom nie."

"Anders?"

"Anders is jy gefire, uit."

"Of uitgehaal?" pols Andi hom.

Hy lag senuweeagtig. "Nee daarvan weet ek nie so lekker nie."

"Weet jy van die beweerde aanrandings?"

"Daar is baie aanrandings in klubs. Jy sal meer spesifiek moet wees."

"Die bewerings dat Jack Greeff uitsmyters aanrand. Laat aanrand. Erg."

"Kyk," sê hy en kruis sy hande op die tafel, "daar's baie mense

167

wat kwaad is vir Jack. Bouncers, barmen, waiters. Hy't al baie van hulle gefire. Meestal oor drugs. So daar's baie rumours."

"Oor dwelms sê jy?"

"Ja, Jack het 'n zero tolerance beleid. As hy jou vang dat jy drugs deal in sy klubs, is jy uit."

"Ek het gehoor dis omdat hý die dwelmhandel in al sy klubs wil beheer. Dat hy enige kompetisie so uitskakel."

Albert trek sy skouers op. "Dis nie hoe ek dit het nie, maar who knows? Daar's baie rumours."

"Soos wat?"

"Ag, ek weet nie." Hy lyk ongemaklik. "Allerhande goed. Geen mens weet wat's waar en wat nie."

"Kan jy my nie voorbeelde gee nie?"

"Ek gaan nie op hoorsê nie. Ek sê net wat ek vir 'n feit weet."

"Weet jy nie van iemand wat vir my kan sê van die aanrandings nie? Wat die rumours kan bevestig nie?"

Albert skud sy kop. "Ouens wat weet, sal nie praat nie. En ek weet nie of daar iets is om oor te praat nie." Verbeel sy haar of lyk hy bang?

"Dit klink vir my daar is," sê sy. 'n Laaste probeerslag om iets uit hom te kry.

Maar Albert byt nie. Hy lyk ongemaklik toe hy sê: "Ek dink nie jy gaan kry wat jy soek nie."

Andi het haar wekker vir 5:00 vanoggend gestel sodat sy vroeg kon begin werk aan 'n artikel oor Suid-Afrikaanse celebs en plastiese chirurgie. Die "artikelredakteur", nog een van Paul se illusies uit sy *Beeld*-dae (die artikelredakteur is eintlik hyself) wil haar artikel 11:00 vanoggend hê en sy het feitlik nog niks daaraan gewerk nie.

Sy het só gestres oor die feit dat sy vanoggend 5:00 moes opstaan, dat sy in die vroeë oggendure, waarskynlik hier iewers tussen 2:00 en 3:00, wakker geword het, maar te bang was om te kyk hoe laat dit is vir ingeval dit iets soos 4:55 was en sy oor vyf minute moes opstaan. Die gevolg was dat sy vir tussen twee en drie ure met hartkloppings lê en vrees het dat haar wekker gaan afgaan, tot so 'n mate dat sy later na 5:00 uitgesien het. Toe haar wekker uiteindelik afgaan, was sy so moeg van die ure se stres en hartkloppings, dat sy nie kon opstaan nie en tot 7:00 geslaap het.

Nou sit sy by die werk, met slaapplooie oral op haar gesig, en probeer internet-navorsing oor plastiese chirurgie doen. In dié stadium voel sy of sy self plastiese chirurgie nodig het. Haar oë en neus brand en sy voel soos op universiteit toe sy deurnag het. Dalk moet sy bietjie Facebook, net om haar gedagtes agter-mekaar te kry.

Sy tik weer *Luan Verster* in die soekkassie in. Geen resultate. Luan het nog steeds nie 'n Facebook-profiel nie. Ugh. Sy wens so hy het een gehad. Facebook is 'n fantastiese manier om mense te stalk op so 'n manier dat dit totaal sosiaal aanvaarbaar is en jy nie voel soos 'n stalker nie. Jy kan vir ure na hul profiel-foto's staar, hul gunstelingaanhalings lees, sien watter meisies het "mwha!" op hul muur geskryf en hul status-updates dop-hou om te sien waarmee hulle besig is. Een van die uitvindsels van die 21ste eeu wat dit soveel makliker maak om met mans saam te leef. Maar dit help nie as hulle nie Facebook-profiele het nie.

Kara Bekker tik sy by die soekkassie in. Sy weet nie hoekom nie, maar vandat Luan met Andi begin flirt en vry het, het sy 'n ongesonde belangstelling in Kara se doen en late ontwikkel. Kara het inderdaad 'n Facebook-profiel. Dit kan nie andes nie. Onder 'n sekere ouderdom is dit onafwendbaar dat jy 'n Face-book-profiel sal hê, net soos wat dit onafwendbaar is dat jy 'n ID-dokument sal hê.

Die jaloesie loop groen en giftig deur Andi se binneste toe Kara se profielfoto op die skerm oopmaak. Flippet, sy's mooi.

Die foto is van haar met haar lang, blonde hare. Sy kyk oor haar skouer en blaas 'n soen vir die kamera. Daardie spontane, flirterige soort pose wat Andi nooit sal regkry nie. Op alle foto's van Andi lyk sy skaam en selfbewus en glimlag skaars. Daaroor raas haar ma ook altyd met haar. Dalk moet sy maar ingee en haar ma en Robert toelaat om haar kop blond te maak met highlights. Dalk is dit 'n blond-ding. Dalk kry mens dit skielik reg om soene oor jou skouer vir die kamera te blaas as jy blond is. En dalk sal Luan weer daarin belangstel om haar te soen. Dankie tog Luan is nie op Facebook nie. As Andi moes weet hy kon hierdie beeld aanskou, het dit haar in die nag wakker gehou. Sy wonder hoe Luan na haar kyk, na Kara. Met bewondering? Met begeerte? Wens hy hy kon met haar doen wat hy met Andi doen, maar hy weet hy sal nooit kan nie en nou moet Andi maar goed genoeg wees?

Sy maak Kara se Facebook-profiel toe. Dit wakker te veel obsessiewe gedagtes aan. Goed, nou werk.

South African plastic surgeons, tik sy by Google in. Duisende resultate kom op.

E-pos van Rentia: *Trou oor twee maande,* skryf sy. *Gaan obese bruid wees. Tyd om by Weigh-Less aan te sluit. Strooimeisie se plig om ook aan te sluit, vir morele ondersteuning.*

Andi lag. Weigh-Less. Haar ma sal verheug wees. Dalk is dit nie 'n slegte idee nie. Dalk is dit die enigste weg na haar doelgewig.

Haar kantoortelefoon lui.

"Noem my net Damien," sê die jong manstem nog voordat sy 'hallo' kan sê.

"Hi, Damien," antwoord sy.

"Jy wil my sien."

"Oor Jack Greeff?"

"Wanneer kan jy?"

Fantasties, juig dit in Andi. Nog een van haar besigheidskaartjies het in die regte hande beland. Die aand in Vonkprop werp nou vrugte af. "So gou moontlik," sê sy gretig.

"Môre 10:00. Ant in Melville."

Toe sy die foon neersit, fladder die opwinding in haar maag. Daardie gevoel wat sy met haar vorige berig gekry het. Maar dié keer, weet sy instinktief, is dit baie, baie groter.

Terwyl sy haar afspraak met Damien in haar dagboek skryf, hoor sy Luan se stem. Hy's ver, nog daar by die ontvangs, en hy praat nie eens hard nie, maar Andi sal sy diep stem in 'n skare uitken. Sy moet haar keer om nie om te kyk nie, om nie te sien hoe hy instap en watter kleur hemp hy aanhet nie. Haar held, haar prins. Sy trek haar skouers 'n bietjie terug, om meer regop te wees, soos Kara. Sy hoop maar daar peul nie rugvette oor haar bra-strap as sy haar blaaie so terugstoot nie. Maar eerder vet en regop as vet en krom, is iets wat haar ma byvoorbeeld sal sê. Nou wil sy sommer huil. Heeltemal onverwags pak die hartseer haar beet. Hoe gaan sy van hom vergeet? Hoe gaan sy ooit oor hom kom as sy elke oggend sy stem hoor?

Met wraak, dink sy. Met scoop- en Weigh-Less-wraak. Binne ses weke gaan sy in 'n superseksgodin verander en in 'n nommer-tien skinny jean pas en in Cameron Diaz-styl met haar wilgerlatlyf daar verby Luan se kantoor sweef totdat die spyt 'n fisieke pyn in sy lyf is. Teen daardie tyd het sy ook klaar haar reuse-exposé oor Jack Greeff gepubliseer en gaan hy met bewondering en begeerte na haar, die überjoernalis, staar. En dan kan hy haar maar e-pos soos hy wil, sy sal nie swig nie.

Goed, terug by die plastiese chirurge: Sy kliek op dr. Pierre Gareth. Hy's in Sandton. Dalk moet sy hom bel. Hy sal sekerlik van 'n paar celebs weet wat . . .

Geel koevertjie. Dis Luan. Sy's so bly sy kan huil. Vir 'n oomblik is sy te bang om dit oop te maak. Netnou is dit weer een of ander saai aankondiging aan die verspreidingslys oor een of ander komiteesitting. Vir 'n ruk lank kyk sy net na die ongeleesde e-pos, geniet sy net die teenwoordigheid daarvan in haar inboks; die moontlikhede daarvan. Haar nuuskierigheid neem oor en sy maak dit oop: *Alles is vaal sonder jou.*

Andi snak en maak haar oë toe. Nee, sy gaan nie swig nie, sy gaan nie swig nie. Moenie sy mooi woordjies glo nie, sê sy vir haarself. Dit gaan net oor hom. Hy wil net sy ego streel. Sy maak die e-pos toe en gaan verder op die lys van plastiese chirurge af. Fokus, fokus, fokus.

'n Uur later kry sy nog een:

Kom kleur my lewe in.

Nee, Luan Verster, daarvoor kan jy maar vir jou 'n kleurvolle das gaan koop. Hierdie vetkryt is nie meer beskikbaar nie. Nie vir jou nie. Sy gaan nie antwoord nie, sy gáán nie. Hy gaan net aanhou tot sy swig en haar daarna weer ignoreer.

Later, toe sy verby sy kantoor stap op pad na die drukkers toe, voel sy hoe hy vir haar kyk, maar sy kyk nie terug nie.

Laatmiddag nog 'n e-pos: *Ek smeek.*

Maar sy staan sterk. In dié stadium voel sy so onwrikbaar in haar selibaatskap soos koningin Elizabeth I. Niks gaan haar knak nie.

Nadat sy die middag haar artikel oor plastiese chirurgie vir Paul gestuur het, gaan sy huis toe. Luan is nog in sy kantoor toe sy verbystap.

Hmm, vanaand beloon sy haarself met Häagen-Dazs-roomys. Sommer twee scoops met 'n flake, al kos dit ook wat. Sy verdien dit, dink sy toe sy die deur na die kelder oopmaak waar haar motor geparkeer staan.

"Andi," roep 'n stem agter haar terwyl sy in die parkeerarea na haar motor stap. Dis Luan. Sy maak of sy hom nie hoor nie en stap doelgerig aan.

Hy draf tot by haar en vat haar aan die arm. "Andi, wag."

Sy stop en kyk om na hom. "Ja?" sê sy so saaklik as wat sy kan.

172

Hy glimlag op daardie manier wat gewoonlik al haar weerstand laat verkrummel, maar nie vandag nie. "Gaan volgende Vrydagaand uit saam met my."

Sy kyk af en pers haar lippe saam. "Luan, ek . . ."

"Asseblief," sê hy, met sy oë so groen en warm soos die somer. "Ons kan praat oor . . . jy weet . . . als."

Die Häagen-Dazs moet maar bly waar dit is. Sy verdien niks daarvan nie. Nie een lekseltjie nie. Want sy swig. Weer, weer en nog 'n keer.

"Oukei," sê sy en bêre die uitdrukking op sy gesig iewers in watte.

"Dis 'n nes," sê Damien.

Dis net na tienuur en hulle sit in Ant in Melville. Andi is so opgewonde oor die onderhoud, sy kon gisternag skaars slaap.

Ant is 'n heerlike, klein, donker restaurantjie, wat na hout en vuur en deeg ruik. Haar diktafoon lê op die tafel tussen hulle. Damien het gesê sy kan die gesprek opneem en notas neem solank sy nie sy naam publiseer nie.

"So jy het vir Jack Greeff gewerk?" vra sy.

Ongelukkig lyk Damien nie so skaflik soos Albert en Jonathan nie. Hy het die tatoeëermerke wat sy so bly was om nié op Albert en Jonathan te sien nie. Damien lyk soos 'n rowwe lewe, soos haar ma sal sê. Maar sy kan nie nou bekostig om kieskeurig te wees nie. Enigiemand wat bereid is om met haar oor Jack Greeff te praat, moet sy na luister.

"Ja, ek was in sy bodyguard team," sê hy.

"Hoe lank?"

"Elf maande. Amper 'n jaar. Ek het by hom in sy huis gebly en als."

"En weet jy enigiets van die dwelms?"

"Ek weet als. As jy 'n bodyguard vir Jack Greeff is, is jy heeltyd by hom."

"Wat presies bedoel jy met als?" vra Andi.

"Ek het sy foonoproepe gehoor, gesprekke, deals, alles."

"En die onwettige goed? Jy weet, soos die aanrandings."

Damien kyk af. "Kyk, ek wil nie nou te veel sê nie, maar ja, Jack vergeet baie maal van die bodyguards. Dis asof ons blend met die background, jy weet. En hy het baie goed gesê, baie goed gedoen . . ." Hy kyk weer af.

"Ek wens jy kon op die rekord praat," sê Andi.

Hy skud sy kop. "Te gevaarlik."

"Dis die probleem," sê sy. "Niemand wil praat nie. Almal is te bang."

"Jy ken nie hierdie mense nie," sê Damien. "Enigiemand wat weet hoe hulle operate en 'n halwe breinsel het, sal weet dis soos om jou eie death certificate te sign as jy praat."

"Maar solank niemand praat nie, kom hy letterlik met moord weg," sê Andi.

Hy sit sy elmboë op die tafeltjie en trek sy vingers deur sy hare. "Ek weet," sê hy, "glo my, ek weet."

"Wat bedoel jy?"

"Ek het 'n vriend gehad . . . Hy't, hy't . . ."

"Hy't wat, Damien? Sê my."

"Seergekry," sê hy en laat sak sy kop in sy hande.

"Hoe seergekry? Wat bedoel jy?" Sy moet nou versigtig te werk gaan. As sy hierdie outjie kan kry om op die rekord te praat, is haar storie gemaak.

Maar net soos die ander wil hy nie sommer byt nie. "Dis 'n donnerse dirty business," is al wat hy sê. "Mense kry seer."

"Ek weet. Ek verstaan dit, maar . . ."

Hy grynslag. "Nee, jy verstaan nie. Het jy al gehoor van die Boere-mafia? Dis hulle. A law unto themselves. Iemand soos ek . . . As hulle hoor wat ek doen . . . dat ek met jou . . ." Hy skud sy kop. "Hulle sal vir my uithaal. Net so." Hy klap sy vingers. "En vir jou."

174

"Het dit al gebeur? Het hy al iemand . . . uitgehaal?"

"Ja. En baie mense het al seergekry. My een pêl lê nou in die hospitaal as we speak. Bene gebreek, neus gebreek, ribbes gekraak, lewer gebars."

"Weet die polisie daarvan?"

"Is jy mal?" Hy laat sak sy kop in sy hande en trek sy vingers deur sy hare.

"Maar . . ."

Hy ruk sy kop op. "Mens kan nie polisie toe gaan nie. Jy weet nie wie is good cop, wie is bad cop nie. En as jy 'n bad cop kry, is dit verby José. En selfs al kry jy 'n good cop, is die een bo hom 'n bad cop, of die een bo hóm."

"Maar daar moet 'n manier wees om . . ."

"Dis hoekom ek besluit het om met jou te praat. Môre oor-môre lê ek in die hospitaal of iewers in 'n rivier. So ek het be-sluit dit moet uit. Dis al manier."

Andi voel 'n brander van blydskap in haar breek. Dis haar oomblik. Sy kry haar storie. Die storie waarvoor sy so gewag het. "Oukei," sê sy en sit terug in die stoel met haar notaboek op haar skoot, "begin by die begin."

"Jack Greeff voer al van die eighties af drugs in en uit," sê Damien. Hy lyk angstig. Onder die tafel wip sy been op en af en elke nou en dan kyk hy om hom rond.

"Watse soort dwelms?"

"Dit was eers hasjisj en marijuana, maar hy het later uitgebrei na coke en heroin. Deesdae het hy ook Cat-labs."

"Maar hoe werk dit?" vra Andi. "Van waar kry hy dit? Waar bêre hy dit?"

"Van die Ooste. Plekke soos Pakistan, China. Hulle repackage dit hier en stuur meeste daarvan Europa toe, plekke soos Am-sterdam, Rome."

"Maar hoe? Die lughawepolisie, die polisiehonde . . . hulle sal tog . . ."

"Greeff het 'n hele paar kleinhoewes aan die Oos-Rand, waar hulle die dope so goed repackage dat dit nie getrace word nie."

"Soos waar? Waar is hierdie plekke?"

"Daar's 'n grote op Alberton. Ons was baie soontoe. Ook na 'n plek in Putfontein, daar naby Benoni."

"Wat presies doen hulle daar?"

"Hulle steek dit in stowe weg, wasmasjiene, name it. Die coke en heroin laat hulle soos baby formula en koffie lyk. Daarna gaan dit lughawe toe, reg vir uitvoer."

"Maar dit klink soos 'n hengse operasie. Daar moet seker baie mense vir hom werk."

"Ja, baie werk vir hom. Maar meer werk sáám met hom. Al die groot ouens. Die Lebs, die Japs . . ."

"Wie's die Lebs?"

"Die Libanese mafia. Flippen gevaarlik. En ook kingpins soos Rob the American. Ek het hom self ontmoet. En die Italianers. Daai hele Dimitri-familie. Jy't seker al gehoor van hulle."

"Liewe hemel."

"Ja, dis een helse high profile besigheid. En Greeff is een van die kingpins."

"Nou hoe pas die klubs in?"

"Dis eintlik net sy distribution points. Vir die local drugs."

"So hy voer nie alles uit nie?"

"Nee. As dit oor 'n sekere gewig gaan, raak die risiko te groot. Dan kan hy nie meer as dit uitvoer nie. Daai drugs hou hy dan hier."

Jack Greeff sal haar seker ook nie kan uitvoer nie, dink Andi. Haar gewig sal seker ook die perk oorskry. Hulle sal eers haar dye hier in Suid-Afrika moet verkoop voordat sy in 'n wasmasjien Amsterdam toe sal kan gaan.

"En die dwelms word in die klubs verkoop?" vra sy.

"Jip," sê hy.

"En die bouncers?"

"Hulle moet sorg dat ander dealers en ander dope nie by die clubs inkom nie. Jy sien, Greeff se stuff is high quality. Nou is daar allerhande dealers wat crap verkoop wat met goed soos seepsoda gecut is. Hulle probeer dit in Greeff se clubs inkry en dit goedkoper as syne verkoop. Dit pis Greeff af, want dit damage sy brand."

"Is dit nou wanneer hy ouens begin 'seermaak'?"

"Yes. Ander dealers, bouncers wat hom double cross. Jy sien, dirty business breeds dirty business. Almal is kroeks en almal werk almal deur die ore. As 'n ander dealer 'n bouncer méér as Greeff betaal, maak hy vir hom 'n plan en kry sy stuff deur. As Greeff jou net suspect, breek hulle jou knieë. As hulle wéét, haal hulle jou uit."

"Is dit hoekom hulle mense doodmaak?"

"Nie net dit nie. Dis heeltyd 'n oorlog. Tussen dié mafia en daai mafia. En revenge. As die Lebs een van die Japs uithaal, haal die Japs vier van die Lebs uit. Of as die Italianers vir Greeff-hulle double cross, target Greeff een of ander kingpin se klein-nefie of iets. Jy weet hoe's die Italianers oor familie. En so gaan dit aan. Dis soos die Cape flats se gang violence, net met meer geld en meer drugs."

"Maar dis tog onmoontlik om soveel aanrandings en moorde onder die mat in te vee."

"Suster, jy het nie 'n clue nie. Hulle het soveel ways and means. En daar is soveel cops aan hulle kant."

"Is jy nie verskriklik bang nie?"

"Soos ek hier sit, is ek my lewe nie seker nie. Ek het te veel gesien, gehoor. Hulle sê as jy eers daarin is, kom jy nie weer daaruit nie."

"Hoe het jy in die eerste plek betrokke geraak?"

"Kon ná skool nie werk kry nie, toe gaan ek in security in. Eers 'n wag by 'n estate, toe Gold Security; het daar intensiewe opleiding gekry in outomatiese gewere en so en toe hoor ek van hierdie high paying private job."

"Het jy geweet waarby hy betrokke is?"

"Kyk, ek sal eerlik wees. Toe ek die salaris en die setup sien, het ek geweet hierdie ou maak nie net 'n lewe uit love songs nie."

"Hoekom het jy nog steeds daar gaan werk?"

Hy trek sy skouers op. "Geld." Hy bly 'n rukkie stil en sê: "Ek het gedink ek doen my job, hou my bek, maak vir 'n paar maande big bucks en kom uit."

"En toe?"

"As jy eers daai soort geld maak, is dit moeilik om weer vir R2000 'n maand in 'n guard house te sit. Elke maand het ek gedink, net nog 'n maand."

"Hoekom het jy toe op die ou end bedank?"

"Daar's goed wat ek moes doen . . ." Hy kyk af.

"Watse goed?"

Hy byt op sy duim. "Net stuff." Vir 'n rukkie bly hy stil, kyk anderpad en sê: "Ek kan nie oor als praat nie."

"En hoe's jy toe uit?"

"Eers was ek bang. Ek het nie geweet hoe ek moet maak nie. Maar ek was lucky. Greeff het my gelike. Ek het vir hom gesê ek het hierdie girl ontmoet, ek wil settle, 'n nuwe lewe begin. Toe sê hy dis reg, hy kon van die begin af sien dis nie regtig my scene nie. Hy't altyd gejoke en gesê ek's 'n goody two shoes. My hoofseun genoem."

"Is dit toe dit?"

"Ja. Maar net voor ek gewaai het, daai laaste dag, toe vat hy my na een van sy hoewes toe. Dit was net ons en nog twee ouens. Frischrisse met big guns. Hulle het dit teen my kop gedruk terwyl Greeff vir my vertel het wat met my sal gebeur as ek ooit praat."

"En nou praat jy."

Hy kyk af en vou sy hande op die tafel. "Nou praat ek," sê hy. "Terwyl ek nog kan. Terwyl jy nog kan."

12

Die aand is Andi en Rentia se eerste Weigh-Less-vergadering.

Dit is in 'n gemeenskapsentrum reg langs die KFC in Cresta. Hoe wreed. Seker deel van hulle tough love-benadering.

"Ek sien nie kans om my voor ander mense te weeg nie," kla Andi toe hulle by die straat indraai. "Kom ons gaan koop eerder vir ons roomys by Kentucky."

"Glo my, hulle het al baie groter getalle as joune gesien," sê Rentia, wat op die passasiersitplek in Andi se Gholfie sit. "En nee, ons gaan nie Kentucky toe nie. Nie nou nie. Nie ooit nie. Ten minste nie totdat ek trou nie."

"Dit maak nie saak dat hulle al erger gesien het nie. Ek sien nie eens kans om self na die skaal te kyk nie, wat nog te sê dit vir ander mense wys."

"Dis die hele idee. Hier word jy gedwing om die wrede waarheid in die gesig te staar."

Toe hulle uitklim, kerm sy weer: "Ag Rentia, asseblief, ek smeek jou, ek sien nie kans vir die vernedering nie."

"Man," sê Rentia en gryp haar aan die arm, "dis soos 'n besoek aan die ginekoloog. Jy skaam jou dood, maar hy het dit al honderd keer gesien en gaan dit nog honderd keer sien en jy's net nog een."

Hulle klim die trappe na die gebou. Rentia trippel dit sommer op.

"Maar die hele idee," sê Andi. "Om hier te kom staan en te sê: 'Hallo, ek is Andi, ek het nie beheer oor my eetimpulse en my eie gewig nie'. Dis so pateties!"

Rentia het nou gaan stilstaan en het Andi aan die skouers beet. "Dis nie pateties nie," sê sy. "Dis dapper. Jy sê: 'Hallo, ek is Andi en ek neem beheer oor my eetimpulse en my gewig'. Kom." Rentia sleep haar aan die arm saam. En daar gaan hulle.

Die saal is redelik leeg toe hulle instap. Net 'n paar tafeltjies met tannies daaragter wat almal lyk of hulle honger en Engels is.

Die nuwelinge moet in 'n ry staan by 'n tafeltjie aan die linkerkant.

Andi wens daar was iets soos Love-Less, 'n plek waar jy kan aansluit om jou te help om oor iemand te kom, om minder verlief te wees, om beheer te neem van jou liefdesimpulse. Pleks van jou te weeg, sal hulle elke week vir jou 'n foto van die persoon wys en jou fisieke reaksies soos jou hartklop en bloeddruk toets om jou vordering te meet.

Jy sal kan besluit of jy heeltemal van iemand wil vergeet en of jy jou verliefdheid net so 'n bietjie wil afskaal, net sodat jy minder ure spandeer om oor die mens te obsesseer, beter by die werk kan konsentreer, en minder sosiaal-onaanvaarbare gedrag toon soos om in die nag verby sy huis te ry.

Love-Less se brosjure sal vol gelukkige, laggende mense in pastelkleure wees wat 'n nuwe lewe ná liefde en obsessie gevind het. Sy sal op 'n Luan-dieet kan gaan: In haar Love-Less-boekie sal staan sy mag net vier keer per dag aan Luan dink en geen van daardie gedagtes mag obsessief of destruktief wees nie. Sy sal nie sy vorige e-posse en sms'e oor en oor mag lees nie. Sy sal nie die voorvalle in die argief en die skryfbehoeftestoor weer en weer in haar gedagtes mag afspeel nie. En sy sal net 'n maksimum van een minuut per dag na sy redaksiefoto mag staar.

As sy die reëls gehoorsaam, sal Love-Less waarborg, sal sy binne ses weke minder verlief wees op hom; minder omgee of hy haar e-pos of nie; minder hartgebroke voel as hy nie vir haar kyk nie, nie vir haar glimlag nie, nie vir haar knipoog nie.

Maar totdat daar 'n Love-Less is, sal sy maar Weigh-Less pro-beer.

Dis hulle beurt. Hulle het klaar die vorms ingevul en betaal en hul pastelkleurige boekies gekry. Nou's dit Die Skaal. Die ern-stige vernedering. Andi wonder hoe dit gaan werk. Gaan hulle haar gewig kliphard aankondig vir almal? Gaan hulle hul koppe skud en bekommerd onder mekaar fluister? Gaan sy baie meer op die Weigh-Less-skaal weeg as wat sy dink sy weeg?

Hoewel die grootste deel van haar bekommernis die verne-dering is, is 'n klein deeltjie daarvan dat sy en Rentia moontlik nie vet genoeg is vir Weigh-Less nie. Amper soos Donna-Claire waar jy 'n minimum-grootte moet wees voordat jy daar klere kan koop. Sênou die skaal is daar om sekere mense te diskwali-fiseer? Nee wat, jy's net plomp, jy's nie dik genoeg nie. Amper, maar nie stamper nie, hoor? Nog 'n bietjie Nutella vir jou.

Om die waarheid te sê, hoop sy op 'n manier die tannies sal uitbars van die lag as hulle haar sien en sê: "Wil jý gewig verloor? Waaaaar? Jou lawwe ding! Draai jou mooi lyfie om en gaan eet 'n pizza."

Maar toe dit haar beurt is, lag die tannie nie. Sy glimlag asof sy vir Andi wil sê: 'Toemaar, toemaar, jou arme obese monster, ons sal jou help'.

Andi was toe reg. Die tannie is Engels en haar naam is Gla-dys. Haar hare is so 'n kleur dat dit moeilik is om te bepaal of dit blond of grys is. Dis golfagtig en styfgespuit, soos Rose s'n van Golden Girls.

Tannie Gladys is eintlik baie gaaf en maer en spreek haar naam op 'n Engelse manier uit soos in Anne-dee. Nadat Andi haar skoene uitgetrek en haar horlosie afgehaal het, wys tannie Gladys met 'n elegante handgebaar na die skaal. En daar gaan sy.

Toe sy op die skaal staan, blaas sy al haar asem uit, asof dit haar minder sal laat weeg. Die rooi digitale syfertjies dans onder op die skerm. Asseblief laat dit onder 70 wees, asseblief, asseblief, asseblief, dink Andi. Net nie 70 nie, net nie 70 nie, sy sal enigiets kan vat, net nie 70 nie. Om jouself voor ander te weeg is amper soos om roulette te speel, besef Andi toe die syfertjies al stadiger begin beweeg en sy bid vir 'n spesifieke getal (58).

In 'n stadium trek dit baie naby aan 70 (skok en afgryse), maar die syfertjies dans weer en gaan staan stil. 66.4, 66.7, 66.6 en dan bly dit daar. 66.6. Trippel ses, die duiwel se getal.

"You came just in time," sê tannie Gladys.

Andi probeer moedig glimlag en gee vir haar die pastelboekie sodat sy die skandvlek daar kan inskryf. Haar vernedering. In swart op wit. As haar ma dit moet sien.

Haar doelgewig is volgens Weigh-Less 62. Dis volgens haar 58. Dis wat sy geweeg het op haar matriekafskeid en daardie een Desembervakansie nadat sy vir drie maande net vis en groente geëet het.

Dit sal nie nodig wees nie, verseker tannie Gladys haar. Al wat sy hoef te doen, is om die maklike eetplanne in die boekie te volg en sy sal nooit weer 'n honger óf 'n vet bestaan hoef te voer nie.

Toe hulle terugstap na haar Golfie toe, is Rentia heel vrolik. "Sien, was dit nou so erg?" sê sy.

"Ja," antwoord Andi.

Hulle het vooraf ooreengekom om nie vir mekaar te sê wat hulle weeg of hoeveel hulle elke week verloor nie. Dit kan dalk onnodige gevoelens van mededinging en nydigheid tussen hulle veroorsaak, het Rentia besluit, en kan niks goeds vir hul vriendskap beteken nie.

"Toemaar, nou is ons op die pad na herstel," sê Rentia. "Dink net hoe gorgeous gaan ons op my troue lyk."

"Ja, dis maar goed jy't my gedwing. Ek's nou so geskok, ek gaan nooit weer roomys eet nie. Of sommer net nooit weer eet nie."

Toe hulle by haar Golfie kom, gee Rentia 'n klein gilletjie. Andi dog eers dis 'n vertraagde skokreaksie van die weegsessie, maar toe sien sy Rentia na die venster wys. Of eintlik moet sy sê, die plek waar die venster was. Die hele ruit is flenters en lê in fyn blink stukkies die agtersitplek vol – op die plek waar haar werkstas was. Haar tas met haar notaboekie en diktafoon in. Die hele onderhoud met Damien.

"Waar was julle nou weer?" vra Luan.

Ag tog, dink Andi, moet hy nou dáárop inzoom?

"Um . . . in Cresta, daar naby die Kentucky." Daar's geen manier dat sy vir Luan gaan sê sy was by Weigh-Less nie. Sy klim eerder in een van Jack Greeff se wasmasjiene en versmoor in kokaïen vermom as koffie.

Dis die volgende oggend by die werk en sy het vir Luan vertel van haar notaboek en diktafoon wat gesteel is. Vir Paul het sy ook vertel, maar hy het geen simpatie nie. Normaalweg sou sy nie na Luan gegaan het nie, maar sy het gedink sy kan sy raad vra, want sy's heeltemal uitgefreak en hy is die enigste mens wat sy ken wat al met sulke goed te doen gekry het. Iewers in sy ambisieuse, ondersoekende jeug moes die koerant hom tydelik onder polisiebewaking plaas omdat een of ander sindikaat agter hom aan was nadat hy 'n exposé oor hulle gedoen het.

"En jy't jou tas agter op die passasiersitplek gelos?"

"Ja."

"Besef jy jy woon in Johannesburg, Andi?" vra hy waar hy agter sy lessenaar sit. Sy kan sien hy wil lag.

"Ja, ja, ek weet dit was onnosel, maar hulle sou dit in elk geval gekry het, al het ek dit in die enjin ingebou." Sy gaan sit in die stoel oorkant sy lessenaar.

Luan lag. "Andi, wie's 'hulle'?"

"Jack Greeff-hulle."

Hy frons en kyk vir haar onderdeur sy wenkbroue. "Het Jack

183

Greeff jou na Kentucky agtervolg, by jou motor ingebreek en jou notaboek en diktafoon gesteel?"

"Ja," sê sy, "dis obvious."

Luan gooi sy kop agteroor en lag. As dit Andi nie so ontstel het dat hy haar noue ontkoming so ligtelik opneem nie, het sy haar verkyk aan die mooiheid van die toneel. Hy het sulke perfekte tande. Maar sy ignoreer sy tande en sê: "Ek is jammer, maar ek sien nie die humor nie."

"As jy gesit het waar ek nou sit, sou jy dit gesien het."

"Luan, my léwe is in gevaar. Die kingpin van die Boeremafia gaan my 'uithaal'."

"Andi, no offense, maar ek dink regtig nie Jack Greeff gee soveel om wat *Pers* oor hom skryf nie."

"Natuurlik gee hy om. Veral ná alles wat Damien my vertel het."

"Wie's Damien nou weer?"

Andi gluur hom aan.

"O ja," sê Luan, "die veiligheidswag turned lyfwag turned koerant-informant, wat tans werkloos is en waarskynlik self aan dwelms verslaaf is."

"Hy ís nie aan dwelms verslaaf nie. Ek het na sy pupille ge-kyk."

"Sy pupille?" vra Luan. Andi kan sien hier kom weer 'n lag-uitbarsting.

"Ja, sy pupille," sê sy vererg. "Dwelmverslaafdes se pupille is groot, selfs in die lig."

"En syne was klein, so nou glo jy als wat hy sê?"

"Het jy na enigiets geluister wat ek vir jou gesê het?" vra sy moedeloos.

"Andi, dink mooi. As 'hulle'," en hy maak met sy vingers aan-halingstekens om die "hulle", asof sy 'n skisofreen is wat hom pas vertel het die FBI het plate in haar kop geplant, "jou regtig agtervolg het, sou hulle lankal by jou motor ingebreek en die goed gesteel het; nie gewag het totdat jy Kentucky toe gaan nie. Of hulle sou Damien gekeer het nog voordat hy met jou gepraat het. Of hulle sou jou eenvoudig van jou tassie beroof het. Of al bogenoemde. As 'hulle' so gevaarlik is soos jy sê hulle is, sal hulle nie jou gevoelens spaar deur te wag tot jy die goed iewers neersit nie. Hulle sou jou eenvoudig oorval het en dit gegryp het."

Sy frons. Eintlik maak wat hy sê nogal sin. Dalk ís sy 'n delusional skisofreen. Of dalk hét die FBI plate in haar kop geplant. Hoe kon sy so op hol gaan oor iets wat elke dag honderd keer in Johannesburg gebeur?

"Komaan, Andi," probeer Luan haar verder oortuig, "jy't 'n tas in Johannesburg in die aand in 'n oop parkeerarea oop en bloot op die passasiersitplek laat lê. Dit sou verdag gewees het as iemand dit nié gesteel het nie."

"So jy dink nie hulle is agter my aan nie?" vra sy.

Hy glimlag. "Nee, ek dink nie so nie."

"En jy dink nie hulle gaan my met 'n oordosis kokaïen vermoor en my in 'n wasmasjien Amsterdam toe stuur nie?"

Hy skater, skud sy kop en kyk na haar asof sy die vermaaklikste ding is wat hy nog gesien het. "Nee, liewe Andi, ek dink nie so nie."

Sy sug. "Jy's seker reg." Nou voel sy heeltemal simpel. "Jy's rég. Ek en my . . ."

"Ooraktiewe verbeelding?" maak hy haar sin klaar.

Sy glimlag verleë. "Hei, Jack Greeff se advokaat het my ook daarvan beskuldig. Jy werk nie dalk in die geheim vir hom nie?"

"Ja," sê Luan, "hy betaal my dubbeld my salaris net om die regte toutjies te trek om te verseker hy kry goeie publisiteit in *Pers*."

"En nou soek jy witvoetjie by die vermaakverslaggewer?"

"Jy sien dwarsdeur my."

Gemaak seergemaak sê sy: "So jy gebruik my net?"

185

Vir 'n oomblik lyk hy skuldig en kyk af. Haar paranoïese self wil-wil bekommerd raak, maar hy kyk op en glimlag op 'n manier wat haar vul met versugtinge van die vlees en sê: "Beste opdrag ooit."

Terug voor haar rekenaar pak moedeloosheid haar beet. Net toe sy dink sy maak vordering met die Jack Greeff-storie, word haar belangrikste, mees onthullende onderhoud gesteel. Of dit Greeff-hulle was en of dit net 'n gewone grypdief was, maak nie eintlik saak nie. Die punt is dat sy sonder haar notas en diktafoon niks van daardie onderhoud kan skryf nie. Buiten dat sy dit waarskynlik nie akkuraat sal onthou nie, het sy geen bewys dat sy ooit met Damien gepraat het, sou Jack Greeff haar dagvaar nie.

Al wat sy kan doen, is om Damien te vra om wéér die hele storie vir haar te vertel. En haar binneste sê vir haar dis een onderhoud wat sy nie weer gaan kry nie.

Dit voel of almal vir haar kyk, asof sy 'n bord om haar nek het wat sê sy kan nie 'n knoop aanwerk nie, wat nog te sê van patrone ontwerp. Maar Andi sit net doodstil by haar toonbank en masjien en wag vir die klas om te begin. Dis haar eerste les by die Italian Dress Design School. Dit het haar weke gevat, maar sy het uiteindelik die moed gekry om Gabrielle Salvatore, die hoof van die skool, te bel. En hier sit sy nou. Doodbang en opgewonde. Sy's beslis die jongste hier. Die meeste van die ander vroue lyk soos deurwinterde naaldwerksters.

Stiptelik om sewe-uur, die tyd wat die kursus begin, stap Gabrielle deur die klaskamer tot voor. Sy's 'n klein, fyn Italiaanse vrou. Ouerig, maar regop, vurig en elegant met haar lang, grys hare in 'n Franse rol. Andi voel geïnspireer deur net na haar te kyk.

Gabrielle heet hulle welkom en sê almal aan om die patrone op hul werkstasies te gebruik en die pante vir 'n rok uit te sny.

Paniek tref Andi. Sy het nog nooit in haar lewe pante vir 'n rok uitgesny nie. Terwyl die ander fluks aan die werk spring, staar sy benoud na die patroon en materiaal voor haar. Gevries. Te bang om iets te probeer, te skaam om te vra. Gelukkig sien Gabrielle haar nood en kom help haar.

"Ek's jammer," sê Andi, "eintlik het ek nog nooit naaldwerk gedoen nie."

"Jy sal gou moet leer," sê Gabrielle streng. "Hierdie is nie 'n beginnerskursus nie. Ons leer jou hier om rokke en patrone te maak."

"Ek weet. Ek het net gedink . . . Ek weet nie wat ek gedink het nie," antwoord sy beteuterd terwyl Gabrielle die patroon ongeduldig voor haar uitstryk.

"As jy dit wíl doen, sal jy dit regkry," sê die Italiaanse vrou ferm. "Jy sal net baie tyd by jou huis voor die masjien moet spandeer."

Voor die masjien. Sy besit nie 'n masjien nie, dink Andi bekommerd. Maar sy sê dit nie vir Gabrielle nie.

Toe die twee ure verby is en sy moeggestoei met gare en skêre en steke terugsit, glimlag sy vir die semi-skepping wat voor haar lê. Meeste daarvan het Gabrielle of van die ander vroue gedoen. Dít wat sy self gedoen het, was 'n totale ramp. Maar Andi voel goed. Sy kan aan haar lyf voel hierdie is iets wat sy wil doen, wat sy moet doen.

En, besef sy eers baie later die aand toe sy in haar bed lê en gewoontegedagtes hul plek in gewoontegroewe kom neem, vir daardie volle twee ure het sy nie een enkele keer aan Luan gedink nie.

"Wat? Weer? Wat bedoel jy weer?"

Andi maak haar oë toe. Sy het geweet dis hoe Damien sou reageer. "Presies wat ek sê. Ek moet weer met jou 'n onderhoud doen."

Nadat sy hom vir dae lank in die hande probeer kry het, het hy vanoggend uiteindelik sy selfoon beantwoord. Andi was terselfdertyd verlig en beangs. Sy het geweet sy moet so gou moontlik met hom praat, maar sy het nie geweet wat om vir hom te sê nie – hoe om vir hom te verduidelik die hele onderhoud met hom is weg nie. Maar nou moet sy eenvoudig 'n manier kry.

"Vir wat? Ek het als gesê wat ek wou sê."

Andi sug. Sy weet nie hoe om dit te sê nie. "Damien, die onderhoud met jou is weg."

"Wat bedoel jy weg? Jy het dit tog neergeskryf en opgeneem."

Sy struikel oor haar woorde toe sy probeer verduidelik. Sy wou nie eintlik vir hom sê van die diefstal nie. Sy's bang dit jaag hom die skrik op die lyf en hy praat nooit weer met haar nie. Maar nou kan sy nie anders nie. "Dis, um . . . my notaboek is weg. Die diktafoon ook."

"Het jy dit verloor?"

Sy kan nie vir hom jok nie. "Nee," sê sy, "dis gesteel."

"Gesteel?" roep hy geskok uit.

"Ja. Iemand het by my kar ingebreek en my werkstas met die notaboekie en die diktafoon gevat."

"Dis die Greeff-gang, ek sê jou," sê Damien.

"Ek het ook eers so gedink, maar . . ."

"Dis obvious. Weet jy wat dit beteken?"

"Nee?"

"Hulle weet ek het met jou gepraat. They're on to me."

"Moenie paranoid raak nie, Damien," sê Andi en besef sy klink nes Paul en Luan nou die dag. "Ons woon in Johannesburg. Dit was waarskynlik net 'n gewone motor-inbraak."

"No way. No way. Ek ken hulle type." Hy praat vinnig, angstig. Andi kan hoor hy's bang. "Shit shit shit! As Greeff weet ek het op hom gerat. As hy . . ."

188

"Damien, kalmeer. As jy regtig bang is, kan jy mos polisie toe gaan."

"Het jy 'n skroef los? Het jy niks gehoor wat ek nou die dag vir jou gesê het nie? Dink jy ek het 'n death wish? As ek polisie toe gaan, kan ek myself netsowel nou uithaal. Dit sal minder painful wees."

"Goed, luister," probeer Andi hom paai, "hoe gouer ek die hele storie skryf, hoe gouer sal Greeff vasgetrek word. So kom ons ontmoet weer, jy gee weer vir my al die inligting, ek skryf 'n berig en Greeff word gearresteer."

"Raas jou kop? Daar's no way dat ek weer met jou praat. Hulle gaan vir my uithaal; vir jou ook."

"Dink net 'n bietjie, Damien, jy . . ."

"Skryf jy net daai donnerse storie. Jy weet klaar als wat jy moet weet. Hoe langer jy vat, hoe minder word my kanse. En joune."

Sy maak haar mond oop om te protesteer, maar hy het klaar afgelui. Dis verby met haar storie, dink sy toe sy die foon neer-sit. En dalk met haar en Damien ook . . .

13

Dis Vrydagaand, date-aand, en sy is besig om haarself in 'n haar-lose paling te omskep met Veet ready to use wax strips. With papaya oil – effective even on short hair.

Dis goed, want haar beenhare is nie baie lank nie. Normaal-weg skeer sy dit, maar vandat Luan haar uitgevra het, het sy dit laat groei sodat sy dit kon waks. Andi gaan sit kaal op die bad se rand en lees eers weer die aanwysings versigtig deur.

Bla bla bla warm the wax slightly by rubbing bla bla bla. Dit klink heel eenvoudig. Sy's mos nie juis kleinserig nie. "Goed, vryf 'n bietjie . . . plak nou in direction of hairgrowth . . . en nou one swift and decisive movem . . . einaaa!" Andi se oë skiet vol trane. "Bliksem," sê sy. Deur die trane sien sy sy het die waksstrook van pure pyn laat val. Dit kleef nou aan die toiletsitplek vas. One swift and decisive movement is nie genoeg om dit los te kry nie. Daai waks sít. Dis seker omdat die toiletsitplek nie hare het nie. Daai waks los nie voor dit 'n haarwortel gekry het en pyn kan veroorsaak nie. Met 'n geruk en 'n gepluk kry sy dit los, maar nou sit daar sulke blou, taai strepe op die sitplek. Toe sy dit met water en 'n waslap probeer afkry, word dit net erger en nou is die waslap, soos sy en die toiletsitplek, ook vol blou taai goed.

Toe haar bene ná een hengse gesukkel glad is, voel sy skoon swak van pyn en bloedverlies. Maar nou is dit nog bikini en onderarms.

Nadat sy vier stukke wakspapier van haar bikinilyn afgeruk het, vee sy die trane uit haar oë om te sien wat in daardie omgewing aangaan. 'n Geplukte hoender is 'n mooi ding, sou haar ma sê. Sy kan net hoop die swelsel sak.

Pleks van om soos 'n sexy, haarlose godin voor 'n romantiese date te voel, voel sy nou soos 'n taai, gemartelde monster met raaiselagtige blou tameletjiestukkies en bloedspikkels oral oor haar lyf. En sy sweer sy voel vetter. En sy haat Luan. Wat het hy gedoen om te verdien dat sy haarself deur soveel hel sit? En wat doen hý nou? Drink waarskynlik 'n bier in Saktyd en flirt met Kara en sal vyf minute voor hy ry dalk, dálk oorweeg om 'n Stimorol te kou.

Toe sy net klaar is met haar onderarms, lui die voordeurklokkie. Dis Wendy. Sy kom help Andi 'n mondering kies en sielkundig voorberei vir die groot geleentheid. Toe Andi haar arms laat sak, besef sy dadelik dit was 'n fout. Haar bo-arms kleef nou aan haar kieliebakke vas. Die deurklokkie het haar laat vergeet om haar onderarms met die perfect finish wipe te vee. G'n wonder

190

vroue se kieliebakke draai later teen hulle nie, dink Andi op pad na die voordeur.

Wendy verdoof gou Andi se pyn met twee glase pienk J.C le Roux La Fleurette. 'n Halfuur ná Wendy se aankoms, is Andi so vol vonkelwyn dat sy vrolik deur die woonstel fladder met warm krullers in haar hare en hangers om haar nek: "Dié een of dié een?" roep sy uit terwyl sy rokke teen haar lyf hou. "Hierdie skoene of daardie? Hare op of af? Laat hierdie oorbelle my vrugbaar lyk?"

Ná heelwat oorweging en konsultering besluit hulle op haar swart en wit rokkie met bloedrooi plat skoentjies vir 'n bietjie kleur. En 'n rooi knyphandsakkie. Hare los, sag gekrul en sexy-verwaaid.

Terwyl Andi deur nog rituele gaan soos toonnaels verf, haar hele lyf met room insmeer en haar wimpers krul, gee Wendy vir haar raad.

"Hierdie is basies, maar ek sê dit in elk geval: lag vir sy grappies. En onthou dinge wat hy al voorheen vir jou vertel het en vra hom vanaand daaroor."

"Oukei," giggel Andi. "Ag Wen," sê sy terwyl sy haar regteroog se wimpers in die krultoestel vasklamp, "gaan kry tog 'n paar *Beelde* daar op die koffietafel en kom lees vir my van die berigte."

"Ly jy aan wax related insanity? Wat gaan met jou aan?"

"Man, ek wil weet wat in die nuus aangaan. Ek moet darem met hom oor die sake van die dag kan praat."

Wendy lag. "Asseblief! Glo my, hy gaan alles behalwe sake van die dag op sy brein hê. Eerder sake van die nag . . ."

"Ag kom nou, Wen, gaan haal dit net. Hy moenie dink ek is 'n dom floozy nie."

Toe sy terug is, val Wendy op haar sy op die bed neer met die koerante ritselend voor haar. *"Jong vrou sterf toe boot . . ."* begin sy.

"Nee," sê Andi, "lees vir my die politieke goed op bladsy twee."

"Ag nee tog, wil jy hê ek moet sterf van verveling?"

"Wen, dit kan my hele toekoms beïnvloed. Lees dit net."

"Oukei, *Lekota het wye steun in Wes-Kaap, wys streke.*"

"Ja, ja," sê Andi, "lees daai berig vir my."

Wendy rol haar oë en val met haar kop op die kussing neer. "Wen, lees," sê Andi kwaai.

Toe Wendy klaar gelees het van Lekota, Buthelezi, Zuma en Yengeni, frommel sy die koerant op. "Weet jy, An, ek dink Andi die floozy is baie interessanter as Andi die politieke ontleder. Jy verveel my al klaar."

"Ek kan nie met hom oor my vermaakstorietjies praat nie. Hy is 'n baie slim man en ek moet hom beïndruk met my algemene kennis."

"Wees net jouself. Dink jy regtig hy wil by jou ook nog hoor van Lekota of Zuma, asof hy nie genoeg daarvan by die werk kry nie? By jou soek hy net vreugde en warmte." Sy giggel haar stout giggel. "En natuurlik die funky chicken dance."

Andi lag. "Dit gaan hy nie kry nie," sê sy uit die hoogte terwyl sy die warmkrullers uit haar hare haal.

"Jy's tog so 'n preutse ou koek."

"Dis ons eerste date!"

"Maar nie julle eerste vry nie. En hoe lank flirt julle al met mekaar?"

"Nogtans," sê Andi, en smak haar lippe nadat sy lipglans aangesit het, "hy moet eers nog 'n bietjie jag."

"Ons sal sien, An," sê Wendy en kyk met groot oë na haar, wat nou in haar finale vorm voor die spieël staan. "Soos jy vanaand lyk, gaan mnr. Verster alle beheer verloor."

"Hier, jou gunsteling," sê Andi toe sy 'n glas whiskey en sodawater vir Luan gee en self met 'n whiskey langs hom op die bank in haar woonstel gaan sit.

Sy mag volgens Weigh-Less whiskey drink. "But if you drink alcohol, drink sensibly," staan daar in haar Weigh-Less-boekie. "Alcoholic beverages supply energy but few nutrients so they should be taken in moderation when trying to lose weight." Dus is een tot whiskey gelyk aan een vetporsie. Volgens haar eetplan mag sy drie vetporsies per dag inneem. Eintlik tel vanaand se ete seker meer as drie en dertig vetporsies, maar sy's seker tannie Gladys sal verstaan.

Hulle was by 'n baie grênd restaurant in Rosebank. Dit was 'n droomaand en Luan het al die regte goed gedoen: blomme gebring, elke liewe deur vir haar oopgemaak én toegemaak, vir haar bestel, vir haar drankies ingeskink, vir als betaal, geheel en al beheer geneem en haar ore warm gevry in sy kar. Hy's die man van haar drome, het Andi heelaand gedink. So seker van homself. So in beheer. So vat wat hy wil hê wanneer hy dit wil hê. En hy't sy groenste, groenste hemp aangehad.

Hulle het só lekker gekliek. Oor musiek gesels en boeke en hul universiteitsdae. En niks oor werk of Lekota nie. Sy't elke brokkie persoonlike inligting oor hom opgeslurp en diep in haar argief gebêre. Sy wil alles van hom weet. Waaroor hy rondrol in die nag, wat hom kwaad maak, wat hom laat huil, waaraan hy dink as hy by lughawens wag . . .

"My gunsteling, sê jy?" vra hy met daardie sexy kyk wat al heelaand in sy oë lê. "Jý is my gunsteling," sê hy, sit die glas neer en trek haar nader.

"Nee, ons moet eers 'n bietjie gesels," sê sy en wriemel uit sy greep. Hy wil haar al heelaand net soen. Nie dat sy kla nie, maar dis haar enigste kans om inligting uit hom te kry.

"Oukei," sê hy en sit terug in die bank, "waaroor wil jy gesels?"

"Wat gaan ons doen, Luan?" vra sy.

"Wel, ek hoop ons gaan doen wat ek dink ons gaan doen . . ." en hy kom weer nader.

193

"Man, ek praat van, jy weet . . . ons . . . by die werk." Goed, sy weet sy breek nou al die dating-reëls, maar sy kan nie nog twee weke lank van haar kop af raak terwyl sy wonder wat aangaan nie.

Luan sug en trek sy hande deur sy hare. "Móét ons nou daaroor praat? Dit was so 'n lekker aand. Moet dit nie bederf nie."

"Ek bederf dit nie. Ek wil net weet. Dis vir my moeilik . . . jy weet . . . by die werk."

"Wat is vir jou moeilik?"

"Die hele situasie."

Hy draai dwars in die bank en tel sy whiskey-glas op. "Andi, daar is nie 'n situasie nie. Ons hou ons bek en ons hou ons werk en dis dit."

"Ons hou ons bek?" vra sy vererg.

"Ja, Andi, ons hou ons bek. Ons is al twee grootmense. Jy doen jou werk, ek doen myne. Op die rekord. En van die rekord af . . ." Hy raak weer vryerig; vryf met sy hand teen haar been op.

Sy vat sy hand weg. "Is dit nodig om my so te ignoreer by die werk?" Sy nag nou; sy weet dit, maar sy gaan nie die innerlike worsteling verder kan verduur nie.

Hy sug; gaan sit met sy kop in sy hande. "Andi, jy verstaan tog. Jy't self gesê watter drama dit gaan afgee as Pressco van ons uitvind."

"Nee," sê sy, "eintlik verstaan ek nie heeltemal nie."

"Wat? Wil jy hê ek en jy moet Maandag hand aan hand by die kantoor instap? Wil jy hê ek moet 'n boodskap aan die verspreidingslys stuur wat sê: 'Hallo, almal, ek wil julle net laat weet ek en Andi het die hots vir mekaar'. En die volgende dag sit ek of jy sonder werk of terug in die Kaap?"

Sy kyk af. "Nee, dis nie wat ek sê nie."

"Wat sê jy?"

"Dis net, Luan, daar's darem 'n manier. Jy hoef my darem nie te ignoreer asof . . ."

"Ek hoef, Andi. Ek moet. Jy weet dit."

"Is dit teen Pressco se beleid dat kollegas mekaar groet, met mekaar praat, vir mekaar kyk?"

Hy gee vir haar 'n glimlag wat al die goed wat so pas gesê is, heeltemal uitkanselleer. "Weet jy wat gebeur met my as ek jou groet, met jou praat, vir jou kyk?"

"Nee," sê sy ondeund, "sê my?"

Hy streel met sy vinger oor haar arm. "Al my werksgedagtes word vervang met ander gedagtes." Hy glimlag en vee oor haar wang. "Andi-gedagtes. Ek kan nie werk nie, ek kan nie beplan nie, ek kan nie skryf nie. Al waaraan ek kan dink, is wanneer ek weer aan jou gaan raak." Hy vryf met sy duim hard oor haar onderlip. "Wanneer ek weer hierdie lippe gaan soen." Hy streel met die rugkant van sy vingers oor haar nek. "Wanneer ek weer hierdie vel onder my tong gaan voel."

Dis oukei, wil sy vir hom sê. Dis alles heeltemal oukei. Jy kan my vir die res van jou lewe voor ander ignoreer; jy kan my gebruik, verbruik, misbruik; ek's joune om mee te maak wat jy wil, Luan Verster.

Hy vat haar agter haar nek vas en soen haar totdat haar klere feitlik vanself afval (dit kan gebeur, dis moontlik). Toe sy hemp uit, haar rok se rits af is en haar bra in die gedrang kom, keer sy hom. "Nee, wag, Luan, wag, wag."

Hy los haar asof sy 'n warm plaat is, staan op en trek sy hemp aan. Sy groen hemp.

"Nee Luan, ek bedoel nie . . ." sê sy en staan op terwyl sy sukkel om haar rok weer behoorlik aan te kry. "Jy hoef nie . . ."

"Nee, jy's reg," sê hy, "dit raak in elk geval laat."

En nog voordat sy die rits van haar rok heeltemal kan opkry, is hy met 'n halwe glimlaggie en 'n "lekker aand" by die deur uit.

Love-Less sal seker dieselfde oor Luan sê as Weigh-Less oor

195

whiskey: "If you love Luan, love sensibly. Luan supplies lots of kisses but little love so he should be taken in moderation."

"Jy's laat," brom Paul toe Andi die volgende Dinsdagoggend by die nuusvergadering instorm. Hy lyk soos 'n donderwolk. Nog erger as gewoonlik.

Ag tog, sy kon net nie vanoggend opstaan nie. Gisteraand was weer Weigh-Less-aand en sy en Rentia het al twee 'n paar kilogram verloor. Om presies te wees, het tannie Gladys in haar boekie geskryf dat sy nou 'n volle 1.9 kg minder weeg as die vorige keer. Tannie Gladys het begin hande klap en vir haar 'n goue sterretjie langs haar nuwe gewig (64.7) ingeplak. Al die voorvalle met Luan moes gehelp het.

Sy en Rentia het toe heelaand rinkink om hul nuwe lewe van matigheid te vier. Tot ná middernag. Eers het hulle dit gedoen met afgeweegde tamaties (60g), fetakaas (30g) en sojabone (200g), maar toe later met Woolies-kolwyntjies (1 kg), Nutella ('n halwe bottel) en Nederburg Lyric wit wyn (twee bottels). Dis mos 'n hele week voordat hulle weer moet gaan weeg.

Ugh, haar kop is so seer, dink Andi toe sy gaan sit. En Paul se gebulder maak dit nie beter nie.

"Heleen," dawer hy, "sorg dat jy ordentlike kommentaar by Eskom kry. Dis net nie meer goed genoeg om te sê die woordvoerder kon nie vir kommentaar bereik word nie."

O hemel, dink Andi, sy't nog nie eens vanoggend die koerant gesien nie. Sy probeer een ongemerk van die stapel in die middel van die raadstafel nadersleep. Ryk Neethling is hemploos op die voorblad. Sy moet tog vir Wendy laat . . .

Die berig onderaan tref haar. Andi voel naar. En dis nie van die babalaas nie.

Jong man sterf in motorfietsongeluk, lui die opskrif van die berig. Dis die foto daarby wat haar laat koud word: Damien. Damien se jong seunsgesig met sy gejelde hare.

Mnr. Damien van Tonder (21) was eergisteraand laat op die N1-hoofweg op pad na Pretoria toe hy vermoedelik beheer oor sy motorfiets verloor en verongeluk het. Sy lyk is meer as 50 m ver van die motorfiets gekry.

Damien . . . Andi probeer uitwerk. Hoe lank is dit nadat hy daardie dag met haar in Ant gepraat het? 'n Week? Twee weke? Sy kan nie nou dink nie.

"Paul," prewel sy. Hy hoor haar nie. "Paul," sê sy harder.

"Magtag, Andi, kan jy nie hoor ek praat met Jan nie?"

"Paul, kyk hier," sê sy en wys na die berig.

"Wat daarvan? Moenie vir my sê jy lees nou eers jou koerant nie."

"Paul, dis die outjie wat met my gepraat het. Oor Jack Greeff. Oor die dwelms."

"Daai storie wat jy nie kon skryf nie omdat jou notaboek en diktafoon gesteel is?"

"Ja."

Paul frons. "Ja, wat daarvan?"

"Dis net te toevallig. Die aand nadat hy my alles oor Greeff se dwelmbedrywighede vertel het, word my notaboek en diktafoon gesteel en 'n week of wat later verongeluk hy. Laat die aand, op 'n stil snelweg, op 'n reguit stuk pad. Geen ander voertuie betrokke nie."

"Jou verbeelding is op hol," sê Paul sonder 'n sweem ontsteltenis, kommer of skok. Hy praat weer met Jan. "Die hoofredaksie soek 'n sterk opvolg op die krokodilseun. Probeer maar weer met die ouers praat."

Onsensitiewe buffel. Gee nie 'n hel om vir die krokodilseun of vir Damien of vir haar nie. Soek net 'n storie, maak nie saak wat nie.

Andi hoor niks van wat in die res van die redaksievergadering gebeur nie. Haar hart klop in haar keel. Arme, arme Damien. Hy's dood omdat hy met haar gepraat het. En, soos almal haar

waarsku, is sy dalk volgende. Vir die eerste keer in haar joerna-
listieke loopbaan is sy regtig bang. Wat gaan sy doen?

Dalk moet sy na Luan toe gaan. Hy het haar die vorige keer
afgelag, maar hierdie keer sal selfs hy kan sien dit kan nie net
toeval wees nie. Maar sy weet nie of dit so 'n goeie idee is nie.
Ná hul groot date het hy haar nog nie eens weer gebel nie en by
die werk praat hy skaars met haar. Andi is die naweek deur sewe
soorte hel omdat hy haar nie gebel of eens ge-sms het nie. Sy kan
nie glo hy is so wreed nie. Maar Wendy sê mans doen dit. Hulle
het glo tyd nodig ná sulke mylpaal-oomblikke in 'n verhouding.
En in daardie tyd besluit hulle of hulle gereed is vir commitment.
Die vreemde ding is dat sy stilte haar woedend maak, maar nie
maak dat sy minder vir hom voel nie. Inteendeel. Hoe meer sy
voel sy kan hom nie kry nie, hoe meer wil sy hom hê. Maar dis
darem nou al 'n halwe week. Hy is seker nou al daaroor. Ja, be-
sluit sy, sy gaan met Luan praat. Sy's altyd daar as hy haar nodig
het. Dis nou vir hom tyd om te gee pleks van neem.

Toe sy by sy kantoor instap, kyk hy nie op nie. Werk kastig so
hard dat hy haar nie eens sien nie.

Sy sit die koerant voor hom neer. "Het jy dit gesien?" vra sy.

"Ja, ek het die koerant gesien, wat bedoel jy?" Hy praat vinnig
en klink kortaf.

Sy wys na die berig oor Damien. "Dít. Het jy dít gesien?"

"Ja, dis 'n gewone ongelukstorie. Wat daarvan?"

"Dis Damien, Luan. Damien van wie ek jou vertel het."

Luan maak sy oë vir 'n paar oomblikke toe. "Net nie weer
dit nie."

"Net nie weer wat nie?"

"Jy en jou Jack Greeff-samesweringsteorieë."

"Hemel Luan, wil jy regtig vir my sê dis weer toevallig?"

"Ja. Ja, dis presies wat ek vir jou wil sê. Ons noem hierdie plek
die lewe, Andi. Die regte wêreld. Waar tasse gesteel word, waar
mense doodgaan, waar jong windgat laaities van motorfietse

afbliksem. Daar is nie 'n groter rede agter alles nie. En as daar is, is sy naam beslis nie Jack Greeff nie."

"Dis nie nodig om te maak of ek mal is nie. Ek sien nie samesweringsteorieë agter alles of trek heeltyd lyne tussen onsigbare kolletjies nie."

"Dis presies wat jy doen. Luister na jouself: 'Hulle het my agtervolg, hulle het my tassie gesteel, hulle het my kontak vermoor'."

"Luan, kyk hier, kyk na die feite. Dit kán nie toevallig wees nie. Ek is bang."

"Bang?" Hy lag. "Bêre jou handsak in jou kattebak en bly weg van motorfietse en jy behoort orraait te wees."

"Jy neem niks wat ek sê ernstig op nie."

"As jy iets sê wat sin maak, sal ek dalk."

"Dit maak sin. Dit maak alles 100% sin. Jy wil dit net nie sien nie, want dit gaan oor 'n onderwerp wat jou nie aanstaan nie. Jack Greeff is net te geelpers vir jou."

"Andi, ek's jammer, maar ek's baie besig," sê hy en wys na sy rekenaar. "Hierdie rubriek moet twaalfuur klaar wees."

Toe sy by sy kantoor uitstap, voel dit of sy hom met 'n rekenaar kan gooi. Hoe kan hy so aaklig wees? Dis asof dit nie dieselfde mens is nie – hierdie buffel in die kantoor en die pragtige man wat nou die aand in haar woonstel was.

Herinner my om nooit ooit ooit weer met die Mens te praat nie, skryf sy vir Rentia toe sy by haar rekenaar kom.

Dit was nou die laaste strooi. Nooit weer laat sy Luan Verster toe om naby haar te kom nie – nie aan haar lyf nie en ook nie aan haar hart nie.

Toe sy klaar die boodskap gestuur het, sien sy 'n e-pos van 'n Keith Joubert in haar inboks met niks in die onderwerpveld nie. Sy ken nie 'n Keith Joubert nie.

Het jy vandag se koerant gesien? lees die boodskap. *Bel my. Jy moet met my praat. Dringend.*

199

14

"Andriette, ek het iets wat jou stukke beter gaan laat voel," sê Elsabé Niemand.

In haar kakie en pienk mondering trippel sy in die gang af terwyl Andi op die sitkamerbank in haar ouerhuis lê.

Met haar lewensgevaarlike loopbaan en selfbeeldvernietigende liefdeslewe het sy besluit om vir die naweek by haar ouers te kom uitspan. Op 'n plek waar nie Jack Greeff of Luan Verster haar in die hande kan kry nie.

'n Minuut later maak haar ma haar verskyning. Haar hande is agter haar rug, soos toe sy vir hulle verrassings gegee het toe hulle kinders was.

Andi sit regop. "Ma's so sweet," sê sy.

Haar ma kan eintlik so dierbaar wees. Andi voel nou skoon bewoë. Op die ou end is dit net 'n mens se ma wat jou regtig ken en jou liefhet en aanvaar nes jy is, selfs haar ma, al dink sy partymaal . . .

Elsabé bring die verrassing te voorskyn: 'n GI-Lean-verslankingspak. 'n Hele boks vol maermaakpoeiers, -aanvullings en -skommels.

Andi val weer op die bank neer. "Ma, regtig. Is dit veronderstel om my beter te laat voel?" Sy wil huil. Nie net is sy afstootlik vir Luan en tannie Gladys nie, maar ook vir haar ma. Haar eie bloedma.

Elsabé sit die boks op die koffietafel neer en gaan sit langs Andi. "Andriette, ek weet dis jou gewig wat jou so ongelukkig maak."

"Hoe weet Ma dit? Kan Ma by my kop inkyk?"

"Ek ken jou. Jy's my dogter."

"En sê nou ek sê vir Ma dit is nie?"

"Wel, dis beslis 'n bydraende faktor. Geen mens kan gelukkig wees as sy klere nie behoorlik pas nie."

Andi sit regop. "Daar's niks fout met hoe my klere pas nie, Ma."

Haar ma maak net haar oë groot op 'n manier wat sê: as jy so sê . . .

"Ek is heeltemal gelukkig met my gewig." Goed, dis nie heeltemal waar nie, maar vir die doel van die oefening is dit nodig. "Dis net Ma wat 'n probleem daarmee het. Weet Ma hoe laat Ma my voel?"

"Wat is dit wat jou so ongelukkig maak?"

Sy val weer skuins op die bank neer. "Dinge. Net . . . sommer dinge . . ."

"Watse dinge? Praat met my, Andriette. Ek's jou ma."

"My ma wat so disgusted is met my dat sy vir my 'n GI Leankit koop."

"Sê vir my wat jou pla." Sy't nou haar hand liefdevol op Andi se rug gesit. Dit werk.

"Ag, werksgoed en . . ."

"En wat?"

"Ag sommer niks nie. Net goed."

"Is dit daardie man van wie jy my vertel het? Daardie Leon?"

"Luan, ma."

"Is dit Luan?"

"Ja, hy ook."

"Andriette, as jy eers op jou doelgewig is, sal dit beter gaan in jou werk en in jou liefdeslewe. Jy weet dit."

"Net omdat Ma se hele lewe om Ma se gewig draai, beteken dit nie dis met almal so nie!"

"Ek probeer net help, Andriette. Dis nie nodig om lelik te wees nie."

"Ek kan nie verstaan hoekom Ma so 'n obsessie met my gewig het nie. Dis mos my saak."

"Dis omdat ek vir jou omgee. As ek nie jou ma was nie en ek

201

was nie lief vir jou nie, sal ek mos maklik kan toekyk hoe jy jou aan kos oorgee en al hoe dikker word."

"Heerlikheid Ma, dis darem nie asof ek my aan kos oorgee nie."

"Hoeveel van daardie melktertjies het jy vanoggend geëet?"

Andi vlieg op. "Ek kan nie glo wat ek hoor nie. Het Ma dit getel? Het Ma actually getel hoeveel melktertjies ek geëet het?"

"Ek kon nie anders nie, Andriette. Jy't die een na die ander in jou mond gestop. Vyf om presies te wees."

Dis een van daardie goed wat haar ma doen. Sy bak die wonderlikste goed en bied dit gulhartig aan, maar sy verwag eintlik van Andi om nee dankie te sê vir die hertzoggies en die melktertjies en die sjokoladekoek.

"Ma, ek is amper dertig jaar oud. Ek dink ek kan self besluit hoeveel melktertjies ek in my mond wil druk."

"Ek dink nie jy't in dié stadium beheer nie. Dis seker maar die werkstres en daardie man . . . Leon."

"Luan."

"Wel, ek het nou so gedink: as die GI-Lean nie werk nie . . . jou broer is 'n dokter, jy weet, en . . ."

Andi spoeg vuur. "Ek wéét Jacques is 'n dokter. Ma hoef my regtig nie elke dag te herinner nie. En ek wéét ek is nié 'n dokter nie. Ek weet ek is net 'n joernalis by 'n geelpers-skandblad en ek weet Ma kry skaam vir my. En ek weet ek het nie 'n kêrel nie en nie 'n man nie en ek is al amper dertig. Ek weet al hierdie dinge. Moet Ma so wreed wees om my heeltyd daaraan te herinner?"

Iewers in die tirade het sy begin huil en nou storm sy na haar kamer toe, klap die deur toe en gaan lê en snik op haar bed.

Hoe het dit gebeur? Hoe het sy in 'n kwessie van tien minute in 'n histeriese tiener verander wat deur haar ma beheer word? Het een GI-Lean-boks soveel mag? Sy kan nie ophou huil nie. Alles is net te veel. Hierdie hele jaar is te veel. Die rollercoaster met Luan, die Jack Greeff-storie wat nie wil uitwerk nie en nou nog Damien wat dood is.

En haar ma wat vir haar sê dit sou alles beter gewees het as sy maer was.

Is daar een mens in hierdie wêreld wat van haar hou soos sy is? Vir wie sy nie suurlemoenmeringues hoef te bak of 1.9 kg hoef te verloor, of scoops te kry of hard to get te speel nie? Vir wie sy net Andi Niemand kan wees? Niemand. Nie iemand met 'n scoop, of iemand met boobs of iemand wat 58 kg weeg nie.

Sy weet nie hoe lank sy so lê en huil nie, maar die snikke droog later op.

Eers lank daarna kom haar ma by die kamer in. Konfrontasie was nog nooit een van Elsabé Niemand se sterk punte nie.

Sy kom sit by Andi op die bed.

"Ma," sê Andi en gaan sit regop. "Ek wil nie met Ma baklei nie, maar Ma kan dit nie meer doen nie."

"Wat doen nie?"

"My gewig probeer beheer. My lewe probeer beheer. Ek's een van die dae dertig, Ma."

"Ek probeer net help, Andriette. 'n Ma bly maar 'n ma."

"Ek weet Ma kan dit nie verstaan nie, maar ek is actually happy soos ek is. Ja, ek sal graag in 'n size tien jean wil pas, maar is dit regtig so belangrik? Daar's niks fout met hoe ek lyk nie. Ek het my lyf aanvaar. As Ma dit nie kan doen nie, is dit Ma se probleem, maar ek wil nie daarvan hoor nie."

"Ons is nou sommer laf," sê haar ma. "Dis 'n pragtige dag en hier sit ons in die huis en verknies ons oor nonsies."

Dit was nog altyd haar ma se manier om konflik op te los: ontkenning. En Andi het nie nou die krag om haar teë te gaan nie.

"Het Ma nog ouma Bets se ou Bernina?" vra Andi.

"Nee. Die ou ding lankal verkoop."

"Hoekom?"

"Ons sou hom nooit weer gebruik het nie."

"Ma het my nie eens gevra nie."

"Moenie vir jou laf hou nie, Andriette. Waar in jou lewe sal jy naaldwerk doen?"

"Ma't net altyd aangeneem ek wil nie naaldwerk doen nie. Net omdat Ma nie daarvan hou nie."

Elsabé lyk verdwaas. "Wat gaan vandag aan met jou? Is dit daai tyd van die maand?"

"Hoekom het Ma nooit naaldwerk gedoen nie? Ouma Bets kon so pragtig klere maak."

Haar ma vat ongemaklik aan haar blonde hare. "Ja, pragtig, maar dit bly tuisgemaak."

"Tuisgemaak is mos mooi."

"Nie as jy die armste kind in die skool is nie." Sy kyk weg en bly vir 'n lang ruk stil voordat sy byvoeg: "Wat in jou lewe nie een enkele winkelrok besit het nie." Sy kyk nog steeds weg, maak keel skoon.

"Hoekom het Ma my nooit vertel nie?"

Elsabé se oë lyk anders toe sy weer na Andi kyk. Haar ma se oë lyk min so: hartseer, eg. Sy lyk of sy wil huil en vat onbeholpe aan Andi se hare weerskante van haar gesig. "Ek het destyds myself belowe: As ek ooit 'n dogtertjie het . . ." Sy sluk, pers haar lippe saam, ". . . sal sy nét winkelrokke dra."

Andi glimlag hartseer vir haar ma. Daar's soveel dinge wat ongesê en onbegryp bly tussen ma's en dogters.

Vir 'n paar oomblikke bly hulle in stilte sit, maar dan slaan Elsabé met al twee haar hande op haar bobene en vlieg op. "Kom, ons moet wikkel. Daar's nie tyd vir lawwe praatjies nie."

"Wikkel waarnatoe?" vra Andi en staan ook op.

"Ek het vir jou 'n afspraak gemaak. By Robert. Jy sal soveel beter voel as ons jou bietjie mooimaak."

Andi lag. Sy besef sy veg 'n verlore stryd. "Dankie, Ma, maar

204

Ma sal dit moet kanselleer. Dis nog 'n week en 'n half voor betaaldag en ek kan dit regtig nie bekostig nie."

Elsabé glimlag. "My treat. Ek wil jou 'n bietjie bederf."

'n Uur later sit sy met haar kop vol foelie in Robert se salon. Haar ma sit langs haar en tydskrifte deurblaai. Sy het nog heelpad vir Robert voorgesê: "Robert, ek weet nie of daardie kleur reg lyk nie. Moet ons dit nie bietjie ligter aanmaak nie? Dink jy hierdie donker pas by Andi? Dink jy nie ons moet dit lekker lig maak nie?"

Weer eens praat Elsabé altyd van "ons" as sy van Robert of met hom praat. Want sy en Robert is 'n span. 'n Gedugte span wat hierdie vaal oujongnooi van 'n dogter van haar in 'n blonde doktermagneet kan omskep. Gelukkig het Robert die insig om na niks van Elsabé se voorstelle te luister nie en Andi se hare eenvoudig 'n skakering donkerder as haar natuurlike donkerbruin hare te maak, soos sy daarvan hou.

Andi sal nooit daai keer vergeet wat haar ma haar oorreed het om highlights te kry nie. Dit het gevoel en geruik soos 'n chemiese brand op haar kop. Haar oë het skoon begin traan. En dit het so 'n skakering tussen geel en oranje uitgekom. Met so 'n grasserige tekstuur. Dit was die eerste en die laaste.

Al hoekom Robert nog vir Elsabé Niemand verduur, vermoed Andi, is omdat sy vir hom skrikwekkend baie besigheid bring. Elsabé kom twee keer 'n week vir 'n blaas en elke maand vir 'n kleur, sny en blaas. En sy verkondig aan die hele wêreld en sy boetie dat Robert, hoewel "van daardie soort, jy weet", en sy flap altyd haar hand in 'n horribale homofobiese gebaar, die beste haarkapper in die wêreld is.

Terwyl Robert die kleur in haar hare sit, wys haar ma kort-kort vir Andi foto's van kort styles uit tydskrifte. "Kyk net hoe pragtig, Andriette. Jy weet jy bereik nou 'n ouderdom waar lang hare dieselfde op 'n vrou is as kort rompies. Dit laat mens net ouer lyk."

Andi kyk na Robert in die spieël met 'n moedelose uitdrukking. Hy glimlag simpatiek. Hy weet al hy moenie betrokke raak nie.

Toe hy klaar gekleur het, sê Andi sy wil net die punte laat sny. Sy sien in die spieël hoe haar ma vir Robert met haar duim en wysvinger so ver moontlik uit mekaar beduie hy moet 'n reuse stuk afsny.

"Ek sien Ma!" roep Andi verontwaardig uit.

Asof Elsabé haar nie gehoor het nie, begin sy bloot met die vrou langs haar, wat met 'n droër oor haar kop sit, oor troeteldiere praat. "Jy't gesê julle het twee Boston-terriërs? Die terriërs het mos vreeslik persoonlikheid . . ."

"Robert," sê Andi, "sien jy waarmee moet ek deal?"

Robert lag. "Elke huis het sy kruis, my darling."

Toe die vrou Elsabé begin vertel van hulle Yorkie wat in 'n sjampanjeglas kan pas, draai haar ma met 'n "ag verskoon my gou" terug na hulle en sê vir Andi: "Andriette, vertel vir Robert van Leon."

"Ma!" sis sy deur haar tande.

"Robert is baie goed met verhoudings. Hy's feitlik 'n sielkundige." Elsabé draai terug na die troeteldiervrou: "Jy weet, ons kon nooit kies tussen die Royal Science Diet en Eukanuba nie, maar . . ."

"Wie is dié Leon?" vra Robert terwyl hy sny.

Andi sug. Sy gaan beslis nie haar liefdesprobleme met Robert bespreek nie. Veral nie met haar ma wat langsaan maak of sy oor hondekos praat, maar eintlik elke woord afluister nie.

"Ek ken nie eens 'n Leon nie," sê sy. "My ma is deurmekaar."

"Vertel hoe gaan dit by die werk."

Sy's verlig om die onderwerp van haar mislukte liefdeslewe weg te stuur. "Dit gaan oukei. Ek's besig met 'n storie oor Jack Greeff."

"Fabulous man, daai," sê Robert terwyl hy haar punte knip.

206

Andi frons. "Fabulous?"

"Ja, man. Het jy nie gehoor wat hy gedoen het vir tannie Bybie van 4de Straat nie?"

"Nee, wat het hy gedoen?"

"Daai seun van haar, die jongste. Hy't mos die probleempie."

"Ek weet nie daarvan nie. Watse probleempie?"

Robert druk sy een neusgat met sy wysvinger toe en snuif deur die ander een.

"Kokaïen?" vra Andi.

"Hm."

"Die arme tannie Bybie."

"Oornag grys geword. Spierwit."

"En toe?"

"Daai kind is amper dood. Almal het sy einde voorspel."

"Hoekom is hy nie rehab toe nie?"

"Tannie Bybie het dit nie breed nie. Haar man het mos self-moord gepleeg. Sy hét hom een slag rehab toe gestuur, maar ná twee weke was sy bankrot. Die volgende dag was die kind weer in die strate."

"Dis verskriklik."

"Ja, tannie Bybie het nie eens geweet waar hy is nie. Sy't hier gesit en huil. Hier, in hierdie stoel waar jy nou sit. Sy't gewag vir die polisie of die lykshuis om haar te bel."

"En toe?"

"Toe gryp Jack Greeff in."

"Hoe? En hoekom?"

"Man, tannie Bybie-hulle is op een of ander weird manier aangetroude familie van sy oorlede vrou of iets. Hy't die kind somehow opgespoor. Met sy contacts. Toe stuur hy hom na 'n serious rehab toe. Iewers in die Kaap. Vir als betaal. Elke sent. Maande lank. En toe hy skoon uitkom, gee hy hom 'n job by Bakgat."

Waar hy hom gebruik om dwelms te smokkel en te verkoop,

wil Andi byvoeg, maar sy bly eerder stil. Duidelik val Robert ook vir die hele heilige Jack Greeff-fasade. Jis, die man is slim – laat dit vir almal lyk of hy die outjies help wat hy juis by die afgrond aftrek.

"Werk hy nog steeds by Bakgat?"

"Jip," sê Robert terwyl hy twee haarslierte weerskante van haar gesig tussen sy wys- en middelvingers plattrek om te sien of hulle ewe lank is.

Andi sien hoe die geleentheid voor haar oopvou. Soos 'n stukkie foelie vol mooi gekleurde hare.

"Dit sal 'n mooi storie maak," sê sy. "Sy pad na herstel. Sal jy sy nommer by tannie Bybie kan kry?"

15

Room en olyfgroen. Nes haar ouma s'n, net 'n nuwer model. Andi kyk na die Bernina Bernette 92c wat sy so pas op haar tafeltjie in haar woonstel staangemaak het. Ná die kuier verlede naweek by haar ma, het sy besluit sy moet eenvoudig een koop. Daar's geen manier dat sy by Gabrielle se klasse gaan byhou as sy nie ure lank by die huis oefen en stik nie. En aangesien haar ma haar ouma Bets se Bernina verkoop het, móés sy vir haarself een aanskaf.

Op die internet het sy 'n goeie tweedehandse een gekry. Met die ekstra paar honderd rand wat sy die laaste jaar elke maand op haar huisverband inbetaal, het sy genoeg gespaar. Dit was eintlik vir 'n noodgeval, maar sy beskou hierdie as 'n noodgeval. En toe het sy bank toe gegaan, die bedrag onttrek en haar Bernette vanmiddag gaan koop. Dis die mooiste ding wat sy nog vir haarself gekoop het, dink sy en vryf met haar hand oor die gladheid van die masjien.

Versigtig streel sy oor die knoppies. Alles is deesdae digitaal. Haar ouma Bets sou ook nie met hierdie een kon werk nie. Maar Andi het 'n handleiding saam met die masjien gekry en sy sal hom bemeester. Gabrielle het tussendeur haar kwaaigeid vir Andi gesê sy mag haar na-ure bel wanneer sy erg vashaak.

Met haar wysvinger wikkel sy die voetjie. Een van die dae, een van die dae, voer sy een van haar eie skeppings hierdeur, dink sy.

No time like the present, tart 'n stemmetjie haar. Sy hét nou die handleiding en sy hét 'n hele kas vol materiaal, waarvan sommige darem gewone linne en denim is; nie alles duur sy en brokaat nie. En sy hét die hele Saterdag . . . Sy kan netsowel nou begin.

Met 'n vaart gaan haal sy al haar goedkoopste lap en kyk in die handleiding hoe om die gare deur die masjien te ryg.

Nege ure later sit sy nog steeds voor die masjien. Dis al ná middernag. Sy moet gaan slaap. Maar sy weier om te gaan slaap voordat sy dit regkry. Ag tog, sy sou nooit kon dink dis so moeilik nie. Nou-nou het sy amper die voetjie afgeruk toe sy die stuk lap hardhandig uit die masjien gepluk het. Hoe het ouma Bets dit reggekry?

Andi begin nou verstaan hoekom haar ma naaldwerk so haat. Langs haar lê 'n hele hoop materiaal in stuiptrekkings ingeknoei. Nate wat sy gestik en weer gestik en skeef gestik en uitgeruk het. Toe die voetjie weer vashaak en sy 'n knoets gekoekte gare moet afknip, gaan sit sy met haar kop in haar hande. Mooi. Nog iets in haar lewe waarop sy in groot letters "mislukking" kan skryf.

"Ja, en toe red die oom my lewe," sê Tiaan.

Hy sit op tannie Bybie se pienk en pers sitkamerbank met net 'n PT-short aan. Buite koer duiwe en die stofsuier dreun uit die slaapkamers waar tannie Bybie huis skoonmaak. Dis so lekker om sulke huislike geluide in werkstyd te hoor.

Tiaan se skof begin eers vanaand. Andi het hom vanoggend hier by sy ma se huis in Benoni kom sien. Robert het toe sy nommer vir Andi in die hande gekry en hy het dadelik ingestem om sy storie vir haar te vertel. Basies net 'n herhaling van wat sy reeds by Robert gehoor het.

Tiaan skud sy kop. "Nee, ek was regtig in die gutters. As dit nie vir oom Jack was nie . . . Ek sou dood gewees het, ek weet dit."

Oom Jack. Die seun lyk en klink opreg; asof hy regtig na Jack Greeff opkyk.

"Waar het jy jou dwelms vandaan gekry toe jy verslaaf was?"

Hy trek sy skouers op. "'n Junkie maak altyd 'n plan."

"Maar ek meen, wie was jou hoofverskaffers?"

"Ek het 'n ou in Boksburg gehad."

"By Bakgat?" pols sy.

"Nee, nee, die clubs is te gevaarlik."

"Wat bedoel jy?"

"Cops raid die plekke gereeld. As jy daar deals doen, kan jy maar weet jy word gebust."

"By Bakgat ook?"

"Orals, man. Die drugs is mos orals."

"Ek hoor dan Jack Greeff het 'n zero tolerance-beleid as dit by dwelms kom," probeer sy hom uitlok. Dit werk nie.

"Hy het. Hy háát drugs. Maar niemand kan dit heeltemal uit 'n club hou nie. Nie eens oom Jack nie."

"Haat hy regtig dwelms?" probeer Andi weer. Sy kan nie agterkom of die kind onder 'n wanindruk verkeer en of hy dalk vir Greeff probeer cover nie.

Tiaan frons. "Ja, hy haat dit. Hoekom vra jy?"

"Nee, dis net . . ."

"Net wat? Almal weet oom Jack het nie tyd vir dealers en drugs nie."

"Ek het iets anders gehoor."

"Wel jy't verkeerd gehoor," sê Tiaan vies. "Ek ken oom Jack baie goed. Hy en dwelms . . . hulle's nie maatjies nie."

Dis wat jy dink, Tiaan, dink Andi, dis wat jy dink, jou arme, naïewe kind.

Greeff het Tiaan natuurlik as 'n PR-stunt gebruik. Wat 'n uitstekende manier om jou van jou eie onderwêreldse dwelmweb te distansieer. Stuur 'n jong junkie rehab toe en siedaar, jy's die held van Benoni.

"Weet jy of daar nog drug dealers in Bakgat operate?" vra sy.

"Dalk." Hy trek sy skouers op. "Oom Jack probeer hulle uithou. Weet jy hoe baie het hy al gefire? Maar hulle is ook slim bliksems. Kry altyd 'n manier."

"Is dit al wat hy met hulle doen? Dank hy hulle net af?" gooi sy weer 'n stukkie aas uit.

Tiaan frons weer. "Ja, dis al. Wat anders sou hy doen?"

Andi hou haar dom. "Ek weet nie. Dalk skrikmaak, 'n goeie waarskuwing gee . . ."

Hy lag. "Jy waarsku nie 'n drug dealer nie. Oom Jack sal nie eens met hulle negotiate nie. As jy deal, is jy uit, so eenvoudig soos dit. En hy sit die cops op jou."

"Of sy bouncers . . ." probeer sy weer.

Tiaan frons. "Met wie het jy gepraat? Dit klink vir my iemand het vir jou 'n klomp liegstories vertel."

"Jy's jonk, Tiaan, jy sal nog leer dinge is nie soos dit lyk nie." Sy staan op en gee vir hom 'n paar van haar besigheidskaartjies. "As jy ooit weer met my wil praat of van iemand anders weet wat wil," sê sy en kyk indringend na hom, "bel my."

Hy vat die kaartjies, maar skud sy kop. "Ek weet nie wat jy probeer doen nie, maar dit gaan nie werk nie."

Toe Andi die volgende middag ná werk by haar woonstel kom, lê daar 'n pakkie voor haar voordeur. Sy kyk eers om haar rond voordat sy die koevert optel, maar daar is niemand nie. Netnou

211

is dit Jack Greeff-hulle wat vir haar antraks gestuur het. Haar nuuskierigheid is groter as haar vrees en sy skeur die koevert oop.

Toe sy die inhoud uithaal, voel dit of bakpoeier haar hart laat rys. Dit is 'n blok Lindt-sjokolade en 'n DVD: *Chocolat*. Haar gunsteling.

Op die DVD is 'n briefie geplak. *"It melts ever so slowly on your tongue. It tortures you with pleasure."* Andi glimlag. Dis 'n aanhaling uit die fliek. En net onder dit: *Wees vanaand 19:00 by die huis. Asseblief. Ek bring chocolate roomys. xx*

Sy voel hoe sy week word. "Luan, Luan, Luan," fluister sy en druk die pakkie teen haar bors vas. Dalk is sy verkeerd oor hom. Dalk is almal verkeerd oor hom. Dalk voel hy regtig iets vir haar en hy druk dit net anders as ander mans uit. Nou is sy vol gemengde gevoelens. Sy's in die wolke oor hierdie romantiese gebaar, net toe sy gedink het dis vir goed verby, maar ook kwaad oor sy vermetelheid. Net wanneer dit hom pas, kom hy vorendag met een of ander truuk en sy val elke keer daarvoor en gee vir hom wat hy wil hê. Hoe kan hy net van haar verwag om sewe-uur vanaand, op 'n Vrydagaand, hier te wees? Hoe weet hy sy't nie planne nie? Vir al wat hy weet, het sy 'n date met 'n dokter. Of iemand. Eintlik behoort sy nié vanaand sewe-uur by die huis te wees nie. Sodat hy kan voel soos sy al so baie gevoel het. Sodat hy na sy foon kan staar en wonder wat aangaan en hoekom sy nie bel nie en hoekom hy niks van haar hoor nie.

Maar met Luan is dit asof sy haar laaste bietjie eiewaarde sal opoffer vir net nog een aand saam met hom. Dalk is dit omdat sy elke keer die vreemde gevoel het dis die laaste keer.

Maar vanaand is anders. Vanaand gaan sy hom konfronteer, sy fortuin vir hom vertel. Sy kan nie dat hy haar so behandel en daarmee wegkom nie.

Die res van die middag maak sy haar woonstel skoon (daar-

212

die blou Veet wax-strepe is nog steeds op die toiletsitplek. Afgryslik.) en pas twaalf verskillende outfits aan om te besluit wat sy vanaand gaan aantrek. Dit moet gemaklik maar sexy wees. Dit moenie lyk of sy spesiaal iets vir sy besoek aangetrek het nie, maar eerder of sy ná werk in iets gemakliks geglip het omdat sy nie heelaand in haar werksklere wou bly nie.

Op die ou end besluit sy op 'n driekwartbroek en 'n funky T-hemp. Terwyl sy aantrek, begin dit reën – 'n vroeë Oktobersomerreën. Die druppels druis op haar woonstel se sinkdak. Mmm, dalk moet sy vir hulle pasta maak. Sy het nog basil pesto oor en feta. Dit kan lekker wees saam met spek. Dink net hoe nice sal dit vir Luan wees as hy uit die gietende reën hier instap in 'n warm huis wat soos gebraaide spek ruik . . .

Nee. NEE! Kos gaan sy beslis nie vir hom maak nie. Dit kan Luan Verster maar vergeet. Dis erg genoeg dat sy, ná alles wat hy aan haar gedoen het, hier by haar woonstel sit en wag vir hom en hartkloppings kry by die blote gedagte van hom wat op pad is na haar toe.

Teen sewe-uur is hy nog nie daar nie. Vyf oor sewe, tien oor sewe . . . Net toe Andi begin oorweeg om tog maar die aand by Wendy of Rentia te gaan kuier net sodat sy nie hier is wanneer hy uiteindelik aankom nie, lui haar klokkie. Flippen vermetelheid, dink sy. Hy sê vir haar sy moet sewe-uur hier wees en hy kan nie eens betyds wees nie. Dis asof hy sommer weet sy sal vir hom wag, haar hele aand om, haar hele lewe om. *It tortures you with pleasure* . . .

Toe sy die veiligheidshek vir hom oopsluit, is sy kil. Hy moet weet hy kan haar nie so behandel nie. "Jy's laat," sê sy.

"Ek weet, ek weet, jammer. Die verkeer is chaos met die nat paaie."

Hy's deurweek en beeldskoon. Sy hare lyk nog swarter, sy oë nog groener en sy wit hemp kleef plek-plek aan sy lieflike nat lyf vas. As versoeking 'n gesig gehad het, lyk dit so.

"Wag, laat ek vir jou 'n handdoek kry," sê sy en probeer haar bes om nog steeds afsydig te klink.

Toe sy met die handdoek terugkom, trek hy haar teen sy nat lyf vas.

"Luan, nee!" Sy probeer wegskram. "Jy's papnat."

Maar hy druk haar net stywer vas. "Andi . . ." fluister hy in haar nek, "ek het jou lyf gemis."

Sy trek van hom weg en vou haar arms. "En vir my?" vra sy beduiweld.

"Hmm?" Hy hou hom onskuldig.

"Het jy my ook gemis of net my lyf?"

Hy glimlag en kom weer nader. "Is jy kwaai vanaand? Moet ek lig loop?"

Sy kyk weg. "Jy maak mos in elk geval nes jy wil."

"Wat is dit met jou?"

Sy stap kombuis toe en sit die ketel aan om vir hulle koffie te maak. "Jy's mos so slim. Figure dit uit."

"Hmm . . ." sê hy en maak of hy ken op die hand baie hard dink. "Nee, jammer, ek gee op."

"Luan, jy was die afgelope tyd aaklig met my en nou wals jy hier in en verwag ek moet my arms om jou slaan."

Hy droog sy hare met die handdoek af. Dis 'n onweerstaanbaar mooi gesig. "Aaklig met jou? Waar was ek aaklig met jou?"

"Ná ons date! Jy't my nie gebel nie, nie ge-sms nie, ignoreer my by die werk, jaag my practically uit jou kantoor as ek jou raad vra."

Hy gooi die handdoek om sy nek en gaan staan aan die ander kant van haar kombuistoonbankie. Sy wenkbroue en wimpers glinster nog van die water. "Ai, Andi, ek was net besig. Die politiek was groot hierdie maand. Jy weet dit. En niemand het vir my die handleiding gegee oor protokol na 'n date met Andi nie. Ek het nie geweet ek moet die volgende dag bel en sms nie."

Nou voel sy soos 'n needy, clingy idioot. "Man, dis nie wat ek sê nie. Ek het net die gevoel gekry dat . . ."

"Dat?"

"Dat jy nie meer . . ." Sy bly stil.

"Dat ek nie meer wat nie?"

". . . van my hou nie," sê sy en trek haar skouers op. Sy skep die koffie met 'n teelepel in die bekers, sodat sy nie vir hom hoef te kyk nie.

Hy stap om die toonbankie na die kombuis toe en kom staan agter haar. Sy koue lyf gee haar weer rillings. "Jy is heeltemal reg," fluister hy in haar oor en vee die hare uit haar nek terwyl sy probeer koffie maak. "Ek hou nie van jou nie, Andi. Ek's stapelgek oor jou. Versot. Benewel."

Toe sy omdraai, gee hy haar nie kans om te sien hoe sy oë lyk nie. Hy druk haar met sy koue, nat lyf vas en soen haar met sy warm, nat mond. Die donderweer dawer buite en die reën dreun al hoe harder op die dak. Die perfekte klankbaan, dink sy, vir hierdie oomblik, vir hierdie aand.

"En nou gaan ek vir ons pannekoek bak," sê hy toe hy haar klaar gesoen het.

Sy lag. "Wat? Kan jy pannekoek bak?"

"My spesialiteit." Hy knipoog. "Waar bêre jy jou meel?"

"Luan Verster," sê sy, "jy verras my elke dag."

Vir 'n oomblik is die speelsheid uit sy oë toe hy amper skuldig na haar kyk en sê: "Daar's so baie wat jy nie van my weet nie."

Keith ry te vinnig na haar sin. Andi loer benoud na die spoedmeter. Die naald trek aan die verkeerde kant van 140 km/h. Vergeet Jack Greeff. Haar clear and present danger is Keith se regtervoet.

Sy kan nie glo sy het saam het hierdie windgat snotkop in 'n kar geklim nie. Maar sy moet nou doen wat sy moet doen om hierdie storie te kry.

Hulle is met die N12-snelweg op pad na Benoni.

Nadat sy nou die dag Keith se e-pos gekry het, het sy hom dadelik gebel, maar eers 'n paar dae later uiteindelik in die hande gekry. En hy kon haar vandag eers sien.

Keith sê hy het vir Damien geken. Dié het hom vertel hy het met Andi gepraat. "Ek het vir hom gesê hy soek vir moeilikheid, maar hy wou nie luister nie," het Keith vroeër vir Andi gesê. Eintlik het hy haar net gekontak om haar te laat weet Damien se dood was nie 'n ongeluk nie. Hy wou nie self met haar praat nie. Te bang.

Ná baie huiwerings en onderhandelings het sy hom oorreed om met haar te praat en sommer ook vir haar een van Jack Greeff se vorige "dwelmaanlegte" op 'n kleinhoewe buite Benoni te wys. Dis waarheen hulle nou op pad is.

Keith jaag soos 'n maniak. En anders as Damien, is hy nie juis vriendelik of spraaksamig nie. Eintlik grens hy aan bot en onbeskof. Hy lyk ook nie na iemand wat 'n mens graag 'n betroubare bron wil noem nie. Olierige, langerige ligbruin hare, ongeskeer, te groot klere aan sy seningrige lyf. Van daardie hideous opgeboude Buffalo-tekkies wat lyk of dit laas gewas is toe dit nog in die mode was – 1995. Maar Andi het geleer dat 'n mens in dié bedryf voorkomsgewys nie veel moet verwag nie; nie eens van betroubare bronne nie.

"Hoekom het jy toe besluit om met my te praat?" vra Andi.

"Damien," antwoord Keith, en steek nog 'n sigaret op. Hy kettingrook vandat hulle uit Johannesburg weg is.

"Hoe bedoel jy?"

"Toe ek in die koerant lees van Damien . . . Daai donnerse Greeff kan nie daarmee wegkom nie."

"Is jy nie bang dieselfde gebeur met jou nie?" vra sy.

"Natuurlik. Elke freakin' dag. Maar ek lewe in elk geval op genade. Of ek met jou praat of nie."

"Hoekom sê jy so?"

"Dieselfde as Damien. Te veel gesien, weet te veel."

"Was jy ook 'n lyfwag vir Greeff?"

"Nee, ek was 'n barman. Maar Greeff het my kwaai gelaaik. Jy sien, voor ek in Vonkprop begin werk het, was ek vir 'n hele paar jaar in Amerika waar ek alles van barman geleer het. Bottels gooi, cocktails maak, die hele spul. Greeff het gesê ek's 'n real professional."

"Wat het skeefgeloop?"

"Hy't my begin huur vir sy private parties. Ek moes sy gaste impress. Dit was goeie geld. Geen sane mens sou nee gesê het nie. Ek kon in een aand dubbeld maak wat ek in 'n week by Vonkprop gemaak het."

"En toe?"

"Later het ek amper meer vir Greeff persoonlik gewerk as vir die clubs. Dit was dan dié party en dan daai."

"Watse soort partytjies was dit?"

"Sommige daarvan was strictly business. Sakemanne van oorsee, deals, jy weet. Ander was rof. Sy groot customers. Met die drugs. Girls, strippers, prossies . . . En meer drugs as wat jy in jou lewe gesien het. Coke soos sherbet. Lyne net waar jy kyk. Ek het my maar blind gehou en my cocktails gemaak."

"En wat van die mafia? Damien het my vertel die Italiaanse en Japannese en Libanese mafia het ook bande met Greeff."

"Ja, van daai parties was daar ook baie. Maar niemand het ooit regtig relax nie. Tussendeur die lag en gesels het elke ou, elke bodyguard sy vinger op die trigger gehou. En dit hét soms gebeur dat 'n party verkeerd gaan . . ." Hy bly stil, trek diep aan sy sigaret.

"Wat bedoel jy verkeerd gaan?"

"Chicks wat OD, overdose; trigger happy bodyguards wat te ver gaan en uitgehaal word, ouens wat ná te veel doppe uitpraat, double crossers wat uitgevang word. Blood en guts oral. Maar Greeff maak nooit sy eie gemors skoon nie. Hy't cleaners."

217

"Cleaners?" vra Andi geskok. Sy kan nie glo wat sy hoor nie. Dit klink soos 'n Godfather-fliek; net in Afrikaans.

"Ja, professionals. Hulle cover die hele ding op – van die crime scene tot die lyk. Geen mens weet wat van hulle word nie. Ek dink nie Greeff weet self nie. Maar geen haan kraai ooit daarna nie."

"Nie eens die polisie nie?"

"Soms kom snuffel 'n cop rond, maar dit hou nooit lank nie. Next thing you know is dit case closed."

"Dis verstommend."

"Jy sal verbaas wees hoe maklik jy iemand kan laat verdwyn as jy genoeg geld het. Weet jy hoeveel missing persons lê met 'n Greeff-koeël in sy kop in een of ander rivier? Of hulle laat die hele ding soos 'n ongeluk lyk."

"Soos met Damien?"

"Jip, net so. Daarvoor het hy ook 'n hele professional team. En daar's geen vrae nie, geen cops nie, geen gemors nie. Net 'n GO en dis dit. 'n Paar stamps en dis ook case closed."

Andi weet uit haar hofdae GO staan vir geregtelike doods-ondersoek. Die meeste daarvan word nie eens ondersoek nie. Dis eenvoudig dossiere wat in reusehope op landdroste en aan-klaers se lessenaars lê en by die massas gestempel word. Een-voudige admin. Andi ril as sy dink dis wat met Damien se saak gaan gebeur.

Keith vat die Snake Road-afrit en ry daarmee aan totdat hul-le uit die Oos-Randse voorstede en in die omgewing van die kleinhoewes is.

In 'n stadium vat hy 'n grondpad en ry ver totdat hulle by 'n hek kom. Dit lyk verlate en vervalle. Keith klim uit om die hek oop te maak. Dit is nie gesluit nie; net met 'n draad vas-gebind.

Toe hy terugklim in die motor, sê hy: "Jy sou die plek nie herken het toe dit nog Greeff s'n was nie. Toe sou jy nie lewendig hier kon in of uit nie. By hierdie hek was permanent twee guards met machine guns."

"Maar was dit nie verdag nie? Sekerlik moes die polisie snuf in die neus gekry het."

"Al mense wat ooit rede gehad het om hierheen te kom, was die wheelers en dealers. Verder het niemand van die plek geweet nie."

Op die kleinhoewe staan 'n ou, vervalle huis. Feitlik al die vensters is uitgegooi. 'n Reuse-bloekomboom gooi 'n skaduwee oor die werf. 'n Ent verder staan 'n skuur waarvan die vensters ook lankal nie meer bestaan nie.

Keith hou in die skaduwee van die boom stil en hulle klim uit. Andi haal haar kamera uit die kattebak en sit dit om haar nek.

Hulle gaan eers by die huis in.

"Hierdie was die kantoor – soort van die admin-gebou van die hele operasie," verduidelik hy.

Andi neem 'n paar foto's. Hier en daar staan nog 'n lendelam bank of 'n gaar matras, maar oor die algemeen is die huis vuil en leeg. Daar's 'n verstikkende stofreuk in die lug. In een van die vertrekke sien sy 'n groot bloedvlek op een van die matrasse. Sy neem 'n foto daarvan, maar wil nie eens dink wat daar kon gebeur het nie.

Ná die huis gaan hulle na die skuur toe. "Hier was die produksielyn," sê Keith. "Dis waar die repackaging plaasgevind het."

Daar staan nog 'n klomp ystertafels rond. "Die drugs het straight van die lughawe hiernatoe gekom," verduidelik Keith verder. "Hulle het dit hier gestrip, quality tests gedoen en gerepackage."

"As koffie?"

"Ja, en baby formula," beaam hy wat Damien vroeër vir haar vertel het.

"En in stowe gesit?"

"Soms stowe, soms ander electrical appliances. Enige blerrie ding waarin hulle dit kon sit om dit weer op 'n vliegtuig te kry."

"Klink of dit 'n heel doeltreffende en produktiewe aanleg was."

"Dit was iets om te sien," sê Keith, "net soos 'n vervoerband in 'n fabriek. En dis mainly chicks wat vir Greeff werk. So tien van hulle staan kaalgat hier om die tafels, elkeen met sy eie job. Hierdie een skeur oop, daai een sorteer, daai een test, daai een package."

"Hoekom kaal?"

"Sodat hulle niks daarvan kan steel nie. Die mense gaan dilly vir Greeff se stuff. Beste op'ie mark."

Andi neem 'n paar foto's voordat hulle na een van die kleiner geboutjies op die kleinhoewe stap. Die stof en grond gaan by haar sandale in.

"Hierdie," sê Keith en draai in die rondte in die gebou, "was gebruik as 'n stoorkamer. Mainly vir die coke en die heroin." Daar staan nog 'n paar leë kratte. "Hier kon at any given time," gaan Keith voort, "tot tien miljoen rand se drugs gestoor wees. Hierdie geboutjie alleen was permanently under watch. Ook twee groot ouens met machine guns. Mens kon dit nie eens waag nie. Jy kon nie eens daaraan dink om dit te waag nie. En weet jy, niemand het ooit nie. Sover ek weet, het niemand nog ooit probeer om drugs by Greeff te steel nie. Hy haal vir jou uit. No questions asked."

"Hoe weet jy al hierdie dinge?" vra Andi. "Greeff het tog sekerlik nie hier by sy aanleg partytjies gehou nie?"

"Ek sê jou mos," sê Keith, "hy't my gelaaik. En jy moet onthou, Greeff laaik van afshow. Eintlik is dit soos sy grootste flaw. Het hom al baie gekos. Hy't geweet ek stel belang in die business. Jy weet, is nuuskierig. Toe vat hy my eendag en kom wys my hoe als werk. Ek het ge-oe en ge-aa, maar eintlik was ek moerse geskok."

"Wat het gemaak dat hulle die plek toegemaak het?"

"Greeff-hulle het 'n hint gekry dat die groot cops, die serious and violent crime unit, die plek uitgesniff het. Dat hulle 'n moerse raid beplan het. Hy't dit die middag gehoor; die aand toe's hierdie plek leeg. Nie 'n gram coke nie. Net so."

"En waar's hulle nou?"

"Who knows? Ek hoor dis nog steeds iewers aan die Oos-Rand. Dalk Alberton, Germiston . . . ek weet nie."

"Maar hulle's definitief nog aan die gang?"

"Oh yes. Al hoe Greeff ooit sal ophou, is as hy in die tronk sit. En selfs daar . . ."

"Hoe het jy uit die hele besigheid gekom, Keith?"

"Kyk, ek sal eerlik wees. Ek het nie soos Damien so 'n big time moral issue met die hele ding gehad nie. Geld is geld. Solank ek nie die trigger hoef te pull of die coke hoef te smokkel nie, is ek happy. Hy't my goeie geld betaal om bottels te gooi en dis wat ek gedoen het. Bek gehou, blind gehou, party gehou. Dit was my motto."

"En toe? Wat het verkeerd gegaan?"

"Die Lebs het begin inside info kry. Jack-hulle het my suspect, want ek het lank terug in een van die Lebs se groot joints gewerk."

"Maar dit was nie jy nie?"

"Nee! Hoekom sou ek alles spoil? Ek sê mos vir jou, ek het my job gedoen, my geld gekry en my bek gehou. Ek sou dit nooit gerisk het nie. Ek weet mos wat is die gevolge."

"En het jy het dit vir hulle gesê?"

"Ja, maar ek sê jou mos: no questions asked. Met Jack is jy guilty until proven innocent. Hulle't my lelik opgefok."

"Wat presies het hulle gedoen?"

"Die gewone ding wat jy in die movies sien. My op 'n stoel vasgebind, bietjie gemartel. Hierdie kneecap, daai een, goed gebliksem. Ek het nie gepraat nie. Natuurlik nie, want ek het niks gehad om te sê nie. Toe gaan hulle aan tot ek in die hospitaal wakker geword het."

"Liewe hemel," sê Andi.

"Dis nie games hierdie nie. Niemand het 'n clue nie."

Terwyl hulle na een van die ander geboue op die kleinhoewe stap, hoor hulle iemand hard fluit.

Toe hulle omkyk, stap 'n veiligheidswag nader. "Hey," skreeu hy, "what are you doing here?"

Dis te laat vir Andi om haar notaboek en kamera weg te steek. Die wag is nou by hulle. "What are you doing with that?" vra hy fronsend en wys na haar kamera.

"Um . . . I'm just . . . um . . ." stotter sy.

Keith gryp in. "We're agents. For Remax. We're selling this property and came to take pictures and notes for the website," sê hy.

Die wag kyk hulle agterdogtig aan. "No one told me anything."

Keith glimlag. "Don't worry. We're done, we're on our way."

"I think I should phone the boss first," sê die wag.

"No," glimlag Keith, "that won't be necessary. We anyway need to go back to the office to get more paperwork."

Hy vat Andi aan die arm en hulle stap vinnig na sy motor terug. "Ons beter move," sê Keith.

Toe hulle in is en in stofwolke wegtrek, sien hulle hoe die veiligheidswag met iemand op sy selfoon praat. Hy beduie na iets denkbeeldigs om sy nek. Dit lyk of hy van Andi en haar kamera praat.

"Nou's ons in ons moere in," sê Keith en jaag met die grondpad uit.

16

"Wat dink jy van vere vir confetti?" vra Rentia.

"Jy het my mos al gevra. Dis iets anders. Ja, ek dink dit sal mooi wees," sê Andi.

"Ek het gedink oranje vere. Dink net. Op my wit rok. Die kontras. Die sagte veer teen die gladde sy, die oranje teen die wit . . ."

Andi lag. "Ja, ek is seker die kontras sal al die gaste opval. Ons sal gedigte daaroor kan skryf. Letterkundige ontledings."

"Jy moenie spot nie. Confetti is baie belangrik. Dis die laaste afronding van die seremonie. Ek het nou die dag gelees dat dit die een ding is wat in baie gaste se herinnering van troues die meeste uitstaan."

"Waar het jy dit gelees?"

"In een van die bruidstydskrifte."

"Jammer om jou confetti-bubble te bars, maar hulle jok. Al wat die gaste onthou, is die drank en dalk, as jy gelukkig is, die kos. Verder voel hulle 'n veer." Andi giggel. "Excuse the pun."

"Wel, ek gee nie om nie. Hulle kan maar vergeet. Solank ék eendag kan onthou dat alles perfek was. En oranje vere gaan perfek wees."

Dis Saterdagoggend en sy en Rentia is by Bridex, 'n bruilof-expo in Midrand. In haar lewe het Andi nog nooit soveel self-ingenome aanstaande bruide en hul ma's gesien nie. Almal lyk presies soos Andi se ma wil hê sý moet lyk: sulke jong meisie-tjies met blink strepies in die hare en blink klippies aan die ring-vingers. En almal in Jeep- en Cape Union Mart-klere.

Andi voel soos die enigste mens in die wêreld wat nie gaan trou nie, wat nie 'n diamant aan haar ringvinger het nie en wat nie die voordele van vere en roosblare vir confetti teen mekaar opweeg nie. Waar het al hierdie meisies mans gekry wat bereid was om hulself in die skuld te dompel om 'n diamantring te koop? Andi kan nie eens vir Luan so ver kry om net amptelik haar kêrel te wees nie!

Maar hy wás baie sweet die afgelope tyd. Blykbaar het hy toe die handleiding in die hande gekry, want die oggend ná die pannekoekaand het hy vir haar 'n *x* ge-sms. Een soentjie. Net dit. Sy het van pure vreugde sommer Nutella uit die bottel begin eet. Niemand van die ordentlike bruide hier eet seker Nutella net so uit die bottel nie. Dis seker net iets wat desperate meisies op die rand van oujongnooiskap doen.

Ag, sy wens Luan was haar kêrel, dink Andi. Sy wens sy kon hom huis toe vat en aan haar ouers voorstel en dat hy dieselfde doen. Noudat sy daaraan dink, besef sy sy weet nie eens of hy ouers hét nie. Hy't nog nooit vir haar van sy familie vertel nie.

Eintlik wens sy hy was haar verloofde. Hulle sou hier hand aan hand in Cape Union Mart-klere deur die troustallejies ge-drentel en ure lank gewonder het of hulle regte of versiersuiker-blomme op die troukoek moet sit. En deur Boardmans-brosjures geblaai en gedebatteer het of hulle eerder 'n LCD- of plasma-TV moet kry.

Maar Luan begin hom darem deesdae meer soos 'n kêrel gedra en minder soos die man in die kantoor wat haar net in die skryfbehoeftestoor wil plattrek. Hulle was al vier keer saam uit. En hy het al baie by haar gekuier en omtrent elke keer bring hy kos saam, wat vir haar 'n positiewe teken is.

Asof Rentia haar gedagtes lees, vra sy: "So hoe gaan dit met jou en die Onnoembare Mens?" Sy druk haar hand in 'n glas-bak vol vars roosblare om te toets hoe dit as confetti in die gaste se hande sal voel.

"Goed. Soort van," sê Andi.

"Wat bedoel jy, soort van?"

"Hy was die afgelope tyd baie sweet en als, maar . . . ag, ek weet nie."

224

"Maar wat, An? Komaan spill'it. Is hy nie goed in die bed nie?"

"Inteendeel."

"Wat? Het julle al . . .?"

"Nee, néé," sê sy en kyk om haar rond of van die maagde-like bruide en hul maagdelike ma's hul sedelose gesprek hoor, "maar . . . ék wil nie. Ek meen ek wil, heeltemal te graag, maar ek weet ek moenie."

"Hoekom nie?"

"Ek voel so onseker oor hom."

Hulle het by 'n fotograaf-stalletjie stilgehou en Rentia blaai deur een van die albums. Vir Andi lyk al die foto's dieselfde. Bruide wat in afskouer-rokke met melancholiese uitdrukkings teen bruin Toskaanse mure leun met die bruidegom uit fokus in die agtergrond.

"Wat laat jou onseker voel? Jy sê dan hy doen en sê al die regte goed."

"Ek weet, maar terselfdertyd kry ek die gevoel hy hol weg."

"Is jy nie net paranoïes nie?"

"Ons sien mekaar feitlik nooit naweke nie. Ons kuier altyd net by my. Ek was nog nooit eens by sy plek nie. Ek weet nie, ek kan dit nie verduidelik nie, maar emosioneel voel hy so . . . ver, onbereikbaar. En by die werk ignoreer hy my flat. Dit grens aan onbeskof."

"Jy weet hoe dit klink," sê Rentia.

"Nee, hoe klink dit?" vra Andi.

Rentia kyk op van die fotoalbum. "Of hy getroud is, An. Dit klink of hy getroud is. Het die gedagte nog nooit by jou opge-kom nie?"

Andi frons. "Nee. Nee, nog nooit nie. Maar noudat jy dit noem . . ."

"Hy sien jou net in die week, net in die aand, net by jou plek . . . Wil nie commit nie, vry jou ore van jou kop af, soos 'n seksueel gefrustreerde man wat vasgekeer is in 'n vervelige huwelik."

Andi dink 'n bietjie. "Nee, nee, ek verstaan wat jy sê, maar nee, ek sou dit geweet het. By die werk is dit algemene kennis wie getroud is en wie nie. Almal weet Luan is 'n bachelor."

"Ek hoop jy's reg," sê Rentia.

"Nee, ek weet ek is. Ek dink eerder hy's 'n commitment-phobe," sê Andi.

"Amper ewe erg. Jy kan nie dat hy jou gebruik nie, An."

"Dink jy hy gebruik my?"

"Ek weet nie. Dalk nie, maar as dit is hoe jy voel, is iets nie reg nie."

Hulle gaan staan by 'n troukoekstalletjie. 'n Silwer-koekstaandertjie stal monsters van verskillende soorte troukoek uit vir die expo-gangers om te proe. Uiteindelik. 'n Stalletjie waarin Andi belangstel.

"Ag, ek weet nie. Dalk is ek net te veel van 'n romantikus. Dalk het ek onrealistiese verwagtings," sê sy en druk 'n happie swartwoudkoek in haar mond.

"An, om te verwag 'n ou moet jou naweke uitvat en jou soms na sy plek toe vat, is nie onrealisties nie," sê Rentia.

"Wat dink jy sal tannie Gladys hiervan sê?" vra Andi en kyk na die tweede happie troukoek in haar hand.

"Ag, ons tel dit net as een graan, een treat en twee vette."

Andi lag. "Maak dit maar drie vette," sê sy en vat nog 'n mini-troukoekie. Seker die naaste wat sy ooit aan haar eie troukoek sal kom.

"Dalk moet jy dit nie eet nie," sê Rentia, "bêre dit vanaand onder jou kopkussing en kyk of jy van Luan droom . . ."

"Dit sal niks beteken nie." sê Andi. "Ek droom elke aand van hom. Elke aand."

"Ai An, moenie dat die man met jou mors nie. Pas jou hart op."

"Dis te laat daarvoor. Hy't klaar my hart in sy hande, om mee te maak wat hy wil."

Die aand maak sy en haar Bernette vrede. Vir lank wou sy nie naby die masjien kom nie, maar sy kon ook net so lank wegbly. Net soos met Luan. En asof hulle vir mekaar wou jammer sê oor die groot uitval die vorige keer, was sy en haar Bernette vanaand baie gawer en sagter met mekaar. Sy kon actually drie reguit nate ná mekaar stik sonder dat die gare uit protes in 'n dik koeksel gaan saambondel het.

Sy's nog ver van rokmaak, nog baie ver, maar sy begin darem die gevoel kry van die masjien. Die ritme. Die lig en val van die voetjie, die dreuning van die pedaal. Wanneer sy so voor die masjien sit, en die vibrasies deur haar hande voel, en na die egalige dreuning luister, voel dit of sy terug is op die mat langs haar ouma. Terug is met haar hande in die lappiesboks, die onthouboks. Sy ruik weer die poeier en die Turkish Delight van haar ouma, voel weer die fluweel en koordferweel tussen haar vingers. Haar ouma se prinses. Yasmin, het haar ouma haar genoem. Prinses Yasmin. Na die Persiese prinses, met haar donker oë en hare.

Terwyl haar ouma gestik en sy met die lappiesboks gespeel het, het sy elke keer vir Andi die storie van Yasmin vertel. Dit was een van haar ouma se uitdinkstories. Andi het ouma Bets nooit toegelaat om vir haar stories te lees nie, want haar uitdinkstories was soveel beter. Met die gerammel van die Bernina in die agtergrond, het sy elke keer na die storie van prinses Yasmin geluister asof dit die eerste keer was.

Yasmin was 'n gewone meisie wat in 'n baie arm gesin in 'n klein dorpie grootgeword het. Toe sy sestien jaar oud was, het sy by 'n koninklike familie as diensmeisie gaan werk. Sy en die jong kroonprins het later jare verlief geraak, maar hul liefde was ongeoorloof, omdat sy uit 'n lae stand gekom het. Dit het haar hart gebreek om die prins elke dag te sien en te weet hy smag ook na haar.

Eendag, toe sy klaar was met haar werk in die paleis, het sy en van die prinsesse en ander koninklikes in die rivier gaan bad. Toe sy haar lang, swart hare, wat sy altyd los gedra het, optel om dit te was, het een van die prinsesse nader gekom en van agter aan haar nek gevat. "Wat is hier in jou nek?" het sy gevra.

Dit was 'n klein geboortevlek en het soos 'n akkedissie met twee koppe gelyk; een bo en een onder, waar die punt van die stert moet wees. Haar ma het altyd vir haar gesê dis 'n teken van geluk.

"Dis my geboortevlek," het Yasmin geantwoord.

Die prinses het van haar susters en vriendinne nader geroep om ook te kom kyk. Hulle het na hul asems gesnak. "Besef jy wie jy is?" het een van die ander prinsesse gevra.

Yasmin het stadig omgedraai.

"Jy's 'n prinses, soos ons."

Toe vertel hulle haar die verhaal van die koninklike familie aan die ander kant van die groot rivier.

Die koningin kon nie vir die koning 'n seun gee nie. Sy het die een na die ander dogter gekry. Toe haar sewende baba ook 'n dogter was, het sy die kind vir een van haar diensmeisies ge-gee om weg te stuur, na die anderkant van die rivier.

Toe die koning die aand by die huis kom, was sy babadogter weg. Hy het jare lank vergeefs na haar gesoek. Al wat hy van haar kon onthou, was dat sy 'n vlekkie agterop haar nek gehad het: 'n akkedissie met twee koppe.

Dit het presies agtien jaar en drie maande gelede gebeur, het die prinsesse vir Yasmin vertel. En Yasmin was presies agtien jaar en drie maande oud . . .

Toe sy dieselfde dag haar ma daaroor gaan uitvra, het sy be-vestig dat Yasmin nie haar eie kind was nie, maar dat sy een aand in 'n mandjie voor haar deur afgelaai is.

Yasmin is toe met haar regte pa, die koning, verenig. Haar ma, die koningin, het haar intussen doodgetreur oor die kind wat sy in 'n oomblik van waansin weggegee het.

Yasmin kon haar hartsbegeerte vervul en met haar kroonprins trou. En hulle het vir altyd en altyd gelukkig saamgeleef.

Andi het elke keer haar ouma gevra om 'n akkedissie met twee koppe agterop haar nek te teken. Dan het sy van haar ouma se lang stuk net oor haar kop gesit en haar verbeel sy is Yasmin wat met die kroonprins trou. Sy onthou hoe haar ouma altyd van haar werkstafel opgestaan, haar vasgedruk en haar deur die net op haar voorkop gesoen het. "My prinses," sou haar ouma altyd vir haar fluister, "my pragtige prinsessie."

Sy het die storie oor Yasmin al vergeet, besef sy nou. Dit het ure se worsteling voor 'n Bernette geverg om haar te laat onthou, dink Andi terwyl sy die gare agter die voetjie afsny en haar stuk werk oplig.

Dis goed sy het onthou, dink sy en sit die lap weer neer om verder te stik. Elke vrou moet soms herinner word dat sy eintlik 'n prinses is. Al het haar ma haar weggegee. Al het sy nie 'n kroonprins nie.

"Paul," sê Andi die Maandag, "ek dink nie ek kan langer wag met die volgende Greeff-storie nie."

"Watse inligting het jy? En hoeveel bronne?"

Hy sit in sy stoel en draai sy snor; lyk nog meer beneuk as gewoonlik.

Andi gaan sit op 'n stoel voor hom. "Wel, ek sou die onderhoud met Damien gehad het. As dit nie gesteel was nie. En ek sou . . ."

"Vergeet van 'sou', Andi," bulder Paul. "Ek stel nie belang in wat jy sou gehad het nie. Sê vir my wat jy hét!"

"Oukei," prewel Andi verbouereerd, "ek het die onderhoud

met Keith en die foto's van die kleinhoewe. Ek het dit klaar getranskribeer en die foto's op my rekenaar afgelaai."

"Het Keith op die rekord met jou gepraat? Kan jy sy naam noem?"

Andi kyk af. "Nee."

Dit lyk of Paul al sy selfbeheersing gebruik om nie sy oë te rol nie. "Wat het jy nog?"

"Alles wat daardie ander outjies vir my in die klub gesê het."

"Watse outjies?"

"In Bakgat."

"Maar het jy nie jou eerste berig daaroor geskryf nie?"

"Ja, maar . . ."

"Maar niks. Jy kan nie daardie berig opvolg met nóg 'n berig waarin jy net dieselfde anonieme bronne aanhaal nie. Wil jy hê Greeff moet die hele Pressco met een lastereis toemaak?"

"Maar selfs die polisie het . . ."

"As hulle dit nie op die rekord gedoen het nie, stel ek nie belang nie."

"Ek het ook e-posse," probeer sy 'n ander uitweg.

"Watse e-posse?" vra hy skepties.

"E-pos-onderhoude met ander uitsmyters en kroegmanne wat bevestig wat Damien en Keith vir my gesê het. Ek het ook met van hulle gechat op Facebook."

"Facebook?" Paul lyk of hy gaan ontplof. "Fácebook? Dink jy iemand wat met jou chat op Facebook is 'n gesaghebbende bron in 'n ondersoek soos dié? Waarin jy 'n man daarvan beskuldig dat hy 'n reuse-dwelmsindikaat beheer?"

"Oukei, oukei," sê Andi, "vergeet van Facebook. Maar ek het nogtans die e-pos-onderhoude."

"Ek vra jou weer: kan jy hulle name noem? Weet jy wie hulle is? Het jy hulle ontmoet?"

Andi kyk weer af. "Nee."

"Hoe weet jy dis nie een of ander mal haas met 'n vendetta

230

teen Greeff wat vir jou dieselfde storie spin van tien verskillende Google- en Gmail-e-posadresse af nie? Hm?"

"Ek weet nie, maar . . ."

Paul laat sak sy kop in sy hande. Toe hy opkom, lyk hy soos 'n handgranaat waarvan die pennetjie of stokkie of wat ook al in 'n handgranaat is, uitgetrek is. "Andi, jirre, hoe lank is jy al 'n verslaggewer?" Hy tik met sy wysvinger teen sy slaap. "Dink jy nie?"

"Ek dink juis, Paul. Aan my veiligheid."

Hy lag. Van woede. "Jou veiligheid. Jy dink aan jou veiligheid. Ek sal jou sê wat is in gevaar, Andi. En dis nie jou lewe nie. Dis jou werk. Jou werk is in gevaar."

Op daardie presiese oomblik kom die redaksiesekretaresse in en sê: "Paul, ek het 'n tannie op die lyn wat kla oor die blokkiesraaisel op die pretblad vandag. Sy sê nommer ses dwars se antwoord is verkeerd. Dis eintlik . . ."

"Kan jy nie sien ek is besig met 'n belangrike vergadering nie?" blaf Paul. "Vat 'n donnerse boodskap. Is ek die enigste bevoegde mens in hierdie kantoor?"

"Ek het ook gesien ses dwars het een letter . . ." begin Andi, maar hou in die middel van die sin op. (Terugskouend het sy besef dit was eintlik 'n halfhartige selfmoordpoging.)

"Andi, in vadersnaam. Lyk dit vir jou of ek tyd het om oor blokraaisels te debatteer?"

"Nee, Paul."

Hy stut sy kop in sy een hand, asof hy nie meer krag het om dit met sy nek alleen regop te hou nie. "Sê vir my hoekom jy bekommerd is oor jou veiligheid sodat jy jou lewe op 'n ander plek in gevaar kan gaan stel as in my kantoor."

"Oukei," sê Andi en maak keelskoon. "'n Veiligheidswag het ons op die kleinhoewe in Benoni gesien. Toe ons wegry, het ek gesien hoe hy iemand bel en beduie dat iemand daar foto's gaan neem het."

"So?" Paul se geduld is nou op. Andi kan dit sien.

"Hulle gaan weet dis ek. Die oomblik dat Jack Greeff hoor daar was 'n vrou op een van sy hoewes met 'n kamera, gaan hy mos wéét dit is ek."

"Wat daarvan? Hy kan niks bewys nie. Jy hou jou net dom en sê jy weet nie jy het betree nie. Die vader alleen weet, domhou is een ding waarmee jy goed is."

"Dis nie waarvoor ek bang is nie."

"Nou waarvoor is jy bang, Andi? Kom tot die punt, ek het nou-nou 'n vergadering." Andi weet met "vergadering" bedoel Paul hy en die hoofredakteur gaan in die rookkamer sit en oor die naweek se rugby praat.

"Hulle is gevaarlike mense, Paul. Boeremafia. Hulle gaan my uithaal, net soos hulle vir Damien uitgehaal het."

"Jou verbeelding werk oortyd."

"Paul, ek's ernstig. Ek dink regtig ek moet skryf wat ek het. Voordat dit te laat is."

"Wat jy het, is nie genoeg nie. As jy 'n ordentlike bron het mét 'n naam wat óp die rekord praat, kan ons weer kyk." Paul maak sy oë vir 'n paar oomblikke toe. "Dis wat gebeur as vermaak-verslaggewers ondersoekwerk doen. Hulle dink hulle speel die hoofrol in 'n Robert de Niro-fliek."

"Paul, ek verbeel my regtig nie, ek . . ."

"Andi," brul hy, "jy speel nie in 'n fliek nie. Jy's nie die ster in een of ander Jodie Foster-spanningsriller nie. Jy's nie Reese Witherspoon of Uma Thurman of een van die blondes oor wie jy skryf nie. Jy is 'n gewone vermaakverslaggewer wat oor gewone goed soos *7de Laan* skryf."

"Maar . . ." probeer sy weer.

"Ek wil niks verder hoor nie. Gaan doen jou werk. Gaan skryf iets oor *7de Laan* of Patricia Lewis of Steve Hofmeyr. En staak hierdie gek obsessie van jou oor Jack Greeff."

Andi val in haar stoel neer. Sy's moedeloos verby. Niemand neem haar ernstig op nie. Nie Paul nie, nie Luan nie, nie haar ma nie. Al een wat dink sy het iets beet, is Jack Greeff self. As sy nie vinnig daardie storie skryf nie, gaan sy dit nie meer kán doen nie. Sy moet eenvoudig 'n "gesaghebbende bron" kry, soos Paul sê. Iemand wat weet waarvan hy praat wat op die rekord met haar praat – naam en ouderdom en als. Waar Paul nou aan sy obsessie met name en op-die-rekord bronne kom, weet sy nie. As sy moet skryf oor een of ander sepiester of tienerdeelnemer aan *Idols* wat swanger is, is 'n los gerug genoeg rede vir 'n berig.

Maar goed, dit help nie sy stry verder met Paul nie. Hy't duidelik nou klaar gepraat. Al uitweg is om 'n bron te kry. Dalk moet sy weer vir Keith probeer. Maar die veiligheidswag wat hulle op die kleinhoewe gesien het, het hom so uitgefreak dat hy nie eens haar oproepe sal beantwoord nie.

Dalk weer superintendent Swart. Ja, besluit sy, Sup is gesaghebbend en gaaf en het grys hare en 'n snor soos Paul. Dalk tel dit punte in Paul se oë.

Sy bel. Terwyl die foon lui, gaan sy by Facebook in. Dit is 'n bose gewoonte wat sy moet afleer – om te Facebook terwyl sy op die foon praat.

Andi is op moedverloor se vlakte tik sy by haar status-update in.

Sy gaan op die skerm af en sien Kara het in haar status-update geskryf: *Kara het 'n wonderlike aand gehad.*

Die paranoïa hardloop deur Andi. Hoekom het sy 'n wonderlike aand gehad? Saam met wie? Saam met wié? Luan het Andi nie gister ge-e-pos of ge-sms of ge-niks nie. Het hy Kara ge-e-pos of ge-sms of ge-iets? Het hy haar ge-iets?

Wat anders kan maak dat Kara Bekker 'n wonderlike aand gehad het? Het sy in haar bed gelê en Mark Gevisser se biografie van Thabo Mbeki gelees? Of *Crime and Punishment*? Of een of ander onverstaanbare blerrie ding van Paulo Coelho? Of het sy 'n date gehad? Met Luan?

233

"Swart!" antwoord superintendent Swart sy foon. Dis ook net mans wat telefone met hul vanne en 'n uitroepteken agterna antwoord. Sal jy ooit in jou lewe kry dat tannie Sielie van die bank haar foon sal antwoord met "Swanepoel"?

"Hallo Sup, dis Andi hier."

"Ja, Andi, hoe kan ek vandag help?"

"Sup, ek bel al weer oor die Jack Greeff-saak."

"Andi, ek het mos klaar vir jou gesê wat ek daaroor kon en wou sê."

Sy sien Kara het haar profielfoto verander. Op die nuwe een lyk sy nog beeldskoner. (Is dit 'n woord? Of is dit soos dooier?)

"Ek weet, Sup, ek het net gewonder of ek jou nie dalk van plan kan laat verander nie. Jy sien, ek het 'n groot storie. Baie bronne en feite en onthullings en als, maar ek kort een gesag-hebbende bron."

"En dis nou ek?"

"Ja, Sup."

"Ai Andi, wat wil jy hê moet ek sê?"

"Net bevestig dat daar dwelmklopjagte by Greeff se klubs was en dat dwelms soos kokaïen en heroïen ook gekry is."

"En jy wil my naam noem?"

"Ja. My baas weier dat ek 'n storie plaas as ek nie ten minste een ordentlike bron met 'n naam het nie."

Hy sug. "Andi, jy weet ek kan nie."

"Maar Sup, jou base sal mos verstaan. Die storie gaan hulle help om hierdie reusegroot dwelmsindikaat . . ."

"Andi, Andi, my kind, luister vir my. Jy wéét ek kan nie."

"Ek weet Sup, maar is daar nie 'n manier om . . ."

"Ek kan nie eens op die rekord aan jou bevestig dat hier 'n ongeluk in die straat was nie. Jy weet ons mag onder geen om-standighede direk met die pers praat nie. Alles moet deesdae deur die woordvoerders gaan. As hulle net weet van hierdie oproep, sal hulle genoeg rede hê om my af te dank."

234

Andi hoor Luan se stem 'n entjie weg agter haar. Sy sweer hy's by Kara. Sy hoor Kara lag. So 'n hoë, koketterige lag. Hy ís by haar. En sy lag vir sy grappies. Andi wonder hoe Kara se hip ratio vandag lyk. Ag flip, dit lyk altyd perfek. Alles aan Kara is perfek. Daar's dit weer: Luan se diep stem, gevolg deur Kara se hoë laggie.

Met die foon nog teen haar oor, draai Andi in haar kantoor-stoel, sodat sy kan sien wat daar aangaan. Dis nog erger as wat sy gedink het. Luan leun so gemaklik teen Kara se lessenaar dat hy feitlik sit. As sy voete van die grond af was, hét hy op haar lessenaar gesit. En terwyl hy met haar praat, sit sy met haar lang flippen bene in haar kort flippen rompie na hom gedraai. En haar hand is in haar nek. In haar nek! Luan lag. Uit sy maag. Kop agteroor. Kara het Luan laat lag.

O hemel, superintendent Swart het ophou praat. Andi het nie 'n benul wat hy gesê het nie.

"Ekskuus, Sup?"

Sy draai terug in haar stoel, sodat sy nie die gru-toneel langer hoef te aanskou nie en kan luister wat Sup sê.

"Andi," sê hy, en klink effens geïrriteerd, "die punt is, hierdie gesprek is futiel. Ek kan jou nie help nie. Ek kan nie op die rekord of van die rekord af of met 'n naam of sonder 'n naam met jou praat nie."

"Ek weet nie meer watter kant toe nie," sê sy.

Sy hoor weer Kara se lag.

"Moenie na enige kant toe gaan nie." sê Sup. "Los dit net. Los net die hele storie. Dit is nie die moeite werd nie."

17

"I thoroughly enjoy this peanut butter," sê Brad Pitt en lek die lepel met sy lang, lieflike tong.

"Ek wens ek was daai lepel," kreun Wendy.

"Ek wens ek was Brad Pitt," sê Rentia. "Weet julle hoe lus is ek vir peanut butter?"

"Weet julle hoe lus is ek vir seks?" sê Wendy.

"Wat kla jy?" sê Andi. "Ek dink van ons vier kry jy dit die meeste."

"Ook nie meer deesdae nie," sug Wendy. "Lyk my Simson het gewoond geraak aan Delila. Hy kom nou net once in a while vir 'n top-up."

Dis Donderdagaand en Vera, Wendy en Rentia kuier by Andi. Hulle hou 'n Brad Pitt-fliek-aand. Andi het *Meet Joe Black* en *Fight Club* uitgeneem. Hulle het klaar *Fight Club* gekyk en nou's dit *Meet Joe Black*.

Maar eintlik gesels hulle so baie tussenin dat hulle meer kuier en minder kyk.

"Hoekom kan ek nie 'n man soos Joe Black kry nie?" sug Wendy.

"Want Joe Black is die Dood," sê Rentia. "Wil jy met die Dood getroud wees?"

"Ja," sê Wendy, "as die Dood só lyk, moet hy maar vir my kom haal."

"Weet julle hoekom is Joe Black so nice?" sê Andi. "Dis omdat hy onskuldig is, al is hy die Dood. Hy beleef die wêreld vars. Hy beleef vroue vars. Alles is vir hom nuut. Hy's nog nie gecorrupt deur mans se idees oor wat macho is en wat vroulik is en wat mooi is nie."

"Hoor nou vir filosoof," sê Wendy.

"Jy's reg, An," sê Vera. "Ek dink partymaal dis hierdie etikette, hierdie samelewingsetikette wat alles opmors. Daardie reëls wat vir jou sê dis hoe 'n man moet wees en dis hoe 'n vrou moet wees en dis wat 'n ma doen en nie doen nie. Die boksies waarin ons moet pas; waarin ons moet leef. Eers is ons so gretig om daarin te klim en later wonder ons hoe ons daar gaan uitkom."

"Maar wat is die alternatief?" vra Rentia. "As jy nié in 'n boksie klim nie, is jy die outcast wat buite staan en koud en alleen voel omdat jy nie in 'n boks is nie."

"Ja, soos ek by Bridex gevoel het," sê Andi. "Later wou ek in 'n boks klim en daarin bly totdat ek in 'n bruid verander."

"Dis sommer nonsens daai," sê Vera. "Hierdie vreeslike druk om getroud te kom. Ek het nou die dag gelees ons geslag gaan almal oor 'n honderd jaar oud word – sommer iets soos honderd en twintig. Hoekom wil jy honderd van daai honderd en twintig jaar getroud wees? Met een man?"

"Is jy spyt jy't jonk getrou?" vra Wendy.

"Ek sal nie sê spyt nie. Ek meen, ek sou nie my kinders gehad het nie en hulle verruil ek vir niks in die wêreld nie. Maar ek meen, vir julle. Waarom al hierdie desperaatheid, hierdie angstigheid om geholpe te kom, om nie meer op die rak te bly sit nie?"

"Ek dink nie daar is meer 'n rak nie," sê Rentia. "Ek weet nie van een meisie wat desperaat is om geholpe te word, soos jy dit stel nie. Ons is bevryde vroue. Dis die 21ste eeu."

"Dis wat jy dink," sê Andi "Dis wat almal dink wat met verloofringe by Bridex rondloop en wonder of hulle twee of drie strooimeisies wil hê. Maar die arme strooimeisies sit en dink: 'shit, gaan ek die oudste single mens op die troue wees?'"

"Ag nee, An, jy praat tjol," sê Rentia.

"Dis waar! Ons verkondig dit net nie, want ons is skaam daaroor. So ons vier ons enkelskap op dieselfde manier as wat gestremdes hul gebreke vier. Maar eintlik huil ons in die aande ons kussings nat daaroor."

"Sy's reg," sê Wendy. "Nie dat ek al ooit my kussing natgehuil het oor ek single is nie. Maar dis waar, al is jy hoe bevry, as jy dertig word, is dit asof al daardie oervrese wat in jou eierstokke ingeprogrammeer is, begin sê: tick tock tick tock tick tock."

"En dis nie net jou eierstokke wat dit vir jou fluister nie," voeg Andi by. "Die hele wêreld skree dit vir jou. Jou ma, jou getroude vriendinne, elke liewe getroude mens of moeder op elke liewe kombuis- en ooievaarstee. 'So wanneer is dit jou beurt? Tick tock tick tock'. Altyd in 'n ou grappietjie. En ons moet maar lag."

"Haai, julle laat ons da'm baie wreed klink," sê Vera.

"Nee man, Veer," sê Andi, "ons praat nie van jou nie. Jy en Rentia doen dit nooit nie."

"Wat julle nie besef nie," sê Vera, "is dat baie van hierdie vroue wat in hul twintigs getroud is, julle beny. Single, onafhanklik, kan elke aand uitgaan, met julle geld maak wat julle wil, met julle lywe maak wat julle wil."

"As ons geld en lywe gehad het," sug Andi.

"Dis soos vroue en hare," sê Wendy. "Jy begeer altyd dít wat jy nie het nie. As jy krulhare het, koop jy 'n strykyster, as jy reguit hare het, warmrollers. Dis seker een van Eva se duisende vloeke: ons is nooit tevrede met wat ons het nie."

"Ek dink dis deel van vroue se meerderwaardigheid," sê Vera. "Dis in ons ingebou om altyd beter te wil hê. Om net die beste te wil hê. Om nie te settle nie. Die beste man. Die beste gene. Die beste alles."

"Ja, ons gaan beslis nie settle nie, nè An?" sê Wendy. "Ons gaan nie dat dertig ons jaag nie. As ons tot veertig moet wag vir Mr Right met die right genes, doen ons dit. Net omdat mense tick tock in ons ore gil, gaan ons nie met een of ander boring loser trou net sodat ons betyds kan voortplant nie."

"Ja," sê Vera, "dit is 'n goeie voorneme. Bly daarby. Ek ken te veel mense wat gesettle het. En as jy kinders het by Mr Settle, kan jy nooit weer unsettle nie."

Andi het 'n nare gevoel Vera praat van haarself, maar sy sê niks nie. Dis nie nou die tyd of die plek nie.

"Rentia," sê Wendy, "jy's vreeslik stil vanaand."

"Sjjj," terg Andi met haar vinger op haar lippe, "moenie die bruidsneste versteur nie. As hulle uitkom, gaan jy weghol."

"Mmm," sê Wendy, "ek kan sien sy dink diep."

"Groot vraagstukke," fluister Andi, "van wêreldbelang. Moet sy die tafelplasings buite of binne die onthaalsaal sit? Wat gaan mooier lyk op die tafels? Oranje overlays op wit tafeldoeke of wit overlays op oranje tafeldoeke?"

Rentia lag en gooi Andi met 'n plekkussing. "Julle is net jaloers!" roep sy uit en met haar hande om haar mond geskulp, soos 'n luidspreker: "Tick tock tick tock!"

Hulle lag. "Ja, ja, ons weet," sug Andi. "Almal kan nie op ses en twintig die perfekte man hê en die perfekte bruid wees nie." Sy strek vorentoe en vat aan Rentia se hare. "En nog die perfekte, natuurlike blonde hare hê nie. Jy gaan die mooiste, gelukkigste bruid wees."

"En jy gaan die mooiste, gelukkigste strooimeisie wees," sê Rentia.

"Always the bridesmaid," sê Andi.

"Ag asseblief," sê Wendy, "hoor nou vir drama queen hier. Hoeveelste keer is dit dat jy strooimeisie is?"

Andi lag. "Oukei, oukei, dis my eerste."

"En watse single tjol is dit met jou? Jy en Luan is mos nou 'n item."

"Ag, ek weet nie meer wat ons is nie. Ek dink jy's reg, Veer. Ek dink hy's 'n undercover serial womanizer. Nou die dag weer met Kara. Dog ek raak van my kop af."

"Ag, 'n bietjie jaloesie op sy tyd is ook goed," sê Vera.

"Maar ek is nie die jaloerse tipe nie," sê Andi. "Nog nooit in my lewe het 'n man my so onseker laat voel dat ek ander vroue as bedreigings sien nie."

"Kom saam met die ouderdom," sê Wendy. "Later skei jy alle vroue in twee groepe: dié onder dertig en dié bo dertig, ongeag hoe hulle lyk."

"Maar ek dog mens is veronderstel om méér selfvertroue en minder onsekerhede te hê in jou dertigs."

"Ja, seker, maar nie as dit by sekere mans kom nie," sê Wendy.

"Dis daai mans van wie mens moet wegbly," sê Vera. "Die enigste man wat die moeite werd is, is een wat jou soos 'n koningin laat voel."

"Wel," sê Andi, "ten minste het twee van ons vriendinne betyds so een gekry. Nou gaan al ons goeie gene darem nie gemors word nie."

"Speak for yourself," sê Wendy. "Ek en Mr Right gaan nog die wêreld bevolk."

"An," sê Rentia uit die bloute, "rewind asseblief tot by die deel van die dervish."

"Wat?" vra Andi, "die deel van die wat?"

"Daar waar Anthony Hopkins vir sy dogter sê sy moet dans soos 'n dervish."

Andi vind die versoek vreemd, maar sy sê niks en rewind die DVD totdat Rentia haar by die regte plek stop; die plek heel in die begin waar Anthony Hopkins se karakter vir sy dogter in die vliegtuig sê wat hy vir haar wil hê as dit by mans en liefde kom.

"I want you to get swept away in it," sê Anthony Hopkins in sy diep streelstem. "I want you to levitate. I want you to sing with rapture and dance like a dervish. Be deliriously happy. Love is passion, obsession, something you can't live without. Stay open. Who knows? Lightning could strike."

"Sien jy, An?" sê Wendy. "Lightning could strike."

"Ek's nou so blind van verliefdheid op Luan. Ek sal nie eens sien as lightning hier reg langs my strike nie."

240

"O jy sal weet," sê Vera. " 'n Mens voel dit, deur jou hele lyf, deur jou hele wese."

Andi glimlag hartseer. "Ek weet, Veer," sê sy. "Ek weet."

"Daai weerlig neuk alles op," sê Wendy. "As jy dit eers gevoel het, is jy nooit weer tevrede met 'n flou liggie nie."

"Ja," mymer Vera, "dalk moet 'n mens dankbaar wees as jy weerligloos deur die lewe gaan. Veilig en tevrede in jou boksie. Sonder 'n whisper of 'n thrill, an ounce of excitement. Sonder onweer. Sonder hartseer."

Skielik is almal stil. Wendy vlieg op. "Nee, so kan dit nie aangaan nie. Laat ek vir ons nog La Fleurette kry voordat almal hul polse sny."

In die stilte hoor Andi 'n geluid buite. "Wat was dit?" sê Rentia.

"Sjjt," sê Andi. Hulle luister. Daar is dit weer. Dit klink soos voetstappe op haar stoep. Dof, maar tog. Sy staan op en gaan kyk deur die kombuisvenster. 'n Skaduwee, 'n figuur swiep verby. "Het jy dit gesien?" vra sy vir Wendy, wat besig is om hul glase vol vonkelwyn te maak. "Wat?" vra sy. " 'n Man. Hier verby die venster."

Wendy lag. "Jy sien al gesigte, An. Jy beter vinnig 'n shag kry."

Wendy klingel vrolik met haar hande vol pienk glase terug.

"Op weerlig!" hoor Andi vir Wendy uitroep en die glase wat klink.

Andi kyk weer by die venster uit. Daar's niks. Net swart nag. Maar sy weet wat sy gesien het.

Toe die flieks verby en haar vriendinne weg is, maak Andi die ontdekking dat haar melk en toiletpapier op is.

Hoekom? Hoekom kan sy sulke goed nie op 'n Saterdagmiddag ontdek terwyl sy komkommers opkap en gou-gou winkel toe kan in- en uitfladder nie. Hoekom moet hierdie ontdekking altyd in die middel van die nag, ná 'n partytjie of in die oggend wanneer sy reeds laat is vir werk, op haar neerdaal?

Dis asof hierdie soort huishoudelike noodvoorrade 'n persoonlikheid van hul eie het; asof hulle wraaksugtig en haatdraend is teenoor hul verbruikers (vir voor die hand liggende redes) en aspris in kritieke tye hul laaste bietjies in die geheim self opgebruik. Dan lê die leë melkboks en toiletpapierrol in die vullisblik en lag terwyl hulle hoor hoe hul verbruiker in die middel van die nag moet skarrel om te ry om nog te gaan koop.

Eers probeer sy haarself oortuig dat sy tot môreaand sonder melk en toiletpapier kan klaarkom, maar sy dink aan die nagmerrie wat dit môreoggend gaan wees om 'n Weigh-Less-ontbyt sonder vetvrye melk te maak.

Nee, besluit sy, sy sal maar gou na 'n garage-winkel toe moet ry. Dalk kan sy sommer ook 'n Magnumpie kry. Weigh-Less se gat. Toe sy vir haar ma gesê het sy's tevrede met haar lyf en op 'n happy weight, het sy eintlik 'n wit leuentjie vertel, maar sedertdien begin sy regtig wonder of hierdie konstante diëtery en obsesseerdery oor kos die moeite werd is. Op die ou end bly haar gemiddelde gewig redelik konstant, en is dit regtig so onaanvaarbaar om 65 kg te weeg?

Toe sy die voordeur en die veiligheidshek toesluit, dink sy weer aan die donker figuur wat sy verby die venster sien gaan het. Rillings gaan by haar nek af. Sy voel soos wanneer mens heelaand rillers op TV gekyk het en badkamer toe gaan en jouself oorreed daar is iemand in die stort.

Vir 'n oomblik voel dit of iemand hier reg agter haar staan. Sy soek die pepersproei in haar handsak en haal dit uit voordat sy omvlieg. As iemand haar nou sien, lyk sy seker soos 'n mal mens wat met 'n denkbeeldige mens baklei, soos in *Fight Club*.

Dalk hét sy haar verbeel. Almal beskuldig haar deesdae van 'n ooraktiewe verbeelding. Dalk kan genoeg roomys en skoon Nutella uit die bottel sulke hallusinasies meebring. Maar sy kyk nogtans versigtig om haar rond toe sy na haar Golfie stap. Dalk was dit nie een van Jack Greeff se trawante nie, probeer sy haarself troos. Dalk was dit die snaakse man wat langsaan bly, wat hulle kom afloer het en gehoop het hulle hou 'n kussing-geveg.

Andi beskou 24-uur-garagewinkeltjies as een van die beste uitvindsels van die 21ste eeu. Hoe het mense in die verlede daarsonder klaargekom? Sy onthou vaagweg daar was 'n tyd in die geskiedenis wat geen winkel in die middag ná vyf of op 'n Sondag oop was nie. En toe Woolies lank terug net 'n aaklige klerewinkel was met baie lelike rek-jeans. Nie kolwyntjies nie, nie feta en pesto-dip nie, nie muffins nie. Hoe is dit moontlik? Hoe het mense goed gekoop?

'n Halfuur later stop sy met melk, toiletpapier en 'n Magnum Almond voor haar kompleks. Dis ná middernag en sy moet môre werk. Skielik mis sy Luan. Sy wens hy was nou hier, om haar te troos, om haar veilig te laat voel, om vir haar te sê dis net haar ooraktiewe verbeelding. Sy wonder of Luan haar mis. Hy't nog nooit so gesê nie. Sy mis hom so. Elke aand as sy alleen is in haar woonstel, wens sy hy wil daar opdaag of haar bel of haar sms. En wanneer sy alleen in haar bed lê, verbeel sy haar sy voel sy arm om haar.

Geen swart figure nie, sien sy toe sy uitklim en weer versigtig om haar rondkyk. Eers sluit sy die veiligheidsdeur oop en druk die sleutel in die voordeur om hom ook oop te sluit, maar die sleutel wil nie draai nie. Sy probeer weer. Dis vreemd . . . Toe sy die handvatsel afdruk, gaan die deur oop. Dis oop. Haar voordeur is oop. En sy's seker sy het dit gesluit. Nou is sy bang. Nou is sy regtig egtig bang.

Met haar hart wat wild in haar ore klop, stap sy haar woon-stel binne. Moet sy die deure sluit of oophou vir ingeval iemand haar hierbinne inwag? Sy besluit om dit vir eers oop te hou, sodat sy 'n vinnige ontsnaproete het.

"Hallo . . ." roep sy en loop suutjies in die donker na die kombuis toe waar sy die broodmes uit die laai haal.

Op haar tone sluip sy na haar kamer toe, met haar rug heelpad teen die muur. As Paul haar nou moet sien . . . Hy beskuldig haar juis daarvan dat sy dink sy speel die hoofrol in haar eie riller. Maar hierdie keer is dit nie haar paranoia nie. Sy wéét sy het daardie voordeur gesluit. In haar kamer sit sy die lig aan. Daar's niemand nie. Ook nie in die badkamer of sitkamer nie, sien sy toe sy gaan kyk. Met die broodmes in haar hand, sluit sy die veiligheidsdeur en voordeur toe. Sy maak sommer drie keer seker al twee is gesluit en stap terug na haar sitkamer. Was daardie papiere op die tafeltjie teen die muur so deurmekaar? Dit lyk kompleet of iemand vinnig met 'n hand daaroor gevee het, soos oor 'n pak kaarte, om te sien of daar nie iets tussenin is wat hy soek nie. Dit kon een van die meisies gewees het, dink sy – nie dat hulle 'n rede sal hê om deur haar koeverte en papiere te kyk nie. Dis alles van daardie papiere wat in vensterkoevertjies in die pos kom; die soort wat Andi nie eens wil oopmaak nie: versekering, annuïteite, polisse. Sy stapel dit op daai tafeltjie op 'n hoop totdat sy eendag in 'n maniese oomblik die moed kry om dit iewers in 'n geel lêer te liasseer. Maar sy raak nooit daaraan nie, juis omdat sy allergies is vir sulke amptelike briewe. Wie sou dit so deurmekaar gevee het?

Was iemand in haar huis? Het Jack Greeff se skurke by haar huis ingekom terwyl sy by die kafee was en dit só probeer doen dat sy dit nie eens agterkom nie? En hoe op dees aarde het hulle haar voordeur oopgesluit? En wat sou hulle in haar huis kom soek het?

Dalk moet sy Luan bel. Sy's nou bang om alleen hier te slaap. Sê nou hulle kom in terwyl sy hier is. Ja, dalk moet sy Luan bel. Sy vat haar selfoon en soek sy nommer. Maar wat sal hy dink as sy hom in die middel van die nag met so 'n gek storie wakker bel? Hy sal net weer sê haar verbeelding is op loop en sy moet gaan slaap. Of, nog erger, hy sal dink sy is desperaat op soek na sy lyf en soek net 'n flou verskoning om hom hier te kry. Nee wag, dink sy, en sit haar selfoon neer. Liewer nie. Luan is nog nie haar kêrel nie. Hulle is nog nie op die vlak waar sy hom met haar huishoudelike probleme kan opsaal nie.

En dalk ís dit net laat en het sy te veel La Fleurette gedrink. Sy hét al dikwels vergeet om haar voordeur te sluit en sy is nie die mees georganiseerde mens in die wêreld nie. En daar was al kere dat sy kon sweer sy het iets gedoen (soos haar voordeur gesluit) net om later te sien sy het nie.

Ja, besluit sy, sy gaan eerder slaap en môre met nuwe perspektief en die helder denke wat die dag bring, na die situasie kyk. Sy trek pajamas aan, klim in die bed en sit die lig af. Vyf minute later storm sy badkamer toe, pluk die stortgordyn oop, maak seker niemand is in die stort nie en gaan klim weer in haar bed – met die broodmes langs haar . . .

"Don'cha wish your girlfriend was hot like me . . . don'cha wish your girlfriend . . ." Wat? Dis die middel van die nag! Wie bel haar nou? Is dit weer Arend Human? Is iemand hierdie keer regtig dood?

Sy gryp die broodmes langs haar bed. Dis Jack Greeff. Dis 'n dreigoproep van Jack Greeff. Met haar ander hand voel-voel Andi in die donker na haar selfoon op die bedkassie en antwoord krakerig, "Andi, hallo."

'n Man gaan nou vir haar sê hy kan sien sy het Pink Panther-pajamas aan en sy moet gaan kyk of die kinders oukei is. Maar dis nie 'n manstem aan die anderkant nie, dis 'n vrou.

"Vere val nie," sê sy. Net dit. Nie hallo nie, nie hoe gaan dit nie, net dit.

"Wat?" sê Andi en probeer uitmaak wie dit is. Dis 2:35, sien sy op haar klokradio. Wie sal haar op hierdie barbaarse uur met so 'n bisarre boodskap bel?

"Vere val nie," sê die stem weer. Is dit kodetaal? Beteken dit sy moet haar kussing vat en hol; die huis gaan ontplof? Of wat?

Andi hou die foon vir 'n oomblik weg van haar oor om te sien wie se nommer dit is. Dis Rentia, sien sy.

"Rentia, is dit jy?"

"Ja!"

"Waarvan praat jy?"

"Vere val nie, An. Ek kan nie oranje vere vir confetti hê nie. Die vere gaan nie val nie. Dis te lig. Mense gaan dit nie kan gooi nie. Vere val nie."

"Rentia, weet jy hoe laat dit is? Kan ons nie môre oor die gooibaarheid en gewig van vere praat nie?"

Rentia begin snik.

"Rentia, wat is dit? Wat gaan aan?" vra Andi.

"Niks gaan werk nie," snik sy. "Niks gaan uitwerk nie. Nie die confetti nie, nie die troue nie, niks nie."

"Rentie, moenie laf wees nie, alles gaan uitwerk. Jy gaan die mooiste bruid in die wêreld wees met die mooiste vere-confetti en ons sal 'n manier kry om hulle te laat val."

"Ek wil nie meer trou nie, An," sê Rentia deur die trane.

"Wat bedoel jy jy wil nie meer trou nie?"

"Presies wat ek sê. Ek wil nie meer trou nie." 'n Nuwe reeks snikke bars deur.

Andi probeer paai. "Rentie, 'n confetti-probleem is nie 'n rede om nie meer te wil trou nie."

"Dis nie die probleem nie," snik sy.

"Wat is die probleem?"

"Dis Derek."

"Wat van Derek? Wat het hy gedoen?"

"Ek wil nie meer met hom trou nie."

"Hoekom nie?"

"Dis nie reg nie. Dit voel nie reg nie. Niks is reg nie."

"Rentie, kalmeer. Wat is nie reg nie? Wat is fout? Wat het gebeur?"

"Ek soek 'n whisper of 'n thrill, an ounce of excitement. Ek wil dans soos 'n dervish!"

O, hel. Aanhalings uit *Meet Joe Black*. Andi wou sê Rentia was die hele aand baie stil. "Rentia, dis 'n fliek. Jy besef dis 'n fliek. Fiksie. Fantasie. Iets wat iemand uitgedink het."

"Ek gee nie om nie," snik sy. "Ek wil weerlig hê. Lightning wat strike. Nie boring sagte wolkies en oranje vere nie."

Rentia se troue is oor minder as twee maande. En nou gaan Andi die oorsaak wees dat die hele okkasie platval. "Oujong-nooi," sal mense kopskuddend sê. "Jaloers. Bitter. Wil nie hê iemand anders moet trou nie." Ag tog, hoekom het sy nie maar eerder *Legends of the Fall* of *The Mexican* uitgeneem nie?

"Rentia, waar is jy?" vra Andi benoud.

"In my woonstel," sê sy.

"Bly net daar. Ek is op pad."

Tien minute later (die verkeer om middernag is heerlik stil) klop sy, nog steeds in haar Pink Panther-pajamas, aan Rentia se voordeur. Dié lyk iets vreesliks. Hare deurmekaar, neus en oë bloedrooi.

Andi gee haar 'n drukkie. "Rentie, wat doen jy aan jouself?"

Hulle gaan sit op haar bed. Andi probeer 'n plek tussen al die opgefrommelde tissues kry. "Vertel nou. Begin by die begin."

"Dis net vanaand, toe ons by jou gekuier en fliek gekyk het. Toe luister ek so na als wat julle sê en wat hulle op die fliek sê en toe tref dit my: ek kan nie met Derek trou nie." Sy begin weer huil.

"Hoekom nie?" vra Andi. "Verduidelik weer vir my. Niks wat jy op die foon gesê het, het sin gemaak nie."

"Ek wil dans soos 'n dervish!" weeklaag sy en val in 'n hoop snikke op haar kussing neer.

"Rentia, weet jy ooit wat ís 'n dervish?"

"Nee, maar ek wil soos een dans," kom dit deur die kussing.

"Wag," sê Andi, "een vraagstuk op 'n slag. Voor ons verder gaan, moet ons kyk wat's 'n dervish. Het jy 'n woordeboek?"

Rentia kom op om haar neus te blaas en beduie na haar boekrak.

Dis die *Groot Woordeboek* van Kritzinger, Schoonees, Cronjé en Eksteen. Sy slaan die boek by die Engelse d's oop en soek *dervish*.

"A-ha, hier's dit," sê Andi met haar vinger op die regte plek. Sy glimlag toe sy die vertaling lees en kyk vir Rentia. "Is jy gereed?" vra sy. "'n Dervish, my liewe Rentie, is 'n Moslem-bedelmonnik."

Rentia frons, haar rooi neus op 'n plooi. "'n Moslem-bedelmonnik?"

"Ja," sê Andi en klap die woordeboek toe. "Dis hoe jy wil dans."

Andi lag vir die teleurstelling op Rentia se gesig. "'n Bedelmonnik?" vra sy weer, die verwarring vir 'n oomblik groter as die hartseer.

"Rentia, dis 'n fliek."

"Maar wat van die ounce of excitement, die whisper of a thrill?" neul sy.

"Julle het dit. Hemel, onthou jy nie hoe verlief jy was toe jy en Derek begin uitgaan het nie? Jy kon nie uitgepraat raak oor hom nie. Hy kon nie sy hande van jou afhou nie."

"Hoekom is dit nie meer so nie, An?"

"Want julle gaan al amper vyf jaar uit. Daai verliefdheid hou net twee jaar. Dis hormone wat afgeskei word. In jou woorde: die natuur se manier om seker te maak julle paar en baar."

"En nou't ons nie kinders nie en wat gaan ons nou bymekaar hou?"

"Dieselfde ding wat julle al jare lank bymekaar hou, Rentie. Liefde."

"Jy weet ek glo nie in liefde nie."

Andi glimlag en vryf die hare uit Rentia se gesig. "Die ironie is dat jy die een mens is wat dit gekry het. Wat dit het."

"Dink jy rêrig so?"

"Ja. Wat jy en Derek het, skop mens nie agter elke bos uit nie. 'n Ounce of excitement, 'n whisper of a thrill kan jy elke tweede aand met 'n ander ou kry, maar waar jy gaan jy nog iemand kry wat na jou gaan luister as jy hom in die middel van die nag bel en vra of hy dink die troukoek gaan genoeg vir al die gaste wees?"

"Maar Vera het gesê mens moet nooit settle nie. Ek is bang ek settle, An."

"Ek sou jou gesê het as jy gesettle het. Dis wat vriendinne doen."

"En jy dink nie ek het gesettle nie?"

"Derek is een hengse catch. Jy't net so gewoond geraak daaraan dat jy dit nie meer sien nie."

Rentia dink 'n rukkie na. "Hy is eintlik, nè?"

"Kom ons kyk," sê Andi, en tel Derek se deugde op haar vingers af: "Hy's 'n argitek, hy't 'n killer ass en, belangrikste van als, hy's mal oor jou."

Rentia begin weer huil. "Jy's reg. Jy's so reg! Ek's 'n mean mean bitch. Ek het die beste man in die wêreld gekry en hier wil ek hom voor die troue los."

Dié keer los Andi haar maar dat sy haar uithuil. Ten minste huil sy nou vir die regte rede. Toe sy na 'n rukkie bedaar en vir asem en nog tissues opkom, sê sy met 'n toe neus: "Nou wat van die vere?"

Andi lag. "As dit ons enigste probleem is, is ek bly." Sy kyk bekommerd na Rentia. "Is dit ons enigste probleem?"

"Ja, ja," sê sy, "dit was tydelike waansin. Ek's jammer, An. Ek's jammer ek het jou in die middel van die nag laat kom. Ek weet nie wat in my gevaar het nie."

249

"Mens noem dit koue voete," sê Andi. "Maar gelukkig het jy 'n warm hart. En Derek ook. Wys nou vir my die vere."

Rentia staan op en gaan haal 'n paar bokse uit die sitkamer. Toe sy dit oopmaak, peul helderoranje vere daaruit. Sy gryp twee hande vol en gooi dit na Andi toe. Die vere kom nie eens naby aan Andi nie. Dit dryf net daar waar dit Rentia se hande verlaat het, saggies grond toe.

"Sien jy wat ek bedoel?" sê sy. "Vere val nie."

Toe Andi by haar lessenaar kom, voel haar ooglede soos skuurpapier. Dis Vrydag en dit gaan 'n bloue wees. Haar oë brand, sy kry koud en haar hele lyf bewe. Met al haar eie en Rentia se drama het sy gisternag feitlik niks geslaap nie.

Met haar moeë lyf gaan sit sy by haar lessenaar en tik haar aanmeldnaam en wagwoord in. Hoe gaan sy deur die dag kom? Sy maak haar oë lank toe en raak amper aan die slaap. Die gelui van haar foon laat haar wakker skrik.

"Andi, hallo?"

"Dis ek." Sy herken die stem. Dis Keith.

"Hallo, Keith, hoe gaan dit?"

"Luister, ek het my mind gechange. Ek het besluit om on the record te gaan."

Sy kan nie glo wat sy hoor nie. Net toe sy begin dink het dis hopeloos. Net toe sy gedink het sy gaan niemand kry om op die rekord met haar te praat nie en sy kan die storie maar koebaai soen.

"Is jy ernstig?" vra sy.

"Ja."

"Maar wat het jou . . ."

"Wil jy die storie hê of nie?" val hy haar in die rede.

"Ja natuurlik. Ek kan net nie verstaan . . ."

"Jy hoef nie te verstaan nie. Al wat jy hoef te verstaan, is dat ek on the record sal gaan."

Andi is nou heeltemal oorbluf. "O . . . wel . . . dis wonderlik, dankie Keith."

"Wanneer gaan die storie in?"

"Ons sal seker eers 'n onderhoud moet doen . . ."

"Vir wat? Ek't mos klaar al die beans vir jou gespill."

"So kan ek alles wat jy reeds vir my gesê het, aanhaal? Op die rekord? Met jou naam?"

"Dis mos wat ek sê."

"Oukei . . . wel, in daardie geval kan ek dit seker vandag al skryf."

"Sal dit môre in die koerant wees?"

"Wel, ek skat so . . . As . . ."

"As jy dit nie wil doen nie, kan ek na 'n ander koerant toe gaan."

"Nee wag nou, wag nou, Keith. Dit sal nie nodig wees nie. Jy's reg. Ek het alles wat ek nodig het. Ek sal dit vandag skryf en dit sal môre in wees."

"Goed. Cheers."

Nadat hy afgelui het, sit Andi nog verdwaas met die foon in haar hand. Wat gaan met Keith aan? Is hy weer gedreig? Is hy desperaat dat die storie gepubliseer word en Greeff en sy trawante gearresteer word? Dit maak seker nie saak nie. Al wat saak maak, is dat sy nou 'n bron met 'n naam het wat sy op die rekord kan aanhaal. As sy nie so moeg was nie, sou sy blyer ge-wees het. Die storie werk uiteindelik uit. Môre gaan Jack Greeff in sy eie vet braai. En haar exposé gaan landwyd opslae maak. Haar naam gaan op elke redakteur se lippe wees. Luan en Paul gaan hul woorde moet sluk en hulle sal haar stert tussen die bene kom gelukwens.

Sy spring op. Haar moegheid is nou skoon weg. Sy moet dadelik vir Paul gaan vertel, sodat hy dit op die nuuslys kan sit. Voorblad. Haar scoop. Andi Niemand se scoop.

Toe sy terugkom van Paul se kantoor, bel sy gou vir Arend.

Paul het ingestem dat sy die storie skryf, maar gesê sy moet sorg dat sy behoorlike kommentaar van Jack Greeff of minstens van sy regsverteenwoordiger kry. Asof sy dit nie weet nie. Arend se selfoon is af. Sy los 'n boodskap dat hy haar dringend moet bel en dat nog 'n berig môre in die koerant gaan verskyn.

Dan begin sy skryf. Haar storie, haar scoop. Met Keith as haar gesaghebbende bron. Sy kan al die hoofopskrif op môre se koerant sien: *Jack Greeff ontmasker*. Sy's seker die koerant gaan drie keer meer eksemplare as normaalweg verkoop. En Greeff en al sy trawante sal dieselfde dag nog in hegtenis geneem word. Andi sal die bewyse wat sy vir die berigte gebruik het, aan die polisie oorhandig en Greeff sal nooit weer die buitekant van 'n tronk sien nie. Emma sal hom summier los en eksklusief met Andi praat oor haar groot hartseer en haar nuwe liefde, 'n 22-jarige kameraman by *Egoli*.

Die bekende sanger en musiekmagnaat Jack Greeff word by 'n onderwêreld van dwelms en misdaadnetwerke betrek, tik sy. En al die res: die onderhoude, die kleinhoewe buite Benoni, die vreemde voorvalle; hoe daar by haar motor ingebreek is; Damien se dood; alles. Môre is sy gemaak. Môre is Andi Niemand iémand.

18

Haar Jack Greeff-exposé is klaar en sy is só verlig. Dit is 'n wonderlike gevoel. Om uiteindelik die vrugte te pluk van al daardie harde werk. Al daardie onderhoude, navorsing, ryery.

Eintlik voel sy trots op haarself. Al het sy haar hoeveel keer in mure vasgeloop, het sy aanhou probeer maniere en ompaaie vind en nou het sy die storie gekry! Eintlik is sy 'n speurder van formaat.

'n Deel van haar is 'n bietjie senuweeagtig oor wat môre met haar gaan gebeur as Jack Greeff die koerant sien. Maar sy's seker die polisie sal hom en sy trawante so gou vastrek dat hulle nie eens kans sal kry om by haar uit te kom nie.

Sy begin skryf aan 'n storie oor Laurika Rauch wat nog maerder geword het, toe 'n geel koevertjie verskyn. Dis Luan.

Jou te lanklaas gesien, jou te lanklaas gesoen.

Nog een kort daarna:

Ek voel hoe die kleur uit my lewe dreineer. Doen iets om dit te keer.

Andi lag. Hy's die sweetste, oulikste, slimste.

Kom kuier vanaand by my, skryf sy terug. Hard to get is nou nie meer nodig nie. Luan is nou feitlik hare. En hy kan haar sommer vanaand beskerm teen enige moontlike aanslae van Jack Greeff.

Mis dit vir niks x, stuur hy terug.

Terwyl sy dit vir die vyftiende keer lees, lui haar kantoortelefoon. Dis ontvangs. "Hier is 'n Arend Human vir jou."

Toe sy ontvangs toe stap om hom te gaan haal, is sy bang. Wat soek hy hier? Het Jack Greeff hom aangesê om haar te kom intimideer; om haar te keer om die storie te publiseer?

Sy sien hom op en af stap in die ontvangsarea. Hy sien haar nie aankom nie en sy's al by hom toe hy opkyk. "Arend?" vra sy. "Wat maak jy hier?"

Hy vat haar aan die elmboog. "Kan ons iewers gaan praat?"

"Ja um, seker, is die kantien oukei?"

"Ja, dis fine."

Hulle stap in stilte na die kantien toe. Arend lyk erg beneuk. Hy loop so vinnig dat sy sukkel om by te hou en hy sleep haar aan haar arm saam. By die kantien koop hy vir hul elkeen 'n filterkoffie. "Kan ons iewers gaan sit waar ons kan praat?" vra hy.

"Ja, daar's tafeltjies daar buite," sê Andi.

Toe hulle met hul koffie gaan sit, sit Arend syne op die tafel neer en vryf oor sy gesig soos 'n moedelose man.

"Het jy my boodskap op jou selfoon gekry?" vra Andi.

"Ja," sê hy, "dis hoekom ek hier is."

"Jy kon maar gebel het. Dit was nie nodig om . . ."

"Dit ís nodig," sê hy kwaai en haal sy koffie se dekseltjie af om suiker in te gooi. "Ek het geweet ek gaan jou nie telefonies tot jou sinne kan bring nie. Nou probeer ek maar in persoon."

"Tot my sinne bring?" vra sy en vou haar arms. Sy's ook nou beneuk. Hy moenie dink hy kan haar kom bangpraat nie.

"Ja, Andi, tot jou sinne bring. En jou teen jouself beskerm."

"Jy bedoel seker jou kliënt teen my beskerm. Of teen die waarheid beskerm."

Arend trek sy hande deur sy hare. "Andi, luister vir my. Hierdie is jou laaste kans. Ek het jou kom waarsku. Hierdie keer gáán Greeff jou dagvaar."

Sy trek haar skouers op. "Laat hy my dagvaar. Laat hy probeer."

Arend kyk haar indringend aan. "So jy gaan definitief voort? Gaan julle die storie môre publiseer?"

"Ja, natuurlik gaan ons."

"Wil jy nie net 'n paar dae wag nie? Dat ek aan jou kan bewys jy't die kat aan die stert beet?"

"Nee, ek's jammer. Die storie is klaar deur. Paul wil dit môre op die voorblad hê."

Arend sug. "Sê my presies wat jy geskryf het, sodat ek vir jou kommentaar kan gee."

Andi vertel hom in breë trekke: van Keith en Damien en die kleinhoewe.

Arend skud sy kop stadig toe hy klaar geluister het. "Niks daarvan is waar nie. My kliënt was en is by niks daarvan betrokke nie."

"Wil jy vir my sê al hierdie mense suig dit uit hul duime?"

"Jy's naïef," sê hy. "Waar groot geld betrokke is, is baie mense met agendas, vendettas. Hierdie mense, hierdie sogenaamde bronne van jou . . ."

"Natuurlik sal jy sê hulle het vendettas en agendas. Jy's Jack Greeff se advokaat, Arend. Jy's aan sý kant!"

"So niks wat ek sê, gaan jou van plan kan laat verander nie."

Sy skud haar kop. "Jy's nie objektief nie. As jy self met hierdie mense gepraat het . . ."

"Ai, Andi, ek wens ek kon tot jou deurdring. Hierdie storie gaan jou meer skade aandoen as vir Jack Greeff."

Dis vreemd, dink sy. Hy lyk opreg. Dalk dink hy regtig sy het die kat aan die stert beet. Maar sy weet wat sy weet. En sy's moeg vir mans wat vir haar sê wat om te doen.

"Ek's jammer, Arend. Ek weet dit is sleg vir jou en hy's jou kliënt en als, maar ek kan nie die storie los nie."

"Dit gaan slegter wees vir jou as vir my of vir Greeff, ek belowe jou."

"En van wanneer af is jy aan my kant?"

Hy kyk af. "Ek sê maar net. Ek dink nie jy weet wat jy doen nie."

"Wel, ek dink ek weet."

Hy sug en sluk die laaste van sy koffie weg. "In daardie geval moet ek seker vir jou amptelike kommentaar gee."

"Ja, asseblief," sê sy en slaan haar notaboekie oop.

"Skryf daar: 'Jack Greef ontken die bewerings ten sterkste'."

Sy skryf die sinnetjie in haar notaboek.

Toe sy die boekie toeslaan, staan hy op. Sy steek haar hand uit om hom te groet. "Net dat jy weet, Andi," sê hy terwyl hy haar hand druk, "hierdie keer gaan niks jou kan red nie."

Luan kom haar oor tien minute haal en sy's baie laat. Nadat sy gestort het, het sy só lank met Wendy oor die foon gepraat oor moontlikhede dat vanaand Die Aand is dat haar hare nou halfpad droog geword het. Net gou haar toonnaels verf en daarna sal sy haar kop onder die kraan gaan indruk en dit vinnig blaas en terselfdertyd grimeer. Dis haalbaar. Dis moontlik.

"Dieng-dong!" Deurklokkie. Nee, Luan is vroeg. Hy's nooit vroeg nie. Wat gaan sy maak? Die langste wat sy hom by die deur kan laat wag, is volgens standaard date-protokol 'n minuut. Wat gaan sy in hierdie minuut doen? Hoe moet sy kies? Sy kan óf die tyd gebruik om haar kop onder 'n kraan te gaan indruk óf sy kan gou die leë boks Weigh-Less instant choc mint mousse van die sitkamerbank verwyder waar sy dit vroeër vanaand soos 'n barbaar gelê en eet het. (Hoe kon sy dit doen voor 'n date? Nuwe laagtepunt.)

Ses minute en agt en veertig sekondes later maak sy die deur uitasem en bloedrooi vir Luan oop met haar hare in 'n handdoek, haar lyf in 'n handdoek, haar een voet nog vol toonverdelers en in haar linkerhand 'n stofsuierpyp. (Verduideliking volg hierna.)

Ná deeglike oorweging van al die opsies het Andi vir waardigheidsredes toe op die verwydering van die Weigh-Less-boks besluit en in die proses 'n gru-ontdekking agter en tussen die kussings van haar sitkamerbank gemaak: krummels, ou menslike weefsel en stofbolle, asook: 'n peperment, 'n naelknippertjie, 'n gholfbal (?) en 'n halfgebruikte Labello waarvan die doppie weg was en krummels, hare en stof aan die vaseline gekleef het. Die ontdekking het al die ander dinge soos hare natmaak en tone verf na laer prioriteite verskuif. Luan kon dit onder geen omstandighede sien nie. Geen.

Sy verwyder toe die peperment, naelknippertjie, gholfbal en Labello, gooi dit weg, gaan haal die stofsuier, gaan soek die verlengingskoord, prop die stofsuier in, gaan soek die gepaste pyp wat vooraan moet kom en suig die bank uit.

"Ek het al begin dink jy's nie hier nie," sê Luan met 'n geamuseerde glimlag terwyl hy haar in haar handdoek op en af bekyk. "Ek sien jy's gereed." Hy hou sy arm na haar toe uit. "Sal ons gaan?"

"Ek's jammer, ek's jammer, ek's jammer," sê sy. "Kom in. Sit. Ek's binne 'n minuut terug," en sy trippel die badkamer in.

"Hm, 'n minuut, dit lyk so ja," roep hy agterna en begin lag. "Het ek my verbeel of het jy gestofsuig voordat jy die deur vir my oopgemaak het?"

"Poeier laat val!" skreeu sy uit die badkamer.

"Jy kan altyd 'n French maid outfit aantrek en vir my kom wys hoe jy stofsuig . . ."

"Moenie vir jou laf hou nie."

Twee en twintig minute later verskyn sy in die sitkamer: hare geblaas, tande geborsel, ordentlik aangetrek.

"Jy lyk pragtig," sê Luan, staan op en trek haar nader, "maar ek dink ek het die vorige mondering verkies."

Sy glimlag liefies en sê: "Jy's baie gelukkig. Dit word net aan uitgesoekte deelnemers gewys."

Hy vat haar na 'n baie upmarket en classy cocktail bar waar hulle die hele aand cocktails drink en met mekaar flirt. Toe hulle 'n paar uur later by haar woonsteldeur kom en sy die veilig-heidshek probeer oopsluit, is sy mond en hande oral oor haar lyf. "Luan, wag," giggel sy, "netnou sien die bure ons! Laat ons darem net eers in die huis kom."

Toe hulle binne is, klap hy die voordeur toe en bespring haar soos 'n wilde dier. Hoe dit gebeur het, en of dit 'n berekende strategie van sy kant af was, weet sy nie, maar hulle beland uitasem in haar kamer op haar bed.

Wendy het gesê as dít gebeur, moet sy weet dis sulke tyd. Sulke Tyd. O hemel, sy weet nie of sy reg is nie, sy weet nie of sy moet nie, raas haar gedagtes terwyl Luan haar top uitpluk. Hy's nog nie eens haar kêrel nie. Nie amptelik nie. Eintlik gaan hulle nie eens uit nie. Vera het nou die dag vir haar gesê 'n mens vertrou nie 'n man met jou lyf voordat jy hom met jou hart kan vertrou nie. En sy kan hom nie met haar hart vertrou nie. Nog nie. Sy kán nie.

Hy begin haar jeans losknoop en hyg in haar nek: "Andi, jy weet nie wat jy aan my doen nie."

"Luan . . ." kreun sy en probeer hom halfhartig keer, want sy moet, sy móét, sy weet sy moet hom keer. Nou. Sy moet hom nóú keer. NOU.

Daar gaan haar jeans. Daar gaan haar keer.

"Ek wil wegraak in jou," fluister hy en soen haar weer.

Nee, nee, nee, skreeu haar gedagtes. Moenie, Andi, moenie, skreeu haar hart. Maar haar lyf steur hom nie aan die stemme nie.

Hy trek sy hemp uit. Haar vingers vleg deur sy hare, sy stoppelbaard krap haar mond.

"Andi . . ."

Toe die gewig van sy lyf die asem uit haar druk, weet sy sy gaan hom nie kan keer nie. Oorlog is oorlog. En sy's ook net mens.

Met sy hand op haar binnebeen, fluister hy teen haar oor: "Sê my wat jy voel." Hy kyk vir haar. Sy swart kuif val oor sy voorkop.

"Gelukkig," sê sy en streel oor sy wang. "Ek voel so gelukkig."

Hy bly vir haar kyk, lank, asof sy 'n raaisel is wat hy ontrafel. Iets gebeur op sy gesig en hy vlieg op; begin verwoed aantrek.

"Luan, wat is dit?" vra sy verdwaas en sit regop. "Wat? Het ek iets verkeerd gesê? Wat is dit?"

Voordat hy uitstap, sê hy: "Ek's jammer, Andi. Ek's jammer."

19

Dis haar dag van glorie. Haar scoopdag. Haar groot sukses. En hier lê sy in 'n lakensee van depressie. Gelukkig is dit Saterdag, want sy het regtig nie die emosionele energie om vandag op te staan nie. Luan het haar nog glad nie ge-sms of gebel of enigiets gedoen om haar innerlike worsteling oor die fiasko te verlig nie.

Terwyl sy vir die soveelste keer die gebeure in haar kop laat afspeel en wonder wat verkeerd gegaan het, kom Wendy huilend by haar aan. Dié is in so 'n toestand dat sy nie agterkom Andi is self in 'n emosionele verwerpingskrisis nie.

"Hemel, Wen, wat's fout?" vra Andi terwyl sy die veiligheidsdeur oopsluit. Sy't Wendy nog bitter min in haar lewe sien huil. Een keer was toe sy haar rooi krullebol kort laat afsny het en die ander keer was toe haar ma ernstig siek in die hospitaal was.

"Hy's terug," snik sy, "hy's terug Australië toe."

"Wie, Simson?" vra Andi.

"Ja," huil sy en val op die sitkamerbank neer.

Andi gaan sit langs haar en troos met haar hand op Wendy se rug. "Ai, Wen. Hy sal mos weer terugkom."

"Nee," snik sy, "dis permanent. Hy's permanent terug. Ek gaan hom nooit weer sien nie."

"Ek dog hulle kom terug Suid-Afrika toe – dat sy vrou en kinders later kom."

"Sy't besluit sy wil eerder daar bly. Dat dit te 'n groot ontwrigting vir die kinders sal wees."

"En toe gaan hy terug?"

"Hy kon 'n terugplasing by sy werk kry."

"Maar Wen, jy't tog geweet . . . ek meen, hy's getroud."

"Dis nie nou die tyd vir I told you so nie, An."

"Dis nie wat ek bedoel nie. Ek meen maar net, dis nie asof jy vir julle 'n toekoms saam kon sien nie."

Wendy kom al snikkende op en gaan haal toiletpapier in die badkamer om haar neus te blaas. "Ek weet," sê sy toe sy terugkom, "ek weet ek was blerrie stupid."

"Ek verstaan dit nie. As dit by mans kom, is jy altyd so . . . oopkop. So cool and calculated."

"Ek weet. Ek verstaan dit ook nie. 'Moenie dat húlle jóú gebruik nie. Gebruik jy hulle'. Dis mos my leuse. En kyk waar sit ek nou. Al my eie reëls gebreek." Sy blaas weer haar neus.

"Watse reëls?"

"Moenie verlief raak nie. Moenie lief raak nie. Hou dit fun. Hou dit oppervlakkig."

"En toe raak jy verlief?"

"Lief," sug sy. "Ek's lief vir hom, An. Ek wil sy kinders hê." Sy val teen die bank se rugleuning met haar kop agteroor. "Hoe het dit gebeur? Hoe het ek dit toegelaat?"

"Jy's ook net 'n mens," sê Andi.

"'n Onnosele een," sê Wendy.

"Is ons almal nie?"

"Maar ek was nog nooit so dom en mal as dit by mans kom nie. Ek het nog elke keer geweet waarvoor ek my inlaat."

"Wat het hy gesê?"

"Hy't gehuil." Sy lag deur die trane. "Kan jy dit glo? Die sterke Simson huil. Ek het hom gesmeek om te bly. Gesméék. Maar hy't net gesê hy kan nie. Sy kinders."

"Ai, Wen."

Sy snik in 'n stuk double-ply.

"Ten minste weet jy hy het vir jou ook iets gevoel," troos Andi.

"Ag, asseblief. Hy't mý gevoel. My boude, my boobs. Dís wat hy gevoel het. Dit was krokodiltrane daai. Gehuil omdat hy nie geweet het wat om te sê nie. Getroude mans voel 'n veer vir jou, anders sal hulle dit nie aan jou doen nie."

"Dink jy regtig mans is so wreed? Dink jy regtig hy't niks vir jou gevoel nie?"

260

Sy rol nog 'n stuk toiletpapier af. "Who knows? Mans ken self nie die verskil tussen lus en liefde nie. En ons vroue misgis so graag die een vir die ander."

"Dalk misgis ons dit in onsself ook."

Wendy trek haar skouers op. "Dalk. Ek het. Die een oomblik nog gedink ek's net lus en toe ek weer sien, toe's ek lief."

"Is hy klaar in Australië?"

"Op'ie vliegtuig. Hy't nog gisteraand by my geslaap. Eers vanoggend met die volle storie uitgekom." Sy begin opnuut huil. "Ek voel so gebruik. Kan jy glo ek sê dit? Dis nou woorde wat ek nooit gedink het uit my mond sal kom nie."

"Dis oukei, dis oukei," troos Andi. "Jy verdien in elk geval beter. Good riddance. Dis wat ek sê."

"An, ek dink nie ek gaan ooit weer heel wees nie."

"Is enigiemand regtig heel, Wen?"

"Seker nie. Maar by hom is ek." Sy kyk af en haar lip bewe. "Was ek."

Andi vat haar hand. "Iemand anders sal jou weer heelmaak."

Wendy kyk op na haar en haar groen oë word glas van die trane. "Jy sê dit, maar jy weet dit nie."

"Ek glo dit," sê Andi, "want ek ken jou. Jy trek mense na jou toe aan. So baie mense swerm om jou, agter jou lig aan. En een van daai mense gaan die regte een wees, Wen."

Wendy lag deur die trane. "So dis 'n calculated guess?"

"Ja," sê Andi en glimlag. "En ek's sowat een honderd persent seker van my saak."

Wendy begin opnuut huil. Andi druk haar vas. "Ek's so lief vir hom, ek's so lief vir hom," sê sy toe sy ná 'n lang ruk van Andi wegtrek. Haar gesig vertrek en sy verberg dit in haar hande. "Dis vir my ondenkbaar dat hy aan 'n ander vrou behoort. Om te dink sy het hom, elke dag, vir ewig en vir altyd. Sy het sy kinders. Sy het hom. Sy sien hom. Sien hom slaap. Sien hom TV kyk. Sien hom vir sy rugbyspan skree, vir sy kinders stories lees.

Dit maak my siek, An, siek op my maag. Dat ék dit nie het nie. Dat ek dit nooit sal hê nie."

"Nie nooit nie, Wen, net nie met hom nie," sê Andi.

"Presies," sê Wendy. Sy't nou opgehou huil en staar net doods voor haar uit. "Net nie met hom nie."

Vir lank sit hulle in stilte. Andi weet dis soms beter om nie te probeer raad gee nie. Wendy begin weer huil. Stil. Net trane wat by haar wange afloop. "Kan mens iemand terselfdertyd so liefhê en haat?" vra sy.

"Net as jy hom lief genoeg het," sê Andi.

Wendy vee die trane stadig af, kyk op en asem diep in. "Ugh, gaan ek ooit weer normaal kan asemhaal?"

Andi gaan maak vir hulle tee. In Wendy s'n sit sy sommer ekstra suiker. Hulle drink dit in stilte. "Dankie, An," sê Wendy later. Sy glimlag hartseer; haar oë nog vol trane. "Dankie dat jy my nooit veroordeel nie." Andi glimlag net en druk haar hand. "Vertel my asseblief net van jou probleme sodat ek 'n klein rukkie van myne kan vergeet," sê Wendy later.

"Nee Wen, ons sorteer nou jou hartseer uit."

"Ek smeek jou. Ek's leeg gehuil. En ek wil my verlustig in jou smart. So maak dit groot. Oordryf. Lieg."

Andi sug. "Dít hoef ek nie te doen nie."

"Nou toe. Vertel."

Andi vertel wat gisteraand gebeur het. Van haar en Luan wat in die warmste oomblikke van passie was toe hy opvlieg en uit haar woonstel vlug asof dit aan die brand was.

Wendy lag. "Miskien kon hy dit nie opkry nie."

"Glo my, Wen, dit is nié wat gebeur het nie," sê Andi.

"Dis moontlik. Ek meen hy ís amper . . ."

"Wen, glo my net."

"Ek speel net. An, kan jy nie sien wat gebeur het nie?"

"Nee!" sê Andi. "Sê my asseblief. Ek wroeg al die hele dag daaroor en dit bly vir my 'n raaisel."

262

"Wat's die laaste ding wat hy vir jou gesê het, voordat hy uitgefreak en opgevlieg het?"

"Sê my wat jy voel."

"En toe sê jy?"

"Ek voel gelukkig."

Wendy kyk haar aan asof sy 'n analfabeet is. "An, dis obvious. Hy wou dirty talk en toe raak jy soppy en toe freak dit hom uit!"

"Wat?"

"Hy't gesê 'sê my wát jy voel', nie 'sê my hóé jy voel' nie."

Andi frons. "Maar . . ."

"Eintlik is dit 'n teksboekvoorbeeld van hoe mans en vroue verskil," sê Wendy. *"Men are from Mars, Women are from Venus* in 'n neutedop."

"Wag, wag, ek's nie by nie. Verduidelik," sê Andi.

"Vir hom is dit fisiek, vir jou emosioneel. Hy dink oe, ek's so hot vir hierdie girl, ek wil haar lewendig opvreet en jy dink oe, ek's so gelukkig, kom ons gaan kyk na trouvenues en karstoeltjies by Treehouse."

"Hemel, Wen, dis darem nie so nie."

"Dit ís. Jy wil dit net nie sien nie. Dis hoekom jy niks van mans verstaan nie."

"Maar hy't gesê ek kleur sy lewe in en hy's koorsig van my en hy wil wegraak in my."

"Dink 'n bietjie oor wat daardie woorde beteken, An: dis alles net mooi maniere om te sê 'ek wil die klere van jou lyf afskeur'. Niks daarvan sê 'ek is lief vir jou' of 'ek's verlief op jou' of selfs 'ek hou van jou' nie. Dit gaan alles net oor carnal desire."

"Maar ek het gedink . . ."

"Dieselfde wat ek gedink het."

"Ag Wen, ek weet darem nie. Ek dink hy's net . . . verward."

Wendy trek haar skouers op. "Dalk is jy reg. Ek hoop jy's reg. Vir jou part. Al wat ek sê is, moenie dinge hoor wat jy wíl hoor, maar wat nie gesê word nie. Jy gaan opeindig soos ek."

263

"Wen," kerm Andi en val teen die bank terug, "wat gaan ons doen?"

"Ek gaan die stukke van my hartjie optel en aanmekaar probeer gom en hopelik terugkeer na my gorgeous self. En jy, juffrou, jy gaan jou hart met 'n army beskerm. Hoor jy vir my, An? Met 'n army."

"Ná vandag het ek regtig 'n army nodig. Nie vir my hart nie, vir my lyf," sê Andi.

"Hoekom? Teen watter land het jy oorlog verklaar?"

"Jack Greeff-land. My groot exposé is vandag in die koerant."

Andi staan op en kry die koerant waar dit op die kombuistoonbank lê.

Onthul: Jack Greeff in dwelmnes, lees die opskrif.

Sy wys die koerant vir Wendy. "Ek moet erken," sê Andi, "dit lyk toe nou glad nie na die grênd onthulling soos wat ek beplan het nie. Ná al my harde werk en ondersoeke lyk dit nog steeds net soos 'n celeb-skande-storie."

"Wel, ek's baie trots op jou, An. Baie, baie geluk!"

"Ek het so uitgesien na hierdie dag. Die dag van my scoop. My groot, fantastiese scoop. Gedink ek gaan in die wolke wees."

"Nou hoekom is jy nie?"

Andi frons. "Ek weet nie. Ek weet regtig nie. Maar daar kleef hierdie aaklige gevoel aan my. Asof iets verskriklik gaan skeefloop . . ."

Gabrielle sê sy begin regkom. Andi ry terug huis toe ná haar vyfde les by die Italian Dress Design School. Die basiese goed het sy onder die knie en kan nou begin fokus op hoe om patrone te maak en rokke te ontwerp. Dit gee haar soveel plesier. Ekstase is eintlik die woord. Vir daardie twee ure elke week kry sy dit reg om van alles te vergeet. Word sy prinses Yasmin wat onder haar ouma se net dans.

Niemand weet nog van haar Bernette of haar naaldwerk-klasse nie. Nie eens Wendy nie. Eers was dit van skaamgeid oor haar oujongnooistokperdjie dat sy dit geheim gehou het. Maar nou het dit soos 'n geheime toevlugsoord geword. 'n Klein ei-landjie waar niemand haar ken nie en wat sy met niemand hoef te deel nie. Sy sal nog vir haar ma en haar vriendinne en vir Luan vertel. Wanneer die tyd reg is, sal sy hulle vertel van hierdie klein utopie wat sy in Johannesburg en in haarself ont-dek het.

Wanneer die formele deel van die les verby is en almal vir die tweede uur stil aan hul rokke begin werk, speel Gabrielle al-tyd Italiaanse opera. Daardie ryk musiek saam met die gedreun van die masjiene en die tekstuur van die materiaal onder haar vingers, voer Andi weg na 'n veraf plek. Waar daar nie 'n Jack Greeff of 'n Luan Verster of 'n Elsabé Niemand is nie. Waar sy nie môre dertig word nie. Waar sy nie wonder hoekom Luan haar nie wil hê en haar ma haar nie kan aanvaar nie. Waar sy nie Andi Niemand hoef te wees nie. Net Yasmin. Prinses Yasmin.

Die Italian Dress Design School is naby Houghton waar Vera-hulle bly. Andi ken dus die paadjies huis toe.

Terwyl sy deur die stil strate van Johannesburg terugry na haar woonstel toe, syfer die werklikheid soos altyd deur die euforie van die naaldwerkles; begin sy weer wonder oor Luan, haar bekommer oor Jack Greeff.

Haar groot scoop was toe 'n groot antiklimaks. Gister, Maan-dag, het geen trofees of lofliedere of werksaanbiedinge haar by die werk ingewag nie. 'n Paar mense het haar op die skouer geklop en Paul het darem gesê welgedaan, maar niks lewens-veranderend het gebeur nie. Sy's nog steeds net *Pers* se ver-maakverslaggewer. Geen e-posse van *Beeld* of *Sarie* se perso-neelhoofde nie. En anders as wat sy gehoop het, kyk Luan nie met ander oë na haar nie. Wel, dit lyk nie so nie. Hy het haar scoop wragtig waar nie eens genoem nie. Dalk het hy net ver-

265

geet, want andersins is hy baie dierbaar. Dit was asof die vlug-
voorval in haar woonstel Vrydagaand nooit gebeur het nie. Te-
rug by die werk was alles weer normaal tussen hulle. Dieselfde
kyke, e-posse, flirtasies. Hy het selfs vandag vir haar roomys by
die werk gebring.

In die omgewing waar Vera-hulle woon, sien sy die petrollig-
gie brand en sy hou by die eerste die beste vulstasie stil. As dit
nie so laat was nie, sou sy gou vir Vera kon gaan hallo sê het,
want hulle is om die draai. Maar dis al amper tienuur, sien sy.
Die Terblanche'e is seker lankal in die bed.

Terwyl 'n petroljoggie besig is om haar Golfie vol te maak,
klim Andi uit. Sy wil gou melk en toiletpapier by die garage-
winkeltjie gaan koop. Toe sy uitklim, sien sy 'n donkergroen
Prado net soos Vera s'n in die parkeerarea voor die winkeltjie
staan. Dit ís Vera s'n, sien sy aan die nommerplaat en die twee
kinderstoeltjies op die agtersitplek. Dis nou lekker toeval, dink
sy. Vera het seker ook vinnig een of ander noodvoorraad kom
koop. Haar oë soek Vera in die helderverligte winkel terwyl sy
soontoe stap, maar sy sien haar nêrens nie. Beweging in die mo-
tor langs die Prado vang haar oog. 'n Wit Mercedes. Dis Vera in
die passasiersitplek. Andi herken haar aan haar fyn silhoeët en
kort hare. Sy wonder . . .

Wat sy sien, laat haar in haar spore versteen. Vera leun oor
na die man aan die bestuurskant. Die man wat nié Hano is nie.
En soen hom lank en innig voordat sy uitklim, in haar Prado
spring en wegry.

Dertig. Sy is amptelik dertig. Die besef tref haar voordat sy haar
oë oopmaak.

Dis 21 Oktober. Haar verjaardag. Haar dertigste verjaardag.
Die dag wat sy haar lewe lank vrees.

Sy maak haar oë oop. Vinnig, soos wat mens 'n pleister af-
trek. Sy kan nog sien. Haar retinas werk nog. Sy staan op en

kyk in die spieël; lig haar nagrok op. Haar boobs het nie oornag tot op haar knieë afgesak nie, oumensvlekke het nie spontaan op haar hande verskyn nie en haar eierstokke het nie summier opgehou werk nie. Wel, sy hoop nie so nie.

Eintlik is dit 'n antiklimaks. Sy voel so . . . normaal. Dertig en normaal.

Haar voordeurklokkie lui. Dis heeltemal te vroeg vir gaste. Sy het nou net opgestaan. Toe sy die voordeur oopmaak, staan Wendy, Vera en Rentia daar. "Surprise!" skree hulle. Wendy hou 'n tros heliumballonne en 'n bottel La Fleurette vas, Rentia 'n groot houer Häagen-Dazs-roomys en Vera 'n pienk geskenk-sakkie.

Andi wil huil. Sy omhels elkeen nadat sy die veiligheidshek oopgesluit het. "Aangesien Luan jou vanaand by ons steel, het ons besluit om jou voor werk te kry," sê Wendy terwyl hulle instap.

Andi gaan maak vir hul elkeen 'n suikerhorinkie vol Häagen-Dazs en Wendy skink vier sjampanje-glase vol. Vera het klaar kussings en haar duvet op die sitkamervloer gegooi en hulle almal sit op die vloer, roomyse en vonkelwyn in die hand. Die pienk balonne dryf teen die plafon.

"Op'ie dirty thirties!" roep Wendy uit en steek haar glas in die lug. Die res volg haar voorbeeld.

"Dis nog nie agtuur in die oggend nie en ons drink," sê Andi.

"Hoe anders wou jy deur jou big Three O kom, An? Nugter?" sê Wendy.

Andi lag. "Jy's reg, Wen," sê sy en vat 'n sluk, "dis al manier."

"Nou is dit tyd vir amptelike verrigtinge," sê Vera en oorhan-dig die geskenkpakkie plegtig aan Andi. Vera lyk heeltemal nor-maal, soos altyd. Geen teken dat sy gisteraand 'n vreemde man in 'n wit Mercedes gesoen het nie. Andi gaan haar ook nie vra nie, het sy besluit. As Vera daaroor wil praat, kan sy dit aanroer.

Anders bly dit haar geheim, haar saak. "Dis van ons al drie," sê Vera toe Andi die geskenksakkie by haar vat. Sy haal die inhoud uit. Sy sou die roomwit verpakking tussen seweduisend ander pakkies uitgeken het: Yentl Yates, haar gunstelingontwerper. Sy wil terselfdertyd huil en lag. Die papier ritsel soos reën toe sy dit wegvou. Binne smeul 'n koningskleed; iets wat Delila vir Simson of Batseba vir Dawid sou dra: 'n stuk pers prag. Sy haal die rok uit en druk die sy teen haar gesig. Dis hoe volmaak voel. Dis hoe rojaal ruik.

Sy staan op en hou dit teen haar lyf. Dit kom tot net onder die knie en het 'n lae V-nek-hals met valle. "Ek weet nie wat om te sê nie," sê Andi.

"Jy hoef nie," sê Wendy, "ons het die snakke gehoor."

"En die klein huilgeluidjies," terg Rentia.

Andi gaan sit weer en val die drie van hulle gelyk om die hals. "Julle is . . ."

". . . wonderlik," sê Rentia. "Ja, ja, ons weet."

"Op Andi," sê Wendy glas in die lug, "dertig en fabulous!"

"Dertig en fabulous!" eggo Vera en Rentia agterna.

Die voordeurklokkie lui. "Dis vreemd," sê Andi. "Wie sal hier-die tyd hier aankom?"

"Moenie worry nie. Ek sal gou oopmaak," sê Wendy en spring op.

"Knock three times if you tell me that you waaant meeee," sing sy kliphard, sjampanjeglas in die hand, terwyl sy die deur ooppluk.

Andi is binne sekondes daar. Haar hele wese hoop dis Luan. Luan met dertig rooi rose. Luan met 'n groen hemp. Luan met 'n trippel scoop roomys.

Maar die man by die deur is nie Luan nie. Dis 'n balju. En hy gee nie vir haar dertig rooi rose nie, maar een wit papier. 'n Dagvaarding. Vir tien miljoen rand.

Andi probeer haar bes om op die koerant voor haar te fokus. Die woorde in die berigte swem heeltyd. Ná die skok vanoggend van Jack Greeff se dagvaarding het sy omtrent die hele bottel vonkelwyn net so in haar keel afgegooi. Tien miljoen rand. Vir laster. En allerhande ander skendings van wette en artikels van wette en subwette wat sy nog mooi moet ontsyfer. Maar wat haar die bangste maak, is dat sy nie die enigste een is wat gedagvaar word nie. Sy's Respondent Twee. Respondent Een is *Pers* en Respondent Drie, vader van genade, Paul Meintjies.

Andi het nou net op kantoor gekom en nog nie vir Paul gesien nie. Sy kan nie besluit of sy na hom toe moet gaan oor die dagvaarding of moet wag tot hy haar inroep nie. Sou die balju ook die dagvaarding by sy huis op hom beteken het? Of sal dit hier op kantoor gebeur?

Ag liewe hemel, op haar verjaardag. Jack Greeff het dit natuurlik so beplan. Dit meesterlik georkestreer om haar groot dag te ruïneer. Of bloot om dit te vererger. Maar sy sal dit nie toelaat nie. Hy en Arend Human en hulle dagvaardings sal haar nie intimideer nie. Sy weet wat sy geskryf het, was waar en in die openbare belang. Waar en in die openbare belang. Dis al wat sy oor en oor vir haarself gaan sê as die vrees haar beetpak. Want sy moet erken, was dit nie vir al die vonkelwyn wat sy vanoggend gedrink het nie, was sy nou in 'n totale toestand. Het sy moontlik selfs weggehardloop of onder haar lessenaar weggekruip. Dalk moet sy vir Arend bel. Hom net laat weet sy skrik nie vir hulle dagvaarding nie. Gmf. Dagvaarding schmagvaarding.

Sy bel sy nommer. "Human," antwoord hy.

"Niemand," antwoord sy terug. Dis die La Fleurette. Dis al logiese verklaring vir hierdie gedrag.

"Ekskuus?" vra hy.

"Dis Niemand hier," sê sy.

"Andi, is dit jy?"

"Ja. Jy antwoord met jou van, so toe dog ek ek antwoord met myne."

Hy lag. "Hoe kan ek help, Andi?"

"Ek het toe my verjaardaggeskenk van jou en jou kliënt gekry," sê sy.

Skielik is die lag in sy stem weg. "Jy bedoel die dagvaarding?"

"Ja."

"Ek's jammer. Daar's niks wat ek kon doen om dit te keer nie. Ek hét jou probeer waarsku. Ek . . ."

"Ek bel jou nie om my te red nie, Arend. Ek bel net om vir jou twee woorde te sê: waar en in die openbare belang."

"Dis ses woorde."

Sy wil lag, maar sy beteuel haar. "Jy weet wat ek bedoel."

Hy's weer ernstig. "Andi, dis nie 'n grap nie. Greeff is baie ernstig."

"Ek ook," sê sy verontwaardig.

"Jy klink seker van jou saak."

"Ek is."

"Ons sal mekaar in die hof sien."

"Inderdaad."

'n Ongemaklike stilte. "So jy sê jy verjaar?" vra hy.

"Het ek dit gesê?"

"Ja, jy het."

"Um . . . ja, ek verjaar."

"Geluk."

"Dankie."

"Mag ek vra hoe oud jy is?"

"Nee. Dis 'n leidende vraag." Weer die La Fleurette.

Hy lag. "Jy moet 'n lekker dag hê."

"Ek sal, dankie."

"Mooi bly, Andi."

Toe sy die foon neersit, glimlag sy. Arend is so oulik. Sy moet dit nou maar in haar dronkenskap erken. Die gelui van haar kantoorfoon onderbreek haar gedagtes. "Kom sien my." Paul. Ugh. Hier kom dit.

"Ek neem aan jy't ook vanoggend jou dagvaarding gekry," dreun Paul se diep stem. Hy draai die punte van sy snor.

"Ja, ek het."

"Sit," sê Paul. Hy vra haar nooit om te sit nie. Nooit nie.

"Jy besef hy dagvaar ons vir tien miljoen." Hy's heeltemal te kalm.

"Ja, ek het gesien."

"As so 'n eis slaag, sal dit *Pers* sluit. Jy besef dit. Ons is 'n klein koerant. Pressco is 'n klein maatskappy. Dit sal die hele Pressco sink. Ons sal nie so 'n eis oorleef nie. Ons sal nie die helfte van so 'n eis oorleef nie."

Andi sluk hard. "Maar 'n lastereis kan nie slaag as die storie waar en in die openbare belang is nie," sê sy.

"Ek weet. Dis hoekom ek nie op en af spring nie. Nog nie."

Sy kyk net vir hom.

Hy leun vooroor, loer vir haar onderdeur sy oogbanke. "Jy beter baie seker wees daai storie van jou is waar."

"Ek ís," sê sy.

"Wanneer laas het jy met daardie Keith-ou gepraat?"

"Wel, vir die onderhoud laas . . . ek meen . . ."

"Jy beter, óns beter hoop hy't vir jou die waarheid vertel."

"Natuurlik het hy. Anders sou hy mos nie op die rekord gepraat het nie."

"Ek sê net. Hierdie fight gaan taai wees. Jy beter jou feite agtermekaar kry. Notaboeke, aantekeninge, als."

"Ek sal."

"Ek maak solank vir ons 'n afspraak by die prokureurs."

Net voordat sy uitstap, vleg Paul sy hande op sy lessenaar in mekaar en sê: "Ons almal se toekoms hang af van hoe tight jou storie is, Andi. Jy beter bid dis waterdig."

271

Eintlik het haar dertigste verjaardag heel goed verloop, dink Andi toe sy laatmiddag haar woonstel oopsluit. Buiten nou vir die klein probleempie van die dagvaarding . . . Maar dis môre se worries. Nou maak niks daarvan saak nie. Al wat saak maak, is dat Luan oor 'n paar uur na haar toe kom. O, die vreugde! Hy wou haar uitneem vir haar verjaardag, maar sy het gesê sy sal eerder vir hulle 'n wonderlike maal in haar woonstel berei. Sy hoop vanaand sal iets gebeur wat nou die aand se katastrofe sal uitkanselleer.

Dit was vir haar die hele week 'n onuitstaanbare marteling om daaraan te dink, en sy moes haar elke dag keer om nie by sy kantoor in te storm en hom te vra wat de hel daar gebeur het nie. Maar haar trots het haar darem tot dusver gekeer. En boonop is hy so vriendelik met haar dat sy soos een of ander mal nimfomaan sal lyk as sy hom uit die bloute woedend konfronteer en vra hoekom hy nie by haar wou slaap nie.

Hoewel daar geen e-posse of uitnodigings na die skryfbehoeftestoor was nie, was hy die hele week baie sweet en selfs flirterig. Vandag het hy vir haar geknipoog toe hy verby haar stap en gefluister: "Ek sal jou vanaand gelukwens." Andi het dus nou die aand se voorval as 'n frats afgemaak en probeer net daarvan vergeet.

Vanaand gaan buitendien so wonderlik wees dat dit alle ander aande vir altyd sal oorskadu. Alles is reg en op skedule. Vanaand is sy laat met niks nie. Paul het gesê sy kan maar loop as sy klaar is met haar werk en sy het gesorg dat sy al vroeg by die huis is sodat sy dadelik met al die voorbereidings kan begin.

Eers het sy na al haar gunstelingwinkels en -markte gegaan om bestanddele vir vanaand se feesmaal te gaan koop. Dit het meer gekos as 'n hele week se kosbegroting, maar sy sal volgende week net baked beans eet. Vanaand moet vir altyd in Luan se sintuie afgeëts wees.

Toe sy terugkom van die inkopietog, het sy haar woonstel van hoek tot kant skoongemaak. Gestofsuig, gemop, kosyne met 'n ou tandeborsel geskrop, matte uitgeskud, lampskerms met 'n nat lap afgevee, alles afgestof. Eintlik behoort sy haar ma gou vir tee te nooi, net sodat sy hierdie skitterblink affêre kan aanskou.

Terwyl sy kruisbeen op die teëls sit om haar groot karakoel-mat (verlede jaar se verjaardaggeskenk van haar ouers) se frai-ings met haar vingers uit te pluis, wonder sy wat Luan haar vir haar verjaardag gaan gee. Sy hoop tog dis iets persoonliks en nie net 'n geskenkbewys nie. Wat 'n ou vir jou verjaardag vir jou gee, sê baie oor hoe ernstig hy oor jou is, sê Wendy. As jy 'n geskenkbewys kry, moet jy worry, veral as julle al 'n ruk lank iets aanhet. Dit beteken hy wil nie moeite doen om jou te leer ken nie. 'n CD of 'n boek is beter, 'n CD of 'n boek waarvan jy actually hou, is nóg beter. Maar die beste is parfuum of juwele. Dan kan jy vir seker weet hy het die skoot hoog deur en pro-beer sy als om jou te beïndruk. Mooi onderklere is moeilik om te ontleed, sê Wendy. Dit kan beteken hy het regtig die hots vir jou en wil vir jou iets intiems koop wat jy naby jou gaan dra, maar dit kan ook beteken hy soek net jou lyf en hy koop die mooi onderklere eintlik vir sy eie plesier.

Andi hoop maar op 'n CD of 'n boek. Sy's bevrees met Luan gaan mooi onderklere eerder laasgenoemde beteken. En van juwele en parfuum kan sy maar vergeet; dit weet sy.

Toe die woonstel onverbeterlik is, gaan bad sy. Sy's seker al die stof en vuilgoed wat sy uit die woonstel verwyder het, kleef haar nou aan. In die bad sit sy 'n seewiermasker op en week haar gladgewakste lyf vir 'n halfuur lank in vanielje- en laventel-badolie. Wanneer Luan haar lyf vanaand met sy mond en hande verken, moet dit 'n hemelse reis wees.

Toe sy en haar hare skoon en droog is, trek sy 'n sweetpak aan en bind 'n voorskoot om haar lyf. Vir haar verjaardagmaal het sy 'n baie spesiale spyskaart beplan. As sy Luan nie met haar smeulende sensualiteit kan verower nie, moet sy dit met haar tweede beste talent doen: haar kookkuns. Die idee is om die kos lig te maak, maar vol sensuele geur, kleur en tekstuur, sodat hulle ná die tyd nie dikgevreet aan skaapboud en gebakte poeding aan die slaap wil raak nie, maar eerder verlei deur eksotiese smake aan die vry wil raak.

Vir voorgereg gaan sy brie met glansvye en heuningbedruipte neute voorsit. Hoofgereg is Thai-hoender en rys vol helder kleure en skerp geure om die sintuie te laat ontwaak. Vir nagereg het sy die heerlikste vrugte by die groot vrugtemark in die stad gaan uitsoek: kiwi's, ryp mango's, swartbessies, pynappels, die soetste papajas en reuse-aarbeie. Vrugtesosaties is die plan. As die kroon op die sensuele smaakkreis, gaan sy donker Lindt-sjokolade oor baie stadige hitte smelt en sjokoladekelkies in wynglase maak om die vrugte in te doop.

Eers kook sy die Basmati-rys en roerbraai die hoender en groente vir die Thai-gereg. Wanneer Luan opdaag, sal sy dit net in die oond sit om weer warm te word. Volgende sny sy die vrugte. Die papaja en kiwivrug druk sy met 'n koekdrukkertjie in die vorm van sterretjies uit; die pynappel scoop sy in ronde balletjies, die aarbeie is so mooi dat sy hulle bloot in die helfte sny en die swartbessies los sy net so. Sy ryg dit al om die ander aan die lang sosatiestokkies wat sy vanmiddag gaan koop het. Toe sy dit in ses rytjies langs mekaar in die yskas sit, lyk dit soos paradysverleidings.

Teen die tyd dat sy aantrek, is haar woonstel vol van die neuterige reuk van die Basmati en die skerp suurlemoen-, knoffel- en grondboontjiegeure van die Thai-hoender.

Haar mondering vir vanaand het sy al 'n week gelede beplan: 'n bloedrooi oorvourok. Maklik om uit te kry, dink sy en giggel toe sy die bande om haar lyf vasbind. Sy het dit al Maandag laat droogskoonmaak. Dit val sag oor haar gladde lyf. Haar hare draai sy weer met elektriese rollers in. Dit moet los en vroulik oor haar skouers hang.

'n Kwartier voordat Luan moet opdaag, berei sy die voorgereg voor. Twee sirkels brie-kaas, elkeen op 'n bord. Bo-op rangskik sy 'n paar van die suikersoet groenvye en heuningbedruipte kasjoe- en makadamianeute. Die heuning en vyestroop loop plek-plek langs die brie af. Vir afronding sit sy in elke bord drie kruisementblaartjies, wat sy in haar eie kruietuintjie gepluk het.

Die tafel het sy in skakerings van rooi en oranje gedek. Dis die kleure van die vuur-element, sê Wendy, en sal 'n ooreenstemmende reaksie in Luan se lendene hê. Andi het net gelag, maar dadelik besluit rooi en oranje sal dit wees. Sy het rooi en oranje servette gekoop en die naweek twee groot oranje kerse op 'n vlooimark gekry. Die groen van die vye lyk pragtig saam met die helder kleure, sien sy toe sy die twee bordjies op die plekmatjies neersit, gereed vir wanneer Luan arriveer.

Nou nog net die rollers uit haar hare haal en die sjokolade smelt.

Dis presies sewe-uur toe sy met haar rooi rok en los krulle voor die stoof staan en twee blokke Lindt in 'n glasbak oor kookwater in blokkies breek. Dis oukei as Luan nou opdaag. Dalk is dit goed dat hy haar in aksie in die kombuis sien – veral voor 'n stomende bak sjokolade.

Sy buk oor om die reuk van die smeltende bruin verleiding saam met die stoom in te asem. Goddelik. Die sjokolade smelt vinnig en gou maak die houtlepel moeiteloos agtvorms in die dik, soet sous.

Sonder om 'n druppel op die verkeerde plek te laat val, skink sy die sjokolade uit die bak in die twee wynkelkies. Vir mooigeid versuiker sy die bo-rante van die glase met suiker, water en rooi voedselkleursel. Toe sy klaar is, staan sy terug. Perfek. Iets wat die duiwel jou sal aanbied in ruil vir jou siel. Die sjokolade is nou baie warm, maar teen die tyd dat hulle poeding eet, sal dit net reg wees. Andi kyk op haar horlosie. Ja, hulle sal waarskynlik teen halftien nagereg eet en dis nou net na sewe. Net na sewe . . . Luan is laat.

Sy was die kastrol en die bak waarin sy die sjokolade gesmelt het. Toe sy dit klaar afgedroog en weggepak het, is dit agt minute oor sewe.

Sy steek die kerse aan, sit die Thai-gereg in die oond en sit Katie Melua, sy gunsteling, in die CD-speler. Luan sal nou enige oomblik hier wees.

Agtuur sit sy die oond af. Nege-uur blaas sy die kerse dood.

Om presies elfuur, toe sy die rooi plekmatjies opvou wat Rentia so gaaf was om vir haar te leen, weet sy: Luan gaan nie kom nie. Sy's dertig en alleen.

20

Keith Joubert

Dis die onderwerp van 'n e-pos in haar inboks. Andi maak die e-pos oop. Dis 'n brief oor haar Jack Greeff-storie.

Keith Joubert is 'n veroordeelde misdadiger en 'n dwelmslaaf. Die eerste sin van die tweede paragraaf tref haar voluit in die maag.

Dit kan nie wees nie. Seker een van Greeff se trawante wat dit geskryf het, dink Andi. Haar oë beweeg na die onderkant van die brief. Dis onderteken deur ene P. de Waal, direkteur van die New Beginning-dwelmrehabilitasiesentrum. Sy beter die res van die brief lees.

Hoe verder sy lees, hoe lammer raak haar hart. Keith is al verskeie kere in die New Beginning-rehabilitasiesentrum opgeneem en behandel, staan daar in die brief. Hy het die laaste keer ontsnap en het al in sy lewe vonnisse uitgedien vir inbraak en motordiefstal, skryf mnr. De Waal.

Mnr. Keith Joubert is 'n versteurde jong man. Dwelmverslawing is maar een van sy baie probleme. Sy ouers sal dit opreg waardeer as me. Niemand ons in kontak met hom kan bring, sodat hy sy behandeling by ons kan voortsit.

Dit kan nie wees nie. Dit kan nie wees nie. Dwelmverslaafdes lyk tog anders. Hulle het donker kringe onder hul oë en hul pupille is vergroot. En hulle het naaldmerke in hul arms.

Maar goed, kalmeer sy haarself, selfs al is Keith 'n veroordeelde dief en dwelmslaaf beteken dit nie wat hy vir haar gesê het, is nie waar nie. Sy het tog ander bronne ook. Anoniem, maar nogtans. En superintendent Swart. Andi kon duidelik tussen die lyne lees wat hy eintlik vir haar probeer sê het: dat Jack Greeff aan die hoof staan van 'n reuse-dwelmsindikaat. En Mandy. Ja, sy hoef haar nie te bekommer nie; sy moet net vir Paul gaan verduidelik. Hy sal verstaan.

Toe sy omdraai om te sien of Paul in sy kantoor is, sien sy Luan in die raadsaal sit.

Hy het vanoggend direk by *Die Landstem* se nuusvergadering ingegaan, sonder om eers na sy kantoor te kom. Kruip natuurlik vir haar weg. Sy gaan nie haarself verneder deur na hom te gaan en te vra waar hy gisteraand was nie. As hy nie die ordentlikheid het om vir haar verskoning te vra en 'n verduideliking te gee nie, wil sy in elk geval nie sy lamsakkige stories hoor nie.

Andi se hartseer het in die nag se newels in woede omgesit. Sy's eintlik lus en los die hele ding en praat net nooit weer met hom nie.

In elk geval moet sy nou van hom vergeet en die Keith-krisis hanteer. Dalk moet sy gou superintendent Swart bel en hom vra om te kyk of Keith regtig 'n misdaadrekord het.

Terwyl Andi Sup se nommer bel, kom staan 'n vrou by haar.

"Verskoon my," sê sy, "kan jy my dalk sê waar Luan Verster se kantoor is?"

Andi sit die foon neer. Sy kry 'n hol kol op haar maag. Hoekom soek hierdie aantreklike blonde vrou van iets in die dertig vir Luan? Sy lyk nie soos 'n joernalis nie, sy lyk nie soos 'n rep wat notaboeke aan joernaliste verkoop nie en sy lyk beslis nie soos 'n informant wat Luan met die oopvlekking van een of ander skandaal help nie.

Voor sy haar wys waar sy kantoor is, moet sy eers uitvis wie sy is. "Ja," sê Andi, "maar hy's nie nou in sy kantoor nie. Kan ek dalk help?"

Die vrou lag en gooi haar lang blonde hare oor haar skouer. "Ag nee, ek's eintlik net hier om vir hom iets te bring."

"Jy kan dit hier by my los, ek sal dit vir hom gee," sê Andi.

Die vrou lag skaam. "Dis eintlik net 'n kosblik," sê sy verleë. "Hy't dit by die huis vergeet en dis so naby, toe dink ek ek bring dit gou."

Andi word warm en koud. Is dit Luan se vrou? Is dit moontlik? Het hy 'n vrou wat hy nog heeltyd vir almal wegsteek? Iewers in 'n kelder? Is daar drie kinders wat saam met haar kom?

Sy moet nou vinnig dink. Sy kan nie die vrou nou laat gaan nie; nie voor sy weet wie presies sy is nie. Ag asseblief, liewe Here, laat dit sy suster wees, asseblief, of sy huishoudster of sy buurvrou of sy stalker eks-meisie. Enigiemand, net nie sy vrou nie. Asseblief, asseblief, asseblief.

Andi lag vrolik (sy gaan nou humor en sjarme inspan om die vrou se ware identiteit vas te stel). "Nee, as dit 'n kosblik is, kan jy dit beslis nie by my vertrou nie, veral nie as daar iets soets in is nie," sê sy.

Gelukkig is die vrou vriendelik. "Ja toemaar, by my ook nie. Ek het amper 'n happie gevat op pad hiernatoe."

"Mag ek vra wat's daarin?" vra Andi.

"Tjoklitkoek wat ek die naweek gebak het," antwoord die vrou.

Here, asseblief, asseblief, 'n niggie, 'n ou koshuiskamermaat wat 'n geslagsveranderingoperasie ondergaan het. Enigiets.

"Jy kan altyd 'n rukkie hier wag," sê Andi doodkalm. "Hy sal seker nou enige oomblik uit die vergadering kom."

"Dankie," glimlag die vrou en trek een van die nagkantoor se leë stoele nader voordat sy gaan sit.

"Ek's Andi, *Pers* se vermaakverslaggewer," sê sy en steek haar hand uit.

Die vrou glimlag, druk Andi se hand en vermorsel haar hart: "Ek's Cecile," sê sy, "Luan se verloofde."

21

"Jou verloofde?" sis Andi deur haar tande.

Sy staan in Luan se kantoor. Cecile is pas weg.

Hy staan op agter sy lessenaar. Seker die veg of vlug-reaksie. "Wel, tegnies . . ." begin hy.

"Liewe hemel, Luan, gaan jy hier staan en dit ontken?" Andi is siedend. "Sê jy sy jok? Is sy 'n malletjie wat haar net verbeel julle is verloof? Net soos wat ek my verbeel het ek en jy het 'n verhouding?"

Luan vryf oor sy voorkop. "Andi, asseblief, hierdie is nie die plek . . ."

"Nee," sê Andi, "nee Luan, hierdie keer gaan jy nie weer 'diskresie op kantoor' skree net om jou hieruit te wriemel nie."

Hy sug en verberg sy gesig met sy regterhand. "Dit is so gekompliseerd. Ek weet nie hoe om te begin verduidelik nie."

"Begin by haar. Cecile. Jou verloofde," sê Andi en vou haar arms.

Luan stap om sy lessenaar en maak die deur agter Andi toe. "Sit," sê hy en gaan sit self agter sy lessenaar.

"Oukei," sug hy. "Jy weet ek het eers in die Kaap gebly, by *Die Burger* gewerk voor ek hiernatoe gekom het."

"Ja?" sê sy. Hierdie beter goed wees.

"Ek en Cecile . . ." Hy skuif eers ongemaklik in sy stoel rond voordat hy verder praat. "Ons het in die Kaap saamgebly."

Nou is Andi die een met haar hand oor haar voorkop. "Saam-gebly?" herhaal sy sag. Dit word net al hoe erger.

"Toe ek die pos by *Die Landstem* kry," verduidelik hy verder, "kon sy nie 'n oorplasing by haar werk kry nie en het in die Kaap agtergebly."

"Maar julle het uitgemaak? Die verlowing verbreek?" vra Andi hoopvol.

Hy kyk af en skud sy kop.

Andi wil begin huil. Sy kan nie glo wat sy hoor nie. Dit voel of 'n ton klippe op haar hart geval het.

"Dis hoekom ek jou nooit oor naweke sien nie," sê sy. "Dis hoekom ons nooit na jou plek toe gaan nie."

"Jy laat dit so berekend klink."

"Omdat dit so berekend is."

"Sy het gister weer kom kuier, my verras. Ek het nie geweet sy kom nie."

"En dis hoekom jy nie gisteraand opgedaag het nie."

Hy knik.

"Kon jy my nie bel nie, sms, enigiets? Ek het daar gesit soos 'n . . ."

Hy frons. "Ek wou. Maar elke keer wat ek probeer het, wat ek 'n sms getik het, het die woorde so . . ."

". . . hol geklink," maak sy die sin vir hom klaar.

Hy sluk hard. "Ja," sê hy sag.

Sy frons van inspanning om die huil terug te hou. "Wat . . . die laaste paar maande . . . Wat was dit?"

"Afleiding," sê hy en kyk met koue oë op na haar, "afleiding totdat Cecile hier werk kon kry."

Haar hart steier. Haar asem verdwyn. Moenie huil nie, Andi, nie nou nie, nie voor hom nie. Moenie jouself so verneder nie. Moenie huil nie.

"Afleiding?" herhaal sy sag met die enigste asem wat sy oor het.

"Ja," sê hy en trek sy skouers op. "Ek wil nie langer vir jou jok nie. Ek was alleen hier in Johannesburg. Verveeld. Eensaam. Jy was hier. Mooi, anders, misterieus."

Andi vryf oor haar romp en staan op. Sy kan nie verder hierna luister nie. Net voordat sy uitstap, sê hy: "Andi, wag, wag asseblief, luister eers klaar. Jy's reg. Ek móét dit vir jou verduidelik."

Sy huiwer vir 'n oomblik in die deur, maar besluit tog om te gaan sit. Anders gaan sy haar lewe lank wonder wat hy verder wou sê.

"Dit is hoe dit begin het," sê hy. "Dit was veronderstel om . . ."

"Was veronderstel om wat, Luan?" vra sy woedend. "Jy's mos nou so eerlik. Sê my, wat was dit veronderstel om te wees?"

"'n Onskuldige flirtasie. 'n Kantoorfling op die meeste."

Sy sluk en kyk op om die trane te keer. "'n Kantoorfling."

"Glo my," sê hy, "die plan was nooit om dit verder as 'n e-pos te vat nie."

"En wat het toe jou fyn uitgewerkte plan verander?"

"Jy." Hy kyk lank vir haar met sy groen groen oë. "Jy't my ingesuig. Jou warmte, jou kleur. Dit was soos 'n krag wat my getrek het; waarvan ek nie kon wegbly nie."

Luan, Luan, Luan, dink sy en wil opnuut begin huil. Maar sy hou haar kil en sluk die trane terug toe sy sê: "Ek sien. So dis my skuld?"

"Dis nie wat ek sê nie. Ek het net . . ." Hy haal diep asem en trek al twee sy hande deur sy hare. "Ek het laf geraak. Simpel.

En toe ek weer sien, toe's ek in hierdie gemors. Ek weet nie, ek het heeltemal beheer verloor."

"Dis nie waar nie, Luan," sê sy, "jy het heeltyd beheer gehad; my gespeel soos 'n grammofoonplaat."

"Elke keer het ek gesweer, nie weer nie. En ek hét probeer. Om jou nie te sien nie; jou nie te hoor nie; jou te ignoreer. Maar later . . . iets het met my gebeur. Ek het roekeloos geraak; myself oortuig dis oukei, dis oukei, dis net fun."

"Wat's die probleem? Hoekom is dit nie meer oukei nie? Dis mos soveel fun."

"Mense het seergekry."

"Mense?" vra sy. "Wie het seergekry? Cecile weet nie eens hiervan nie. Jy kom skotvry daarvan af. So wie't seergekry?"

"Dis hoekom ek nou die aand weg is," sê hy. "Ek kon sien dat jy . . . Toe jy sê jy's so gelukkig . . . Ek wou jou nie langer . . ."

"Moenie aannames oor my maak nie," onderbreek sy hom. Haar stem breek. "Jy ken my nie."

"Jy's reg," sê hy en kyk op na haar, "ek ken jou nie."

"En ek duidelik ook nie vir jou nie."

"Andi, komaan. Dis nie asof ek enige liefdesverklarings aan jou gemaak het nie. Al het jy nie van Cecile geweet nie, moes jy, moet jy dit tog sien vir wat dit is. Wat dit was."

Haar oë vernou. "Net jammer ek kon jou nie sien vir wat jy is nie."

Hy maak sy oë vir 'n oomblik toe. "Andi, ek's jammer. Regtig. Dit moes nooit so ver gegaan het nie. Dit moes net pret wees, 'n bietjie opwinding, 'n bietjie plesier. Vir ons al twee."

"Maar dit ís mos al wat dit was," sê sy.

"Ja," sê hy, en sy oë is leeg toe hy vir haar kyk. "Dis al wat dit was."

Terug by haar lessenaar moet Andi elke greintjie krag in haar gebruik om nie te huil nie. Dit voel of die branders van tien seë in

282

haar breek. Sy gaan sit op haar stoel, maak haar oë toe en asem diep in. Al hoe sy deur hierdie dag gaan kom, is as sy vergeet van Luan en fokus op werk. Sy gaan nou superintendent Swart bel en hopelik gaan hy vir haar sê Keith is nié 'n veroordeelde misdadiger nie en dan kan sy alles vir Paul gaan verduidelik.

Haar hande bewe toe Sup 'n minuut later Keith Joubert se kriminele rekord vir haar uitlees: Vier jaar vir huisbraak in Pretoria-sentraal, vyf jaar opgeskort vir die besit van kokaïen, ses jaar opgeskort vir . . . Die res hoor sy nie. Die geluid van haar loopbaan en reputasie wat veertig verdiepings ver val, dawer te hard in haar ore.

Sup vertel haar daardie saak van poging tot moord teen Jack Greeff is destyds deur Keith aanhangig gemaak. Hy het dit gister toevallig gehoor, nadat haar berig die polisiemanne onder mekaar laat praat het oor wat eintlik daar gebeur het: Greeff het Keith afgedank oor sy dwelmgewoontes. 'n Woedende en waansinnige Keith het by Greeff aangekom en hom met 'n vuurwapen gedreig. Greeff het die wapen by hom afgeneem; daar was 'n struweling en 'n skoot het afgegaan. Keith se weergawe was dat Greeff hom probeer skiet het, maar hy het later ingestem om die saak te laat vaar nadat Greeff gedreig het met teen-aanklagte. Niks hiervan is op enige rekord nie, maar Sup het dit gehoor by die polisiemanne wat met die saak te doen gehad het.

"Ek het met die manne gesels. Almal sê dieselfde ding, Andi: Keith en 'n spul van sy sidekicks het 'n vendetta teen Greeff. Selfs sy ma is in die ding. Sy het glo ook in 'n stadium vir Greeff gewerk." Mandy, registreer dit by Andi.

"Maar wat van Damien?" vra sy.

"Ouens soos Keith beweeg nooit alleen nie," verduidelik hy. "Hulle het altyd 'n paar handlangers. Damien was waarskynlik een. Keith was ook nie die enigste lowlife wat deur Greeff gefire is nie. Hy moet kort-kort van ongure karakters in sy klubs ontslae raak. Die kans is goed dat 'n klompie van hulle saamgespan en wraak gesweer het." Hy bly 'n rukkie stil. "En 'n ambisieuse joernalis is 'n ideale pion."

"Dit kan nie wees nie, Sup. Dit kán nie. Daar was net te veel detail. Al die besonderhede oor die aanlegte, die prosesse, die kleinhoewe."

"Kyk, hierdie dwelmnetwerke waarvan hulle praat, bestaan wel. En daar is mafia-agtige organisasies met Italianers en Libanese wat betrokke is. Ouens wat self in die nagklubbedryf is. Vir wie Greeff en sy klubs kompetisie is. Maar daar is geen aanduiding dat Greeff self by iets onwettigs betrokke is nie."

"En Keith en Damien? Hoe het hulle alles van die netwerke geweet? Hulle het dan vir Greeff gewerk."

"Dit klink vir my al twee van hulle het in 'n stadium wel vir druglords gewerk, en hulle het net daardie kennis gebruik om wraak te neem teen Greeff. Van hulle het dalk selfs geglo hy is op 'n manier betrokke. Dis dalk hoekom hulle oortuigend oorgekom het."

"Maar Damien se dood. Dit . . ."

" . . . was 'n gewone motorfietsongeluk," maak Sup haar sin klaar. *Dis die lewe Andi*, weerklink Luan se woorde in haar ore. *Die regte wêreld, waar tasse gesteel word, waar mense doodgaan, waar jong windgat laaities van motorfietse afbliksem . . .*

"Wat het ek gedoen? Wat het ek gedoen?" sê Andi verslaan.

"Ek hét jou probeer waarsku," sê Sup.

"Maar hoekom het Sup my nie net reguit gesê nie?" vra sy.

"Ek het nie al hierdie goed geweet nie. Dis dinge wat ek deur die grapevine gehoor het. Jou berig het die ouens aan die praat gesit. En nou kan ek maar met jou praat, want ek weet jy skryf nie nou 'n berig nie. Nou die dag moes ek my woorde tel, want ek het geweet jy's van plan om iets te skryf."

"Maar Sup het dan gesê dis 'n gevaarlike spul en ek moet pasop. Ek het aangeneem Sup praat van Greeff!"

"Jy het my misverstaan. Ek het juis verwys na hierdie ander klomp. Ek was juis bang dis sulke karakters wat jou gebruik. Dis hoekom ek oor en oor vir jou gesê het jy moet eerder die storie los."

"En hier dink ek Sup probeer tussen die lyne vir my sê Jack Greeff is nie wie ons almal dink hy is nie."

"Ai, Andi . . ."

Maar al haar bronne. Verskillende mense wat sý gaan soek het, wat almal dieselfde gesê het. Wat sy . . . Hulle het háár gesoek, tref dit haar. Skielik besef sy almal wat sy oor Jack Greeff genader en uitgevra het, soos Jonathan in Vonkprop, wou nie praat nie. En dié wat wou praat, het net goeie goed oor Greeff gesê. Soos Tiaan. As sy mooi daaroor dink, is die enigste mense wat wel vir haar inligting oor Jack Greeff gegee het, mense wat háár gebel of ge-e-pos het, wat haar opgesoek het. Sy het gedink dis mense wat reageer op haar besigheidskaartjies wat sy so in die klubs uitgedeel het, maar nou besef sy dis net 'n illusie wat sy vir haarself geskep het. Niemand het waarskynlik op haar kaartjies gereageer nie. Die mense wat haar gebel het, wat haar kom sien het, is mense wat dit in elk geval sou doen, al het sy nooit 'n enkele besigheidskaartjie in 'n klub uitgedeel nie. Want dis mense wat 'n vendetta teen Greeff het. Hulle het haar gekry, nie sy vir hulle nie.

Hoekom het sy nie voor die tyd Keith se polisierekord by Sup gecheck nie? Hoekom het sy nie daaraan gedink nie? Sy't Keith net vertrou. Blindelings. Want sy wou so graag die storie hê. Sy was so dankbaar om iemand te kry wat op die rekord met haar praat.

Waterdig, eggo Paul se woorde van gister in haar ore, *jy beter bid jou storie is waterdig.*

Nee, nee, dit kan nie als leuens wees nie. Sy begin naarstiglik deur haar e-pos-lêers soek na die ander inligting van haar ander bronne. Hulle kon tog nie almal verkeerd wees nie. Ter-

285

wyl sy van een bron na die volgende gaan, raak sy al naarder. Die adresse klink almal feitlik dieselfde: newstip@gmail.com; anonymoustip@gmail.com; InfoonJackGreeff@yahoo.com en drugstip@hotmail.com. En noudat sy die bewoording daarvan lees, lyk dit al hoe meer of dit dieselfde mens was wat dit geskryf het. Dieselfde spelfoute. Dieselfde styl. Damien en Keith, tref dit haar. Al haar onafhanklike bronne is eintlik net hulle. Keith die dwelmslaaf. Die veroordeelde misdadiger. En hy het dit reggekry om haar te laat voel sý jag die storie; dat sy hom gekry het, dat sy hom oorreed het om op die rekord te praat. Intussen was dit natuurlik reg van die begin af sy plan. Mandy was die aas waarmee hulle haar gelok het en toe wag hulle net dat sy begin rondvra voordat hulle haar stukkie vir stukkie met brokkies inligting begin voer het. Inligting wat sy heelpad gedink het sy self gekry het.

Hoe kón sy dit nie agterkom nie? Tien miljoen rand. *Dit sal Pressco sink*, hoor sy Paul weer sê.

Haar foon lui. Dis Paul. "Kom na my kantoor toe," sê hy stroef.

Sy kyk weer na De Waal se e-pos. Dis aan Paul gecopy.

Hoe sy by Paul se kantoor kom, weet sy nie, want dit voel of haar bene nie kan loop nie.

"Sit," beveel hy.

Sy gehoorsaam woordeloos.

"Het jy De Waal se e-pos gekry?"

"Ja, ek het."

"Jy lyk wit geskrik. Sê asseblief vir my dis nie waar nie, Andi. Sê asseblief vir my De Waal is die mal een; nie ons nie; nie ek wat jou toegelaat het om daai storie te doen nie."

"Paul . . ."

"Het jy geweet Keith het 'n kriminele rekord?"

Sy kyk af. "Nee."

"Het jy geweet hy's 'n dwelmslaaf?"

286

"Nee."

"Hoe kan jy weet hy het die waarheid gepraat?"

Sy kyk Paul in die oë. Sy weet wat sy gaan sê, maar die woorde skok haar nog steeds toe sy dit tussendeur haar hart se hamerslae hoor: "Hy het nie die waarheid gepraat nie. Ek was nou net met superintendent Blackie Swart op die foon. Hy't gecheck. De Waal is reg. Keith is 'n misdadiger wat my gebruik het."

Eers 'n geskokte stilte en dan die uitbarsting. "Dis omdat jy jou met dinge bemoei wat nie jou beat is nie!" bulder Paul. "Hoeveel keer het ek vir jou gesê los hierdie tipe stories vir *Die Landstem* en skryf oor *7de Laan*!"

Sy kyk af. Sy wil huil.

"Jissus Andi," raas hy voort, "jy luister nie. Ek sê vir jou iets, maar jy neuk net aan in dieselfde rigting. Volg net jou eie kop."

"Ek het hulle geglo. Ek het regtig gedink ek het iets beet," sê sy.

"Het! Het? Jy hét 'n werk gehad. *Pers* wás 'n koerant. Pressco hét eens op 'n tyd bestaan."

Sy kyk net af.

Paul trek sy hande deur sy hare. Dit lyk of hy dit uit sy kopvel wil ruk. "Ek het klaar met die prokureurs gepraat. Hulle sê as Keith 'n klomp liegstories vertel het, het ons nie 'n saak nie. Geen verweer nie. Openbare belang werk nie op sy eie nie. Dit moet in die openbare belang én waar wees."

Daar is nou niks wat sy kan sê nie. Dit voel of sy nie meer die huil kan keer nie, maar geen trane kom uit nie. Al wat sy kan doen, is om af te kyk en te wag dat Paul klaar op haar gil.

"Vandag sê ek vir jou," sis hy, "jy en jou verbeelding gaan almal by Pressco hul werk kos. Hierdie eis . . ." Hy gryp die dagvaarding uit sy inmandjie en kreukel dit in sy vuis, "gaan ons almal se einde beteken."

"Ek sal met Greeff praat, Paul," pleit sy. "Ek en sy regsverteenwoordiger het 'n goeie . . ."

"Dis te laat daarvoor." Hy praat nou sag. "Het jy vergeet ons het reeds die dagvaarding gekry?"

"Maar . . ."

"Daar's nie meer maars nie." Hy sit sy hand oor sy mond en kyk in die niet. Ná 'n lang stilte kyk hy haar in die oë. "Jy laat my nie 'n ander keuse nie. Pressco sal tugstappe teen jou moet neem. Joernaliste is al vir baie minder afgedank."

Ná werk, op pad na haar ma toe (want sy weet nie waarheen anders nie), wil die trane nog steeds nie kom nie. Hoe het dit gebeur? Vanoggend, toe sy opgestaan het, was alles nog semi-oukei. Nou het haar hele lewe uitmekaargeval. Op een dag. Een dag. Die man van haar hart en haar lyf behoort aan 'n ander vrou. Die storie wat haar moes maak, het nie net haar nie, maar ook al haar kollegas se ondergang beteken.

Hoe sy by haar ouerhuis in Benoni uitkom, weet sy nie, want sy sien niks op pad daarheen nie. Dis asof sy in 'n see van dik, swart teer beweeg. Als voel ver en dof en verwring. Onwerklik. As sy net deur die oppervlak kan breek, sal alles oukei wees, as sy net bo die teer kan uitkom. As sy net deur hierdie dik maal-kolk die bokant kan vind, sal sy weer kan asemhaal, sal sy weer kan hoor en kan sien. Daar bo, bo hierdie donker malende massa wat haar versmoor, sal Luan weer hare wees; sal die Jack Greeff-storie nooit gebeur het nie.

"My kind, wat is fout?" roep haar ma uit toe Andi stilhou en uit haar Golf klim. Dis nou een ding van haar ma. So taktloos en ongevoelig soos sy kan wees, is sy net so fyn ingestel op haar kinders se emosionele toestand. As een regtig 'n ellende beleef, kan sy dit dadelik sien.

Skielik kom die trane wat nie in die teer wou vloei nie. Haar ma druk haar vas. Andi snik teen haar skouer.

Tien minute later sit hulle in die sitkamer – Andi met 'n be-ker hot chocolate, Elsabé met 'n glas water. Haar ma sal haar nooit onder normale omstandighede hot chocolate laat drink nie, maar, net soos die keer in standerd nege toe 'n hokkiebal haar teen die voorkop getref het, is hierdie 'n uitsondering.

"Ma, wat gaan ek doen?"

Eintlik het sy nie die krag gehad om die hele sage vir haar ma te vertel nie. Eintlik wou sy net in haar kamer op haar bed gaan opkrul en in die teer wegsink totdat sy niks meer kan hoor of sien of onthou nie. Maar haar ma wou dadelik als hoor.

Eers het sy haar ma van die Jack Greeff-katastrofe vertel en toe van Luan.

"My kind," sê Elsabé (omstandighede wat hot chocolate reg-verdig, regverdig ook troetelbenamings pleks van die standaard Andriette), "jy gaan jou kop hoog hou en aangaan. 'n Mens laat nie 'n man op jou waardigheid trap nie. Nie Luan nie. Nie Jack Greeff nie. Nie Paul Meintjies nie."

"Maar Ma, dis juis die ding: ek het op Jack Greeff se waardig-heid getrap en sy waardigheid is miljoene werd!"

"Dit sal ook verbygaan."

"Dis een van daardie niksseggende trooswoorde wat niks be-teken nie. Dit sál nie verbygaan nie!"

Haar ma vat haar aan al twee haar skouers. "Andriette, dit sal. Ek ken jou. Jy is slim en sterk. Soos jou oupa. Ek kan nie vir jou die uitweg wys nie, maar jy sal hom kry. Jy sál."

Andi gaan sit met haar kop in haar hande. "Ek dink regtig nie daar is 'n uitweg nie."

"Daar is altyd 'n uitweg. En jy het dit nog altyd gekry. Hierdie keer gaan nie anders wees nie."

Sy kom weer op. "Dink Ma so?" vra sy en vee die hare uit haar gesig.

Elsabé glimlag. "Ek wéét so."

Andi sug. "En selfs al kry ek 'n uitweg en ek weet ek gaan nie, sal ek nog steeds stoksielalleen daardeur moet gaan." Sy wring haar hande. "Sonder Luan."

"Op hom moet jy nie eens 'n gedagte mors nie."

"Maar Ma, ek is so . . ."

"Jy's in lust," sê Elsabé sonder om te skroom.

"Ma!" roep Andi in skok en afgryse uit. Sy't in haar lewe nog nooit haar ma so hoor praat nie. Normaalweg spél Elsabé enigiets wat vaagweg seksuele inhoud bevat.

"Dis nie nodig om so aan te gaan nie, Andriette." Haar ma vryf oor haar skoot. "Dit was op Oprah," sê sy heel sedig. "En dink jy ek weet nie hoe dit voel nie? Dink jy daar was nie al mans in my lewe wat my laat glo het die aarde wentel nie meer om sy eie as nie?"

"Ma't my nooit vertel nie."

"Die punt is," sê Elsabé, "daardie man wat jou wêreld so omkeer . . . en jou los dat jy wonder waar's onder en waar's bo . . . hy is selde die man wat 'n pad saam met jou sal stap. Jy kan maar weet, daai soort maak jou net seer."

"Het Pa nie Ma se wêreld omgekeer nie?"

"Nee," sê sy en glimlag, "jou pa het my gered toe my wêreld omgekeer was. Toe ek nie geweet het of ek draai of val nie. Toe kom hy en sit my wêreld terug op sy as."

"Ek dink nie my wêreld gaan ooit weer normaal draai nie." Sy gaan sit weer met haar kop in haar hande.

"Hy gaan," sê haar ma en vryf oor Andi se rug. "Gouer as wat jy dink, my kind. Gouer as wat jy dink."

"Maar wie gaan my kom red, Ma?" vra sy en die trane loop weer. "Wie gaan my kom red soos Pa Ma gered het? Wie gaan my wêreld terugsit op sy as?"

Haar ma sit al twee haar hande om Andi se gesig. "Jy't nie nodig om gered te word nie, Andriette. Jy's sterker as wat ek ooit was. Ek het altyd 'n man in my lewe nodig gehad. Jy het nie. Jy kan op jou eie leef."

"Maar ek wîl nie," sê sy deur die trane.

"En jy sal nie," troos haar ma. Met haar duime vee sy die

trane van Andi se wange af. "Jy gaan nog so spook en spartel om jou wêreld te laat reg draai, dan kom iemand en maak hom vol wolke en blomme."

Vir 'n rukkie sit hulle net so. Andi kyk af na die stoom wat uit haar beker ontsnap. "Hy't gesê ek het sy lewe ingekleur. Dat alles vaal was sonder my."

"En wat het hy in ruil vir jou gegee? Leuens en hartseer." Sy vee Andi se hare uit haar gesig. "Hy verdien nie jou kleur nie, my kind. Spaar jou verf vir iemand wat dit nie gaan omskop en oor die grond laat uitloop nie."

Andi vryf met haar vinger oor die rand van die beker. "Dis as ek enige verf oorhet nadat Paul en Jack Greeff met my klaar is."

22

Sy maak haar oë dadelik weer toe. Dis die volgende dag en haar wekker gaan af. Vir 'n breukdeel van 'n sekonde voel sy goed en uitgerus. Normaal. Maar die teer sypel weer deur. Dit gaan lê in 'n swaar kombers oor haar. Dit druk haar vas. Sy kan nie asemhaal nie. Sy kan nie beweeg nie.

Hoe sy gisternag hoegenaamd aan die slaap geraak het, weet sy nie. Ure lank het sy rondgerol; geworry, gesweet, planne beraam. Die gek goed waarmee mens in die nag vorendag kom. Maar die uiteindelike slaap was salig. Vir 'n paar uur was die teer weg. Was sy weer net Andi Niemand. Niemand. Nie iemand nie. Nie die iemand wat so desperaat was vir 'n scoop dat sy 'n onskuldige man beswadder het en nou al haar kollegas hulle werk gaan kos nie. Nie die iemand wat deur Luan gebruik is, net om tydelik van sy verloofde in Kaapstad te vergeet nie.

Andi voel naar. Dit voel of die teer in haar maag en in haar keel kom lê het. Sy kan nie asemhaal nie. Sy kan nie opstaan nie. Hoe gaan sy hierdeur kom? Wat sal gebeur as sy net hier bly lê? Net hier onder die teerkombers. Sal alles weggaan as sy lank genoeg hier bly? Sal Luan weer hare word? Sal die Jack Greeff-storie ongedaan raak?

Sy weet nie hoe lank sy daar lê en probeer asemhaal nie, maar een of ander tyd moes die kombers ligter geword het, want sy kry dit reg om regop te sit. En dan kry sy dit reg om op te staan, aan te trek, tande te borsel. Dís hoe sy hierdeur gaan kom. Stukkie vir stukkie. Meganies. Nie dink aan wat by die kantoor wag nie, wat môre wag nie. Net nou. Om nóú te keer dat die teer haar nie versmoor nie.

Op kantoor gaan sy direk na haar lessenaar. Sy sien nie nou kans om met enigiemand te praat nie. In haar inboks en op haar lessenaar wag nog skokke. Nog e-posse, fakse, briewe oor Keith. Mense wat hom ken, voormalige base, voormalige kollegas, selfs iemand wat saam met hom in die tronk was. Andi voel siek terwyl sy als lees: Keith se dwelmprobleem, sy stormagtige lewe, sy vendetta teen Greeff nadat hy weens dwelmmisbruik afgedank is; die onderduimshede waarby hy betrokke is; die leuens wat hy vertel; die geld wat hy skuld . . .

Dit was natuurlik ook hy en sy trawante wat die klagstaat uit die hof se argiewe gesteel het om haar doelbewus op 'n dwaalspoor te lei, het Andi in die nag besef. Sodat sy in die eerste plek nie die ware besonderhede van die saak kon uitvind nie en sodat sy in die tweede plek sal dink Greeff het iets om weg te steek.

Dit was alles 'n set-up. Keith en die res van die lowlives het haar net gebruik om Jack by te kom. En sy het geval daarvoor. Haar ambisie het haar blind gemaak. Sy wou só graag daardie scoop hê, dat sy al die gevaartekens misgekyk het. En toe gaan vernietig sy 'n onskuldige man se reputasie.

Hoe gaan sy hier uitkom? Daar moet 'n manier wees. Hoe het sy haar in die eerste plek hier ingekry? Dis wat haar ma altyd sê. As jy in die moeilikheid is, dink mooi hoe jy jouself daar ingekry het. Jy kan dalk op jou eie spore weer uit die bos kom. Skryf. Sy't haar in hierdie moles ingeskryf. Sy sit stadig terug in haar stoel. Skryf . . . Die gedagte skiet haar te binne. En sy sien 'n baie dowwe, vae liggie deur die teer skyn. Sy't haarself hier ingeskryf. Sy kan haarself weer hier uitskryf. Haar vingers tref die sleutelbord. Dit klink soos reën wat op 'n dak val. Dis net 'n grashalm; sy weet dit, maar dit kink soos uitkoms.

Sy skryf die hele ganse dag. Vir ure aaneen. Toe sy met 'n sug haar vingers van die sleutelbord lig en terugsit in haar stoel, is dit al ná ses die aand. Sy het geskryf en geskryf en gedelete en weer geskryf en oorgeskryf en geherskryf. Oor obsessie. Oor ambisie. Oor verraad. Hoe mens blind kan word as jy iets graag genoeg wil hê. Mense wat dit lees, sal dink dit gaan net oor haar Jack Greeff-storie, maar Andi weet dit gaan oor Luan ook. Hierdie paar maande het sy gesien net wat sy wou sien: nie net met Jack Greeff nie, maar ook met Luan. En dit het haar in 'n put vol teer laat beland. 'n Put van leuens, halwe waarhede, skewe voorstellings.

Scoop. 'n Klein woordjie met groot waarde. Veral vir 'n joernalis. Daai scoop was soos 'n rooi ballon in die wind en ek agter hom aan soos 'n kind, het sy geskryf.

Ek het nog so gehardloop, gefokus op die ballon, my sukses begin smaak, my oorwinnings begin tel, toe ek val. Ver, vinnig en diep. In 'n gat wat ek nooit gesien het nie; wat ek nooit kon droom daar was nie. 'n Gat wat ek met my eie obsessie en ambisie gegrawe het.

Verder het sy geskryf hoe dit nie net sy was wat in die teerput geval het nie, maar hoe sy ander in haar val met haar saamgeneem het:

Jack Greeff, 'n onskuldige man, 'n slagoffer van my ambisiegedrewe verbeeldingsvlugte; my kollegas by Pers, *elke joernalis wat elke dag waardige joernalistiek pleeg. Nie noodwendig met scoops nie. Met gewone berigte. Berigte wat nie noodwendig die voorblad haal nie, maar wat joernalistiek die waardes van objektiwiteit, akkuraatheid en geloofwaardigheid gee. Waardes wat ek misgekyk het in my jaagtog na vinnige sukses, kitsrespek, alles verpak in een groot scoop.*

En haar slot:

Jack Greeff dagvaar my en Pers *vir tien miljoen rand. Ek het dit nie;* Pers *het dit nie. En die ironie is, al sou ons dit gehad het, sou dit nie die skade ongedaan kon maak nie. Daarom skryf ek hierdie artikel, brief, belydenis, noem dit wat jy wil. Nie om my uit die put te bevry nie. Dit gaan ek alleenlik regkry deur stadig en met harde werk daaruit te klim. Nee, hierdie is eenvoudig my laaste poging om daardie rooi ballon te vang. Om dít te kry wat ek eintlik in die newels van my ambisie en scooplus nagejaag het; dít wat ons almal op ons eie manier soek: die waarheid.*

Toe sy klaar is, stuur sy die artikel aan *Media*, 'n aanlyn-tydskrif oor die joernalistiek en die mediabedryf. Sy weet dit gaan niks aan haar of Paul of *Pers* se lot verander nie, maar op 'n manier voel die teer tog effens ligter.

Net toe sy wil begin oppak om huis toe te gaan, bel Paul haar. "Kom sien my." Sy stem is sag, moedeloos.

Toe sy voor hom sit, weet sy hier is groot fout. Sy het Paul nog nooit so gesien nie. Hy lyk nie kwaad of onbeskof of opge-werk nie. Verslaan. Dís die woord. Hy lyk verslaan.

"Andi," sê hy sag, sy hande voor hom gekruis. "Daar's nie 'n maklike manier om dit te sê nie."

Sy kyk net vir hom.

"Pressco se raad het vanmiddag oor die Greeff-dagvaarding vergader. Ek het probeer, maar hulle ken jou nie. Hulle . . ." Hy haal diep asem, kyk weg.

"Hulle wat, Paul? Wat is dit?"

"Hulle meen jy het Pressco reeds te veel skade berokken."

Hy sluk; kyk haar vierkantig in die oë. "Ek het laat vanmiddag opdrag gekry om jou hangende 'n ondersoek te skors."

Dis ironies, dink Andi terwyl sy na die kinders in die spuitfontein en die duiwe op die plein kyk. Dat dit hier moet eindig. Hier waar alles begin het. Sy sit by 'n buitenste tafel by Chiradelli's in Mandela Square in Sandton City – die plek waar sy Mandy daardie dag ontmoet het. As sy toe maar geweet het . . .

Arend het haar gebel en gevra dat sy hom vandag hier kry. Hy wou nie sê hoekom nie. Eers sou sy vreesbevange hier gesit het, maar 'n vreemde berusting het die afgelope tyd oor haar gekom. Dalk is dit omdat daar regtig nie veel meer kan skeef-loop nie. Dis vier dae nadat sy geskors is, Pressco se prokureurs skarrel nog rond oor die dagvaarding, sy weet nie of sy in die nuwe jaar nog werk gaan hê nie . . .

Maar sy haal asem en sy gaan aan. *Media* het darem haar artikel geplaas. Die storie van Jack Greeff wat Pressco vir tien miljoen rand dagvaar is groot nuus in die dagblaaie. *Beeld* en van die Engelse koerante het haar stuk op *Media* se webtuiste gesien, haar gebel en gevra of hulle dit ook kan publiseer. Dit was gister op *Beeld* se middelblad en *The Star* het dit vandag gebruik.

Sy's bly dat dit uit is: nou weet mense minstens Greeff is onskuldig. Sy's nog steeds in die put, maar dis nie meer vol teer nie. Sy kan weer asemhaal en wanneer sy opkyk, begin sy iets sien wat soos lig lyk. Haar ma is reg. Sy sal hier uitkom.

Die goeie ding van dit alles is dat sy nou kontakte by *Beeld* en *The Star* het. Sy het klaar met hul nuusredakteurs gepraat oor moontlikhede van vryskutwerk. Stadig maar seker, berig vir berig, sal sy haar uit hierdie put uitskryf.

En Luan . . . Snaaks genoeg dink sy die laaste paar dae min aan hom. Die Greeff-skandaal het die verloofde-tragedie heel-temal oorskadu.

"Andi . . ." Sy skrik toe Arend die stoel langs haar uittrek. Sy was so ingedagte dat sy hom nie sien of hoor aankom het nie.

"Jy lyk goed vir iemand in die middel van 'n storm," sê hy toe hy gaan sit.

"Dankie." Sy glimlag. "Dis net omdat ek in die oog staan. As ek bietjie links of regs draai, tref die hael en die blitse my."

"Ai, Andi, ek's jammer dat dit alles met jou moes gebeur."

"Dis my eie skuld, Arend. Ek het myself hierin gekry."

"Ek het jou artikel gister in *Beeld* gelees. Dit het baie guts gevat."

Sy sug. "Ek dink nie dit was guts nie. Ek dink nie ek het meer guts oor nie. Ek probeer net oorleef; die storm oorleef."

"Nadat ek dit gelees het, verstaan ek beter hoekom jy gedoen het wat jy gedoen het."

Sy lag. "Jy's een van min, advokaat Human."

"Jy sal verbaas wees. Ek dink jou artikel het wyd getref. Jis, ek het nie geweet jy kan so skryf nie."

"Dankie. Jy's sweet. En ek het nou al die sweet nodig wat ek kan kry."

"Hoe gaan dit met jou?"

Sy trek haar skouers op. "Ek oorleef. Soos ek sê. *Pers* het my geskors, ek gaan waarskynlik afgedank word, my joernalistieke reputasie lê aan flarde . . ."

"Dan gaan ek jou nie langer aan 'n lyntjie hou nie."

"Watse lyntjie? Waarvan praat jy?"

"Die rede hoekom ek jou kom sien het."

"Ja, spill'it net. Ek's deesdae 'n pro met die ontvang van slegte nuus."

"En goeie nuus?"

Sy lag. "Wat's dit nou weer?"

Hy glimlag en leun vooroor. "Jack het jou artikel gelees, Andi. Hy het besluit om die eis te laat vaar."

Sy pers haar lippe saam. Haar oë skiet vol trane. "Jy jok." Dit kom saam met 'n snik uit.

Hy glimlag. "'n Advokaat jok nooit nie." Hy sit sy hand op haar arm. "Dis verby, Andi. Die storm is verby."

Sy val hom om die nek en stamp amper die tafel om. "Dankie, Arend, dankie, dankie, dankie!"

Toe sy wegtrek, vee hy die hare uit haar gesig. "Jy hoef nie vir my dankie te sê nie. Jy't jouself gered."

23

Goed. One swift movement . . . Einaa! Andi sit op die bad se rand en waks haar bene. Sy en Arend gaan vanaand uit. Vir die tweede keer.

Dis al meer as 'n maand ná die Jack Greeff-drama. Paul was daai dag so bly toe sy hom bel en vir hom sê Greeff het die lastereis laat vaar, dat hy gesê het sy moet sommer terugkom werk toe, hy sal die Pressco-base uitsorteer.

Maar sy het nie teruggegaan *Pers* toe nie. Ná alles kon sy net nie. En sy het in daardie paar dae wat sy geskors was, gesien as sy hard genoeg probeer en hard genoeg werk, kan sy met vryskut oorleef.

So nou vryskut sy al langer as 'n maand. Sy maak nog nie heeltemal haar salaris nie, maar sy kan darem haar verband en haar kar en haar naaldwerklesse betaal. Nou die dag het sy selfs iets oor eksotiese materiale vir *Sarie* geskryf. Die artikelredakteur het gesê sy kan maar weer vir hulle skryf.

En met die naaldwerk gaan dit goed. Gabrielle sê sy het natuurlike talent en sy werk nou elke liewe aand op haar Bernette. Die stapel lap in haar kas word al hoe kleiner. Baie daarvan land in die knoei-laai, maar baie daarvan kry sy reg ook.

Sy het haar ma toe vertel van haar naaldwerkery. "Jy kry dit by jou ouma Bets," het Elsabé gesê. "Ek het nog altyd geweet jy't haar kunsstreep geërf." En haar ma het haar wraggies gevra om vir haar iets vir die Desembervakansie te maak. As dit mooi is, het sy met 'n knipoog gesê, bestel sy volgende jaar by haar 'n rok vir die dokterspraktyk se jaareindfunksie.

Vanaand gaan Andi en Arend uiteet. Hy het haar vroeër die week gebel en gevra. Sy hou baie van Arend. Báie. Wanneer hy nie die formele advokaat is nie, is hy so oulik en soveel pret. Wendy sê hy's 'n regte gentleman, want hy . . .

Dieng-dong! Ag nee, dis onmoontlik. Hy's meer as 'n halfuur vroeg. Watse gentleman doen dit? Haar hare, haar grimering. Ten minste is haar bene en onderarms haarloos . . . Andi pluk die geel rokkie wat sy vir vanaand beplan het oor haar kop, trek gou skoene aan en trippel voordeur toe.

"Luan," sê sy verdwaas toe sy die deur oopmaak. Vir 'n paar oomblikke bly sy net so staan, nie seker wat om te doen nie.

"Gaan jy nie vir my oopmaak nie?" sê hy en glimlag op daai skryfbehoeftestoor-manier.

"Ja . . . hmm . . . ja, natuurlik," sê sy en sluit die veiligheidsdeur oop.

Hulle het nog nie weer gepraat nadat sy van Cecile uitgevind het en by *Pers* weg is nie. Eers het dit haar gepla. Sy het hoeveel keer die foon opgetel om hom te bel. Maar die behoefte het later weggegaan en deesdae dink sy feitlik nooit meer aan hom nie.

"Jy lyk mooi," sê hy en kyk haar op en af.

"Ja," sê sy, "jy kom eintlik op 'n moeilike tyd. Ek is eintlik . . ."

"Ek wou net kom kyk of jy nog lewe. En jou gelukwens met jou artikel wat oral gepubliseer is. Jy't goed gedoen, Andi."

"Dankie," sê sy en glimlag ongemaklik. "Ek's net bly dis nou als verby."

"Ek hoor jy vryskut nou vir *Beeld* en wie almal."

Sy lag verleë. "Ja, dis maar moeilik, maar ek oorleef."

"Ek's trots op jou," sê hy en kom nader om haar 'n drukkie te gee.

Sy trek weg. "Dankie," sê sy afgetrokke.

"Kan ek 'n rukkie sit?" vra hy.

"Hmm . . . dis eintlik regtig moeilik . . ."

"Net vir 'n paar minute. Asseblief."

"Oukei."

Hulle gaan sit. Andi het nie 'n ander keuse as om langs hom te sit nie, omdat sy net een sitkamerbank het.

"Andi, ek moes dit seker lankal gesê het, maar ek is so . . . ek is so jammer oor die hele ding met . . ."

"Dis oukei, Luan," val sy hom in die rede. Sy's nie nou lus vir sy treurmares nie. Netnou kom Arend hier aan en dan sit hy hier! "Regtig, dis oukei, jy hoef niks te verduidelik nie."

"Nee," sê hy, "dis nie oukei nie." Hy kyk af en wring sy hande in mekaar. "Andi, ek was verkeerd. Wat tussen my en jou was . . . ís . . . dit is nie net fisiek nie. Daar's iets . . . anders . . . Ons kan dit nie net ignoreer nie."

"Nee, Luan, jy was juis reg. Dit wás net fisiek. Ek . . ."

"Andi, jy weet dit was nie. Ek wéét dit was vir jou meer."

"Ek het gedínk dit was meer. Ek hét. En as jy 'n maand terug hier aangekom het en dit vir my gesê het, sou ek seker bly gewees het. Maar nou het ek tyd gehad om te dink; om perspektief te kry. En nou weet ek dit wás nie meer nie. Ons het mekaar se ego's gestreel, bietjie fun gehad . . . Luan, ons ken mekaar nie eens nie."

"Maar ons kan mekaar leer ken. Ek wil jou leer ken, Andi."

"Dis te laat," sê sy. "Ek's jammer, ek wil nie meer nie. En die ou wat ek gedink het . . . die ou wat . . . dis nie jy nie, Luan. Ek het iemand anders gesien." Sy lag. "Jy't mos gesê my verbeelding is te sterk. Wel, ek het besef ek was verlief op 'n maaksel van my eie verbeelding."

Hy sit sy hand op haar been. "Andi, jy kán nie ontken wat tussen ons is nie. Dis nié jou verbeelding nie. Dit is . . ."

Sy vat sy hand weg. ". . . was, Luan, wat tussen ons wás. Dit

299

was lekker en opwindend . . . en," sy glimlag, "en ek sal dit altyd onthou. Met 'n smile. Maar dit is nie meer daar nie."

"Andi, ek weet ek was 'n vark. Ek weet wat ek gedoen het, was onverskoonbaar, onvergeeflik maar . . . As jy my net 'n kans sal gee. Ek en Cecile is . . ."

"Luan," sê sy ferm, "asseblief . . . Dit was lekker, maar dis nou verby. Kom ons gaan net aan." Sy staan op en gaan maak die deur oop. "Ek wil nie onbeskof wees nie, maar jy sal my regtig moet verskoon. Ek's eintlik op pad uit."

"Saam met die girls?" vra hy.

"Nee," sê sy en glimlag, "nie saam met die girls nie."

Vier en twintig minute laat val die vier van hulle in 'n bondel wit, oranje en pienk sy en tafsy uit die bruidsmotor. Dis Saterdag, 12 Desember, Rentia se troudag, en die bruidswaansin het 'n klimaks in die skelste skakerings van pienk en oranje bereik.

Rentia se pa staan buite die Toskaanse kapel se deur en wag.

Voordat hulle instap, trek Andi gou Rentia se sluier en die sleep reg. Was dit nie vir die drie ton maskara en oogomlyner op haar oë nie, het sy nou bewoë geraak: Rentia is 'n visioen van bruidskoonheid. Haar rok, 'n wit skouerlose skepping van rou sy, pas styf om haar Weigh-Less-middeltjie en klok elegant na onder uit. Die bolyf is met Swarovski-kristalle borduur. Haar blonde hare hang lank en in los krulle onder 'n pienk blommekroon en 'n sagte lang sluier van net wat wasig oor haar gesig val en tot op die vloer hang.

Andi se rok het sy self ontwerp en gemaak. Die eerste suksesvolle mondering uit haar Bernette. Met baie hulp van Gabrielle natuurlik. Dis ligpienk, ook van rou sy, pas styf in die middel en klok tot net onder haar knieë uit. En boaan is 'n insetsel van ouma Bets se sy en Wendy se Franse kant. Wendy en Vera lyk ook pragtig in verskillende variasies van dieselfde tema.

En die vere? Ja, die vere val. 'n Paar weke voor die troue het Vera met die oplossing gekom dat hulle kraletjies aan elke veer moet vasplak om dit gewig te gee. Vier slapelose nagte en baie gom later, kon al die flippen vere val.

Vir 'n oomblik, voordat hulle instap, staan hulle in 'n klein kringetjie voor die kapel.

"Julle weet," sê Rentia, "ek kan nie vir julle sê hoe . . ." Sy maak nie die sin klaar nie.

"Ja, ja, ons weet," sê Wendy. "Moet liewer niks sê nie. Netnou huil jy en smeer jou maskara en dan's ons nóg 'n halfuur laat."

'n Glimlag wat mens net op 'n bruid kry, breek oor Rentia se gesig. Selfs onder die waas van die net is dit verblindend.

Die strykkwartet begin "Air on a G-string" speel toe die Toskaanse deure oopklap.

Terwyl die drie van hulle stadig agter Rentia en haar pa stap, soek Andi se oë Arend tussen die gaste. Daar staan hy. Onmoontlik mooi in 'n houtskoolkleurige strepiespak. Hy glimlag vir Andi en sy hoor die hele diens deur absoluut niks van wat die dominee preek oor kommunikasie in die heilige huweliksdriehoek nie.

Toe die dansbaan 'n paar uur later ná al die seremonies en toesprake open, gryp Arend haar sommer met die eerste liedjie al aan die hand. Hulle dans tot haar voete wil verdwyn van pyn.

Toe "Beautiful in Beaufort-Wes" van Theuns Jordaan begin speel, sit hy al twee sy arms om haar. "Ek het op skool laas geclose," terg sy.

"Ek het op skool laas soveel fun gehad," glimlag hy.

En toe Theuns sing van "jou kaal liggaam onder 'n koel summer cotton dress", druk hy haar styf teen hom vas en fluister in haar oor: "Jy's beautiful."

Teen tienuur gaan haal hulle poeding. Roomys. Arend maak 'n groef deur die wit hardheid met die ronde ysterlepel. "Scoop

301

vir jou?" vra hy en knipoog vir haar. Sy lag. "Ek weet nie of ek vir nog een kans sien nie." Hy skep drie scoops roomys in haar bakkie en sê: "Die eerstes van nog baie."

Terug by hul tafel kom val Wendy langs hulle neer. "As ek nog een song dans, gaan my voete spontaneously combust." Wendy is alleen by die troue. Ná Simson het sy nog nie weer 'n kêrel gehad nie. Vera glimlag nog steeds haar blink kant-glimlag en het nog nie 'n woord gerep oor die man in die Mercedes nie. En Rentia, die skone bruid, glo nog steeds nie in ware liefde nie.

Maar niks hiervan maak vanaand saak nie, veral nie toe die DJ "Girls just wanna have fun" van Cindy Lauper begin speel nie. Dis al van universiteitsdae haar en Wendy se gunsteling en het mettertyd die vier van hulle se liedjie geword.

"Girls just wanna have fun" is vir hulle soos 'n ramshoring vir die Midianiete, of wie ook al op ramshorings reageer. Ongeag waarmee hulle besig is, of waar hulle hulle bevind, wanneer dít begin speel, stroom hulle soos gehipnotiseerdes na mekaar toe.

Met 'n hoë gil en haar pienk pasjmina swaaiend deur die lug, bestorm Wendy die dansvloer. Die drie van hulle volg met ooreenstemmende grade van geesdrif.

Hulle gooi mekaar met oranje vere en lag en dans soos in die ou dae. Vóór Luan, vóór Simson, vóór kinders en affairs. Net vier vriendinne. Yasmin en drie prinsesse.

BEDANKINGS

Hierdie boek is nie net myne nie. Langs my naam staan baie ander vir wie ek innig dankie sê:

Madri Victor, my vasberade redakteur, wat gekeer het dat die eerste weergawe op die onskuldige leserspubliek losgelaat is. Sy het gesien wat die storie kon wees en nie gerus voor dit so na as moontlik daaraan was nie.

Niel en Linza van der Post, my pa en ma, wat my lief gemaak het vir lag en woorde.

My vriendinne vir laatnagkuiers, inspirasie en moed inpraat.

Liewe Lucia vir die lees van die manuskrip en die troos van sjokoladekoffie.

Prinses Nadia, wat die tiara bo gehou het.

En altyd: Mark, my man, vir liefde en geduld van onverklaarbare afmetings.